KB176315

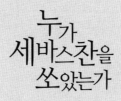

누 원 추리소설

푸른사상
소설선
40

누가 세바스찬을 쏘았는가

초판 1쇄 인쇄 · 2022년 10월 27일
초판 1쇄 발행 · 2022년 11월 7일

지은이 · 노 원
펴낸이 · 한봉숙
펴낸곳 · 푸른사상사

주간 · 맹문재 | 편집 · 지순이 | 교정 · 김수란, 노현정 | 마케팅 · 한정규
등록 · 1999년 7월 8일 제2-2876호
주소 · 경기도 파주시 회동길 337-16 푸른사상사
대표전화 · 031) 955-9111(2) | 팩시밀리 · 031) 955-9114
이메일 · prun21c@hanmail.net
홈페이지 · http://www.prun21c.com

ⓒ 노원, 2022

ISBN 979-11-308-1967-9   03810
값 19,000원

저자와 합의하여 인지는 생략합니다.
이 도서의 전부 또는 일부 내용을 재사용하려면 사전에 저작권자와
푸른사상사의 서면에 의한 동의를 받아야 합니다.
이 도서의 표지와 본문 디자인에 대한 권리는 푸른사상사에 있습니다.

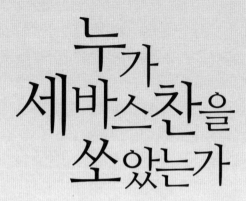

누가
세바스찬을
쏘았는가

노 원 추리소설

푸른사상
PRUNSASANG

'누가 범인인가?'

엘러리 퀸은 언제나 그의 독자에게 도전장을 제시하곤 했습니다. 누가 범인이냐고.

추리소설의 아버지 에드거 앨런 포의 『모르그 가의 살인 사건』에서 보시는 것처럼 추리소설은 태생적으로 독자와의 지혜 겨루기를 표방하고 있습니다. 그러니 엄밀하게 말해서 추리소설은 머리 좋은 작가와 명민한 독자 사이에서 펼쳐지는 일종의 게임이라고 할 수 있습니다. 그것도 치열한 지혜의 게임입니다.

나는 그동안 펴낸 30여 편의 에피소드와 『계간 미스터리』에 실린 최신작에서 일곱 편을 엄선해서 여러분의 지혜에 도전하려 합니다.

누가 범인일까요?

그리고 그는 혹은 그녀는 어떻게 완전범죄를 달성하려 했을까요?

퍼즐이 상실된 추리소설을 상상하기란 어렵습니다. 그래서 내 딴엔 '스핑크스의 수수께끼'와도 같은 불가사의한 수수께끼를 마련하려 애썼습니다. 추리소설의 영원한 숙제라 할 밀실(密室)의 살인을 위한 환상적인 무대도 준비했습니다. 단지 '나의 우상'이라는 이유로 존 레논에게 방아쇠를 당기는 현대사회의 병적인 인물도 등장시켰고요. 그러니 이들과 대결해야 할 명탐정도 등장해야겠지요.

오늘날의 미스터리 세계는 여전사의 시대인가 봅니다. 올리비아 벤슨과 올리비아 더넘! 두 사람은 한 시절 여형사에 여수사관의 아이콘으로 각광을 받았습니다. 어벤저스 시리즈의 여전사, 블랙 위도우 스칼렛 요한슨은 또 얼마나 매력적입니까. 그렇죠?

1997년 7월에 처음으로 등장한 종로경찰서 소속의 강력계 여형사 최선실! 한없이 초라합니다. 강원도 정선 골짝에서 자랐고 뚜렷한 스펙 하나 내세울 게 없습니다. 게다가 성질은 까탈스럽고, 제 분수도 모르고요. 럭비공처럼 어디로 튈지도 알 수가 없고요. 어쩌다가 운세가 좋아 강력계 여형사가 되어 서울에 왔지만, 그녀를 기다리는 것은 온갖 풍상(風霜)입니다. 바람이 불거나 서리가 내리거나 언제나 아스팔트 길을 홀로 서성이는 솔로입니다.

그나저나 여러분도 아시죠? 1881년에 탄생한 셜록 홈즈 시리즈가 21세기의 오늘날 BBC에서 새로운 드라마로 화려하게 리턴하고 있다는 사실을요. 아마도 폭력만이 난무하는 스릴러에 식상한 사람들이 지적 게임에 목말라하고 있다는 증표일 것입니다. 옛날에 좋았던 시절의 순수 추리문학으로의 회귀! 기대하셔도 좋을 것입니다.

자, 이제 여러분 앞에 일곱 개의 비밀의 관문이 가로놓여 있습니다. '세븐 시크릿 게이트'가요. 그리고 그 빗장을 열어 숨겨진 진상을 엿보려 하고 있습니다. 언제나처럼 여러분의 훌륭한 추리와 성공을 기원합니다.

2022년 10월
노 원

차례

솔로

1

낯선 도시의 이방인!

어제오늘의 내 심정이 바로 그러했다.

나로서는 완벽하게 소외된 하루하루였다. 날씨는 춥지, 차 한 잔 나눌 사내 하나 없지. 나는 한겨울 칼바람 부는 아스팔트 길을 외겹의 트렌치코트의 깃을 세운 채 홀로 배회하는 여자일 뿐이었다. 게다가 엊그제 맞선을 본 사내한테서 방금 거절의 메시지를 받고 황량한 거리에 나섰으니 그 심정은 오죽하랴! 상처를 입은 여인. 막상 선을 보고 딱지를 맞을 수도 놓을 수도 있는 일이 아니던가. 너무 과민반응을 보이지 말자.

나의 이름은 최선실. 나이는 스물일곱. 하는 일이 뭐냐고 누가 물으면 잠시 쭈빗쭈빗하다 경찰관임을 밝힌다. 첫 발령을 받은 데는 구례경찰서. 계급은 얼마 전에 특진을 해서 경장. 운수가 좋았던지 속리산으로 가는 길에서 지명수배범을 검거해서다. 그러곤 덤으로 서울로 영전하게 되었다. 그것도 수도 서울 중추부에 위치한 종로경찰서로. 배치된 부서는 강력계 강력1팀. 그러니 강력계 형사다.

그런데 새로운 임지가 삭막하기 이를 데 없다. 황량하기까지 하다. 사나흘은 지났는데도 동료 형사들은 나를 외면하려 했다. 애당초 관심이 없는 것이다. 하긴 남녘 벽지 경찰서에서 막 올라온 이름 모를 촌년에게 매력을 느낄 게 뭐가 있겠는가. 초대도 하지 않았는데, 지네들 행성에 막무가내로 착륙한 여자일 뿐이다.

강력계 사무실은 하루 내내 장터처럼 어수선했고, 모두가 자기 일에 몰두하며 분주하게 움직였다. 창가 빈 책상을 앞에 놓고 어영부영 홀로 시간을 죽이는 사람은 나밖에 없지 싶었다. 한마디로 방관자의 신세.

빌어먹을. 어디 두고 보라지.

이를 갈며 다짐한들 무슨 소용이 있으랴.

해 질 녘.

내가 소속한 강력1팀의 선임하사 격이라고 할 수 있는 서림이라는 이름의 형사가, 아마도 경사 계급은 되지 싶었는데, 터벅터벅 걸어오더니 두툼한 서류 뭉치를 나한테 던져주는 것이었다.

"할 일 없으면 이거나 한번 뒤져보라고."

그는 시골 숙부처럼 텁텁하고 수더분한 인상인데, 우중충한 캐러멜색 재킷에 색상이 바랜 자줏빛 터틀넥 차림의, 일견해서 저잣거리에서나 어울릴 법한 품새다. 얼추 50대 초반은 되지 싶었다.

"올해 미해결 사건들이라고. 이른바 '콜드 케이스'라고 할 수 있지."

"아, 네."

"이걸 하나라도 우리 손으로 해결하지 못하면 시경 특수수사전담반으로 넘어가게 된다고. 아암, 문책도 뒤따르고 말씀이야. 우리 체면이 말이 아니지. 누구보다도 서장이 체면을 구기겠지. 시한이 얼마 남지 않았어. 그러니 열심히 챙겨보라고."

"알았어요."

현장 요원으로 자처하는 나로서는 따뜻한 난롯가에 앉아 페이퍼 워크에 매달리는 것 같은 일은 생리에 맞지 않았지만, 나는 오히려 구원받은 심정이었다. 그래서 올해의 미제 사건들을, 우리 관내건 아니건 두루 훑기 시작하게 되었는데, 특히 지능적인 사범들에, 현상금이 걸려 있는 사건 위주로 했다.

그중에서 사건 하나가 나의 신경회로를 건드리는 뭔가가 있었다. 무엇보다도 그 주인공에 마음이 쏠렸다. 고귀하고 럭셔리하다는 재규어 XJ를 몰고 다니는 인물인 데다 학벌도 죽인다나. 걸치고 다니는 옷은 랄프 로렌의 블랙라벨 정장. 그러니 어김없이 상류사회의 일원이다. 이 사건엔 현상금도 3천만 원으로 제법 두둑하다고 했다. 알고 보니, 그는 지능적인 살인 용의자였다. 그것도 고도의 지능을 지닌. 그는 직업이 의사였다. 그것도 주로 인간의 뇌를 밤송이 까발리듯 까발리는 고난도 의술을 구사하는 신경외과 의사시다. 그런 그가 아내를 목 졸라 살해한 것이다. 경찰은 그렇게 확신하고 있었다. 범죄의 무대에 미남자가 등장하면 그가 범인임에 틀림없다는 단지 그 이유 하나만으로.

그의 이름은 정하준! 거주지는 서울 종로의 부자들이나 산다는 평창동. 그의 아내는 보기 드문 미인이라고 했다. 그리고 부유하기도 했다. 비록 명문대 출신은 아니라고 하지만, 그리고 졸부의 딸이라고들 쑥덕대긴 하지만.

"이 무슨 애먼 소리! 내가 미쳤나? 천하일색에, 황금알을 낳아주는 거위의 목을 조르게.”

정하준에게서 살인 동기를 찾기란 어려웠다. 그의 말처럼 그가 미쳤
다면 또 모를까. 그리고 그에게는 확고한 알리바이가 있었다. 누구도
허물 수 없는 알리바이가. 아내가 북한산 자락의 호화 저택 침실에서
검은 슈미즈 차림으로 살해될 당시 그는 뉴욕 플라자호텔에서 열리는
국제학회에 참석하고 있었다. 그걸 입증하는 내로라하는 세계적인 신
경외과 의사가 한둘이 아니었다. 거기에 호텔 지배인에 객실 웨이터에
룸서비스에.

동기도 찬스도 없는 살인 사건! 두 손 바짝 들지 않을 형사가 어디 있
을까? 여자의 목에 남편이 즐겨 매는 조르지오 아르마니의 빨간 넥타
이가 칭칭 감겨 있었다고 해도 말이다.

지난여름, 가랑비가 시름없이 흩날리는 장례식에서 하염없이 눈물
흘리는 젊은 의사의 모습을 텔레비전은 생생하게 보여주었는데, 나도
구례서에서 근무할 당시 가슴 저미는 그 정경을 어렴풋하나마 본 기억
이 있다. 나의 동료 형사들과 함께.

“저 친구, 쇼하는구먼.”

인간사냥을 직업으로 하는 동료 경찰의 비정한 비아냥거림. 정녕 정
하준의 눈물은 악어의 눈물 같은 것일까.

“아내가 먼저 죽는다는 것은 하나의 은총일 수도 있다고 했어. 사내
들은 화장실에 가서 히죽이 웃는다고 했다고. 프랑스 사내들은 새 모자
를 산다고 했고.”

“세상에, 그럴 수가.”

“생각해보라고. 하루아침에 엄청 많은 유산을 상속받게 되었다고. 새

차는 물론이고, 새 빌라에, 새 아내도 얻게 되었다고. 탕웨이 뺨치게 고혹적인 여인도 품에 품을 수 있게 되고 말씀이야. 탕웨이 알아? 영화 〈만추〉의 아름다운 여주인공! 한번 잔머리 굴릴 만하잖아?"

아마도 사내들이 한 번쯤 가슴속에 품을 소망일는지도 몰랐다. 잔소리나 해대는 마누라가 얼마나 지겨우며, 얼마나 해방되고 싶을까. 바꿀 수 있으면 바꾸고 싶을 게다. 요행을 잡으면 못난 딸아이 얼굴 성형수술 비용도 건질 수 있을 테고.

"이봐, 장쯔이는 어때? 청순함과 섹시함을 겸비한 중국의 아름다운 여배우!"

어느 넉살 좋은 친구의 너스레. 언감생심 꿈엔들 넘볼 수 있으랴. 그러니 어느 날 갑자기 행운을 휘어잡은 사내를 부득부득 제사 지내고 싶어 안달인 것이다.

"돈 때문이라기보다는 여자 때문이었을는지도 몰라. 이 선을 훑어보는 게 좋을걸."

"누가 뭐래도 알리바이가 철벽같다고. 그 시각에 태평양 바다 건너에 가 있었는데, 무슨 수로 닦달하느냐고."

모였다 하면 읊는 강력계 형사들의 공염불!

"근데 보라고. 저 친구, 너무 슬피 울고 있잖아."

누군가의 결론 비슷한 말이 나의 신경회로를 건드렸다.

나는 서 경사가 건네준 미제 사건 서류철을 덮으며 생각에 잠겼다.

정녕 이 살인 사건은 남편의 짓일까?

허구, 정하준이라는 이름의 잘생긴 그 사내는 완전범죄를 달성한 것일까?

일순 무언가가 채찍질하는 것이 있었다. 섬광처럼 영감이 떠올랐다고나 할까. 다음 순간 나는 홀로 작업에 착수했다. 나는 단지 그에게 짐 길레스피의 공포영화 제목과 흡사한 '나는 네가 지난여름에 상하이에서 한 짓을 알고 있다'라는 간단한 문자메시지를 날렸다.

2

12월의 초하루. 바야흐로 올해도 저물어가고 있었다. 기상대 예보로는 오늘 눈이 엄청 많이 내릴 거라고 했는데, 서장은 우리 모두를 냉기가 충만한 아스팔트 거리로 내몰려 했다.

"자네들 무엇 하는 사람들이야? 같잖은 사건 하나 변변히 해결하지 못하고! 이해도 다 저무는데. 누구 골로 가는 거 보고 싶어? 오지게 경을 치기 전에 냉큼 땀나게 움직이지 않고 뭣들 해!"

마침내 이만수라는 이름의 억수로 다혈질의 서장이 아침 일찍 강력계 여덟 팀의 형사 모두를 회의실에 불러 모아놓고는 호통쳤다. 아니 길길이 뛰었다는 것이 옳을 게다. 하찮은 미제 사건 하나를 이해가 다 가도록 제대로 해결하지 못했으니 서 경사의 말처럼 서장은 자칫 잘못하면 스타일을 구기려나 보다. 해당 사건을 전담한 우리 종로서 강력1팀장께서는 서장의 벼락이 떨어지자 고개도 못 쳐들고 있다. 아마 죽을 맛일 게다.

"우리 종로경찰서가 어떤 경찰서인가? 수도 중추부에 자리한 으뜸 경찰서가 아니던가. 그것도 정예요원들로 구성된! 그 전통을 자랑하는! 그동안 쌓은 명성은 어디 가고 이 몰골은 뭔가? 고개를 들 수 없잖아. 나 원 면구스러워서."

서장이 연이어 쏟아낸 개탄의 소리. 방 안엔 오직 숨죽인 고요가 감돌고 있을 뿐이다.

　잠시의 시간이 흐른 다음, 서장은 채찍과 함께 당근도 은근슬쩍 제시했다.

　"좋아. 정하준의 손목에 수갑 채우는 사람에겐 내가 특진을 보장하지. 무슨 말인지 알아들어? 현상금에다가 특진마저 보장한다는 얘기야. 자네들에게 일주일의 여유를 주지. 한번 꽁무니 빠지게 뛰어보라고."

　말하자면 일주일 이내로 무슨 수를 써서라도 정하준을 옭아 넣으라는 것이다. 이른바 타임 리미트가 설정된 사건이다.

　"무얼 그렇게 고민하십니까? 식은 죽 먹기인데."

　내가 나섰다. 나는 바야흐로 내가 오늘의 무대에 나설 적절한 타이밍을 포착했다고 생각했다.

　"뭐라?"

　"제가 검거하죠. 사흘만 말미를 주신다면. 아니 길어봐야 48시간이면 충분합니다. 무엇 때문에 데드라인을 일주일씩이나."

　일순 모두의 얼굴에 실어증에라도 걸린 것 같은 표정이 떠올랐다. 반년 가까이 죽을 쑤고 있었는데, 엊그제 구례에서 올라온 어벙한 촌것이 48시간을 들먹였으니 말문도 막힐 것이었다. 나는 재빨리 말을 이었다.

　"제가 정하준의 손목에 수갑 채우죠. 물론 교수대에 세우기에 부족함이 없는 증거자료와 함께요. 서시 저리 가라 할 미모의 아내를 목 조른 모진 사연도 밝히겠습니다."

　"어럽쇼!"

서장이 어안이 벙벙하여 눈망울을 굴리는 모습. 예상했던 반응이다.

"이 숙녀분, 뉘신가?"

서장이 어이없어하며 강력계 홍일점이라 할 나에 대해 물었다.

"사흘 전에 새로 종로서에 배속되었습니다. 강력1팀 소속이고요. 구례에서 올라왔습니다. 제 계급은 얼마 전에 특진해서 경장이고 이름은⋯⋯."

누가 뭐라기 전에 나는 내 자신을 서장에게 소개하려 했다.

"잠깐. 구례에서 올라왔건 어디서 왔건 관심 없어. 그리고 자네 이름 석 자도. 근데 자네 지금 뭐라 했나? 48시간이라고 했나?"

"네, 맥시멈 48시간이라고."

"이 무슨 자다가 봉창 두드리는 소린가? 지난여름부터 반년 가까이 몇 날, 몇 밤을 지새웠는지 알아? 근데, 48시간이라고? 그런 소리 하면 안 되지."

"24시간도 좋습니다. 깔끔하게 매듭짓지요."

"점점. 철딱서니없게도 제갈공명도 선뜻 아니할 말을. 간이 배 밖에 나왔군."

"서장님, 정하준이 어떻게 돈 많은 아내의 목을 졸랐는지 전 알고 있다고 자부합니다. 한번 저에게 걸어보시지 않겠습니까? 제갈공명 같은 명성에 능력이야 없지만 실추된 종로서의 명예의 탑도 제가 다시 쌓아 올리겠습니다. 물론 서장님의 명성도 회복하고요."

"어라!"

하도 황당해서일까, 서장은 입을 딱 벌릴 뿐, 말을 잇지 못하고 있었다. 뚜껑 열리는 소리나 하는 애송이 말단 형사가 눈치코치 없이 나섰으니 기도 찰 것이었다. 그는 눈앞의 당돌한 여자를 어떻게 처리해야 할지 난감하기만 한 듯했다. 묵사발을 만들어야 할지, 아니면 아녀자의 소갈머리 없는 소견일지언정 귀를 기울이는 미덕을 보여야 할지. 허구, 나, 최선실을 함부로 대할 수도 없다. 누구나 인정하는 출중한 미색을 갖추지 않았던가. 흔히 사람들이 나더러 누굴 닮았다고들 말하는데, 예전엔 이름이 비슷해서인지 최진실을 닮았다고 했었고, 요즘엔 심지어 손예진에 전지현을 닮았다고 하는 얍삽한 사내들도 있다. 물론 과장된 립 서비스이긴 하지만, 제법 미모를 타고난 여인이라는 얘기일 게다.

잠시 숨 가쁜 정적의 시간이 흘렀다. 여느 청중들도 숨죽이고 있다.

"우린 살인 공모자를 찾아야 합니다. 정하준이 손잡은……."

침묵을 허물고 겁 없이 입을 뗀 사람은 여전히 나였다.

"그럼 만사가 해결됩니다. 이 이상 바랄 수 없을 정도로. 그 친구가 뉴욕에 있었다고 해도, 맨해튼의 플라자호텔에 투숙하고 있었다고 해도. 그래서 완벽한 알리바이가 있다고 해도요. 살인 공모자와 오순도순 상의해서 아내의 목을 비틀어달라고 하면 되는 거 아닙니까. 두둑하니 한몫 떼어준다고 약속하고요. 근데 플라자호텔의 샴페인 바가 끝내준다네요. 나 같으면 그곳에서 금발의 웨이트리스가 시중드는 돔 페리뇽 같은 고급 샴페인 글라스나 기울이며, 폴 카달이 피아노로 연주하는 고상하고 우아하고 아름다운 〈스카브로 페어〉나 들으며, 서울서 전해올 굿 뉴스를 기다릴 겁니다. 알고 보면 쉽지요."

그리고 나는 지지리 못난 잔챙이들에게 질타했다. 아니, 우두머리 서장의 염장을 질렀다는 것이 옳을 것이었다.

"그 친구가 구미에 당긴다면 우린 그와 손잡은 공모자를 찾아야 합니다. 수상한 파트너를. 여태 무얼 하셨지요? 이건 말도 안 돼."

"이런, 자네 무얼 몰라도 한참 모르는군."

나의 말에 대뜸 말참견한 사람은 우리들의 직속상관인 이호선 형사 과장이시다. 살쾡이처럼 민첩하게 행동해야 하는 우리 직업인데, 늘 굼벵이처럼 굼뜬 탓인지, 형사 콜롬보처럼 어벙하다는 평판을 듣고 있다는 그도 이 자리에서 체통을 세우자면 한마디쯤 거들어야 할 것이었다. 명색이 수사 책임자가 아닌가.

"모르긴, 무얼 모릅니까?"

나는 그에게 싱긋 미소 지어 보였다.

"여기 칠푼이들만 모여 있는 줄 아나 본데, 그야말로 착각도 유분수지. 우리가 그만한 이치도 모를까. 살인청부업자를 반년 가까이 찾아 헤맸다면, 자네, 어쩔 건가?"

"어머, 그러셨어요?"

"정하준이 고용했을 성싶은 킬러를 이 잡듯 뒤졌다면……."

"좋은 착상을 하셨네요. 하지만 그 방법이 서툴렀다면요. 엉뚱하게 샛길로 빠지고 있었다면요. 우린 직업적인 킬러가 아닌 지능적인 공모자를 찾아야 합니다. 그러고 나서야 이 사건의 베일을 벗길 수가 있습니다."

"허 참, 이 친구 좀 봐. 잘못하면 날 새겠네."

과장은 시종 엇박자로 나가는 나를 더는 상대하려 하지 않았다. 서장처럼 그 가치를 느끼지 않는 것이다. 천지 분간도 못 하는 새파란 말단 형사의 김새는 소리가 아니던가.

과장이 입을 닫자, 다시금 꼬장꼬장한 서장이 나섰다.

"좋아. 자네한테도 기회를 주어야겠지. 자네 말대로 48시간을 주지. 실패하면 두메산골 구례로 돌아갈 채비를 하라고."

서장의 입가에 일순 웃음이 번졌다. 그건 조소였다.

"경찰 옷을 벗으라면 벗을 용의도 있습니다. 하지만 성공한다면요?"

나도 덩달아 빙긋했다.

"특진을 약속하지. 자, 이제 거래는 끝난 건가?"

"네, 서장님. 깔끔하게요."

이건 서장과 나와의 일종의 내기라고 할 수 있었다. 거창하게 표현해서 적벽대전에서 제갈량과 주유가 내기한 것처럼. 그런데 보아하니 나의 승리를 예감하고 나한테 베팅할 사내는 하나 없지 싶다.

"근데 자네 이름이 뭐라 했었지?"

서장은 비로소 그와 승부를 겨룰 상대의 정체를 알려고 했다.

"최선실이라고 합니다."

나는 내 이름 석 자를 또박또박 밝혔다.

"그러고 보니, 뭐야, 자넨 얼마 전에 속리산 가는 길에서 멍청한 범인을 주워 특진한 시골 형사가 아닌가. 그깟 일로 감히 우리 종로서를 넘봐?"

서장의 의도는 분명했다. 어쩌다 운수가 좋아 범인을 길에서 줍다시피 해서는 1계급 특진을 하고는 서울로의 입성을 달성한 처지에 쥐뿔도 모르는 게 설치려 한다는 이미지를 부각시키려 하는 것이다. 한마디로 그는 많은 청중 앞에서 나를 평가절하하려 했다. 하지만 그게 어디 그깟 일이던가.

"어머, 죄송합니다. 우연히 길에서 주워서요. 그래서 특진을 해서요. 게다가 한갓 푼수가 종로서마저 넘봐서요. 번데기 앞에서 주름까지 잡지를 않나. 황송할 따름입니다."

막상 그 사건으로 나는 얼마간 매스컴의 각광을 받았고, 덩달아 경찰의 성가도 높였었는데, 그게 오히려 아니꼬운 것이다. 이왕에 다홍치마라고 이런 계제에 부하직원의 사기를 높이기 위해서라도 한마디쯤 칭찬의 말을 곁들일 법한데, 그렇지가 않다. 알고 보니 좁쌀영감이 따로 없다.

그나저나 누가 과연 좋은 패를 손에 쥐고 있을까.

3

"저, 잠시 구례에 다녀오겠습니다."

사무실에 돌아오자 나는 나의 직속상관인 강력1팀장에게 말했다.

강력계 강력1팀장 범도일 경위! 범 경위는 경찰대학 출신으로 국립경찰의 엘리트요, 엑스퍼트라고 했다. 파일럿 파카 차림의 그는 청년 장교처럼 그 체구가 늠름했고, 또한 당당했다. 그리고 그 용모 또한 준수했다. 그냥 준수하다기보다는 수려하기까지 했다. 야성을 느끼게 하는 턱 밑 수염 자국도 마음에 들었는데, 안기고 싶은 남자, 채워주고 싶은 남자라면 속단일까. 하지만 그럴 기회도 은총도 없을 것이었다. 지금 눈길을 내리깔고 쳐다보려고도 하지 않는다. 눈앞에 팔등신의 여인이 서 있는데도 말이다.

사흘 전이던가, 영전해서 종로서 강력계에 한 발짝 들어서 보니, 동토의 땅에 들어섰을 때만큼이나 분위기가 썰렁했다. 어럽쇼. 이것 봐라. 얼떨결에 요행을 잡은 여인에게, 그래서 특진한 풋내기 형사에게 보내는 그들의 눈길엔 냉소의 빛만이 가득했다. 그 가장 대표적인 인물이 범 경위였다. 그래도 숙녀인데 첫 대면에 나더러 앉으라는 말도 안

했었다. 기껏해야 자기도 30대가 아닌가. 이거 뭐야. 속 좁은 사내잖아.

"흐음, 반년 만에 순경에서 경장으로 특진을 하셨군. 알고 보니, 범인을 길에서 주웠구먼."

범 경위는 나의 신상명세서를 훑으며 처음으로 입을 떼었는데, 나의 특진 과정에 대해 언급하는 것이었다.

"네. 속리산으로 가는 길목에서."

나는 짧게 대꾸했다. 부정할 아무 이유도 없었다. 하지만 꼭 그렇게 말해야 속이 시원한 걸까. 싸가지가 없다.

"그러니 운수가 좋았다는 얘기잖아."

범 경위가 중얼거리듯 말했다. 그건 혼잣말처럼 하는 말이어서 나는 대꾸하지 않았다.

실력은 없고 요행만 있는 여자! 이것이 범 경위의 시각인 것이다. 촌년이 장님 문고리 잡는 식으로 범인을 잡고는 잘난 체한다는 것일 게다. 한마디로 낮잡아본다고 할 수 있는데, 무관심보다는 그래도 나은 걸까. 나는 본능적으로 서울 생활이 쉽지 않을 거라는 생각을 했다. 나쁜 자식! 나는 속으로 저주의 말을 우물거렸다.

구례에 그냥 머물러 있을걸. 이 생각만이 간절했다. 주말이면 피아골을 찾을 수가 있고, 연휴 때가 되면 천왕봉까지 오를 수가 있었다. 그곳에서는 누구에게도 괄시를 받지 않았다. 괄시가 다 뭔가, 활개를 쳤다.

"구례에 다녀오겠다고? 뜬금없이 구례는 왜 간다는 게지?"

범 경위는 납의 가면과도 같은 싸늘한 표정으로 심드렁하니 되묻는다. 풋내기가 촐랑대며 나대는 것이 못마땅한 것이다. 나 같은 부하직원을 둔 것이 심지어 창피하다는 모습이기도 했다. 모두가, 서장을 비롯해서 비웃고 있었으니까. 그래도 이건 아니다. 숙녀를 대하는 태도가. 그리고 내가 화가 나는 것은 그가 너무 잘생겼다는 점이었다.

"그게 뭐냐면, 범인을 잡으려고요. 서장님과도 약속했습니다. 48시간 내에 잡겠다고. 이거 뻥 치는 얘기가 아닙니다."

"나도 들었지. 48시간이라!"

그는 일순 장탄식했다. 그리고 다음 순간 묻는 것이었다.

"아니, 범인은 엄연히 서울에 있는데, 요즈음은 신사동 가로수길을 활보하나 보던데, 구례는 무엇 때문에? 그 촌구석엔…… 뭐, 회까닥한 거 아냐?"

"전 구례에 우리 눈앞에 가로놓인 미완성 퍼즐을 완성하는 마지막 조각이 있다고 생각합니다. 가로수길이 아니고요. 저마저 엉뚱한 길을 헤맬 순 없지요. 전 바보가 아닙니다."

"그럼 우린 모두 바보라는 얘긴가?"

"한 사람은 빼고요."

누구나 아이러니하게도 그 한 사람이 바로 자기라고 생각하게 마련이라나.

"좋을 대로 하라고. 엿장수 마음대로지."

가벼운 신경전 끝에 나는 팀장의 승낙을 받고 사무실을 뒤로했다. 그는 끝까지 마뜩잖아하는 표정을 지었고 나를 쳐다보지도 않았다. 보아하니, 범 경위는 도약의 길목에서 걸림돌이 될지언정 결코 디딤돌이 되어줄 인물은 아니었다. 그의 선의를 바라는 건 어리석은 짓으로 보였다. 나는 퇴장하며 속으로 주절거렸다. 쪼다! 얼간이! 잘생기면 제일인가.

오전 11시 정각. 모두의 우려와 냉소 속에 나는 나의 활동을 개시하려 했다. 나는 우선 강력1팀의 나의 동료들에게 함께 움직이자고 제의했다. 아무래도 그 친구를 낚으려면 남정네의 도움이 필요하다. 알고 보니 강력1팀에는 서 경사 말고도 삼총사처럼 움직이는 세 명의 말단 형사가 있었는데, 노 형사에, 박 형사, 그리고 전 형사, 모두가 순경 계급이었다. 그러니 나는 강력1팀에서는 서열이 세 번째라고 할 수 있었으나 그와 같은 대우를 제대로 받을지가 의문이었다. 그들 모두가 나이가 30대 중반 아니면 후반으로 나보다 위일 것이고, 경찰관 임용 날짜도 빠를 것이었다.

그들은 옹기종기 모여앉아 시시덕대며 딴전을 피우고 있었다.

"여보게, 벗님네들, 나한테 걸 사람 없어요? 한몫 끼워드리죠. 나에겐 늘 행운의 여신이 미소 짓고 있다고요. 지난번엔 속리산으로 가는 길목에서 범인을 주웠지만 이번엔 제 발로 걸어 들어오는 걸 잡을 거거든요. 식은 죽 먹기라니까요. 잘하면 특진도 가능하고요. 부유하기로 소문난 유족이 제시한 현상금도 3천만 원이라고 했고요. 알아들어요? 판돈이 3천만 원의 게임이라고."

"여기가 어디 포커판인가?"

"비슷하지. 도박과 다를 게 뭐가 있어요?"

"흐음, 도박이라. 재수가 좋으면……."

"특진에다가 현상금까지, 이건 대박이라고. 돈은 귀신도 춤추게 한다고 했는데, 어때요? 나한테 베팅하는 게. 나중에 가슴을 치지 말고. 게다가 이 사건은 우리 강력1팀의 책무라고요. 부탁인데, 내 말을 마음속 깊이 새기고 잠시만 시간을 쪼개요. 틀림없이 즐거운 사냥이 될 거라고요."

내가 책임감을 일깨우고, 달콤한 미끼마저 던지며 꼬드겼지만 그들은 고개를 내젓는 것이 아닌가.

"너무 낙관적이시네."

"비관할 것도 없지 싶은데?"

"우린 이 상황에서 올인할 생각 없으니, 패를 던지죠."

"이제 보니 주야장천 이럭저럭 허송세월이나 하는 어리바리한 K-좀비족이 여기에도 모였네. 뒤에선 호박씨나 까고. 콩가루 집안 아냐?"

"그걸 오늘 처음 아셨나."

슬기롭다고 해야 할까, 그들은 나와 엮이려 하지 않는다. 돌아오는 건 핀잔이고 칭찬은 없을 것으로 보는 것이다. 알고 보니 비전도 없고, 주변머리도 없는 친구들이다. 게다가 도전정신도 없다. 그 흔한 해병대 출신도 특전사 출신도 아니다.

"좋아요. 당신들에게는 땡전 한 닢도 돌아가지 않을 거니까, 나중에 가슴이나 치지 말아요."

"공돈 바란 적 없으니까, 잘해보시지요."

"나 참. 그런 처세로 언제 흙수저 신세를 면한담. 야망은커녕 꿈도 없네. 기회는 단 한 번 주어진다고 하는데, 이제 보니 싹수가 노랗군."

그들은 내 말에 아무 반응도 보이지 않았고 귓전에 흘려보내고 있다. 하던 지랄도 멍석 깔아놓으면 안 한다더니 꼭 그 꼴이다.

"이거 할 일 없이 오두방정 떠는 게 아니라니깐."

"누가 뭐랍니까? 즐거운 사냥 되세요."

아무리 타일러도 메아리가 없는 이들을 어찌 한솥밥 먹는 처지라고 할 수 있겠는가.

"빌어먹을! 골때리네."

나는 어쩔 수 없이 밀려드는 아쉬움을 잊고 독자적으로 행동해야 했다. 좋아. 나 홀로 움직이자고. 난 언제나 솔로가 아니던가!

오늘은 눈보라가 휘날릴 거라고 해서, 나는 단단히 준비를 해야 했다. 나의 취미가 등산인지라 등산용 장비는 두루 갖추고 있다. 나는 우선 블랙야크 등산모를 눌러썼고, 유니클로에서 구입한 싸구려 패딩 점퍼도 걸쳤다. 언젠가는 시가 150만 원을 호가한다는 몬테꼬레의 롱패딩을 손에 넣을 것이다. 워커 슈즈와도 같은 등산화도 끄집어냈다. 그 모두가 블랙 일색이다. 패셔니스타들이 시크한 올 블랙을 선호해서가 아니라 그냥 우연의 일치일 뿐이다. 그런데 지리산 정상에서던가, 누가 나한테 닉네임을 선사했었다. '블랙버드'라는 닉네임을. 나는 그 닉네임을 그다지 반기지는 않았다. 이왕이면 '파이어버드'라고 하던가, '선더버드'라고 하면 좋으련만.

등산용 륙색엔 38구경 리볼버를 챙긴 건 물론이다. 한국판 여전사 안젤리나 졸리가 바야흐로 서울 종로 네거리에 탄생하는 순간이었다.

"이거 불안해서 영 견딜 수가 없네."

색이 바랜 밤색 코르덴 오버셔츠 재킷을 아무렇게나 걸친 서 경사가 다가오며 씨부렁거렸다.

"모양새는 어디 내놓아도 손색이 없지만, 조급하게 막무가내로 덤벙대니 걱정이 태산 같구면."

"뭐가 불안하며, 뭐가 걱정이라는 거죠?"

나는 서 경사에게 씽긋 미소 지으며 마주 섰다.

"이거 엿장수 마음대로 되는 사건이 아니라고. 우리가 그사이 얼마나 많은 밤을 지새우며 수고했는데, 부임한 지 고작 사나흘밖에 안 되는 사람이 천방지축 나대긴 어디서 나대."

"걱정 마요. 내 방식이 따로 있으니까. 규칙이라고 해야 할까."

"규칙? 뭔 규칙인데?"

"본능이 시키는 대로 행동하라! 아니면 영감이라고 해야 할까. 속리산으로 가라 해서 속리산으로 갔더니 현상수배범 이강국이 나타나더라고요. 그래서 잡았지요. 이번엔 구례로 가라 하시네."

"이거 뭐야, 딱 점쟁이 아냐?"

"나한테 점쟁이 뺨치는 예지 능력이 있다고요. 게다가 여기 식솔들처럼 빈둥대며 밥이나 축내는 멍청이도 아니고요. 허구, 운칠기삼이라는 말도 있듯이 다른 사람에겐 잘 찾아오지 않는 운세도 언제나 내 편이더라고요. 이번에도 기대하셔도 좋을걸요. 나는 누가 정하준의 공모자인지 알고 있다고 자부하고 있네요. 그리고 그 친구들의 예술적인 솜씨도요. 시시껄렁한 소리나 하며 무턱대고 오두방정 떠는 거 아니니 너무 염려 마요."

"나, 원, 스타일은 죽이지만 약발 먹힐 소리를 해야지."

나는 불안해하는 서 경사와의 짧은 대화를 끝내곤 재빨리 걸음을 옮겼다. 백 마디 말보다는 실적으로 증명해야 할 것이다.

나는 얼마 후 허름한 개버딘 천으로 뒤덮인 고물 코란도에 기름을 가득 채우곤 구례로 가는 길을 달렸다. 언젠가는 나의 소망인 그랜드 체로키를 몰 것이다. 경부고속도로에 접어 들었을 때엔 내가 산에서 즐겨 부르는 강은철의 노래 〈삼포로 가는 길〉을 들으며 제한속도에 아랑곳하지 않고 고속 질주했다. 딱지를 떼고 싶으면 떼라지.

누가 말했던가.

'이날을 붙들어라! 그리고 즐겨라!'

그래, 나의 오늘의 일을 즐기도록 하자.

나는 천안 휴게소에 들렀을 때, 스마트폰을 끄집어내 우리들의 표적 정하준에게 그가 찔끔해할 문자메시지를 또다시 날렸다. '나는 네가 지난여름에 상하이에서 한 짓을 알고 있다.' 나의 두 번째 시도라고 할 수 있는데, 수상한 문자메시지에 아직은 무반응.

나는 다시금 차를 몰았다. 기상대가 예보한 대로 눈이 본격적으로 내리기 시작했다. 나는 유성에 들러 잠시 휴식을 취하면서 연이어 메시지를 발송했는데, 일금 5천만 원을 24시간 내에 준비하라는 협박성 단서도 첨가했다. 연달아 아리송한 메시지를 받은 범인으로선 어떤 형태로든지 반응할 것이었다.

유성을 떠나 호남고속도로에 접어들었을 때엔 속도 조절을 위해 서행했다. 구례에 도착한 것은 이래저래 저녁 5시쯤이었다. 눈 내리는 겨울철이라 밖은 어느새 땅거미가 지려 했다.

나는 이윽고 나의 옛 둥지 구례경찰서 문을 두드리고 수사과장실로 걸음을 옮겼다.

"어, 이게 누구야? 눈도 오는데, 이 밤에 어떻게 오셨나?"

옛 상사인 오장수 과장이 가식 없이 반겼다. 마치 친정에 예고 없이 나타난 딸내미 반기듯 했다. 시골 학교 교감 선생님과도 같은 인자스러운 인상. 초짜를 알게 모르게 도우셨던 어른. 서울의 비정하고 메마른 상전들하고는 다르다. 달라도 한참 다르다.

"보고 싶어 왔지요. 그동안 별일 없으시고요?"

"혹시 쫓겨난 거 아냐? 닷새도 안 돼서."

"왜, 아니겠어요."

"천방지축 설치는 버릇 언제나 고치려나. 쯧쯧."

"제 버릇 개 주나요, 어디. 과장님은요?"

"늘 그렇지 뭐. 자, 이리 와서 앉으라고."

나는 따끈한 녹차를 대접받으면서 이 밤에 멀다 하지 않고 달려온 사연의 자초지종을 과장한테 소상하게 설명했다. 구례서의 전폭적인 도움이 필요하다고도 했다. 그러고는 물었다.

"과장님, 남태인 사건은 어떻게 됐어요? 진전이 있나요?"

구례서에서 다루고 있을 미제 사건의 하나다. 남태인! 그도 정하준 못지않은 매우 지능적인 살인 용의자다.

"진전은……. 아직 그대로야."

과장의 맥 빠진 대꾸.

"윗선에선……."

"야단이지, 아무래도……."

"아무래도?"

"이번에 옷을 벗어야 할지 몰라."

"세상에, 말도 안 돼요."

"말 되는 일, 세상에 그리 흔하던가? 더구나 이번 사건은 엄청 절망적이야. 남태인에게는 누구도 허물 수 없는 알리바이가 있다고."

"과장님, 세상에 절망이란 없고, 절망에 빠진 사람만 있다고 했어요. 그러니 신세 한탄만 하지 말고 우리가 한번 협동해서 매달려보자고요. 나는 서울 사건을, 과장님은 구례 사건을. 잘하면 48시간이면 해결할 수 있다고요. 공을 세워야지요 우린 늘 한 방이 부족하다고요."

나는 구례에 와서도 48시간을 들먹였다. 과연 눈앞의 시골 수사과장께서 내 말을 믿어줄지가 의문이었지만. 선한 사마리아인 같은 분인 건 알지만 솔로몬처럼 슬기로운 분인지는 알 수가 없다.

"자네, 속리산 가는 길에서 범인을 잡아 특진하더니, 재미를 붙였군."

"나한테는 예지 능력이 있는 데다가 운세가 따른다니까요."

"좋아. 아리까리하지만, 좌우당간 한번 해보자고."

늘 사무실에 죽치고 앉아 궁싯거리기만 하던 양반이 지푸라기에라도 매달리려는 심산인지, 대뜸 나와 손을 잡으려 했다. 아무려나 용기백배하는 순간이었다.

"자, 이제 어떻게 하지?"

"우리 이렇게 해요."

바야흐로 구체적인 작전을 세울 타이밍이었다.

"오늘 밤 소지섭과 송승헌 형사를 저한테 붙여주세요. 무장을 해서."

"그럼, 될까?"

"암요."

그래서 이름난 두 형사가 완전 무장해서 나타났다. 두 사람 다 다반사로 지리산을 주파하는 산사나이들인지라 건장한 체구를 지녔지만, 소지섭이나 송승헌과는 그 인물 생김새가 판이하다. 색싯감 하나 없는 주제에 지네들끼리 그렇게 이름 붙이고 다닌다. 이들과는 친하게 지낸 처지로, 지리산에도 함께 오르곤 했는데, 에르메스 스카프를 목에 두르고 설치는 나를 감히 넘보지는 못했다.

"어라! 언제까지 이렇게 솔로로 다니시나? 이젠 참한 짝을 찾아야지. 걱정되네."

"염려 마요. 줄을 서 있으니까."

잠시 뒤, 우리 세 사람은 구례 맛집으로 소문난 송이식당에서 남도의 푸짐한 음식으로 저녁을 들고는 밤 8시께에 경찰 SUV로 피아골을 향해 출발했다. 피아골까지는 대충 한 시간은 걸리고, 19번 도로를 타야한다. 피아골에 남태인이 관리하는 산장(山莊)이 있는 것이다.

정하준과 남태인! 내가 전국의 미제 사건 기록을 면밀하게 뒤져본 바로는 두 사람에게 하나의 공통점이 있었다. 그것은 막대한 유산을 상속받을 위치에 있다는 점이었다.

남태인의 경우엔 돈 많은 백부가 있었는데, 얼마 전에 안성맞춤으로 이 세상을 하직했다. 두 형사의 말에 따르면 그의 큰아버지는 재일교포 사업가로 크게 성공하자, 고국에 돌아와 해운대 해변에 큼직한 호텔을 세워 운영하고 있다고 했다. 호텔 이름은 전설의 제국, 아틀란티스! 아내는 일찍 세상을 뜨고, 슬하에 자식도 없어, 유일한 상속인은 조카뿐이다. 백부는 산을 사랑하며 소박하게 살아가는 조카를 좋아했는데, 무엇보다도 돈 많은 큰아버지에게 성가시게 기대려고도 하지 않았다. 그는 노인의 마음을 사로잡았고, 유언장엔 그에게 모든 재산이 돌아가게 되어 있었다. 그런데 지난여름 밤, 해운대 해변을 홀로 산책하던 백부는 어둠 속에서 느닷없이 나타난 괴한에게 목 졸려 살해되고, 호주머니의 지갑을 털렸다. 누구에게나 처음엔 단순 살인강도 사건으로 비쳐졌지만, 남태인의 초상이 서서히 부각되기 시작했다. 기절초풍할 만큼 엄청 많은 재산을 상속받게 되는, 논마지기 없고 땡전 한 닢 없는 조카의 존재가.

"나 참, 이런 변이 있나? 유일한 혈연인데, 그래서 고이 기다리면 저절로 굴러들어올 텐데, 사람을 해쳐요, 그것도 큰아버지를?"

"기다리는 데 지쳤다면?"

지능적인 범죄자와 시골 형사들 사이에 실랑이가 시작된 건 물론이다.

"어처구니가 없네. 난 돈보다는 산을 사랑하는 사람이에요. 잘못 짚으셨네."

"말이야 그렇게 해야겠지. 우린 직업상 인간의 지칠 줄 모르는 욕망을 잘 알거든."

"인간의 욕망이라!"

"자네, 법적으로 완벽한 유언장이 작성된 건 알고 있었을 테지. 재산을 고스란히 자네한테 넘겨준다는. 그것도 모른다고 잡아떼진 않겠지."

"그거야 알고 있었지요. 고문변호사가 일러주었으니까."

"그런데 그 유언장을 고치려 한다는 사실도 일러주던가?"

"그게 무슨 소립니까? 난생처음 듣는 소린데요."

"백부께서 새로운 사랑에 빠진 사실도 말이야. 해운대 해변에 있는 살로메라는 노천카페의 아름다운 여주인과. 밤마다 백부를 위해 따끈한 오뎅 국물과 사케를 준비하고 패티 김의 〈초우〉를 비롯한 주옥같은 노래를 불러주었다는……. 청초한 기품을 자랑하는 현소선이라는 이름의 중년 여인! 백부께서 곧 결혼한다고 하더라고. 유언장도 다시 쓰고. 이것도 처음 듣는 소린가? 내 말은 백부가 재혼하고 유언장을 바꾸기 전에 자네가 재빨리 손을 썼다는 얘기지."

"시시한 시나리오군요. 몹시 공들인 건 알겠지만, 하나 재미없는."

"시시한 시나리오일지 모르지만 이제부터 자네와 내가 씨름해야 하는 시나리오라고 할 수 있지. 내 말 알아들어?"

이 단계까지는 시골 형사는 영특한 용의자를 잘 밀어붙였다고 생각했다. 살인 동기도 찾아내고 말이다. 그런데 눈앞의 용의자는 다리를 꼬고 앉은 채 비웃음만을 흘리고 있다.

"자, 이제 자네에게도 기회를 주지. 자네 결백을 입증할 마지막 카드라도 있다면 제시해보라고."

"암, 있지요."

그는 마침내 소매 속에 간직하고 있던 마지막 카드를 제시했다.

"백부께서 살해되었다고 믿어지는 그 시각에 난 천왕봉 정상에 있었어요. 말하자면 나에겐 완벽한 알리바이가 있다는 얘깁니다. 해운대 바닷가가 아닌 지리산 꼭대기예요."

"흐음, 그래애?"

"증인도 수없이 많고요. 그중에서 두 사람의 이름을 밝히죠. 듣고 놀라지 마세요."

"누군데?"

"소지섭 형사와 송승헌 형사!"

"뭐라고?"

"그날 함께 산행을 했어요. 그럼 안 됩니까? 그 친구들 남 못지않게 산을 좋아해요."

"맙소사!"

남태인에게 경찰이 입증하는 알리바이가 있는 것이다. 그것도 살인 사건 전문가인 강력계 형사가 입증하는 철벽같은 알리바이가. 시골 형사들은 용의자 앞에서 벌린 입을 다물지 못했다.

"사람들이란 남이 잘되는 꼴을 못 본다니깐."

남태인의 시큰둥한 마지막 대사.

그의 완벽한 알리바이 앞에 구례경찰서 형사진도 마침내 두 손을 바짝 들게 되었는데, 그렇다고 해서 해운대 해변의 살인 사건을 단순 강도 살인으로 마무리 짓기엔 어쩐지 찜찜한 사건이었다. 그래서 구례서가 짊어져야 할 멍에가 되었다.

"이것 참 난감하네. 난감해!"

4

우리 일행이 피아골 산장에 도착한 것은 이래저래 밤 9시경이었다.

"과연 정하준이라는 영악한 그 친구가 오늘 밤에 이 시골 구석에 나타날까? 덫인 줄도 모르고."

두 형사의 몇 차례 되풀이되는 푸념이다.

"성질이 급한 친구면 오늘 밤, 늦어도 내일 밤엔 나타날걸요."

"먼 길을 찾아왔는데, 이건 도박이네."

"할 가치가 있는 도박이라면 해야죠. 베팅할 타이밍엔 과감하게 베팅하고요. 게다가 나한테는 운세가 늘 따르고 있다고요."

내가 장담했으나 그들은 어쩐지 못 미더워했다.

정하준과 남태인! 나는 미제 사건 서류철을 뒤지면서 두 사람의 공통성에 주목했다. 비록 한 사람은 서울에 살고 다른 한 사람은 구례에 살고 있어도, 영악한 두 젊은이가 막대한 재산을 상속했을 뿐만 아니라 아무도 허물 수 없는 알리바이를 구축해서 완전범죄를 달성했다는 점에서다. 완전범죄! 범죄자들이 꿈꾸는 영원한 이상향이다.

"아하, 무언가 연결고리가 있겠다 싶더라고요. 두 사람 사이에, 내가 무엇 때문에 눈 내리는 이 밤에 이 시골 구석에 달려올 생각을 했겠어요? 범죄의 징후가 있으니 왔지요. 설마 운세만 믿었을까."

나는 시골 형사들에게 덧붙여 설명했으나 여전히 반신반의하는 모습이다.

"나한테는 천재 끼도 있다니깐. 당신들 꼴통들과는 달라."

"그렇게 믿고 싶은 거겠지."

눈은 여전히 내렸다. 두 형사는 밖에서 잠복 근무를 하기로 하고 산장엔 나 홀로 진입했다. 리볼버 권총이 숨겨진 룩색을 짊어지고.

통나무로 지은 산장은 그 규모가 제법 큰 편이었는데, 불이 희미하니 밝혀져 있었다. 나는 한 번 크게 심호흡을 하곤 산장의 문을 노크했다. 한 발 들어서니 널찍한 홀이 있었고, 장작개비가 타고 있는 난롯가에 강인한 느낌의 사내 하나가 우뚝 서 있었다. 검은 오리털 파카에 트레이닝 바지 차림의 그는 훤칠했고 건장했다. 바로 남태인이다. 광대뼈는 나오고 콧마루는 컸다. 수염이 텁수룩한 그의 첫인상은 산을 즐기는 야성의 사나이라는 느낌이었다. 30대 중반은 되어 보였는데, 고즈넉한 분위기를 홀로 즐기는 듯이 보였다. 내가 다가서자 사내는 눈웃음 지으며 반겼다.

"어서 오세요."

"눈이 많이 와요."

"그러게요."

"내일 산에 오를 수 있을까요?"

"어려울 겁니다."

"겨울 등산이 최곤데……."

"최고지요. 게다가 눈이라도 내리는 날이라면……."

우린 마치 오랜 등산 동료들처럼 친근하게 이야기를 나누었다.

"아무래도 내일 아침에 판단하셔야겠어요."

그가 전문가답게 조언했다.

"그럼 하룻밤 재워주세요."

"암요. VIP실에 모시죠. 귀빈실에. 침대도 있고, 텔레비전도 있어요."

그는 블랙 패딩 점퍼를 맵시 있게 걸친 젊고 아름다운 여성 등반객을 위해 봉사하게 된 것을 기뻐하는 모습이었다.

"고마워요."

그래서 나는 그가 특실이라고 떠벌린 2층의 구석진 방에 짐을 풀게 되었다. 눈이 내리고 주중이라서 여느 등산객은 없지 싶었다. 나는 한동안 방의 불도 밝히고 텔레비전의 볼륨도 높였으나, 밤 10시께가 되자 불도, 텔레비전도 끄고 잠자리에 들었다. 다만 온 신경을 곤두세우고.

그가, 정하준이 나타난 것은 밤 11시경이었다. 나는 재빨리 침실을 빠져나와 계단 난간에 기대어 섰다. 정하준은 등산객 차림이었다. 그리고 등산용 지팡이를 손에 들고 있는데 도끼 모양의 쇠붙이가 붙어 있다. 산속에서 언제든지 좋은 무기로 사용할 수가 있을 것이다. 붉은색 체크무늬 헌팅 캡을 눌러쓴 그는 훤칠했고 지적인 풍모를 드러냈다. 그리고 스틸 프레임의 안경을 끼어서인지 그 인상이 전체적으로 차가워 보였는데, 텔레비전에서 보여주었던 슬픈 남편의 역할은 끝난 듯했다.

정하준이 불쑥 출현하자, 남태인도 그 모습을 드러냈다. 그는 서울 손님을 진작부터 기다린 듯했다.

"잘 지냈나, 친구! 근데 우리 다시는 만나지 않기로 하지 않았던가?"

그러면서도 두 사람은 악수를 나누더니 서로 껴안기도 했다. 그들이 오랜 지기라는 것을 금세 알 수가 있었다. 그것도 몹시 친숙한 사이라는 것을. 손을 마주 잡고 보기 좋게 경찰을 조롱한 처지다. 호탕한 웃음을 흘리며 술잔도 높이 드는 것이었다.

그러나 그것은 잠시였다. 술잔을 들며 사근사근 대화를 나누는가 싶더니 어느새 그들의 목소리는 점차 고성으로 바뀌고 있었다. 그리고 다음 순간 그들은 눈 깜짝할 새에 격돌하고 있었다. 그것도 엄청 사생결단하고 혈투를 벌인다는 게 옳을 것이었다. 한 사람은 지팡이 도끼를 휘둘렀고, 다른 한 사람은 소매 속에 감추었던 등산용 나이프를 내리꽂고 있었다. 어김없는 위기에 처한 파트너 사이에 펼쳐지는 피투성이 싸움! 잠시 뒤엔 누군가가 목숨을 잃을 것이다.

마침내 위기에 몰린 수상한 파트너 사이에 제2막이 연출되고 있는 것이다. 살인 모의가 제1막이었다면 말이다.

나는 아래층으로 뛰어 내려갔다. 그러고는 외쳤다.

"두 사람 다 냉큼 손 들어!"

나는 38구경 리볼버를 손에 들고, 상투적인 대사를 시원스레 토했지만 내 말이 그들의 귀에 들어오지 않는 듯했다. 그래서 나는 그들을 겨냥해 두 발의 총탄을 퍼부었다. 물론 살짝 빗나가게. 총성은 좁은 공간에 메아리쳤고 그들은 비로소 싸움을 멈추고 떨어졌다.

"당신 누구야?"

그들이, 위기를 맞은 공모자들이 흠칫 놀라는 표정을 짓더니 동시에 외쳤다.

"누군 누구겠어? 잘 들어! 난 너희들 운명에 족쇄를 채울 경찰이다."

나는 지체 없이 그들의 물음에 대꾸했다.

그와 동시에 밖에서 잠복 근무하던 건장한 체구의 두 형사가 들이닥쳤다.

"너희들, 현행범으로 체포한다. 공연히 허튼수작 말고 손을 들어! 승부는 끝났어!"

그들도 총을 겨냥하며 시원스레 외쳤는데, 그동안 라스트신에서 얼마나 읊조리고 싶었을 대사였을까.

5

나는 남태인을 구례서에 넘기고, 다음 날 아침 일찍 정하준의 손목에 수갑을 찰각 채우곤 프레디 머큐리의 신명 나는 노래 〈보헤미안 랩소디〉를 들으며 귀로에 올랐다. 48시간이 아닌 24시간 만의 서울 귀환이었다. 피 흘리는 목덜미에 붕대로 칭칭 감은 정하준을 차에서 끌어내려 강력1팀장 앞에 패대기칠 순간 내 몸속에서 아드레날린이 짜릿하니 솟구치는 것을 느꼈다. 딴청을 피우며 꽁무니를 빼던 동료 형사들도 눈을 빛내며 우르르 몰려왔다. 바야흐로 구례에서 날아든 블랙버드가 개선하는 순간이다. 어찌 신바람 나지 않겠는가.

"야, 인마! 언제까지 우릴 데리고 놀 줄 알았어? 인생이 그렇게 만만하지가 않아. 잔치도 끝날 때가 있다고."

내가 쇠고랑을 찬 사내에게 던진 마지막 대사.

"이 친구를 당장 끌고 가서 치료부터 하세요. 다 자백했으니까, 영장부터 신청하시고요."

몰려온 형사들에게 던진 나의 첫마디.

"이 친구를 어떻게 낚았지?"

내가 다가서자 팀장은 오늘은 앉은 자리에서 벌떡 일어났다.

"그거 아세요? 교환 살인 수법."

내가 고개를 곧추세우고는 되물었다.

"알지."

팀장은 공손히 대꾸했다. 어쩌랴, 기 센 여자가 나대는 세상이 된 것이다.

"패트리셔 하이스미스가 자신의 데뷔작 『낯선 승객』에서 구사한 트릭! 두 사람의 범죄자가 죽어주었으면 하고 바라는 사람을 서로 바꾸어 살해함으로써 동기와 알리바이를 감출 수 있는 책략! 이 세상에서 가장 안전한 살인 방책이라고 일컬어지는…… 아시죠?"

"안대도."

"그 이후로 패트리셔의 후계자들이 잇달아 양산되었어요. 그 아이디어의 모방자들이요. 그 여잔 지금은 위대한 선구자라는 영광을 누리고 있어요. 앨프리드 히치콕에 의해 영화로 만들어지기도 했고요. 그러니 말씀예요……"

나는 명색이 미스터리 클럽 회원인지라 들은 풍월이 있다. 모름지기 그 직분이 수사형사라면 가입하고 볼 일이다.

"그러니 정하준이 뉴욕에 가 있을 땐 남태인은 서울로 올라와서 그 친구 아내의 목을 조르고, 남태인이 천왕봉에 올랐을 땐 정하준이 해운 대로 가서 산책을 즐기는 백부를 살해했다는 얘긴가?"

팀장의 의심스러운 눈초리. 정녕 못 미더운 것이다.

"그렇습니다. 그게 바로 교환 살인 수법이지요. 나와는 전혀 인과관계가 없는 다른 사람의 표적을 사냥하는 것이니, 안전할 수밖에요. '어나더 타깃'을요."

"흐음."

"누이 좋고 매부 좋고. 완벽한 알리바이가 보장된 완전범죄! 끝내주는 해피엔딩! 멋진 시나리오 아닙니까."

"으음."

"직업적인 살인청부업자를 고용하는 방법도 있겠죠. 하지만 평생 공 갈 협박에 시달릴 수가 있습니다. 어리석고 위험한 발상이죠. 자, 이제 두 사람의 알리바이는 무너졌어요. 천재적인 범죄자도 머리 좋은 형사 앞에서 두 손 들게 마련입니다. 우리가 어디 바보들만 모였습니까."

"하지만 교환 살인엔, 그 뭐야, 완벽한 안전판이 있다고. 절대로 무너 질 수 없는. 서로가 상대방을 고발할 수가 없다는……. 그건 자신을 고 발하는 거나 같은 이치라고. 죽기로 작정하기 전에야 어디……."

제법이다. 그러니 경찰대학을 수석으로 졸업했을 테지. 미스터리에 도 제법 조예가 있는가 보다.

"근데요, 완벽하게 짜인 교환 살인 수법에도 아킬레스건과도 같은 약 점이 하나 있더군요. 그게 뭐냐 하면……."

"뭔데?"

"이 세상에 나의 범죄를 아는 유일한 인간이 존재한다는 찜찜함이요. 비록 안전판은 있다고 해도요. 화장실에서 밑을 덜 닦고 나온 것 같은."

"흐음, 찜찜하긴 하겠지."

"께름칙하죠. 불안하고 전전긍긍할 수밖에요. 의혹의 포로가 되어 점 차 심리적으로 붕괴되어가고요. 아시겠어요? 이성은 안전하다고 일깨 우지만요, 본능은 늘 위험하다고 경고하기 마련입니다. 공모자를 이 지구상에서 깨끗하게 없애야 한다고. 상대방이 손을 쓰기 전에 내가 먼 저 어제의 동지의 등에 비수를 꽂아야 한다고. 라벨의 〈볼레로〉처럼 점 점 높아가는 그 불안과 충동을 어떻게 억제할 수가 있겠습니까. 폭로의 두려움! 충분히 동기가 되죠. 공범자들 사이에 펼쳐질 수밖에 없는 최종적인 싸움! 이거야말로 불편한 진실 아닙니까.”

“흠, 마지막 순간에 펼쳐질 수밖에 없는 공범자들끼리의 숙명적인 싸움이군. 그래서?”

“그 충동을 건드리면 되겠다 싶었어요. 의혹의 심지에 불을 지피면…… 그들 중에서도 신경이 가늘고 예민한 친구를요. 그래서 정하준을 선택했습니다. 그가 비록 인간의 신경회로를 다루는 의사라고 해도 내가 보기엔 그 자신이 이미 편집증 환자였을걸요. 이른바 피해망상에 시달리는 파라노이아 환자! 언젠가는 그가 먼저 행동할 거라고 본 겁니다. 난 다만…….”

“다만?”

“그 친구에게 ‘나는 지난여름에 네가 한 짓을 알고 있다’라는 간단한 메시지를 몇 차례 날렸을 뿐입니다. 아, 그랬더니 타이밍 죽이게 걸려들더라고요. 오밤중에 메스 대신에 도끼를 들고 나타나는 거 있지요.”

“도박이군.”

“도박이죠.”

나는 구태여 합리적인 추리의 소산이라고는 말하지 않았다.

“그나저나 어떤 인연이 있었기에 그들이 공모할 수가 있었다는 게지? 무엇보다 그들이 공모하려면 남다른 계기가 있어야 한다고. 정하준도 산을 좋아했었나?”

잠깐의 침묵이 흐른 다음 팀장의 탐색적인 물음이다.

“골프를 좋아했지, 산은 좋아하지 않았습니다. 그들에게는, 정하준과 남태인 사이엔 인연의 끈이라곤 하나 없었어요. 학연도 지연도, 직업도 생활 터전도요. 아시다시피 정하준은 서울에 남태인은 구례에 살고 있었습니다. 기록 서류를 아무리 뒤져도 그들은 완벽하게 타인이었어요. 비록 막대한 유산 상속인이라는 공통점이 있었다고 해도……."

"그런데도 찬스가 있었을 거 아냐."

팀장의 거듭되는 추궁. 사건의 핵심이다.

"우연히요."

"우연이라!"

"찬스란 우연히 다가올 때가 있습니다."

"그럴 수도 있겠지. 하지만……."

"패트리셔 하이스미스는 열차에서 우연히 만난 '낯선 승객'을 등장시켰습니다. 언뜻 그 생각이 머릴 스치자, 두 사람이 항공기나 여객선에서 만나지나 않았을까, 하는 영감이 떠오르더라고요. 해외여행 중에요. 요즈음 부쩍 해외여행을 다니질 않습니까. 두루 살펴봤지요. 그들이 지난여름의 여행 기록을요. 아, 그랬더니……."

"그랬더니?"

"부산에서 상하이로 출발하는 크루즈 여행을 다녀왔더라고요. 두 사람 다. 기묘한 우연이라고 할 수밖에요. 객실도 함께 쓰고요. 비로소 해답이 나오는 거 있지요. 교환 살인을 모의할 수 있는 찬스에 대한 해답이. 그래서 '지난여름에 상하이에서 네가 무슨 짓을 했는지 나는 알고 있다'라는 완성된 메시지를 보낼 수가 있었습니다. 딱 걸려들더라고요."

"흐음, 그럴싸한 계략이군."

"그냥 그럴싸하다고요? 탁월한 계략이죠."

내가 뭐래도 그는 그 특유의 포커페이스를 유지하고 있다. 속으론 젠체하는 내가 밉상스러우리라.

나는 이제 그의 앞에서 물러나려 했다.

"잠깐."

그가 살짝 손을 들어, 나는 잠시 멈칫했다.

"우리도 말이야, 반년 가까이 정하준이 공모했을 지능범을 찾아 헤맸다고. 형사진을 총동원해서. 그 방법밖엔 없었으니까. 근데 자넨 부임한 지 고작 사나흘밖에 안 되는데 어떻게 남태인과의 공모 사실을 점칠수 있으며 채 24시간도 채 안 돼서 검거할 수 있었다는 게야? 제아무리재주가 뛰어난들……."

"운수가 좋았던 거죠. 제가 그사이 구례에서 근무했었잖아요. 남태인이 사는. 반년 가까이 그 사건을 관찰할 수도 있었고요. 그러니 누구보다도 먼저 두 사건을 연계지을 수가 있었던 거죠. 욕망의 사슬에 얽매인 두 사나이가 손잡고 달성한 완전범죄의 그림이랄까, 구도가 눈앞에훤히 보이는 거 있지요. 저로선 행운이죠."

"그러니 뭐야, 우리가 누리지 못한 요행도 있었다는 얘기시군."

"저한텐 남다른 운세도 따른다니까요."

"동기는?"

그가 마지막으로 물었다.

"동기요? 그야……."

"남태인은 돈이 필요해서라는 건 알겠는데, 정하준은 굳이 천하일색이라는 아내 목을 조른 진짜 사연이 뭐지? 그 친구 혹시 아내 데스데모나의 목을 조른 오셀로처럼 질투의 격정에 사로잡혔었나?"

"질투가 아니라 권태라고 합니다."

"권태?"

"사람은 권태라는 위대한 신비의 지배를 받는다고 합니다. 그 굴레에서 해방되고 싶었던 거죠."

"좀 쉽게 말하지."

"돈 많은 아내에게 사육당하는 게 싫었다고 하네요. 창살 없는 감옥에 갇혀 지내는 게 지긋지긋했다고. 미모를 타고났으나 골 빈 여자하고 사는 게 숨이 막혔다고. 엄청 스트레스를 받았었나 봐요. 여자 돈에 미색이나 밝히는 골 빈 남정네들. 잘 새겨들으셔야 합니다."

"으음."

나는 그의 모진 신소리를 뒤로하고 조용히 발걸음을 옮겼다. 알지 못할 쾌감을 지니고.

6

찻잔 속의 태풍이랄까, 지나고 나서 한숨 돌릴 즈음에 형사과장이 찾는다고 해서 나는 그의 방문을 노크했다. 그가 헤벌쭉 웃음 지으며 손수 차 대접을 해서 나를 께름칙케 했다.

"우리, 오후의 낭만이나 즐기자고."

오후의 낭만이라니. 낭만하고는 거리가 먼 영감의 말은 나를 더욱 불안케 했다.

"난 자네가 월척을 낚아 올릴 줄 알았다고. 어디 자네 이력이나 한번 들어보자고. 하도 똑 부러져서 하는 말인데, 어디서 태어나고 언제 경찰의 문을 두드리게 되셨나?"

과장은 소파에 깊숙이 파묻히며 다리마저 포개어 앉는 것이었다. 보아하니 길게 대화를 나눌 태세다. 젊고 아름다운 여자와 오후의 한때를 차 한 잔을 나누며.

나는 별로 내키지 않았으나 주섬주섬 말문을 열기 시작했다.

"태어난 건 정선이고요. 그러니 강원도 감자바위 출신에다가 탄광촌 출신이죠. 지금 나이는 스물일곱입니다. 이해도 다 저물어가고 있으니 곧 스물여덟이 되겠네요."

나는 쉼터에서 우연히 마주친 동네 어른에게라도 말하듯 말했다. 어쩐지 우리네 사람들은 남의 인생 역정에 유별나게 관심들이 많다.

"순경 채용 시험에 합격해 경찰관에 임용된 것은 지난 초여름입니다."

나는 말을 이었다.

"첫 임지로 남녘의 구례경찰서에 둥지를 틀었고요. 단지 그곳에 지리산이 있다는 이유로. 전 등산을 좋아하고, 산이라면 지리산을 첫손가락을 꼽거든요. 천왕봉의 찬란한 해돋이를 비롯해 피아골의 화려한 단풍! 가을이 되면 나는 단풍이 흐드러지게 피는 피아골을 찾고는 했습니다. 지리산의 10경을 찾으며 평생을 살아도 후회가 없을 것 같았고요. 세속을 떠난 그 절경! 무릉도원인들 그곳보다 더 나을 리가 없을 겁니다."

"지리산, 좋지. 난 지리산 중에서도 피아골이 좋더라고."

과장의 연이은 장단 맞추기. 아녀자나 불러 잡담이나 나누려는 과장의 의도를 아직은 헤아리긴 어렵다. 거의 아양 떨기 수준이다.

"어쩌다가 멍청한 범인을 속리산 가는 길에서 줍다시피 했습니다. 그래서 임용된 지 반년 만에 경장으로 특진했고요. 종로서에 영전하게 되었습니다. 황송할 따름입니다."

"잠깐."

과장은 손을 들어 내말을 가로막았다.

"그 친구를 멍청하다 하면 안 되지. 매우 영악한 녀석이었다고. 다만 운수가 나빴을 뿐이지. 자네한테 보기 좋게 걸려들었으니까. 안 그래?"

"아, 네."

나는 애매모호하게 반응했다. 과장의 속내를 헤아릴 수가 없었으므로.

"그 친구를 내가 좀 알지. 무장 탈주범 이강국을 말이야. 동방파라는 폭력 조직의 사형 집행인! 그 친구 한니발 같은 사이코패스는 아니지만, 그에 못지않게 지능적이고 비정한 인물이라고. 누가 감히 그와 함부로 대결해? 어림없는 소릴."

"네……."

"그 친구, 난폭하게도 호송버스에 불을 지르고 두 명의 호송교도관에게 무차별 총상을 입혔다고. 총신이 긴 38구경 권총을 탈취해서 맨 먼저 달려간 곳이 어딘 줄 알아? 자신을 배반한 보스의 아지트였다고. 검은 표범처럼 야음을 이용하리라는 예측과는 달리 백주에 강습해서는 보스와 세 명의 보디가드를 무자비하게 살상했었지. 그들은 한때 그의 동지이자 친구들이기도 했다고. 흉포하기 이를 데 없지. 그곳에서 살아남은 사람은 보스의 정부뿐이었다고. 단지 여자라는 이유로."

나도 잘 아는 이야기. 이강국은 담대하고 슬기로웠으며 냉혹하고 비정했다.

"경찰은 뭘 했는지 알아? 외곽에서 잠복 근무하다가 총세례를 당하고는 혼비백산했다고. 이윽고 내린 결정은 오직 하나. 1계급 특진과 천만 원 포상금 지불. 근데 말이야, 자넨 어떻게 알았지? 보복을 끝낸 그 친구가 깊숙이 잠수하지 않고 속리산에 가리라는 것을."

"그건요……."

"자네, 혹시 마이클 만이 감독한 〈히트〉라는 영화 보셨나?"

과장의 느닷없는 물음.

"네, 봤어요. 총격전이 하도 현란해서 총격전 신의 교과서라고 불리는. 알 파치노에 로버트 드 니로가 출연한, 아, 그리고 발 킬머도요."

"난, 발 킬머가 그중 멋이 있더라고."

"네, 저도요. 아스팔트길에서 절망적인 순간을 맞으며 자동소총을 난사하던 그 모습이요."

나는 어쩔 수 없이 장단이나 맞추어야 했다.

"자네, 쫓기는 사내들이 마지막으로 가는 데가 어딘 줄 알아? 덫인 줄 알면서도, 총세례가 기다리는 줄 뻔히 알면서도, 바로 사랑하는 여자가 애타게 기다리는 곳이지. 그 영화에 출연했던 여배우들이 누구였더라? 엄청 미인이던데."

"애슐리 주드요. 그리고 어리고 청순한 신인 시절의 내털리 포트먼이요."

"한번 목숨 걸 만하잖아? 이강국도 목숨 걸고 속리산으로 가고 있었다고. 그 뒤를 자넨 쫓았고. 그건 우연도 아니고 요행수도 아니었다고. 이강국이 사랑하는 여인이 그곳에 있다는 것을 자넨 알고 있었다는 얘기지. 그 여자의 이름이 뭐더라?"

"김수임! 속리산관광호텔 나이트클럽의 호스티스!"

"이강국과 김수임이라! 구원의 연인 사이라고 할 수 있지. 근데, 속리산으로 가는 길목 어디에서 이강국과 맞닥뜨렸었지?"

"보은에서요. 말티고개 길을 넘기 전에요. 어둠은 일찍 찾아오고, 눈은 펑펑 쏟아지고, 버스는 벌써 끊기고, 그래서 길에서 우연히 만난 킬러를 제 코란도에 태워 종착지인 속리산호텔까지 동행했어요."

나의 코란도 RV는 언제 어디에서 그 심장의 고동을 멈출지 알 수 없는 그런 고물차다. 출고된 지 20년도 훨씬 넘겼을 게다. 프랑스 푸조 자동차회사에서 도입한 2,500cc급 디젤 엔진을 장착해서인지, 아직은 4륜구동의 강한 구동 능력을 과시하고 있다.

"그건 요행이군."

"요행이죠. 어렵지 않게 속리산에서 수갑을 채울 수 있었으니까."

"도전하다 보면 요행도 따르는 법이지."

"네, 어쩌면요."

우리의 대화는 주객이 뒤바뀐 느낌이다. 그나저나 과장은 당시의 상황을 꿰뚫고 있다. 하긴 매스컴에서도 떠들썩했으니까.

"그런데 한마디로 길에서 우연히 주웠다고 평가절하해? 말이 안 되지. 치밀한 조사, 논리적인 사고, 놀라운 관찰력의 소산물이라고 할 수 있지. 셜록 홈즈처럼 말이야."

"아, 네……."

"자칫 잘못하면 자넨 조직의 사형 집행인의 총구 앞에 설 수도 있었다고. 알고 보면 여자의 몸으로 그 용기가 가상하지."

"가상하긴요. 뭐, 그냥 좀 철이 없는 거죠."

의뭉스런 과장의 과찬의 연속. 무슨 꼼수를 쓰려 하는지 지금으로선 짐작이 가지 않는다. 나의 불안은 점점 높아갔다.

"1계급 특진할 만하다고. 포상금도 물론이고. 영전도 할 만했다고. 한때 전국적인 관심을 끈 사건이었지. 그 사건은."

"그 당시, 시경 특수수사 전담팀도 속리산관광호텔에서 이강국이 나타나길 숨죽이고 기다리고 있었습니다. 하영구 경감이 이끄는. 그분 아시죠? 베테랑 중에서도 베테랑이라는. 내가 한 발 앞섰지만요."

"베테랑 좋아하시네. 꿩 잡는 게 매라고. 지지리 못난 친구들, 꼴좋게 되었지 뭐야."

꽤나 신랄하다. 과장의 첫인상은 콜롬보처럼 어벙한 모습이긴 하나, 그 역시 콜롬보만큼이나 명석한 일면이 있는가 보다. 그러니 오늘의 자리를 꿰어차고 있는 게 아니겠는가.

"경찰에 임용되기 전엔 무얼 했는가?"

잠시의 휴식이랄까, 시간이 흐른 다음 호기심에 찬 과장의 물음은 이어졌다.

"이래 보여도 국제적인 봉사기관에서 활동을 좀 했습니다. 학창 시절부터요."

"흠, 그래애……"

"미국 시카고에 본부를 둔 ICA라는 이름의 봉사기관에서 얼마간 연수를 받고는 그들을 따라 케냐에 마다가스카르에 이르기까지 두루 돌아다닌 적도 있고요. 직사하게 고생했지만. 한두 가지 얻어낸 것도 있습니다. 미국 아낙네들하고 밥 같이 먹고 잠자리를 함께하다 보니, 영어 실력이 급속도로 늘게 되고 어느새 미스터리 마니아로 변신했고요. 미국 여인네들이 건네준 문고판 추리소설을 탐독한 덕으로요. 그 여인들은 알고 보니 오락으로서의 살인 이야기를 유별나게 즐기는 열렬한 추리 애호가였어요."

"흐음."

"시카고를 중심으로 그들과 함께 보낸 세월이 꼬박 3년은 되었을 거예요. 서울에 돌아와서는 추리 애호가들의 모임인 미스터리클럽을 짬짬이 찾게 되었고, 그게 인연이 되어 끝내는 경찰의 문을 노크하게 된 것이지요."

나는 자질구레한 에피소드는 생략하고 요점만 간추려 설명했다.

그는 내 신상털이가 어지간히 끝났다고 보고는 자세를 고쳐 앉으며 바야흐로 본론에 접어들려 했다. 지금까지는 죽이 잘 맞았는데, 과연 너구리 같은 영감이 무엇을 말하려 하는 것일까.

"그나저나 자네 경장으로 특진한 지 얼마나 됐지?"

그가 정색하며 물었다.

"그러니까 7일 전일 겁니다. 구례서에 있을 때니까요."

나는 건성건성 대꾸했다.

"흠, 7일 전이라. 그래서 하는 말인데, 이번에 본때를 제대로 보여준 건 잘 알겠는데, 고작 7일 만에 또다시 특진한다는 게 아무래도……. 그것도 올해에 두 번씩이나…… 현상금 3천만 원은 또 몰라도."

"그러게 말예요. 선례가 없지 싶습니다. 우리 경찰 역사상."

"아암, 선례가 없지. 없고말고."

과장이 꿍쳐놓았을 홍삼차까지 대접하면서 무엇 때문에 구닥다리 사건을 들먹이며 칭송의 말을 길게 늘어놓았는지 비로소 짐작이 갔다. 아마도 서장의 심기를 살펴 말하려나 보다. 아니면 서장이 잘 구슬려보라고 했던가. 나더러 이번 특진만은 포기하라고. 비록 서장이 단단히 약속은 했어도 말이다. 하지만 이건 아니다. 종로서의 면목을 세우고 서장의 체면을 살리지를 않았는가. 어르고 달랠 일이 따로 있지, 알고 보니 낯간지럽다. 좀스럽고 민망한 민낯을 드러내는 순간이다.

"과장님, 잠깐만요. 7일 만에 또 특진한다는 게 염치없는 짓이라는 거 저도 잘 알거든요. 하지만 서장님께서 굳게 약속하셨어요. 근데 그 약속은 달콤한 거짓말이었나요? 그리고 무엇보다도 우리가 말예요. 한 번 한 약속은 반드시 지켜야 한다고 다짐하는 새 대통령 치하에 살고 있다는 사실을 잘 아시지요. 게다가 고집불통에 성깔깨나 있다는 대통령 치하에. 우리 종로경찰서가 앞장서서 그분의 얼굴에 먹칠할 일이라도……? 목이 열 개라도 성하지 못할걸요."

내 말이 떨어지기가 바쁘게 과장이 손사래치며 다급하게 말했다.

"알았어. 알았다고."

세상에 허둥대는 모습이라니. 혼자 보기가 아깝다.

다음 날 아침, 서장이 약속한 대로 나는 홀로 특진했다. 경장에서 경사로. 정확하게 여드레 만이다.

"최선실! 축하해."

그런데 입으론 축하하는 말을 씨부렁거려도, 새로운 계급장을 달아주는 서장은 별로 유쾌한 낯빛이 아니었다. 내기에 지고 보니 속이 쓰린 것이다. 나는 속으로 가만히 우물거렸다. 좀팽이 영감님, 에이스 카드는 내가 쥐고 있었다고요.

아무려나 오늘은 두메산골에서나 활개치던 블랙버드가 서울 북한산 자락에서 하늘 높이 첫 비상하는 날이다.

"엄마, 좋은 소식이야! 나, 이번에 또 특진했어!"

나는 누구보다도 먼저 강원도 정선에 사시는 홀어머니에게 반가운 소식을 전했다. 어머니는 정선에서도 사북과 함께 강원도 탄광촌의 하나인 고한에 살고 계시는데, 침체되어가는 탄광산업의 와중에도 불구하고 그곳을 떠나려 하지 않았다. 어머니는 아버지가 설악산 공룡능선에서 조난당해 돌아가신 지 10년이 넘었어도 아버지와 함께 보낸 정선 골짜기를 떠나기가 싫은 듯했다. 아버지는 정선의 허름한 학교의 미술 선생이었다. 서울에서 미대도 나오셨고, 인물도 제법 훤칠했는데, 정선에 어쩌다 내려와서 엄마한테 발목을 잡힌 것이다. 어머니는 탄광촌에서 예나 지금이나 자그마한 음식점 하나를 차려 살고 있다.

"엄마, 다 쓰러져가는 탄광촌에서 무얼 찾아 먹을 게 있다고, 거기에 그렇게 죽치고 있는 거야? 냉큼 나오지 않고."

나는 어머니와 통화할 때마다 말하고는 했다. 정선을 벗어나라고. 아니 고한을.

"거기, 누구 순정 바칠 사람이라도 있는 거야?"

어머니에 대해 확실히 이야기할 수 있는 것은 빼어난 미모를 지녔다는 점이다. 그리고 피가 뜨거운 여인이라는 사실이다. 그리고 회색의 도시를 생리적으로 싫어하신다. 젊었을 적엔 미모의 여류시인으로 소문나 있었는데, 금지된 사랑 탓으로 정선에서 도피 생활을 하고 있다는 얘기가 있다.

"이것아, 헛소리하지 말고 너 앞가림이나 해! 주제에 걱정하긴, 누굴 걱정해."

엄마와 나는 전화기를 잡았다 하면 실랑이를 하고는 했다. 누가 보아도 결코 살가운 모녀지간의 대화라고는 할 수가 없었다.

"있잖아, 나 이번에 또 특진했다니까. 이래 봬도 이젠 당당한 강력계 여형사시라고."

"잘난 척하긴. 그래, 너 잘났다."

딸내미가 특진을 거듭했다는 소식을 접하는 어미의 목소리치고는 지나치게 담백하다. 딸의 삶의 궤도가 하도 뒤죽박죽이어서 이젠 체념 상태다. 배낭 하나 달랑 둘러메고는 험한 세상을 겁도 없이 누비고 다니는 생활이라니. 내 딴엔 잃어버린 세계를 찾아서 헤맨다고 떠벌리곤 했으니 기도 찰 것이었다.

"근데, 하필이면 경찰이냐?"

내가 경찰관으로 임용되었다는 소식을 처음 전했을 때의 엄마의 첫 마디였다. 결코 입 밖에 뱉고 싶지 않았을 엄마의 푸념 섞인 대사.

"내 처지에 이것저것 가리게 됐어? 인맥이 있나? 배운 바탕이 있나? 그럭저럭 꾸려나가는 게 인생살이라며?"

언제나 쌓아놓은 뚜렷한 스펙 하나 없는 나의 항변.

누가 세바스찬을 쏘았는가

1

"이봐, 최 형사."

모두가 퇴근을 서둘 무렵에 서 경사가 히죽이 웃으며 다가왔다. 그가 하루 내내 어디 가서 빈둥거렸는지는 알 수가 없다. 흔적 없이 사라졌는가 싶더니 저녁 무렵에 슬그머니 다시 모습을 나타낸 것이다. 젊었을 적엔 한가락 했을 성싶었고, 그 마스크도 최민수 못지않게 제법 훤칠했을 것이었다. 하지만 지금의 그에게선 어제 마신 술 냄새마저 풍겨왔다. 무엇이 그를 좌절시켰을까? 여자일까? 필경 운세는 그의 편이 아니었을 것이다. 속절없이 어영부영 세월을 보내는 전형! 내가 범 경위에게 까닭 없이 거리감을 느낀다면, 시골 숙부와도 같은 느낌의 서 경사에게는 호감을 느꼈다.

"오늘 저녁에 무슨 약속이라도 있나?"

서 경사는 누런 이빨을 드러내며 물었다.

"왜 그러시죠?"

나는 다분히 토라진 목소리로 되물었다.

"환영회를 해야지."

"누구 환영회요?"

"누군 누구야? 최 형사지."

옹졸한 사내들이 그래도 사내 체면을 구길 수가 없었는지 나를 환영하는 모임을 갖는다는 것이다. 그런데 전입한 지 열흘도 지났는데, 새삼스레 환영회라니, 어이가 없다. 특진했으니 축하연이라면 또 모를까. 뭐, 대단한 환영회도 아닐 테지만. 그래도 나는 구겨진 심사가 얼마간 구원받는 심정이었다.

"어머, 서울 인심 생각보단 후하네."

"아니, 오늘의 스타 최선실을 열렬히 환영은 하지 못할지언정 소홀히 대접할 수야 없지."

"어머, 그래요? 그렇담 오늘 밤 데이트 약속은 미루어야겠네."

"아암, 그래야지."

내가 경찰을 빛내서도 아니고 매스컴을 장식해서도 아니고, 물론 내가 예뻐서도 아닐 것이었다. 환영회는 하나의 관례이리라.

저녁 8시 반께에야 퇴근하게 되었는데 밖은 어둡고 추웠다. 올겨울은 유난히 춥다. 10년 만의 한파라며 온 세상이 떠들썩하게 굴었는데, 게다가 미국의 살인적인 한파가 제트기류를 타고 한반도로 이동 중이라고까지 했다. 바람마저 심란하게 불어, 나는 롱패딩코트의 깃을 세웠고, 후드도 뒤집어썼다. 싸고 따뜻하다.

"우리 걸어가자고."

하는 걸 보니 가까운 델 가는 듯했다.

어딜 가나 했는데, 이윽고 당도한 곳은 청진동 뒷골목의 해장국집이었다. 큰 기대는 하지 않았으나 이건 너무하지 싶었다. 하다못해 한일관 아니면 로바다야키 집으로는 갈 줄 알았다. 청진동 해장국집이야 밤새 카바레에서 춤추다 새벽녘에야 들르는 곳이 아닌가. 해장국집에서의 환영회라니! 속 보인다, 속 보여. 나는 마음속으로 혀를 찼으나, 어쩌랴, 이들의 삶의 수준인 것을.

그런데 청진동 골목은 옛날 인상과는 사뭇 달랐다. 화려한 간판의 불빛 탓인지는 몰라도 거리는 밝았고 또한 사람들로 붐볐으며, 해장국집도 널찍했고 깨끗했다. 미리 예약했는지 안내된 온돌방도 얼어붙은 마음을 녹일 만큼 그렇게 따뜻할 수가 없었다.

"이봐요, 아줌마, 여기 우선 파전하고 굴전 좀 갖고 와요. 흐음, 술은 뭐가 좋을까? 진로가 좋겠지."

모두가 자리 잡고 앉자 서 경사가 무리를 대표해서 주인아주머니에게 주문하는 것이었다. 서 경사는 오늘도 술을 마시게 되어 여간 기쁘지 않다는 표정이었다.

"낙지볶음과 편육도 시키시죠."

상석에 자리 잡은 범 경위도 거들었다. 그는 서 경사에게는 나이 대접을 하는 것인지, 남다른 경험을 높이 사서인지 깍듯했다.

이윽고 상에 차려지는 걸 보며 나는 실망감에서 기대감으로 서서히 탈바꿈하는 것을 느꼈다. 여간 푸짐한 게 아니었고, 여간 맛깔스러운 게 아니었다.

"좋았어. 들기나 하자고."

무엇보다도 술국이 추운 날씨에 어울렸는데, 그렇게 따끈하고 구수할 수가 없었다. 얼어붙은 심신이 눈 녹듯 했다.

"최 형사, 영전을 축하해! 그리고 특진도."

서 경사가 술잔을 권했다. 적어도 범 경위가 환영사와 함께 먼저 권

해야 했다. 호스트 역할을 해야 하는데도 불구하고 그는 그걸 잊은 듯이 보였다. 그는 끝내 나한테 눈길도 주지 않았고, 말 한마디 붙이지 않았다. 그런 그가 야속했으나, 그는 분명히 말해 잘생겼고, 남성적인 매력을 지니고 있었다. 어떻게 공략할 방법은 없을까? 아마도 그럴 찬스는 주어지지 않을 것이다. 위선자! 아니꼽긴 언제까지 젠체할 거람. 이유 없는 시비다.

그런데 보아하니 나한테는 형식적으로는 한 잔씩 권하고는 지네들끼리 먹고 마시는 게 아닌가. 그래도 나는 오늘 밤의 주역이어서 나를 중심으로 화제도 이끌어야 하는데, 구례에서 올라온 촌년에게 아양을 떨마음이 전혀 없는 것이다. 아무래도 환영회는 구실에 불과하고 오랜만에 지네들끼리 한 잔하기로 이미 약정되어 있었던 듯했다.

"무얼 더 들고 싶은 거 있으면 말하라고."

그래도 유일하게 말 붙인 사람은 서 경사였다. 술좌석에서의 그는 누구보다도 활기차 보였다.

"이봐, 최선실, 이번에 보아하니 여간 똑똑하지가 않아. 우리 사내들도 못한 일을 단칼에 척결하더라고. 엄청 당차고, 머리 회전이 빠른 게아냐. 얼굴도 그만하면 반반하고."

서 경사는 나의 공적을 칭송하려 했다. 그는 사람을 어르고 눙치는 재간이 있다. 적어도 남을 배려하는 마음씨가 있는 사람이다.

"똑똑하긴요. 보통이죠, 보통. 다만 댁들이 좀 모자란 거죠."

나의 가시 돋친 말. 언중유골(言中有骨)이라고나 할까. 댁들 속엔 물론범 경위도 포함되어 있는데, 알아듣기나 했을까.

"얼씨구! 이것 봐라. 하루아침에 경사로 특진했다고, 나하고 같이 놀자고 하네. 그럼 안 되지, 안 되고 말고. 내가 이래 보여도……"

내가 던진 말에 서 경사가 대뜸 반응했다.

"나 참, 지금 그걸 걱정하게 됐어요? 조만간 추월할 텐데, 그걸 걱정하셔야지."

"뭐라고? 추월? 이거, 나 원 오래 살아야 하나?"

"그 무슨 약한 소릴. 기죽지 말고 열심히 뛰시라고요. 쌍방울 소리 요란하게."

"쌍방울 소리라니. 여자가 못 하는 소리 없네."

"왜, 내 충고가 마음에 들지 않아요? 제대로 말했는데. 이거 그냥 썰렁한 농담 아니라고요."

"알았어. 알았다고."

밤 10시께에 우린 해장국집을 나섰다. 거리엔 밝은 네온 불빛 아래 선남선녀들이 팔짱을 끼고 걸음을 옮기고 있었는데, 밤은 이제야 겨우 막을 올리고 있다는 느낌을 주었다. 그냥 집으로 돌아가기엔 어쩐지 아쉬운 밤이었다. 옛날의 좋은 시절의 노래라도 들려주는 카페나, 바가 있다면, 혹여 우리 아빠가 그렇게 좋아할 수가 없었던 정미조의 〈개여울〉이라도 들을 수 있다면 얼마나 좋을까 싶다. 그 일생을 일찍 산에서 마감하신 아빠에겐 그리움이, 정선의 산골짜기에서 허망하게 일생을 보내는 엄마에겐 안타까움이 간절한 오늘 밤이다. 정나미라곤 없는 서울 한복판에 던져서일까, 마음은 심란스럽다.

"2차로 어딜 간다고 했었지?"

서 경사가 젊은 친구들을 둘러보며 물었다. 보아하니 나를 위해 2차가 마련되어 있는 듯했다. 아니면 이들의 밤의 순례 코스이든가. 얼씨구! 제법 놀 줄 아시네.

나는 2차는 사양하고 싶었다. 이들과 2차까지 가서 흥을 돋울 생각이 별로 없었다. 더구나 멀뚱한 범 경위하고는. 거리에 나선 무리들을 보니, 꼭 뒷골목에서나 주름 잡을 깡패 집단 같기만 했다. 누가 그랬던가, 텔레비전을 보면 경찰서에 등장하는 형사와 깡패는 쉽게 식별이 되지 않는다고 말이다. 마지막 순간 누가 컴퓨터 앞에 앉느냐에 따라 판가름 나더라나.

"2차까지 가야 하나요? 신경 써줘서 고맙지만 난 이미 충분한 서비스를 받았어요."

나는 사양하고 싶은 마음으로 말했다.

"그게 우리의 규칙이지. 자, 어서 따라오기나 하라고."

서 경사는 히죽이 웃으며 굳이 행선지를 밝히려 하지 않았다.

모두가 이윽고 2차로 발걸음을 옮긴 곳은 낙원동 뒷골목의 '시크릿 게이트'라는 이름의 지하 나이트클럽이었다. 한 발짝 들어서면 어떤 세계가 펼쳐지고 있을까? 비밀의 문을 열고 알지 못할 비경에라도 들어서는 심정이었다.

좁은 계단을 따라 지하로 들어선 나이트클럽은 그렇게 어두울 수가 없었고, 또한 그렇게 소란스러울 수가 없었다. 자욱한 담배 연기와 드라이아이스 연기가 뒤섞인 가운데 조명은 어지러웠고 밴드 소리는 요란했으며, 노랫소리도 귀청을 때렸다. 탁한 공기와 생소하고 음산한 불협화음, 차라리 그것은 소음이었고 공해였다. 이런 것이 현대인의 생리에 맞는 걸까.

웨이터에 지배인마저 다가와 우릴 반겼다. 그러니 한 가락 했던 옛 시절의 명맥이 아직도 이어지고 있는 듯했다. 그래도 관할서의 칼자루를 쥔 인물들이 아닌가. 그런데 손님들이 들어서는 무리를 보고는 슬금

슬금 피했다. 마치 동네 조직 폭력배 보듯 했다.

"이 집 떡볶이 값이 7만 원을 호가한다지, 아마."

서 경사가 자리에 앉으며 중얼거렸다. 비록 강남에 비교할 수는 없지만 그래도 물이 좋기로 이름나 있다고 했고, 그렇지 않아도 외제 차들이 주차장에 즐비하다고 했다.

일행은 마른안주를 앞에 놓고 맥주를 들기 시작했다. 그들은 말이 없었다. 춤을 추려는 사람도 없었고, 청하는 사람도 없었다. 안락의자에 지친 듯 깊숙이 파묻혀, 군중 속의 고독을 즐기려는 듯했고, 소음 속에서 휴식을 취하려 했다. 종업원들의 과잉 인사치레도 귀찮아했고, 지나친 서빙도 도리질했다. 자신들의 조가비 속에 파묻힐 시간을 갖길 원하고 있는 것이다.

그렇게 얼마 동안 무료한 시간이 흘러갔다.

"자네들은 즐겁게 놀다가 오라고."

서 경사가 말하며 자리를 뜨는 것이었다. 범 경위도 말없이 그를 따르고 있었다. 그래서 쉰세대는 돌아가게 되고 신세대라 할 나와 세 형사만이 남게 되었다. 나도 돌아가려 했으나 헤비메탈 밴드 '푸른 악마들(Blue Devils)'의 특별출연이 있다며 젊은 친구들이 만류했다. 리드보컬은 물론 헤비메탈 바람을 일으키며 정상 가도를 질주하는 꽃미남 로커, 조수빈이다.

나는 조수빈을 유난히 좋아했다. 그가 남달리 훤칠한 키에 수려한 외모를 지닌 데다가 파워풀한 목소리로 자신의 음악 세계에 전력투구하려는 그 모습이 늘 인상적이었다. 그는 언제나 그의 젊음을 온통 불사르려는 듯이 보였는데, 그런 점에서 '스키드 로우(Skid row)'의 키가 무려 190센티미터에 허스키한 하이톤을 지닌 캐나다 출신의 전설적인 리드

보컬 세바스찬 바흐와 자주 비교되곤 했다.

누구보다도 공연장으로 달려온 소녀들이 '나의 세바스찬!' 하고 부르짖으며 사자 갈기 같은 머리카락을 휘날리며 노래하는 조수빈에게 환호했다. 그 뒤로 그는 '한국의 세바스찬'이라는 닉네임으로 불리기도 했다.

그는 언제나 밀리언셀러였는데, 그의 5집 앨범도 발매한 지 석 달 만에 100만 장을 돌파하는 위력을 보였다고 했었다. 어김없이 오늘날 정상이라고 할 수 있는 위치를 확고부동하게 구축하고 있는 것이다.

얼마 후 집중 조명을 받으며, 조수빈이 그가 소속한 블루데블스 밴드와 함께 모습을 나타냈다. 이젠 30대 중반은 되었을 게다.

"좋았어!"

세 명의 젊은 형사들도 조수빈을 좋아하는지 환호하는 팬들과 함께 열렬히 박수를 보내는 것이었다.

도시 조수빈하고는 어울릴 것 같지 않는 면면들이었는데, 전석민 형사는 인상이 하도 험상궂어 쳐다보기만 해도 서슬을 느끼게 하는 전형적인 깡패 스타일이었고, 노현진 형사는 그중 물렁해 보였고, 주먹코에 광대뼈가 나온 얼굴 모습은 결코 좋은 인상이 아니었다. 작은 키에 까무잡잡한 얼굴, 그리고 깡마른 몸매의 박종범 형사는 하도 눈매가 날카로워 사람들이 눈길조차 마주치려 하지 않았는데, 이들 중에서도 그중 나이도 들고 선임이다.

조수빈은 미국의 5인조 밴드 '디 인터넷(The Internet)'의 리드보컬 시드가 그렇게 하듯 관객을 향해 외쳤다.

"자, 죽을 준비가 됐습니까?"

"네! 벌써요!"

늘 그렇지만 선량한 관객은 즉각 화답하기 마련이다.

"여러분, 진짜로 준비되셨나요?"

"네에!"

관객의 환호성은 더욱 높아갔다.

조수빈은 더는 지체하지 않고 그의 최신 히트곡 〈폭풍의 날개〉를 열창하기 시작했다. 타고난 미성에 매력적인 창법, 날렵하고 카리스마 넘치는 율동, 신들리게 노래 부르는 조수빈에게 열광하지 않는 사람은 없었다. 무대와 조명도 현란하고 환상적인 분위기로 바뀌어 있었는데, 절규와도 같은 조수빈의 노래는 깊어가는 밤무대에서 하나의 신선한 이변처럼 느껴졌다.

나는 오랜만에 나의 취향에 맞는 노래에 심취하고 있었는데, 젊은 세 형사들의 모습도 그러했다.

"생긴 것도 잘생겼는데, 노래도 잘하네."

나로서는 조수빈을 가까운 거리에서 볼 수 있고 그의 노래를 현장에서 들을 수 있다는 것은 하나의 요행처럼 생각되기도 했다. 작은 무대에, 큰 감동! 보아하니, 방송국에서도, KBS 같았는데, 방송용 카메라를 들쳐메고 와서는 조수빈의 생생한 열창 장면을 담고 있었다. 그리고 환호하는 청중의 모습도 함께.

"얼쑤! 좋았어요!"

나는 나도 모르게 외쳤다. 좋은 가수와 좋은 노래, 그리고 화려한 스포트라이트!

"짱이야!"

세 형사도 목소리를 높였다.

"우리 모두 인조이해요."

여느 사람들처럼 '나의 세바스찬!' 하고 나도 소리 지르고 싶었으나 참았다. 아마도 세바스찬 바흐처럼 불후의 록 발라드를 많이 남길 것이었다.

그러나 나의 흥분도 환호도 오래가지 못했다. 조수빈이 노래하다가 갑자기 쓰러졌기 때문이었다. 심장마비라도 일으킨 사람처럼 가슴팍을 부여안고 비틀거리더니 나무토막 쓰러지듯 쓰러지는 것이 아닌가. 마이크 감전에 의한 쇼크! 나는 일순 이렇게 생각했었다. 그러나 다음 순간 어둠 속에서 화살이 난데없이 날아와 조수빈의 심장에 꽂혔다는 느낌이 보다 강했다. 그것은 한순간 전광석화처럼 나의 뇌리를 스친 상념이었다.

운명의 화살!

누군가가 조수빈의 운명을 겨냥해서 활시위를 당긴 것이다. 모두가 잠시 영원히 허물어질 것 같지 않은 정적 속에 휩싸였다.

이건 아냐!

다음 순간 술렁거림이 일기 시작했고, 구석구석까지 열병처럼 번져 갔다. 누군가가 분명히 화려한 조명을 받으며 무대에서 노래하는 이 시대의 진정한 록스타로 일컬어지는 조수빈을 겨냥해 어둔 뒷좌석에서 활을 쏜 것이다.

누가 무엇 때문에 조수빈에게 활을 쏘았을까? 아니, 우리 모두의 우상 '세바스찬'에게. 내가 이윽고 불신의 늪에서 헤어나오며 내린 결론은 오직 하나였다. 그것은 내 눈앞에서, 아니 수많은 청중 앞에서 조수빈이 그의 스테이지에서 열창하는 가운데 무참히 살해되었다는 사실이었다. 그것도 홀로 스포트라이트를 받으면서. 그리고 방송국이 돌리는 카메라 앞에서. 아마도 그의 죽음의 순간은 수백만의 시청자들이 되풀이해서 보게 될 것이다.

흥에 겨워 '우리 한번 죽어보자!'라고 던진 말이 씨가 된 걸까.

나는 갑자기 가슴이 울렁거리는 것을 느꼈다. 그것은 이 사건을 내 책임하에 수사하게 되었다는 엄연한 사실 때문이었다. 아마도 살인 현장에 우연히 발길을 들여놓은 경찰은 우리뿐이지 싶었다. 게다가 우린 살인 사건을 전문적으로 다루는 강력계 형사들이 아닌가. 세상에 이토록 생생하고 드라마틱한 사건이 또 어디 있을 건가. 필경 생중계될 게 뻔했다.

나는 기계적으로 나의 손목시계를 훔쳐보았다. 정확하게 밤 11시!

"당장 출입구를 봉쇄해요! 범인이 도주하기 전에. 이건 살인 사건이에요."

나는 지체하지 않고 박·전·노, 세 형사에게 명령했다. 지금은 내가 그들의 둘도 없는 상전이었다. 나의 첫 번째 명령의 중요성을 세 형사가 깨닫지 못할 이유가 없었다. 그리고 내가 지금의 상황에서 명령을 내릴 유일한 위치에 있다는 명확한 사실도 말이다. 무엇보다 급선무는 모든 출입구의 봉쇄였다.

"빨리 움직여요! 우린 개미 한 마리라도 못 나가게 해야 해!"

나는 세 형사를 향해 질타했다. 이 사건이야말로 나의 운명의 갈림길이라는 생각이 들었다. 성공하면 갈채를 받을 것이고 실패하면 시골뜨기 촌년의 대접을 톡톡히 받을 것이었다. 강원도 정선도, 전라남도 구례도 나 때문에 입방아에 오를 것이고 말이다. 나의 시야 저편에 잠시 교만한 범 경위의 얼굴이 떠올랐다. 그가 나를 비웃게 해서는 아니 되었다. 요행만 있고 실력은 없다고 믿는 범 경위가 아니던가.

나로서는 수도 서울에서의 첫 번째 사건이었고, 또한 현실적인 살인 사건과 정면으로 부딪치는 것도 난생처음 있는 일이었다. 사건 현장에서의 초동수사도 처음이었고, 사건 지휘도 처음이었다. 그러니 모든 게 처음이었다. 지금으로서는 이성의 명령에 의해서라기보다는 단지 본능이 명령하는 바에 따라 맹목적으로 움직일 수밖에 없었다. 그런 탓일까, 누구보다도 앞장서서 위층 출입구를 향해 뛰어가는 사람도 바로 나 자신이었다. 나는 가히 필사적이라고 해도 과언이 아니었다. 박 형사가 나의 뒤를 따랐다. 터널과도 같은 통로를 질주해서 유일한 출입구에 당도해보니 아직은 한 사람도 빠져나간 사람이 없다는 것이다. 말하자면 '비밀의 문'을 벗어난 사람이 없다.

"출입구는 여기 말고 또 없어요?"

나는 자칫 허둥대는 나 자신을 애써 달래며 정문을 지키는 우람한 체격의 청년에게 물었다.

"무슨 일 생겼습니까?"

덩치가 큰 도어맨은 나와 박 형사를 번갈아 보며 물었다.

"묻는 말에 대답이나 해요!"

"비상구가 있기야 하지요. 두 개씩이나. 하지만 지금은 십중팔구 잠겨 있을걸요."

도어맨은 나의 서슬에 밀려 순순히 대꾸했다.

"알았어요."

비상구가 잠겨 있을 거라니!

여느 때 같으면 혼쭐낼 일이었으나 오늘은 여간 다행이지 싶은 게 아니었다. 나는 속으로 쾌재를 부르짖기까지 했다. 행운의 여신이 나한테 미소 짓는 듯싶은 것이다.

"무슨 일이냐니까요?"

사내가 물었다.

"살인 사건이요!"

나는 내뱉듯이 말했다.

"뭐라고요?"

"조수빈이 살해되었어요! 우리들의 세바스찬이."

"맙소사!"

나는 입을 딱 벌리는 도어맨을 뒤로하고 홀을 향해 다시금 몸을 돌렸다. 어두운 복도를 뒤돌아오면서 범인은 독 안에 든 쥐라는 생각을 지우지 못했다. 더구나 나이트클럽은 지하층에 마련되어 있고 보니 날개가 있은들 하늘로 날아갈 수도 없는 처지였다. 분명히 말해 시작은 좋았다.

이거, 웬일이니! 나의 심장은 느닷없는 사실로 해서 이상하게 박동쳤다. 홀에 돌아와 보니 두 개의 비상구는 전·노 두 형사에 의해 신속하게 또한 완벽하게 봉쇄되었다는 보고였다. 나는 다시금 범인이 내 수중에 있다는 생각을 지우지 못했다. 이건 잘하면 대박이야!

내가 두 번째로 취한 조치는 흥분한 군중을 진정시키는 일이었다. 나는 무대 위로 성큼 뛰어 올라가 마이크를 움켜잡았다. 바야흐로 최선실이 군중 앞에 극적으로 등장하는 순간이었다. 피아골 골짝이나 배회하던 촌년이 상류사회 멤버들이나 두들긴다는 '시크릿 게이트'의 문을 노크하고 그들 앞에서 마이크를 잡은 것이다. 이거 어디 상상이나 할 수 있는 일이던가. 일순 나의 전설을, 혜성처럼 출현한 블랙버드의 전설을 만들어야 한다고 다짐했다. 요즈음 폭발적인 유행을 타고 있는 블랙의 롱패딩코트를 걸친 늘씬한 키의 여인을 사람들이 오랫동안 기억해주길 소원했다. 어깨 위에서 파도치는 검은 머리와 함께.

"여러분, 전 종로경찰서 강력계 여형사 최선실입니다. 살인 사건을 전문적으로 다루는. 그리고 저의 세 동료 형사를 소개합니다."

나는 우선 나의 이름 석 자와 함께 나의 권위부터 드러내 보였다. 갑작스러운 비바람 앞에서 우왕좌왕하는 나의 양떼를 향해 경찰 배지를 높이 들어 보이기도 했다. 오늘은 대충 200명쯤은 된다고 했었다. 주말에는 300명도 넘는다고 했던가. 세 명의 형사가, 마치 호위무사들처럼 나를 따른 것은 물론이다. 사람들은 경찰의 눈부신 출동에 놀라고 있을 것이었다.

"여러분, 방금 여러분 눈앞에서 생생한 살인 사건이 발생한 것을 보셨을 겁니다. 그리고 이 홀 안에 범인이 엄연히 존재한다는 사실도 직감하고 있을 겁니다. 그래서 충고의 말씀을 드리는데……."

나의 선량한 청중은 누구 할 것 없이 순종하는 자세로 나의 말에 귀를 기울였다.

"지금 앉은 자리에서 한 발짝도 움직이지 마세요. 그건 결코 현명한 행동이 되지 못합니다."

"……."

"후회하지 않으려면, 나중에라도 공연한 혐의를 받아 홍역을 치르지 않으려면……."

"……."

"자, 이제 쇼는 끝났습니다! 그러니 다들 제자리에 앉아주세요. 협력하는 분들은 금세 돌려보냅니다. 제가 약속합니다. 여러분의 밤을 망쳐 죄송하지만 제발 조용히 해주세요."

지금의 상황으로 봐서 눈앞의 대충 200명으로 추산되는 선남선녀들의 생사여탈권을 전적으로 내가 쥐고 있다고 할 수 있었다. 나는 그 사실에 만족했다. 사람들은 나의 명령에 고분고분 따라주었는데, 슬기롭게도 나의 권위를 인정한 것이다.

나는 다시금 오늘의 무대가 나를 위해 마련되었다는 생각을 지울 수가 없었다. 청중은 동원되고 심지어 방송국에서까지 동원되지 않았는가. 알고 보니 KBS의 〈연예가중계〉팀으로 카메라를 열심히 돌리고 있었는데, 필경 조수빈이 참혹하게 살해되는 생생한 장면도 포착했을 것이었다. 특종 중의 특종! 조수빈이 어디 보통 가수인가. 조용필에 맞먹는 초대형 가수가 아닌가.

그들은 어느새 나한테 스포트라이트의 초점을 맞추고 있다. 촌년 최선실을 향해서. 살인 현장에 화려하게 등장한 젊은 여형사는 또 얼마나 흥미진진한 화젯거리인가. 현장을 진두지휘하는 미모의 여형사는 스포트라이트를 받을 만한 자격이 있는 것이다. 나, 최선실을 위해 마련된 퍼펙트 무대!

내가 세 번째로 취한 조치는 조수빈의 죽음을 확인하는 일이었다. 여느 때 같으면 맨 처음 취했어야 하는 일이었다. 어느새 박 형사가 화살 맞은 조수빈에게 매달려 있었다.

"어때요? 빨리 병원에 옮겨야 하는 거 아녜요?"

내가 물었다.

"애저녁에 늦었어요. 이젠 병원 아닌 국과수에나 옮겨야지요. 시신을 다루는……."

박 형사가 고개를 내저으며 말했다. 조수빈의 죽음 자체는 무대 위의 사람들에 의해 벌써 확인된 상태였다. 나도 무릎을 꿇고 조수빈의 죽은 모습을 살폈다. 그리스의 조각상과도 같은 훤칠한 사내의 심장에 화살이 깊숙이 꽂혀 있었는데 이미 그의 얼굴에서 인간다운 모습은 사라지고 없었다.

이 친구, 누구 아내라도 잘못 건드린 걸까? 화살을 맞게. 알아보나 마나 소문난 레이디 킬러일 것이다. 어디 보통 핸섬한가. 그리고 보통 명성을 떨치고 있는가. 아무려나 그의 젊음이 안쓰러웠고 그의 예술이 못내 안타까웠다.

살인에 사용된 흉기가 무엇인지도 금세 알게 되었다.

"이건 석궁의 화살이군. 연습용이 아닌 살상용 화살. 흔히 수렵용으로 사용하는……."

박 형사가 일깨우듯 말했다. 그가 일깨우지 않더라도 석궁에 의해 조수빈이 사살되었다는 것은 일목요연했다.

내가 네 번째로 취할 조치는 조수빈을 저세상으로 보낸 살인 도구를 찾는 일이었고, 그 도구에서 그 어떤 흔적을, 범인이 남겼을지도 모를 흔적을 찾아내는 일이었다. 그런데 살인에 사용된 석궁도 금세 발견되었다. 그 발견은 전·노, 두 형사의 몫이었는데, 용케도 재빨리 찾아낸 것이다. 아무래도 서울 형사는 뭐가 달라도 달랐다. 눈치와 머리회전이 빨랐고 행동에 옮기는 데 주저하는 타입들이 아니었다. 한가락하는 강력계 형사들이 깔린 장소에서 범행을 하다니, 그것은 범인으로서는 미처 생각하지 못한 실수요, 불행이다.

"이걸 어디서 찾아냈죠?"

나는 전·노 두 형사를 번갈아 쳐다보며 물었다.

"구석진 뒤쪽 좌석에서."

전 형사는 투박한 말투로 대꾸했다.

"그곳이 유난히 어둡더군."

노 형사도 말을 거드는 것이었다.

"석궁이라!"

나는 뜻 모를 탄성을 흘렸다.

우리나라에서도 석궁을 즐기는 사람들이 적지 않다고 했었다. 그들을 위한 사격장도 마련되어 있고, 그들의 무슨 협회도 있다고 했었다. 뭣이든 받아들이는 데 우린 남에게 결코 뒤지지 않는다. 근데 알고 보니 석궁은 바로 나이트클럽 지배인의 것이라고 했다. 채명수라는 이름의 40대 지배인은 이런 종류의 직종에 종사하는 사람치고는 과묵하고 성실한, 그래서 무척 깐깐해 보이는 사나이였다.

"친구의 권유로 몇 번 따라다니다 보니, 취미를 붙여놔서……. 늘 자랑삼아 제 방에 걸어놨습니다만……."

그의 말로는 지배인의 집무실이야 아무나 쉽사리 드나들 수 있는 곳이어서 방 안의 물건을 들고 나오기란 그다지 어려운 일이 아니고, 이곳에 출입하는 사람들은 큼직한 가방에 악기며 무대의상을 챙겨 다니는 처지여서 석궁이라고 해도 감추기란 그리 어렵지 않을 거라는 말이었다.

"오늘 밤에 방을 비운 건 언제쯤이죠?"

내가 물었다.

"어떻게 보면 늘 비우다시피 하기도 하고, 늘 방 안에 자리하고 있다시피 합니다만, 오늘 밤은 10시에서 11시 사이에 비운 것만은 확실합니다."

지배인의 비교적 정확한 답변이 금세 되돌아왔다.

"알았어요."

그러니 살인 도구의 출처와 손쉬운 이용 수단까지 알게 된 셈이었다.

이젠 명확했다. 밤 10시와 11시 사이에 홀로 어둠 속을 배회하느라 자신의 알리바이를 입증할 수 없는 사람이 범인인 것이다. 그리고 지배인실을 기웃거리며 석궁의 존재를 알고 있던 사람이 살인자인 것이다. 그렇다면 손님보다는 종업원들에게 더 비중을 두어야 할 것이다.

2

내가 이제 해야 할 일은 환락의 도성에서 시간의 흐름을 잊은 채 주지육림의 향연에 초대된 빈객들 속에 파묻혀 있을 비정한 살인자를 가려내는 일이었다. 종업원들에, 가수에, 무용수에 그리고 뭇 선남선녀들 모두는 나의 지시를 충직하게 따르고 있었는데, 자리를 뜨지도 않았고 소란을 피우지도 않았다. 그러나 그들의 얼굴엔 낭패와 곤혹의 빛이 가득했다. 매스컴에 노출될 수가 있었고, 경찰에 연행될 수도 있었다.

'재수가 없으려니!'

손님들은 나에 의해 발이 묶인 사실에 화가 나 있기도 했다. 그 화를 폭발시킬 수가 없는 것에 더 화나 있을지도 몰랐다. 그러나 나는 전혀 개의치 않았다.

나는 다시금 무대 정면에 나섰다.

"당신, 이리 좀 나와봐요!"

나의 둘째손가락이 장발의 사내를 가리켰다. 그는 블루데블스 멤버 중에서 그중 늙수그레해 보였는데, 드럼 주자였다.

"저 말입니까?"

사내가 굽실거리며 앞으로 나섰다. 태어나서 일찍이 이토록 여자 앞에서 기어본 적도 저자세를 취한 일은 없었으리라.

"당신은 돌아가도 좋아요. 당신과 함께 연주했던 멤버들 하고."

"고맙습니다."

아마도 이 순간만큼 경찰의 권위가 그렇게 외경스러울 수 없었을 것이었다. 우린 블루데블스 멤버들이 퇴장하기 전에 그들의 신원과 거주지를 일일이 확인했다.

"그리고 거기 이리들 나와요."

나는 두 번째로 얇은 옷을 걸친 채 무대 구석에 옹기종기 모여 있는 무용수들을 불러냈다.

"돌아들 가세요. 쇼는 끝났어요."

다섯 명의 무용수들이 환성을 지르지는 않았으나, 그들의 기쁨의 외침 소리가 들려오는 것만 같았다.

"당신들도 돌아가세요."

내가 세 번째로 돌려보낸 건 다음 순번을 기다리고 있던 가수들이었다. 그러니 우선적으로 무대 주변의 사람들을 석방한 것이다. 그들이 시위를 당기는 것이 불가능했으므로. 이 모든 광경을 KBS 〈연예가중계〉팀이 카메라에 담고 있었다. 그들은 이젠 〈연예가중계〉팀이라기보다는 살인 사건 중계팀이었다.

선남선녀들도 그들의 기우와는 달리 금세 나의 손에서 풀려나게 되었다. 짝을 지어 왔거나 떼를 지어 왔기 때문에 쉽사리 알리바이가 입증된 사람들이었다. 누구보다도 먼저 함잡이 청년들이, 장래의 신랑 신부와 그리고 아름다운 신부의 친구들과 함께 석방되었다. 방학 때가 되어서일까, 해외에서 돌아온 유학생들이 많았는데, 그들과 때깔 좋은 그들의 여자 친구들이 풀려났다. 그들이 주로 외제 승용차를 타고 온 그룹이라고 할 수 있었다. 데이트족들도 그들의 짝과 함께 돌아가고 판촉사원들도 그들의 고객들과 돌아갔다. 지배인을 비롯한 종업원들도 저희들 끼리끼리 알리바이가 입증되어 나의 속박에서 해방되었다. 그들은 막상 제복을 입은 탓으로 사람들의 시야에서 벗어나지도 못했었다. 특히 석궁의 소지자인 지배인은 경찰이 입증하는 알리바이를 지니고 있었다. 그 시각에 그는 우리들 테이블 앞에서 머리를 조아리고 있었으니까.

나의 이런 일련의 조치를 젊은 세 형사가 크게 도와주었다. 그리고 나의 지시도 잘 따라주었는데, 내가 고와서가 아니라 그들이라 해도 그럴 수밖에 없다는 판단을 내려서일 것이었다. 알리바이가 확고한 사람들을 억류할 이유가 하나도 없었으므로.

이제 내 손아귀에 남은 사람은 모두 일곱 명이었다. 그들에게는 공통적으로 누구도 그들의 알리바이를 입증하는 사람이 한 사람도 없었기 때문이었다. 나는 그들 모두를 위층의 지배인실로 정중하게 따로 초대했다. 그러니 지배인실에 나, 최선실의 수사본부를 차렸다고 할 수 있다.

첫 번째로 안준수라는 이름의 제비족이 발목 잡혔다. 여자를 낚는 재주는 그를 따를 자가 없다는 것이었다. 그는 일류 탤런트 뺨칠 정도로 잘생긴 사내였는데 초저녁부터 홀로 이곳에서 술을 마시고 있었다는 것이다. 한 해가 저물어가는 이 겨울밤에 함께 보낼 연인이 없어서라나.

"그러니 뭡니까, 제가 금단의 '시크릿 게이트'를 홀로 노크했다는 그 이유 하나만으로 저를 억류한다는 말씀이시죠."

안준수는 내 앞에 우뚝 서며 말했다. 그의 입가에 도전적인 미소마저 괴어 있었다. 그는 다분히 반항적이고, 방송국 카메라를 의식하고 있었다.

"당신을 이곳에 초대한 것이 불만인가 본데……."

나는 그와는 달리 웃지도 않고 말했다.

"원 별말씀을. 이런 기회가 그리 흔한가요. 모처럼 초대이신데……."

"자, 그만 능청을 떠시지. 당신은 누구의 눈에도 띄지 않고 홀로 활동할 수가 있었어요. 당신에게는 절호의 찬스가 있었다는 얘기죠. 내 말 알아들어요?"

"허허, 이거 옴짝달싹 없이 걸려들었는걸. 올해 내내 재수가 옴 붙더니만……."

"여봐요."

"잠깐만요."

"뭔데?"

"저 여자분은 돌려보내시죠. 왜냐하면 제 눈길에서 한시도 벗어난 일이 없었으니까요. 제가 늦게까지 남은 이유를 아시겠어요? 저분 때문에 자리를 뜨지 못했습니다. 너무나 매력적이어서요."

안준수는 구석진 자리에 앉은 카키색 트렌치코트 차림의 여인을 가리켰다. 임효주라는 이름의 그 여인은 내가 두 번째 희생자로 남겨둔 여자였다. 그녀도 홀로 '시크릿 게이트'를 노크했었다. 직업은 르포라이터! 30대 초반의 앙상한 콧날의 여인이었다. 임효주는 밤의 세계를 심층 취재하기 위해 '시크릿 게이트'를 노크했다는 것이었다. 그런 그녀 자신이 어지간히 취해 있었다.

"어머, 그래요? 그렇담 그 뭐예요, 저에게도 알리바이가 성립된다는 말씀이시네?"

임효주는 혀 꼬부라진 소리로 과장스럽게 말하는 것이었다.

"이걸 어쩌죠? 이렇게 고마울 데가 있나. 그렇담 저에게도 댁의 알리바이를 입증할 기회를 주시겠어요? 전 댁을 따라 이곳에 왔으니까요."

"저를 따라왔다고요?"

"네에."

"왜죠?"

"고독해 보여서요."

"아, 네."

임효주가 안준수가 고독해 보여 따라온 것은 아닐 것이었다. 제비족인 것을 알고 추적 취재하려 했을는지 모른다. 두 사람의 알리바이는 상호 간의 증언으로 입증된 셈이었다.

"당신들 돌아가세요!"

"돌아가도 되는 겁니까? 관대하시군요."

"관대해서가 아니에요. 알리바이가 입증되었잖아요."

"이거, 고맙습니다."

나는 이윽고 두 사람이 나란히 '비밀의 문'을 열고 떠나는 것을 보게 되었다. 그들은 어느새 연인들처럼 팔짱을 끼고 있었다.

세 번째로 지배인실에 초대받은 사람은 시각장애인 가수 배두인이다. 그가 여느 가수와는 달리 석방되지 않은 것은 그의 알리바이를 입증해주는 동료가 한 사람도 없어서였다. 그의 우윳빛 나는 얼굴색과 검은 색안경은 지나치게 대조적이었다. 그는 여간 핸섬하지 않는데 그 자신이 그 사실을 알고 있는지는 알 수가 없었다. 그는 버릇인 걸까, 구석진 자리를 찾곤 했다.

"당신……."

나의 둘째손가락이 배두인을 가리켰으나 시각장애인 탓으로 그는 자신이 지목된 것을 알지 못했다.

"돌아가도 좋아요."

누구나 그 순간 고개를 끄덕였다. 나는 누구보다도 먼저 배두인을 석방했어야 했다. 시각장애인이 어떻게 활을 쏠 수 있을 것인가. 게다가 이름난 궁수도 아닐 바에야 어떻게 심장을 겨냥하며, 정확하게 명중시킬 수 있겠는가. 비록 그 청각이 보통 사람의 20배로 기억력이 우수하다고 해도 말이다.

배두인은 고개를 깊이 숙이고는 이윽고 우리 시야에서 소리 없이 사라졌다. 그는 마치 희미한 그림자 사라지듯 했다. 그의 거주지는 이태원 해방촌이라고 했다.

그런데 네 번째 용의자와 마주 서며 나는 놀랐다. 아니, 질겁했다는 편이 옳을 것이다. 내가 잘 아는 사람이 아닌가. 그 이름도 기억에 생생한 류지훈! 얼마 전에 나와 선을 본 사내. 그리고 채 하루도 지나지 않아 딱지를 놓았던 사내. 자기 취향에 맞지 않는다나. 아니다. 자기 신분에 어울리지 않았을 것이다. 서울대 출신의 삼성맨이라니, 내 처지에 가당키나 하던가. 어디 두고 보자지. 이빨까지 갈았으나 무슨 소용이 있을 건가.

내 가슴에 이빨 자국을 깊숙이 남겼던 바로 그 사내가 지금 눈앞에 서 있는 것이다. 세상에 원수는 외나무다리에서 만난다더니, 옛말이 하나도 틀리지 않는다.

"어떻게 경찰에 지원할 생각을?"

맞선 자리에서 류지훈이 끄집어낸 첫 화제였다. 이것은 내가 누구한테서나 의례적으로 받는 질문이다.

"아무 데도 취직할 곳이 없어 끝내 경찰의 문을 두드리게 되었어요.

선선히 받아주더라고요."

대개는 아버지의 뜻을 이어서라든가, 그럴듯한 명분을 내세우지만 나는 곧이곧대로 말했다. 어차피 파투날 만남인데 숨길 것도 없다.

"출중한 미모를 지닌 강력계 여형사! 요즘 각광을 받더라고요. 이 시대의 새로운 아이콘으로. 아시죠? 〈프라임 서스펙트〉에 등장하는 NYPD 강력반 형사 제인 티모니! 멋이 있더라고요. 그러고 보니 선실 씨도 결코 뒤지지 않지요. 그 미모에 있어서나…… 보람도 있을 겁니다."

류지훈이 듣기 좋으라고 던진 말이다.

"뭐, 그렇지도 않아요. 화려하지도 않고, 보람까지나."

"학교는요?"

사내의 탐색적인 질문은 이어졌다. 그가 마지못해 던진 질문이었고, 기대에 차서 던진 질문은 더욱 아니었다.

"강원도 산골짝에 있는 지방대학을 중퇴했어요. 비록 영문과생이라지만요."

학력이나 따질 거면 서울에서 이화여대생이나 찾을 것이지 시골 아낙네를 불러올려서는 웬 학력을 따져 따지긴. 그리고 천하일색인 서시나 양귀비에게 무슨 학력이 필요했었나. 경국지색이면 그만이지.

여러모로 이 사내하고는 안 되겠다 싶어 내심 포기하고 있었는데, 하도 내 용모가 빼어나다며 높이 사는 듯한 말을 입에 올려서 일말의 희망이나마 지녔었다. 막상 여자의 얼굴을 그렇게 밝히는 사내들이 적지 않다.

구례에 내려와 류지훈의 소식을 이제나저제나 하고 기다렸었다. 그리고 마침내 그 소식이 전해졌다. 그 소식에 내가 얼마나 열을 받았는지 모른다.

"여보게, 크게 실수한 거야!"

나는 오밤중에 선을 주선한 이모한테서 사내의 거절 의사를 전해 듣고는 약자의 변을 토했다.

"주제에, 어딜 가서 나 같은 인물을 찾아 찾긴. 넌 공연한 꿈을 꾸는 거야."

나는 류지훈에게 어떻게 해볼 방도가 없는 것이 안타까웠다.

순경 주제에 서울대 출신을 넘보다니! 내가 생각하기에도 기가 찼다. 그가 얼마나 시골 촌년을 속으로 비웃었을까. 어리석음의 극치! 그러니 상응한 보답을 받은 것이다.

나는 지금까지 류지훈이 뒷자리에서 고개를 떨어뜨리고 있어 알아보지 못했었다. 근데 이 친구 이곳엔 무엇 때문에 혼자 온 걸까? 이 환락의 도성에 말이다. 필경 함께 왔을 여인이 따로 있을 것이었다. 류지훈처럼 잘생긴 남자를 혼자서 밤을 보내도록 여자들이 내버려두진 않을 것이었다. 그나저나 삼성의 광고맨이라면 어떤 타입의 여인과 어울려 다닐까? 그때 나는 다섯 번째 희생자로 남겨놓은 여인을 눈으로 찾았다.

장미란! 특출한 미모와 늘씬한 몸매의 여자. 나이는 서른 살쯤 되어 보였으며 요새 뮤지컬계의 디바로 불리고 있다. 뮤지컬 〈노트르담 드 파리〉에서 집시 여인 에스메랄다 역을 신명 나게 연기했었는데, 그녀의 롤모델은 흑백 시대 에스메랄다 역의 모린 오하라!

홀로 밤길을 거닐다가 발길 닿는 대로 '비밀의 문'을 노크했다는 장미란의 말은 믿을 게 못 되었다. 그녀가 이미 정혼한 몸이라는 것을, 그리고 그녀의 거주지가 청담동의 로즈빌라라는 것도 나는 알고 있었다. 극성스레 시시콜콜 까발리는 텔레비전 연예 프로그램 덕분이다.

장미란과 류지훈, 전혀 눈길을 주지 않는 두 남녀! 필경 '위험한 관계'에 놓여 있을 것이었다. 그들은 남극과 북극만큼이나 먼 거리에 앉아 있었다. 그 의식적인 행동이 눈에 거슬렸다.

"류지훈 씨!"

나는 정중한 목소리로 사내 이름을 불렀다. 나는 내 목소리에 가시가 담겨져서는 안 된다고 생각했다. 그를 모욕해서도 안 되었다. 어차피 석방해야 할 인물, 최고의 예의와 친절로 그에게 멋있는 여자였다는 이미지를 심어주어야만 했다.

그런데 나의 화려한 등장을 시종 지켜보며 어떤 감상을 지녔을까? 그리고 나와의 불가피한 재회를 어떤 심정으로 기다리고 있었을까?

"장미란 씨와 함께 오셨지요?"

돌체 앤 가바나의 트렌치코트를 멋스럽게 걸친 장미란을 턱으로 가리키며 물었으나 류지훈은 고개를 떨어뜨린 채 금세 대꾸를 하지 않았다. 이 친구 아마 사타구니에 땀깨나 흘리고 있을 것이었다.

"그걸 밝히셔야 장미란 씨는 온전히 집에 돌아갈 수가 있습니다."

"……."

"이건 서로를 보호하는 방법도 아니에요. 나중에 들통나면 더 볼썽사나워져요. 우스워진다고요."

"……."

"무슨 사연이 있는지 모르지만……. 내가 당신들의 비밀을 지켜줄 수가 있어요. 비밀이랄 것도 없겠지만요."

"……."

"이렇게 말하긴 싫지만, 류지훈 씨, 굶주린 이리 떼에 장미란 씨를 던져주어야 합니까? 당신, 지금 고상하게 놀 때가 아니라고요. 시치미 뗄일이 따로 있지."

나는 인간 사냥꾼이라 할 나의 동료 형사들을 돌아보며 말했다. 그들은 눈을 빛내며 기다리고 있었다. 그리고 KBS의 〈연예가중계〉팀도 호시탐탐 기회를 노리고 있었다. 여자는 결코 그들을 감당할 수가 없을 것이었다.

"네, 함께 왔습니다."

이윽고 류지훈은 조용히 대꾸했다. 그의 목소리는 가늘게 떨렸다. 아무래도 류지훈의 여자를 보는 안목이 높은 듯했다. 장미란과 동행했다니. 그러고 보니 이 친구, 이골이 난 레이디 킬러다.

"실은……."

사내가 뭐라 변명하려 했다. 그러나 나는 귀담아들을 생각이 추호도 없었다.

"이 사람들 돌려보내도록 하세요!"

나는 명령을 내리면서 한없는 우월의식을 느꼈다. 어젠 류지훈이 칼자루를 쥐었지만 오늘은 내가 쥐고 있는 것이다. 날 열 받게 한 죄가 크지만 돌려보내야 했다. 류지훈은 장미란과 함께 돌아가며 나에게 깊숙이 고개를 숙였다. 그가 세상에 태어나서 한 여인에게 이토록 깊숙이 고개를 숙였을 때가 있기나 할까. '너, 제발 인생을 그렇게는 살지 마!' 하고 충고하고 싶었으나 참았다. 다만 고급맨션의 대명사라고 할 타워팰리스에 산다는 류지훈이라는 사내 이름 석 자를 딜리트 키를 눌러 나의 머릿속에서 말끔하게 삭제했다.

이제 내 손에 남은 사람은 두 사람뿐이었다. 여섯 번째 사나이와 일곱 번째 사나이! 그들 두 사람은 일견해서 범인다운 풍모를 지닌 사내들이었다. 한 사람은 국내 폭력조직의 칼잡이처럼 험상궂게 생긴 사나이고, 또 한 사람은 금발의 미국 사내인데 전형적인 마피아의 일원일 거라는 느낌을 지울 수 없었다. 두 사람 다 40대 초반쯤 되어 보였는데, 볼의 살이 깊이 파여 앙상한 느낌을 주었고, 그들의 입술엔 유난히 핏기라고는 없었다. 전형적인 냉혈한 타입의 사내들! 나는 두 사람을 비장의 카드처럼 마지막 순간까지 간직하고 있었다고 할 수 있다.

나는 미국 남자부터 상대했다.

"실례합니다. 여권 있음 좀 보여주실까요?"

나는 금발의 사나이에게 정중하게 말했다. 물론 시카고에서 닦은 영어 실력으로.

금발은 말없이 여권을 내밀었다. 나는 받아 쥐고 펼쳐보았다. 이름은 존 크루거, 나이는 마흔둘. 국적은 미국이었고 출발지는 시카고였다.

"언제 입국했지요?"

나는 눈을 내리깔고 출입국 스탬프를 살피며 물었다.

"정확하게 7일 전에 입국했어요!"

금발은 순순히 대꾸했다.

"음, 7일 전이라. 입국 목적은?"

"그 어떤 조사요."

내가 고개를 들자 그는 씽긋 미소 지었다. 그 미소는 많은 의미를 내포하고 있는 듯이 보였다.

"조사?"

"그렇소. 말 그대로요."

"당신, 경찰이오?"

"그렇소. 시카고 경찰. 그것도 마약단속반의……."

금발은 그의 안주머니에서 경찰 배지를 드러내 보이기까지 했다. 지금은 그는 웃지도 않았고, 자못 진지했다. 지극히 협조적이라고나 할까.

"맙소사."

나는 일순 말을 잇지 못했다. 시카고 경찰을 서울에서 만나다니. 그런데 그를 살인 용의자로 지목하다니. 슬며시 화가 났다. 시카고 경찰이면 그 사실을 진작 밝혔어야 하지 않은가.

"좋아요. 존, 당신 여긴 왜 왔지요? 시크릿 게이트엔. 역시 조사를 위해선가?"

"아니오. 여긴 쉬러 왔어요. 밤의 서울도 보고 싶었고."

"어디에 앉아 있었지요? 좌석은……."

"무대 가까이요. 활을 쏘려야 쏠 수 없는. 내가 한국 가수를 쏠 이유도 없고. 게다가 난 모두의 눈에 띄었을 거요. 코쟁이니까."

"그렇다면 그 사실을 진작 밝혀야 했던 거 아녜요? 내가 묻지도 않았다는 말은 하지 말고."

"미안하오. 솔직히 사과드리리다. 하지만……."

"하지만……?"

"일반 손님이 없을 때 밝히려 했어요. 경찰과 나만이 있을 때에."

"흐음."

나는 신음 소리만을 흘렸을 뿐 더는 다그치지 못했다. 그리고 다그칠 아무 이유도 나한텐 없었다.

"한국 경찰의 훌륭한 수사 활동을 목격했어요. 돌아가면 좋은 이야깃거리가 될 거요."

"흠, 그래요……."

"저 친구가 범인이오. 유일하게 남은……."

존 크루거 형사는 이제 한 사람밖에 남지 않은 나의 마지막 희생자를 가리키며 말했다. 폭력조직 멤버처럼 생긴 사나이를. 그는 시종 포커페이스와도 같은 무표정으로 벽에 기대어 서 있었다.

"알았어요. 돌아가세요."

나는 시카고에서 온 형사를 석방하지 않을 수가 없었다.

"고맙소. 근데 당신 영어는 시카고에서 배운 것 같은데……."

"네, 그래요."

"어쩐지! 혹시 시카고의 야경을 본 적 있으시오? 죽여주는데……."

"오브 코스! 마치 UFO에서 경이로운 지구를 바라보는 그런 느낌이었어요. 끝내주더라고요."

시카고는 얼핏 떠올리기만 해도 가슴 설렌다. 그토록 아름다운 도시가 또 어디 있을까! 시카고의 관문 오헤아 국제공항을 비롯해서 미시간 호반에 자리 잡은 현대적 감각의 건축물로 즐비한 도시. 언제 또 한 번 가볼 수가 있을까.

"그럼 다시 만나기를 바라오. 시카고에서."

"그러죠."

나는 시카고 경찰을 떠나보내고는 더는 지체하지 않고 비장의 카드처럼 마지막까지 간직했던 나의 희생자를 손짓해서 불렀다. 가면 같은 얼굴의 사내가 천천히 다가왔다. 희망을 걸어야 한다면 그는 유일한 희망이었다.

"당신 이름이 뭐죠?"

나는 다가서는 사내를 향해 퉁명스레 물었다.

"김복만이오."

가면 같은 사내의 얼굴에 일순 웃음이 스쳤다. 징글징글한 그의 웃음을 보며 나는 까닭 모를 불안을 느끼기 시작했다. 그리고 일이 어긋나기 시작하고 있다는 교활한 신호도 울려오기 시작하는 것이었다.

"저 친구, 뭐래요?"

김복만은 자신의 이름을 밝히기가 무섭게 묻는 것이었다. 그의 그런 행동은 일종의 돌출 행동처럼 보였다. 성격이 조급하고 조야한 것을 능히 짐작할 수가 있었는데, 김복만의 눈길은 지배인실 도어 저편으로 사라지는 존 크루거 형사의 뒷모습을 쫓고 있었다.

"당신이 뭔데, 그걸 물어요?"

"이거 미안하오. 나, 시경의 마약 단속반에 있어요. 나도 공무 집행 중이오."

나는 불끈 치미는 것이 있었으나 간신히 쓸어 뉘었다.

"세상에……."

내가 마지막으로 남겨놓은 유일한 용의자도 알고 보니 경찰관이라니. 그것도 동료 경찰이라니. 게다가 공무 집행 중이라니. 나는 구태여 촌스럽게 신분증을 보여달라고 하지 않았으나 그는 서슴없이 나한테 경찰 신분증을 제시하는 것이었다. 계급은 나와 같은 경사다.

"저 친구 뭐랍디까?"

김복만은 신분증을 챙기며 다시금 다그쳤다.

"시카고 경찰이라는데."

나는 그에게 밝히지 못할 이유가 없었다. 아마도 그는 존 크루거를 감시하고 있었나 보다.

"어렵쇼! 그렇담 이거 잘못 짚었는걸."

김복만은 과장된 탄성을 발하며 어처구니없어했다. 나는 꼬인 심기 탓인지는 몰라도, 그거 잘됐지 뭐야, 하고 속으로 우물거렸다. 그는 시카고에서 온 마약 단속반원을 마약 운반책쯤으로 생각한 것이 틀림없었다.

"그런데 이걸 어떻게 한다지? 한 사람도 남지 않아서. 당신의 조치는 나무랄 데가 없었는데 말이오."

김복만이 내가 처한 냉혹한 상황을 일깨워주었다. 그가 일깨우지 않았어도 나는 이미 뼈저리게 깨닫고 있었다. 눈 깜짝할 사이에 200명 가까운 살인 용의자가 나의 손아귀에서 새처럼 날아가버린 것이다. 그리고 범인도. 이 엄연한 사실을 깨닫는 데에는 그다지 긴 시간이 필요하지 않았다.

"어지간하면 내가 당신을 위해 희생하지 못할 것도 없지만, 이게 어디 어지간한 일도 아니고. 유감스럽게도 당신이 간절하게 부탁한대도 어렵겠는걸."

김복만은 동정하는 말인지, 비아냥거리는 말인지, 아리송한 말을 던졌다.

"당장 물러나요, 내 앞에서. 협력해도 뭣할 텐데, 사람을 어줍잖게 보고는."

나는 나도 모르게 거칠게 말했다. 나는 어느새 이성을 잃어가고 있었다. 덩달아 아드레날린도 치솟았다.

"이거 미안하군."

"미안한 걸 알면 어서 꺼지기나 해요."

"그러리다. 그럼 잘해보시구려. 아, 그리고 내가 사는 곳은 산동네로 알려진⋯⋯."

"꺼지기나 하라는데, 웬 잡음이 많아요?"

"알았어요. 알았다고요. 그럼……."

김복만은 다시금 그 특유의 가면 같은 얼굴로 돌아가더니 성큼 사라지는 것이었다. 두 사람은, 존 크루거도 김복만도 결코 나의 비장의 카드가 아니었다. 그들 두 사람 가운데 한 사람이 범인일 거라고 확신했기에, 모두를 자신 있게 석방한 처지가 아니던가.

범인이, 그가 누구인지는 몰라도 마침내 철통같은 지하 밀실에서 탈출하는 데 성공한 것이다. '비밀의 문'을 박차고. 비상한 두뇌를 지녔다고 해야 할까. 초능력을 지녔다고 해야 할까.

아무려나 버스는 떠났고 살인자도 사라진 것이다.

나는 눈앞의 냉엄한 사태로 해서 한동안 말을 잇지 못했다. 조금 전까지만 해도 한껏 우쭐해하며 스타 의식마저 지니고 기고만장했는데, 지금은 빗물에 젖은 생쥐 꼴이나 다름없다. 한순간 범 경위의 얼굴도 떠오르고 서 경사의 얼굴도 떠올랐다. 심지어 강원도 정선의 돌담집 싸리문 밖에 시름에 잠겨 서 있을 파리한 어머니의 얼굴도.

"엄마!" 하고 외치며 나는 어머니의 품에라도 도망치고 싶은 심정이었다.

'시골뜨기 촌년이 정선 아니면 구례에 처박혀 있을 것이지, 쪽팔리게 서울엔 왜 올라왔담!'

그들이, 범 경위를 비롯해서 얼마나 나를 핍박할 것인가! 그리고 모욕하고 조롱할 것인가! 그들이 채찍을 휘두르려고 벼르는 모습이 눈앞에 선했다. 바보! 멍청이! 여기가 어디라고 주접떨며 나대긴 나대. 나는 마음속으로 나의 처량한 신세를 수없이 곱씹었다.

"어디에 차질이 생겼을까요?"

어안이 벙벙해서 서 있기만 하는 나한테 다가와서 말을 붙인 사람은 KBS의 〈연예가중계〉팀의 프로듀서였다. 허정원이라는 이름의 그는 나의 수사 활동을 시종 지켜봤었다. 그도 이해할 수 없다는 표정을 짓고 있었다.

"글쎄요."

나야말로 매듭을 풀 수 없는 전설적인 고르디아스의 끈을 매만지고 있는 기분이었다. 알리바이가 완벽하게 성립되는 사람들만을 석방하지 않았던가. 내가 남겨놓았던 일곱 명도 끝내는 알리바이가 성립되어 석방하지 않을 수 없었다.

세 명의 형사들도 근심스러운 낯빛을 짓고 있었다. 그리고 푸념 섞인 말을 되풀이할 뿐이다.

"우린 최선을 다했어요. 할 만큼."

"그걸로는 부족해요."

그러곤 나는 덧붙였다.

"누가, 어떻게 빠져나갔는지 반드시 밝혀야 해요. 우린 지금 머리 좋은 친구와 대결하고 있어요."

그나저나 이 사태를, 이 국면을 어떻게 타개해야 하는 걸까. 나는 어김없이 헛발질이나 일삼는 이른바 루저일 뿐이다. 승부에서 진 패자. 쪽박을 차고 고향 시골집으로 돌아갈 일만 남은 것이다. 마음이 언짢고 아프다. 이건 악몽이야! 악몽!

3

나의 조바심과는 아랑곳없이 시간은 재빨리 흘러갔다. 그리고 나는 새로운 국면을 맞이하기 시작했는데, 누구보다도 먼저 범 경위와 서 경사가 지체 없이 달려왔다. 비상 연락을 받은 다른 팀의 내로라하는 베테랑 형사들도 몰려왔다. 그들은 필경 나의 실패 소식을 전해 들었을 것이었다. 또한 텔레비전 심야 뉴스도 어김없이 전국에 나의 실패 소식을 시시콜콜 죄다 까발리고 있을 것이었다.

나는 한마디로 참담한 심정이었다. 좌절감보다는 적막감이 밀려왔다. 완전 찐하다.

"이거 난리가 났네, 난리가."

누군가가 씨부렁거렸다. 하나 틀리지 않는 말이다.

범 경위는 자신이 닦달할 용의자가 한 사람도 남아 있지 않다는 사실에 아연실색했다. 그의 얼굴에 불쾌의 그늘이 완연히 드리워져 있었는데, 그는 결코 나를 보호해주지는 않을 것이었다. 보호는커녕 사자밥으로 내던질 것이었다. 그는 나한테 눈길도 주지 않았고 말도 건네지 않았다.

"최 형사, 이거 어떻게 된 거야?"

그래도 나한테 말을 붙인 사람은 서 경사였는데, 나는 뭐라 대꾸할 말이 없었다.

"자네들은 무엇 하는 친구들이야!"

서 경사는 실어증 상태의 나를 상대해서는 안 되겠다 싶어서인지 세 형사를 돌아보며 비로소 질타하는 것이었다. 나를 잘 보필하지 못해서라기보다는 막 시골에서 올라온 풋내 나는 여형사에게 모든 것을 떠맡긴 처사를 혼내려 하는 것이다. 그들도 말문이 막힌 채 서 있기만 했다.

"아니면 우리가 올 때까지 기다렸어야 하는 거 아냐?"

상관의 출동을 기다리지 않고 독단적으로 일을 처리한 것을 서 경사는 문책하고 있었다. 그는 범 경위를 대신해서 나무란다고 할 수 있었다.

"이런 친구들 봤나. 이건 초보적인 실수야, 초보적인. 자네들, 수사의 ABC도 모르나? 정석대로 해야지, 정석대로."

서 경사는 말하는 가운데 옥타브를 높였고 씨근덕거리기조차 했다. 뭐가 초보적인 실수며, 무엇이 수사의 ABC인지는 모르겠으나, 우리가 큰 실수를 범한 것만은 틀림없지 싶었다. 그런데 보아하니 수사의 베테랑으로 자처하는 여느 팀의 형사들은 서 경사가 씨근덕거릴수록 빙글거렸다. '얼빠진 친구들! 꼴좋게 되었지, 뭐야!' 하는 얼굴이었다.

나는 언젠가 그들에게 보복하리라 다짐했다. 다짐하는 거야 어떨까마는 과연 그럴 기회와 은총이 기다리고 있을지가 의문이었다. 싸가지가 없는 그들도 미웠으나 눈살을 잔뜩 찌푸리고 서 있는 범 경위는 더욱 미웠다. 차라리 화를 내며 소리라도 지를 것이지. 그는 그럴 만한 값어치조차 나에게는 없다고 보는 듯했다.

"그래, 어디 자초지종을 말해보라고."

서 경사가 그중 연만한 박 형사를 향해 다그치듯 말했다. 그는 어느새 나를 제쳐놓고 있었다. 그래서 박 형사는 사건의 전말에 대해 여러 사람에게 설명해야 했다. 일곱 명의 용의자를 추려낸 것과 어쩔 수 없이 그들마저 석방한 경위를 포함해서. 그래서 서 경사를 비롯해서 모두는 한 가지 사실을 분명하게 확인하게 되었다. 200명 남짓한 용의자들이 순식간에 '비밀의 문'을 빠져나갔다는 엄연한 사실을.

"그러니 뭐야, 결과적으로 눈을 시퍼렇게 뜨고 살인 용의자를 놓쳤다는 애기 아냐? 그 친구가 누군지는 몰라도 자네들보다 한 수 위인걸."

"……"

"그 일곱 명 가운데 범인이 있었던 건 틀림없는데 말씀이야. 어디에서 실수한 걸까?"

다 듣고 난 서 경사의 결론 비슷한 말.

그때, 언제 달려왔는지, 강력5팀장이 앞으로 나섰다. 형사계 8개 강력팀 중에서 가장 선임자라고 할 수 있는 변강진 경위였다. 나이가 50대 초반은 되었을 게다. 머리는 반듯하게 가르마를 타고 눈썹은 엷고 살짝 처져 있었는데. 좋게 말하면 여간 경험이 풍부해 뵈지 않고, 나쁘게 말하면 여간 간교해 뵈지 않는다. 「오셀로」의 이아고처럼.

"그렇담, 이제부터 자네들이 범한 실수부터 찾아야겠군."

5팀장이 뱉은 첫 마디.

"어떤가? 자네들 명성은 잘 알지만 그 실수를 찾는 일만큼은 나한테 맡기는 게. 자, 그러니 자네들은 이제 뒷전으로 물러나주게."

변강진 경위의 의도는 분명했다. 강력1팀을 무대에서 퇴장시키고 강력5팀을 새로이 등장시키려 하는 것이다. 새롭게 스포트라이트를 받으며. 마침 모든 게 밥상 차리듯 차려져 있는 상황이기도 했다.

"좋아요. 5팀에서 잘해보슈."

서 경사는 별수 없이 수사권을 강력5팀에 넘겨주었다. 아무래도 강력5팀과는 평소에도 라이벌 관계에 놓여 있음이 틀림없었다.

"좋았어, 아우님. 우리 계속해서 그렇게 우호적으로 나가자고."

"그러죠, 형님도요."

"자, 그럼 여기 지배인실도 비워주는 게 좋겠군. 임시로 우리 수사본부를 차리려고 하니까. 우리 정석대로 할 걸세. 우리의 방식대로. 근데 알고 보니 자네들은 석궁에서 지문을 채취하는 일조차 하지 않았더군."

"좋을 대로 하시죠. 근데 요즈음 어떤 바보가 살인 도구에 지문을 남기죠?"

서 경사는 강변하듯 말했으나 역시 약자의 변에 불과했다. 이윽고 강력1팀은 지배인실에서 퇴장해야 했다.

그런데 나의 마음을 어둡게 하는 일이 자꾸 눈앞에 펼쳐지려 했다. 센세이셔널한 살인 사건이기에 수도 서울의 사건기자들이 대거 몰려오기 시작했다. 그것도 가히 홍수처럼 밀려왔다. 그것은 조수빈의 톱 가수로서의 대중적인 인기도를 실감케 하는 광경이었다. 그리고 자극적인 뉴스에 목말라하는 대중을 위해 매스컴은 봉사해야 했다. 그리고 경찰은 이러한 매스컴의 엄청난 관심에 시달리게 될 것이다. 뭐니 뭐니 해도 평소의 울화를 해소하는 데 최적의 먹잇감이다.

"이건 누가 뭐래도 최악의 시나리오네. 야단났군."

서 경사의 말이 아니어도 '시크릿 게이트'는 도떼기시장만큼이나 어수선해질 게 뻔했다.

잠시 후, 시경에서도 형사들이 우르르 몰려왔는데, 모두가 베테랑들이고, 그 우두머리의 프로필이 사뭇 인상적이었다. 눈앞에 하마와도 같은 인상의 인물이 서 있는 것이다. 거구에 훌렁 벗겨진 대머리는 번들거렸고, 매부리코는 벌름거렸다. 그 두툼한 입술에는 남을 업신여기는 냉소가 떠나지 않고 있었는데, 그 실눈은 먹이를 앞에 두었을 때처럼 살래살래 춤추었다. 일견해서 심술기가 덕지덕지 붙은 노회하고 사특한 인물이라는 결론은 쉽사리 나왔다. 바로 수사의 귀재라는 말을 듣는 시경 강력계의 하영구 경감이라고 한다.

그런데 그는 얼마 전에 속리산관광호텔 바로 코앞에서 지명수배범 이강국을 풋내 나는 시골 여형사한테 날치기당한 처지다. 그러니 어찌 이를 갈지 않겠는가.

"이거, 누구야? 행운의 여신을 몰고 다니는 숙녀분 아니신가? 그런데 오늘은 등을 돌리셨나 보군. 죽을 쑤게. 이름이 아마 최선실이라고 했었지."

나와 마주선 하 경감의 제일성이었다. 비웃음이 가득 찬 그의 말투. 그는 오랜만에 학대할 여인을 찾은 즐거움에 젖어 있는 듯이 보였다.

"이건 아니지. 나서긴 어디서 나서? 종로서엔 최선실밖엔 없었나? 설치긴 어디서 설쳐? 여기가 정선인가, 구례인가."

나는 다만 꿀 먹은 벙어리인 양 입을 닫고 있을 뿐이다. 마침내 정선이, 구례가 나로 해서 욕을 보는 순간이다.

"멍청하지가 않다면 말이야, 어떻게 눈을 시퍼렇게 뜨고 독 안에 든 쥐를 고스란히 놓아 보낼 수 있었다는 게야?"

그의 결정적인 한마디. 입이 열 개라도 할 말이 없다.

"이곳 나이트클럽은 콘크리트로 단단히 다져진 지하 밀실이라고 할 수가 있지. 그것도 쇠창살 문으로 밀폐되다시피 한 철옹성이나 다름없고. 범인은 이곳에 갇혀 있었는데, 자네들 눈앞에서 유유히 사라졌지 뭐야."

추락의 서막!

하 경감과 마주하며 느끼는 아스라한 절벽 앞에 섰을 때와도 같은 단절감! 머릿속은 먹먹해지고 다리는 후들거린다. 다시 비상할 일도 없을 것이고, 코 박고 죽을 일만 남은 것이다. 젠장, 죽을 맛이네. 어떻게 눈앞의 어둠의 터널을 지나갈 수 있을까. 이건 어김없는 최악의 시나리오다.

"자, 이제 최선실은 내일 아침이면 보따리를 싸고 구례로 돌아가는 게 좋겠지? 서울에선 별 볼 일 없을 테니까."

그는 나한테 조언을 하는 걸 잊지 않았다. 구례로 돌아가라고? 그의 얼굴엔 나를 측은해하는 빛마저 감돌았는데, 힐난할 때보다 더 기분이 나빴다.

"하지만 동이 트기 전까지는 기회를 주어야 하겠지?"

동이 트기 전이라! 노회한 영감이 나한테 한 가닥 기회는 주려 했다. 제 딴엔 엄청 선심을 쓴 것이리라. 그는 더는 나와 말을 섞을 필요를 느끼지 않아서인지 돌아서는 것이었다. 안하무인의 독불장군! 하나 틀리지 않은 말이다. 빌어먹을 영감탱이! 어디 두고 보라지.

나의 불운은 고약하고 심술기가 가득 찬 노친네 하 경감으로 끝나지 않았다. 서울시경 소속의 특수수사전담팀도 득달같이 들이닥친 것이다. 미드에서 보는 '뉴욕 특수범죄전담반'처럼 우리나라에도 '서울 특수범죄전담반'이 설치되어 있나 보다. 고도의 지능범에, 주요 경제사범에다가 성범죄에, 사이코패스와 대결하는 것을 책무로 하는 별동대다. 외국인 범죄에, 영구 미제 사건도 다루는데, 그 멤버들도 의당 고도의 지능과 경험을 지닌 수사의 엑스퍼트들이다. 한마디로 각 분야의 수재 형사들만 모인 곳이다.

그런데 오늘 밤에 파견된 지능범 수사 파트의 리더는 여자였다. 나는 그 사실에 오금을 펴지 못했다. 여자의 적은 여자가 아닌가!

나와는 동년배. 그 용모는 석고상과도 같은 정갈한 서구적인 마스크. 그 키는 패션모델 뺨치게 늘씬하다. 화사하게 웃음 짓는 그 단아한 품새는 또 얼마나 여성스러운가. 사람들에게 조신하게 고개를 깊숙이 숙일 줄도 안다. 걸친 옷도 검소하다. 얼핏 보아도 겸손을 가장한 오만스러움! 무서운 여자다.

"저 여자, 누구죠?"

나는 옆자리에 선 서 경사에게 물었다.

"백지영 경위. 경찰대학을 수석으로 졸업했고, 미국 버클리에서도 공부했었지. 그리고 우리들의 직속상관 서울지방경찰청장의 고명딸!"

서 경사는 익숙한 대사를 읊조리듯 말했다. 나와는 계급이나 신분이 하늘과 땅 차이다. 어김없는 상류사회의 일원!

"에구머니나!"

나는 오직 탄성을 지를 뿐이다.

그런데 가관인 것은 불알 달린 사내들이 그녀 앞에서 한없이 작아지며 굽실거리고 있다는 사실이다. 상전이 따로 없다. 우릴 타박하며 큰소리치던 강력5팀장 변강진 경위조차 어느새 그녀에게 빌붙다시피 하고 있었는데, 어느 깃발 아래 서는 것이 유리한지 잘 알고 있는 것이다. 약삭빠르다.

"어서 오라고. 그러지 않아도 기다리던 참이야. 백 경위, 자네가 이 사건을 맡아 말끔하게 처리하라고."

하 경감조차 허리를 낮추며 환영사까지 씨부렁거렸다.

"아, 네, 정석대로 수사하도록 하겠습니다."

백 경위는 선선히 수락의 뜻을 밝혔다.

"자넨 단지 종로서가 범한 오류에서 해답을 찾으면 될 거야. 어떻게 쥐뿔도 모르는 철딱서니가 설치도록 내버려둔다는 게지? 알겠나? 저 여자부터 아작내라고."

하 경감의 손가락은 어김없이 나를 가리켰다. 바야흐로 나, 최선실이 작살나는 순간. 그리고 나아가서 종로서가 구겨지는 순간이다. 떡 줄 사람 생각도 않는데, 일찍 김칫국부터 마신 죄값이 크다.

"네, 저도 그럴 생각입니다."

백지영의 서슴없는 대꾸. 앞으론 그녀가 모든 수사를 지휘하고 재단할 듯이 보였다.

기자들도 그녀를 따르고 있었다. 현명하게도 그녀가 오늘 밤의 주역이라는 것을 잘 알고 있는 것이다. 그들은 나를 거들떠보지도 않았다. 나는 이미 낙동강의 오리알 같은 신세였으므로. 이 지경에 공황장애를 일으키지 않은 것이 그나마 다행이다.

백지영은 이윽고 종로서 형사진이 몰려 있는 곳으로 천천히 다가왔다. 그녀는 대뜸 범 경위와 마주 서는 것이었다. 일순 두 사람의 눈빛이 교차되었다. 제법 도전적일 것이라 생각했는데, 그렇지가 않다. 그들 두 사람의 눈빛은 도전적이긴커녕 정겨움으로 가득 차 있다. 완전 배신당하는 느낌이었다.

백지영은 돌아서더니 나를 손짓했다. 자기한테로 다가오라는 제스처였다. 마치 강아지 부르듯 한다고나 할까. 나는 울컥 치미는 것이 있었으나 간신히 쓰러 뉘었다. 순간의 실수가 사람을 얼마나 망가트리는지 절감해야 했다.

나는 마침내 백지영과 마주 섰다. 그녀는 어김없는 상류사회의 일원인 데다가 전형적인 까칠한 서울 깍쟁이다. 나야 시골 촌년이 아니던가. 공연히 적의가 솟구치는 것을 느꼈다. 참새가 죽어도 짹 한다고 했어. 선선히 물러설 내가 아냐. 나는 속으로 우물거렸는데, 약자의 넋두리일 수밖에 없을 것이다.

"이름이 최선실이라고 했지요?"

그녀가, 백지영이 입귀에 잔잔한 웃음을 띠며 말 붙였다.

"네."

나는 짧게 그리고 퉁명스럽게 대꾸했다.

"나하고 좀 대화를 나누어야 할 것 같은데. 초동수사를 지휘했으니까. 당신이 범한 오류를 찾으라고 하시네."

그녀의 말투는 상냥하고 그지없이 나긋했다. 그러나 분명 가시를 담고 있다. 그리고 칼자루를 쥔 자의 우월의식이 배어 있다.

"뭐, 그러시죠. 근데, 큰 도움이 될 것 같지 않네요. 지금 형편으로선 무엇이 오류인지조차 모르고 있으니까요."

"염려 마요. 내가 다 알아서 처리할 테니까. 날 따라와요."

'어련하시겠어요.' 하는 말은 차마 입밖에 내지 못했다.

이윽고 나와 백지영은 임시 수사본부라고 할 지배인실에서 마주하고 섰다. 시경 형사들이 우리 두 사람을 에워싸다시피 했다. 우군이라 할 강력1팀은 코빼기도 비치지 않았다. 범 경위조차도. 그게 서운했다.

"어디, 좀 들어볼 수 있을까. 초동수사를 어떻게 했는지를. 현명하게 처신한 건 잘 알지만."

그녀는 흘러내리지도 않는 머리카락을 쓸어 올리며 말했다.

"그러시죠."

나는 애써 조신하게 대꾸했다.

"처음부터 현장에 있었다죠? 그리고 빠짐없이 지켜보고?"

"네."

"좋아요. 빼지도 보태지도 말구. 난 현장에서 직접 활동하는 사람들의 말을 듣길 좋아해요."

나는 어김없이 청문회에라도 소환된 증인과 흡사했다. 집중 공세가 펼쳐지고 조롱당할 게 뻔했다. 사자굴이 어디 따로 있던가.

"자, 어서."

백지영이 채근했다.

그래서 나는 백지영에게 내가 현장에서 목격한 사실에 대해, 그녀의 말마따나 빼지도 보태지도 않고 설명했다. 나는 시험을 당하는 기분이라서 나의 브리핑에 최선을 다했다.

나는 알리바이가 확실한 선남선녀들을 우선적으로 석방한 경위부터 설명했다. 서슴없이 풀어준 사연을 소상하게.

"그 사람들을 억류할 이유가 있을까요? 단지 비싼 돈으로 '시크릿 게이트'를 노크했다는 이유로. BMW에 아우디나 몰고 왔다는 이유로. 알리바이가 이 이상 완벽할 수 없다 할 정도로 완벽한 사람들을 괴롭힐 이유라도."

내가 물었다. 얼마간 가시 돋친 말투다.

"아뇨. 나한테도 그럴 취미는 없어요."

백지영의 지체 없는 대꾸. 그녀 특유의 화사한 미소를 잃지 않고 있다.

"난 마지막으로 일곱 명의 용의자를 추렸어요. 그들 누구도 확실한 알리바이가 성립되지 않았어요. 그거 잘못한 걸까요?"

나는 말을 이었다.

"일곱 명의 용의자들이라! 잘 추려내긴 했는데……."

백지영이 신음 소리 비슷한 소리를 냈다.

"나는 그들을 철저하게 심문했어요. 그들 중에서 상호 알리바이를 주장한 사람들에, 신분이 확실한 사람들을 우선 석방했어요. 아, 그리고 시각장애인 가수 배두인도 석방했고요. 그러고 보니 잘 나가는 삼성맨에 아름다운 여배우 장미란을 여러분을 위해 억류하지 않은 오류를 범했나 봐요. 필시 그럴싸한 '금지된 사랑' 얘기를 들을 수 있었을 텐데."

"유감스럽게도 그런 취미도 지니지 못했네. 그리고 뭐야, 우리가 어디 스캔들이나 캐러 왔나? 살인 사건의 범인을 잡으러 왔지. 보아하니한 점 오류도 없다는 모양새인데, 그럼 이 사건의 진범은 누구며 어디로 사라졌다는 거죠?"

백지영은 내가 일곱 명의 용의자를 추려낸 것만은 높이 사는 듯했으나, 그들을 섣불리 석방한 것은 용납할 수 없는 듯했다. 그 점에서는 나도 입이 열 개라고 할 말이 없다.

"나에게 주신 그릇은 이 정도일 듯싶네요. 이젠 고명하신 분들께서이 수수께끼의 해답을 찾으시죠. 그래서 귀하신 분들께서 오신 거 아니겠어요?"

아니꼽지만 인정할 수밖에. 나는 백기를 드는 시늉을 지으며, 퇴장하려 했다. 어떻게 보면 패자의 앙탈이나 다름없었는데, 나의 태도가 밉상스러우리라. 하지만 지네들이 나를 업신여기지를 않았는가. 나를 업신여기는 점에서는 기자들도 하나 다름없었다.

"잠깐."

한 사내가 앞으로 나섰다. 젊고 제법 핸섬하다. 굶주린 사자들이 득실거리는 콜로세움에서 나를 구원해줄 검투사라도 되어줄 건가?

"묻겠는데요, 살인 사건이 발생했는데, 현장 감식팀은 왜 부르지 않았지요? 과학수사의 중요성을 모르나 본데, 무얼 모르면 과학수사대의활약을 그린 제리 브룩하이머의 〈CSI〉 시리즈라도 보셔야지. 머리에든 게 없으면……."

이 친구, 나를 지키려는 원탁의 기사가 아니다. 약삭빠르게도 백지영의 기치 아래서 공을 세우려는 인물이다. 그리고 아녀자나 헐뜯으려 한다. 아니 밟으려 한다. 한마디로 싸가지가 없는 친구다.

"아, 그거 실수했네요."

나는 솔직히 시인했다.

"정중히 묻겠는데, 이건 아세요? 오늘날 범인은 반드시 디지털 흔적을 남긴다는 사실을요. 그러니 지능적인 범인을 낚아채려면 필수적으로 일곱 명의 용의자들의 스마트폰에 PC 같은 디지털 기기에 대해 분석을 의뢰해야 하는 거 아닌가? 디지털 시대의 셜록 홈즈라고 불리는 국립 디지털 포렌식 센터에. 곧바로. 이런 범죄는 오랜 기간에 걸쳐 치밀하게 계획하고 준비했을 게요. 그러니 어딘가에 결정적인 증거가 될 만한 디지털 흔적을 흘렸을 거 아닌가. 그럼에도 불구하고 수사의 당초가 되는 컴퓨터 파일 등에 남은 증거를 찾아 분석하는 노력도 기울이지 않고 석방하다니. 사람은 거짓말해도 증거는 거짓말하지 않는다는 말도 모르시나 본데……."

"그 무슨 센터라고요? 워낙 가방 끈이 짧아서, 금시초문이네."

"금시초문이라니. 선무당이 사람 잡는다고 하더니, 나 원."

요 몇 년 사이 지우고 숨긴 컴퓨터나 스마트폰 정보를 되살려 범죄의 흔적을 찾는 포렌식 관련 수사가 활발하게 활용되고 있다는 사실쯤은 나도 알고 있다. 명색이 강력계 형사가 아니던가. 하지만 지금 처지에선 몸을 낮추고 모른다고 잡아떼는 것이 상책일 것이다. 빗발치는 꾸중에서 촌년이 덜 다치려면 말이다.

"지금 계급이 뭐요?"

사내가 어쭙잖아 하는 표정으로 물었다.

"경사예요. 오늘 아침에야 새 계급장을 달았네요."

"당신의 아킬레스건이 뭔지 알아요?"

"아킬레스건?"

"아무 훈련도 경험도 쌓지 않은 당신! 말 그대로 초짜라는 점이오. 초짜."

"그걸 부인할 마음 없네요."

"그럼에도 불구하고……."

"그럼에도 불구하고?"

"중요한 사건이 발생했는데, 왜 상부에, 윗선에 보고를 하지 않았지요? 독단적으로 처리하게. 규칙도 당신이 정하시나? 주제 파악을 하셔야지."

"어머, 그것도 큰 실수네요. 미안하고 죄송하네요. 본디 촌것에, 허접한 초짜라서."

"이곳 지배인은 무엇 때문에 수사선상에서 배제했지요? 석궁의 임자인 데다가, 조수빈과 누구보다 여러모로 얽혀 있었을 텐데. 어쭙잖은 알리바이를 내세워…… 닳고 닳은 인물인데, 조폭의 앞잡일 수도 있는데. 늘 눈앞에 있었다는 거, 하나의 착각일 수도 있다고요. 맹점일 수도. 당신들이 머물고 있었던 한 시간 내내 눈앞에서 얼쩡거렸을 리가 없었을 거 아니오. 참으로 사고가 단순한 사람이네."

"그러고 보니 그것도 실수라면 실수네."

"그리고 뭐요. 이른바 일곱 명의 용의자들도 그래요. 제비족만 하더라도 전과도 살피고 했어야지. 그 친구의 말에 호락호락 넘어가다니. 장미란은 무엇 때문에 서슴없이 석방했지요? 배우라면 꼬박 죽는 시늉을 하는데, 치정살인이라는 말도 있는데. 삼성맨은 왜 석방하고요? 잘생겨서인가요? 거긴 누구보다도 일곱 사람을 철두철미 닦달해야 했어요. 제 깜냥도 모르고 설치다니. 요행이 시도 때도 없이 찾아오는 건가."

"그러니 이만저만 큰 실수한 게 아니네. 일단 주리를 틀거나 치도곤을 놓는 걸 깜박했네요."

"동기도 두루 살폈어야지. 원한 관계인지, 여자 관계인지. 가장 확실한 동기라고. 알지도 못하면서."

나의 완벽한 추락! 그의 소망인 듯했다. 이왕에 밟을 대상, 철저하게 밟으려 한다. 정말이지 사람이 묵사발이 되는 건 시간문제로, 서푼어치 자존심이나마 무너지는 순간이다.

"실수한 게 한둘이 아니네요. 그나저나 죄송하지만 궁금해서 묻는데, 저기요, 그쪽은 누구시죠? 보아하니 총대를 메신 거 같은데."

"나, 맹달수 형사요. 시경 강력계 소속의."

"어머, 시경 강력계에 계셔요? 이렇게 나대시는 걸 보면, 잘 나가시는 분인가 본데 몰라뵈었네요."

"뭐 불만이 있소? 무슨 콤플렉스라도."

"천만에, 불만은요. 하도 똑 부러지고 인물이 좋아서요. 근데요."

"근데?"

"하나 더 질문해도 될까요?"

"얼마든지."

"삼성엔 뭐 고까운 일이라도 있으시나? 열을 내게."

"그 무슨."

"하나만 더 묻죠. 여배우엔 알레르기 증세라도 있으시나? 언제 차이기라도 했나 본데. 하긴 장미란은 그쪽엔 가까이 하기엔 너무 먼 당신이죠."

"뭐라고요?"

"내가 마음에 안 들죠? 그렇다고 사람이 치사하게 궁지에 몰려 목이

간당간당한 여자를 창피나 주고 핍박할 건 또 뭐예요. 연민의 정도 측
은지심도 없는 당신, 누이도 어미도 없는 사람인가. 소양도 도량도 갖
추지 못하고선. 졸장부가 어디 따로 있나? 완전 밥맛이네."

"아니, 이 여자가. 말조심하라고."

"이 여자라고? 그쪽에서나 말 조심하시지. 채신머리없이 잘난 체나
하고. 야비하게 남의 뒤통수나 치고. 좋은 뜻으로 충고하는데 그렇게
비루하게 사는 게 아니라고요."

"허허, 이 친구 좀 봐. 제 잘못은 뒷전으로 하고. 웬 투정에 트집인
가."

"그 무슨 소릴. 구차하게 살 생각 없다고요."

"그 말 믿어야 하나?"

"참말이니까."

"당신이 이 무대에서 뭘 원하는지 내가 알지."

"모르실걸요. 갑질이나 일삼는 그쪽하곤 발상의 차원이 다르거든요."

나는 그의 말을 더는 귀담아듣지 않고 청중들을 향해 눈길을 돌렸다.
그들은 무엇이 우스운지 빙글거리고만 있었다. 젊은 남녀가 티격태격
하는 게 재미가 있는가 보다.

"또 없어요. 튀고 싶어 안달하나 본데, 나대고 싶으면 나대시라고요.
청장 따님이라면 아양을 떨라면 떨고, 기라고 하면 기어야죠. 마치 떼
창하듯 나서는데, 이거 어디 불알 달린 머스마들이 할 짓인가. 이제 보
니, 경을 칠 친구들 쌔고 벨렀네. 가관이군. 염병할."

하도 열 받고 뿔따구가 나서 나는 입에 담지 못할 말도 뱉었다. 꽁꽁
언 마음 탓에 이젠 누구도 내 눈에 들어오지 않았다. 명심해야 할 것은
나의 참다운 적수는 바로 눈앞의 수도 군단의 베테랑 형사들이라는 사

실이다. 그러니 내가 결코 녹록지 않은 암팡진 여자라는 것을 보여주어야 했다. 외려 방귀 뀐 사람이 성낸다고 할 테지만 상관할 바가 아니다. 내가 살 길이다.

그때 백지영을 따라 들어선 기자들 속에서 늙수구레한 기자가 빙글거리며 다가왔다. 키가 크고 단정한 모습이다.

"젊은 숙녀분이 못 하는 말이 없으시군."

"시경에 있답시고 우쭐해서는 동료 형사를 씹어대고 깔아 뭉개고, 치사하잖아요. 시경이면 다예요? 상처 입은 여인을 긍휼히 여기기는커녕 딴죽이나 걸며 열 받게 하고. 염장이나 지르다니! 사내다워야지요. 얼어죽을! 정말 같잖네. 오늘 그래도 많이 참는다고요."

나는 투덜거렸다.

"맹 형사가 딴지를 걸고 좀 깐죽거리긴 했지만, 옳은 말을 했구먼."

"말이야 번지르르하죠."

"그런가?"

"날 물 먹일 생각인가 본데, 어디 두고 보자고요. 새벽닭이 울기 전에 반드시 내 손으로 진범을 잡아 대령하겠어요. 내가 장담해요. 나는요, 이번 사건을 처음부터 목격한 데다가 초동수사에 참여했다는 강점이 있어요. 아시겠어요? 분명히 말씀드리는데, 내가 더 좋은 패를 쥐고 있다고요. 지금은 비록 피박 상태지만, 그래서 꼬박 죽는 시늉을 하지만 9회 말에 가야 알 수 있는 거 아니겠어요. 내 방식대로 할 거니까, 난 아직 거뜬해요. 끝까지 간다고요. 그리고요 난 타박이나 하고 유세나 부리는 저 잘난 여자에게 결코 지고 싶지 않아요. 내 영혼을 팔아서라도."

나는 거침없이 말했고, 나의 둘째 손가락은 백지영을 가리켰다.

"그래, 좋았어. 동이 트기 전에 범인을 잡아 백지영의 코를 납작하게 하라고. 절망적일 때가 오히려 기회요, 축복이라고 하니 기운을 내라고. 이런 말 들어보셨던가? '희망을 가져라! 내일 일은 아무도 모른다!' 누구의 말인지 알겠소?"

"몰라요."

"바틀리 그리피스 박사의 말. 누구냐면 최초로 사람에게 돼지 심장을 이식하는 수술을 성공시킨 사람."

"에이, 설마, 그게 가능해요?"

"가능했나 보오. 꿈엔들 꾸지 못할 기적이오. 그러니 우리도 희망의 끈을 놓지 말고 살아보자고."

그는 나의 어깨를 토닥거리기조차 했다.

"친절하시네."

"여성에게는. 우리 집안 내력이오."

"근데, 노인장은 어느 신문사 기자시죠?"

"허허, 노인장이라니. 난 그 뭐요, 대한일보라고 들어보았는지 모르지만, 그 신문사의 사회부 기자요."

"그러니 뭐야, 평생을 빛도 이름도 없는 삼류 일간지의 퇴물 사건 기자시네. 그 인생 한 번 대단하셔요."

"허허, 확실히 집어내는 재주는 있군."

"그냥 조크예요. 고깝게 생각하지 마세요."

"고깝게 생각하긴. 노상 들어온 대사인걸. 이래 봬도 사람 하나 볼 줄은 안다고 자부하지. 난 지금 최 형사에게 걸고 있다고. 야멸친 걸 보니 한가락 하겠어. 희망의 끈을 놓지 말라고."

나는 일순 뭉클함을 느꼈다. 세상에 내 편에 서서 나를 격려하는 사람도 다 있다.

"아, 참, 성함은요?"

"남이 최린이라고 하오."

"어머, 그럼 불꽃 같은 여인, 한국 최초의 서양화가 나혜석이 그토록 사랑했던 최린과는 어떤 관계죠?"

"평생 받은 질문인데, 오랜만에 받는군. 아무 관계도 아니오."

"아무려나 멋져요. 무심하고 시크하게, 댄디 그레이의 나무랄 데 없는 신사! 그나저나 눈앞의 최린의 나혜석은 누구죠?"

"누구라면 알겠소? 이미숙에 김미숙이라면 또 몰라도."

"어쩜, 우리 엄마 이름도 김미숙인데."

"이래저래, 최선실, 그쪽 편에 서야겠는걸."

"암요. 게다가 우린 종씨인걸요."

"하긴."

그가 밝게 웃음 지으며 발걸음을 옮겨 나도 지체 없이 발걸음을 뗐다. 퇴장할 적절한 타이밍이었다. 역할이 끝난 배우가 무대에 남아 있을 필요가 있겠는가.

"자, 우리, 사냥 준비가 됐으니 당장 종로서가 놓친 용의자들을 잡아들이자고요. 냅다 줄행랑치기 전에."

맹 형사가 외치는 소리가, 아니 질타하는 소리가 귓전을 스쳤다.

"그렇게 하세요. 어서 서둘러요."

백지영이 신명이 나서 채근하는 목소리도 들렸다.

이렇게 우리 사이에 게임은 시작되는 걸까.

"지배인을 배제한 것은 큰 실수예요. 오늘 밤 살인 파티의 호스트인데, 그 친구부터 닦달해야 해요. 하지만 시각장애인 가수 배두인은 살인자 리스트에서 제외하는 게 좋아요. 그가 활을 당기는 건 불가능하니 까요."

백지영이 덧붙인 말. 그렇다. 배두인이 활시위를 당겨 누군가를 살해하는 건 불가능하다. 이를테면 불가능 범죄다. 불가능 범죄! 그 순간 아슴푸레하나마 나의 신경회로를 건드리는 뭔가가 있었다. 아니 불현듯 채찍질하는. 백지영이 나한테 영감을 주고 있는 것이다. 하나의 힌트를. 그것은 역전의 작은 불씨라고 할 수 있었다.

"제발, 나를 실망시키지 말아요. 다 쫓다가는 다 놓쳐요. 한국과 미국 형사도 제외하시라고요. 그럼 지배인을 포함해서 다섯 명이 남아요. 그들 다섯 명에 집중하세요. 디지털 기기를 살피는 것도 잊지 말고."

나는 백지영의 말을 뒤로하고 재빨리 지배인실을 물러났다.

그런데 밉상스럽기만 한 강력5팀장이 나를 따라나서고 있었는데, 백지영의 기치 아래서 벗어나려 하고 있다.

"무슨 꿍꿍이죠? 이 불공평한 세상에서 눈치 하나 빠른 분께서."

나는 대뜸 핀잔을 주었다.

"눈치가 빠르니 따라나섰지. 뭔가 필이 꽂히는 게 있더라고. 아무래도 최선실이 야멸찬 데다가 더 좋은 패를 쥐고 있을 거라는 느낌."

"나 참."

그런데 놀랍게도 나를 따라나서는 무리들도 꽤 있었는데, 바로 기자들이다. 그들도 내가 에이스 카드를 쥐고 있는 것을 간파한 것일까.

"별일이네."

그들은 최종적으로 누구한테 베팅할 것인가? 촌년 최선실일까? 아니면 고상한 백지영일까? 분명한 것은 아침 해가 뜨기 전에 두 사람 중에 한 사람은 어김없이 헛스윙하리라는 것이다.

그나저나 누가 조수빈의, '세바스찬'의 심장을 겨냥해 활을 쏘았을까?

널찍한 홀에 나와보니, 현란한 조명은 이미 꺼져 있었다. 어지럽게 교차하던 스포트라이트도. 그러나 형광등이 구석구석 밝혀져 있어 어둡지는 않았다. 범 경위는 삭막한 홀에서 서성이고 있었는데, 그가 나를 기다리고 있는 것 같지는 않았다. 그의 뇌리를 스치는 생각은 뭘까. 가늠하기 어려운 무표정. 언제나처럼 최선실에게 마음의 문을 굳게 잠근 사람이다. 어느 때보다도 외로움이 밀려오는 순간.

오늘은 참자. 아무리 속상해도. 나는 속으로 우물거렸다. 두루 둘러보니 서 경사도 풀죽은 모습으로 홀 모퉁이 라운드 테이블의 의자에 걸터앉아 있었다. 나는 그에게로 다가갔다.

"근데, 있잖아요, 맹달수라는 그 인간, 뭘 하는 친구예요?"

나는 다짜고짜 물었다.

"맹달수? 하 경감이 그중 신임하는 수족이라고 할 수 있지. 아주 명콤비라고. 왜, 그 친구에게 시달렸나?"

"싹수가 없더라고요. 얍삽하게도 강자에겐 아부하고, 약자에겐 깐죽거리며 염장이나 지르고. 한마디로 참을 수 없는 가벼움을 지닌 또라이더라고요."

"똑똑한 친구요. 좀 진중치 못한 언행에, 맹랑하고 촐랑거리는 게 흠이지만."

서 경사는 맹달수에게 비교적 호의적이다.

"얼마나 인정머리가 없고, 방정맞던지 단단히 면박을 주었다고요. 치떨리게 씹긴 누굴 씹어. 우쭐거리긴 누구 앞에서 우쭐거려. 한낱 푼수

가. 어퍼컷을 날려주고 싶었는데, 겨우 참았네."

"아암, 참는 게 상책이지. 좋은 친구는 선택할 수 있지만, 이웃은 미우나 고우나 선택할 수 없다고 했으니 참을 수밖에."

"알았어요."

나는 발걸음을 돌려 한쪽에 몰려 있는 세 형사에게로 다가갔다. 맥빠져 한껏 움츠려 있는 노·박·전 형사에게로. 보아하니 강력1팀은 오늘 나로 해서 완전 죽을 쑤고 있다. 지금은 어둡고 긴 터널에 갇혀 있는 심정이었다. 저만치 한 줄기 빛이라도 비춰주면 얼마나 좋을까. 그 순간 나의 뇌리를 섬광처럼 스치는 무언가가 있었다. 아니 진작부터 나를 일깨웠던 그 무엇이 말이다. 그래, 지금은 본능이 깨우치는 대로 움직일 수밖에 없다.

"내 말을 들어봐요. 내가 골로 가는 건 불을 보듯 뻔해요. 근데 당신들도 무사할 듯싶어요? 알아들어요? 우린 지금 가히 퍼펙트 스톰 위기 속에 갇혀 있어요. 그래서 하는 말인데……."

나는 한동안 그들의 귀에 대고 쏙닥거렸다.

"어때요? 내 말이. 잘하면 우리 손으로 진범을 잡을 수 있다고요. 새벽닭이 울기 전에. 이거 뻥치는 거 아니네."

"좀 생뚱맞네. 물에 빠진 사람 지푸라기에라도 매달리는 꼴이네."

박 형사가 고개를 끄덕이긴 했으나, 그 눈빛은 의심스러움으로 가득차 있다.

"뭐 다른 수가 있다면 말해봐요. 더 좋은 생각 있다면요. 눈앞의 미로를 탈출할 수 있는 돌발 변수라도."

"없네."

"뭐니 뭐니 해도 내가 지금 좋은 패를 쥐고 있다니까요. 알아들어요?

풀하우스를. 비록 로열 플러시는 아니지만. 그러니 닥치고 고(Go) 해요. 이렇듯 묵사발이 되어 인생 종칠 수는 없잖아요. 이판사판인데. 오비고 따지고 할 시간이 없다고요. 모 아니면 도라고요. 이거 알아요? 굶주린 토끼가 뛴다는 사실을요. 그러니 후딱 움직여요."

나는 그들에게 나의 육감이 명령하는 대로 하나의 밀명을 주었다고 할 수 있다.

"알았어요."

그들은 고개를 주억거리더니 얼굴에 얼마간의 생기가 돋아나고 있었다.

"밤낮 죽을 쑨다며 핀잔에 괄시를 받으며 지낼 수만은 없어요. 비록 종로 뒷골목이나 어정대며 돌아다니는 흙수저 처지이긴 하지만요. 한 번 본때를 보여야 할 땐 보여야 해요. 우릴 깔보기나 하고 쪼이기나 하는 금수저들에게. 동네 양아치들만 모인 것도 아닌데, 오늘 밤의 모욕을 감수할 건가요? 배알도 없이 구차하게. 우리에게 주어진 시간은 얼마 남지 않았다고요. 알죠? 시간은 누구도 기다려주지 않는다는 사실을. 자, 우리 위기를 기회로 만들자고요. 이거 우리에게 주어진 라스트 찬스라고요."

나는 그들을 충동하는 말을 잊지 않았다.

"알았다니까요. 우린들 배알이 없는 줄 알아요."

"자, 그럼 우리 모두 하이파이브해요."

나는 금세 목소리를 높였디.

"우린 루저들이다! 기죽지 말고 버텨라!"

"버티자!"

그들은 지체 없이 나의 시야에서 사라졌다. 그들은 어떤 점에서는 맹

목적으로 나의 지시에 따르고 있었는데, 끝내는 같은 운명의 배를 탔다는 생각 때문이리라.

"저 친구들 어디로 보낸 거야?"

여전히 나한테 말을 붙인 사람은 서 경사였다.

"어디냐 하면, 이태원 해방촌으로요. 범인을 잡으러요."

나는 그와 마주 서며 말했다.

"범인을 잡아?"

서 경사는 시큰둥한 표정으로 되물었다.

"시시하게 들릴지 모르지만 범인이 누군지 난 알아요. 내 육감이 이번엔 이태원 해방촌으로 가라 하네."

"그렇듯 자부하는 거야 누가 뭐라나. 하지만 이건 맨땅에 헤딩하기인걸. 제발 오버하지 마."

"누가 뭐래도 해가 뜨기 전에 범인을 잡아 대령하겠어요. 비포 선라이즈(Before Sunrise)! 난 내 길을 걸어갈 거예요. 마이 웨이를. 감을 잡았거든요. 허풍이나 떠는 게 아니니 기대하세요."

"흠, 비포 선라이즈라! 에단 호크가 주연한 영화 생각이 나네. 그는 사랑하는 그녀와 다시 만나려는 소망을 끝내 이루지 못했었지."

서 경사는 나의 희망사항에 불신의 빛을 보였으나 나는 개의치 않았다. 그것은 나의 내부에서 희망의 불씨가 서서히 되살아나기 시작해서였다.

"내 본능이 새벽닭이 울기 전에 핸드폰의 벨이 울릴 거라고 하네요. 우리 기다려보자고요."

"도대체 누굴 범인으로 지목하는 게지? 그 일곱 사람 가운데서."

"기다려보자니까요. 인내심이라곤 없으시네. 열린 문은 들어가고 닫

힌 문에선 기다린다고 했어요. 이건 내가 쓸 수 있는 마지막 카드라고
요. 막판 승부수!"

"알았어."

그는 더는 말을 잇지 않았고, 나도 입을 닫았다.

나는 누구보다도 초조한 마음으로 기다렸다. 이번 시도가 실패하면
나는 두 손을 들어야 했다.

촌년이 시골 구석에 국으로 처박혀 있을 것이지, 7일 전에 서울엔 왜
올라와 이렇듯 철저하게 망가져야 하는 걸까. 이젠 패배자라는 낙인과
함께 낙향할 일만 남은 것이다.

사라져라 밤이여.

새벽이 되면 나는 이기리. 이기리.

승리를 갈망할 때면 떠오르는 노래 가사. 그리고 얼마나 시간이 지났
을까. 마침내 기다리고 기다리던 벨 소리가 나의 핸드폰에서 울렸다.
동이 트기 전이다. 심장이 벌렁거리는 걸 애써 억누르며 나는 한동안
귀 기울여 경청했다.

"아싸! 우린 해냈어. 위 디드 잇!"

이윽고 내가 뱉은 말은 오직 이 말뿐이었다.

4

"범인을 검거했어요. 아시겠어요? 누구도 아닌 우리 강력1팀의 손으
로요. 조수빈을 살해한 진범을 잡았다고요. 사건은 이제 막을 내리게

되었어요."

극도로 흥분한 탓일까, 내 말은 떨렸다. 나는 범 경위에게 다가가 자초지종을 소상하게 보고했다. 서 경사도 다가와 내 말에 귀 기울였다. 그들은 오직 어안이 벙벙해할 뿐이다.

"아니, 그게 정말이야?"

나한테 다그치듯 물은 사람은 서 경사였다.

"암요. 지금이 어떤 상황이라고 헛소리하겠어요? 노·박·전, 세 형사가 지금 이태원 해방촌에서 연행 중이에요. 물론 자백도 받았고요. 내 말 믿으시라고요. 때론 홈런도 날린다고요. 내가 누구예요?"

"자백까지나! 세상에, 난 최선실이 일낼 줄 알았다고."

어느새 조금 전과는 달리 서 경사의 태도가 바뀌어 있었다. 이게 세상인심이다.

"백지영이 놓친 이삭을 우리가 주웠다고요. 내 말을 믿으신다면, 어서 상부에 보고하셔야지요. 늦기 전에, 동이 트기 전에."

"알았어. 내가 윗선에 보고하지."

서 경사가 나서며 말했다. 범 경위는 주춤한 자세로 확실한 반응을 보이지 않았다. 아직은 나를 전폭적으로 신뢰할 수가 없는 것이다.

서 경사가 재빨리 지배인실로 향하고 있었다. 임시 수사본부가 마련된 곳으로.

나는 천천히 기자들이 몰려 있는 곳으로 걸음을 옮겼다. 그곳에 어느새 노숙한 사건기자 최린 기자도 합류하고 있었다.

"진범을 잡았어요."

나는 짧게 속삭이듯 말했다.

"뭐라고?"

그의 얼굴에 놀라움이 번졌다.

"자백도 받았어요. 특종을 하고 싶으면 나를 조용히 따라오세요. 여느 기자들이 눈치채지 못하게. 간만에 한 건 하셔야지요."

그러나 그는 나의 기대를 배반했다. 그는 성큼 돌아서더니 모든 기자들을 향해 외치듯이 말했다.

"범인을 잡았어요! 누구든지 특종을 하고 싶으면 우릴 따라와요."

그는 새로운 정보를 그의 동료들과 공유하려 했다. 저들의 세계에도 페어플레이 정신이라는 게 존재하는 걸까. 아니면 오랜 세월 내공을 쌓은 탓일까. 그의 말이 떨어지자 나를 따르던 기자들이 우르르 몰려와 나를 에워싸는 게 아닌가. 그리고 다음 순간 중구난방의 질문 공세가 나를 향해 퍼부어졌다.

"이럼 안 돼요. 모두 자리에 앉아, 한 사람씩 질문하도록 합시다."

최린이 자리를 정돈하려 했다. 그래서 그들은 라운드 테이블에 자리하고 앉았다. 조금 전만 하더라도 손님들이 그들의 숭배자, 조수빈의 노래를 들었던 자리다. 최린은 나한테 마이크까지 건네주었는데, 나무랄 데 없이 젠틀하다.

좋았어. 나는 다시금 무대에 섰다. 일순 반격의 서막이 오르고 있다는 느낌이 들었다.

"브리핑하기 전에 내가 몇 가지 질문을 하겠어요. 사건 개요는 대충 아시죠?"

나는 마이크를 잡고 나의 청중들을 향해 입을 떼었다.

"알아요. 대충은. 근데 그쪽의 이름이 뭐죠? 이름 석 자가."

누군가가 내 이름을 물었다. 보아하니 어김없는 수재형 타입. 자존심으로 똘똘 뭉쳐 있어 보였는데 여기자다. 나대는 편인가 보다.

"최선실이라고 합니다. 종로서 강력계 형사."

나는 순순히 여기자에게 내 이름 석 자를 밝혔다.

"아, 당신이 도전을 즐기는 바로 그 여인이군. 혜성처럼 나타난, 블랙 버드라는 닉네임을 지닌…… 어서 계속해요."

혜성처럼이라니! 립 서비스가 제법이다.

"그럼, 용의자가 일곱 사람으로 압축된 사실을 인정할 수 있나요?"

나는 다시금 모두를 향해 물었다.

"인정하죠. 하 경감도 백지영 경위도 인정했는걸. 지배인에 대한 의견이 엇갈린 것 빼고는."

여기자가 장단을 맞추었다.

"지배인은 우리 눈길에서 벗어난 일이 없었다니까요. 종업원들의 시야에서도. 조수빈이 노래 부를 땐 함께 들으며 함께 박수 치고 그랬다고요. 바로 우리 눈앞에서. 맹점일 수 있다는 착상은 높이 사지만, 그 사람은 하얀 눈처럼 결백해요."

"좋아요. 그쪽 의견에 따르죠."

"살인 도구로 석궁이 사용된 것 아시죠?"

나는 재빨리 말을 이었다.

"암요. 그것도 수렵용 석궁이라고 하데."

"근데, 그쪽은 어느 신문사 기자죠? 단지 호기심으로 묻는데, 이름은요?"

"동아일보의 홍신자 기자요."

대꾸는 다른 기자가 했다. 사내로, 젊고 핸섬하다. 금테 안경을 끼고 있었는데, 아마 홍신자를 졸졸 따라다니고 있을 게다.

"근데, 그쪽은요?"

"나, 중앙일보의 선준혁 기자요."

"그럼 묻겠는데요. 누가 지배인실에 석궁이 있는 것을 알 수 있을까요? 일곱 사람 중에서. 그걸 아는 사람이 바로 범인인 거죠? 그걸 들고 나왔으니까. 누굴까요?"

나의 물음에 아무도 금세 대꾸하지 못했다. 〈만추〉의 현빈 뺨치게 잘생긴 눈앞의 기자조차도.

"존 크루거 형사는 알 수 있을까요? 시카고에서 7일 전엔가 왔다는 미국 형사."

나는 질문을 이었다.

"턱도 없는 소릴! 냉큼 시카고로 돌려보내요."

홍신자 기자의 재빠른 대꾸. 코웃음조차 흘리고 있다.

"그럼, 여배우 장미란이라면 알 수 있을까요?"

"말도 안 돼요. 그 여자가 지배인의 정부였다는 시나리오가 따로 있다면 또 몰라도."

"좋아요. 그렇게 한 사람씩 지워가세요. 나 같으면 삼성맨도 지워버리겠어요. 삼성에 억하심정이 있다면 또 몰라도. 범인은 마지막으로 남는 사람임에 틀림없어요. 그가 누구일까요?"

아직은 대꾸가 없다. 열심히 잔머리를 굴리고 있을 것이다.

"처자식이 산동네 집에서 기다리는데도 이 겨울밤에 마약사범을 쫓고 있는 김복만이라는 이름의 경찰 말예요. 혹시 그가 조수빈의 심장을 겨냥해 활의 시위를 당겼을까요? 단지 나보다 유명하다는 이유로. 말이 되나요?"

"당연히 말이 안 되지."

선준혁 기자의 단호하고도 즉각적인 반응이다.

"나는 지금 여러분의 지혜에 도전하고 있다고요. 석궁의 존재를 알수 없기에 죄를 범하는 게 불가능한 사람에다가, 상호 알리바이를 입증할 수 있는 사람들을 솎아내시라고요. 그럼 해답이 나온다고요."

아직도 침묵의 늪에서 헤어나지 못하고 있는 군상들.

"너무나 단순한 얘기예요. 지나치게 단순해서 오히려 혼돈 속에 빠진다고 하지만요. 콜럼버스의 달걀처럼."

나는 한 번 크게 숨을 쉬었고 청중은 내가 말을 잇기를 기다렸다.

"자, 이제 세 사람만 남았어요. 단지 밑바닥 인생을 헤매는 게 죄일뿐인 제비족에게 혹시 마음이 쓰이나요? 그리고 그 제비족을 따라 이곳을 노크한 르포라이터 있죠? 그 여자 어지간히 술에 취해 있더라고요. 마지막으로 앞을 보지 못하는 시각 장애인 가수! 여러분에게 감히묻습니다. 누가 석궁의 존재를 알 수가 있지요?"

"그야 배두인이지요. 이곳 전속 가수니까. 그리고 남겨진 남자와 여인, 두 사람은 서로의 알리바이를 증언했어요."

나의 말이 떨어지기가 바쁘게 낯선 어느 남자 기자가 던진 명쾌한 대꾸.

"어머, 댁은 누구시죠?"

"조선일보의 유태하 기자요."

세상에, 이곳에서도 조·중·동, 기자들이 설치고 있다. 밥맛은 없지만, 수재들이 모인 곳일 게다.

"설사 그렇다고 해도 배두인이 죄를 범한다는 건 불가능한 거 아닐까? 그런 점에선 다른 여섯 사람과 다르지 않아요. 어떻게 그가 활의시위를 당긴다는 게요? 백지영 경위가 이끄는 수사 전담반도 그 친구를 맨 먼저 수사선상에서 제외했어요."

유태하 기자의 이유 있는 반문.

"알아요. 그래서 나도 그 사람을 우선적으로 석방했었지요. 어쨌거나 우리의 초동수사엔 분명히 허점이 있었어요. 우린 그걸 발견하지 못했던 거죠. 우리가 놓친 이삭이 무얼까요?"

나는 이제 바야흐로 내 나름대로 결론을 내려야 했고, 그 타당성에 대해 설명을 해야 했다. 그걸 입증하는 증빙 자료와 함께. 그런데 언제부터 나의 회견장에 나타났는지 알 수 없지만 내 뒤쪽에 시경 수사팀이 몰려와 있었고, 내 기자회견 장면을 지켜보고 있었다. 하 경감과 그의 졸개 맹달수 형사에, 백지영도. 그녀 옆엔 어김없이 범 경위도 자리하고 있다.

"들어보세요. 모든 불가능성이 제거되었을 때, 남아 있는 것이 아무리 증명할 수 없는 것일지라도 진실임에 틀림없다는 말이 있어요. 무슨 말인지 아시죠? 불가능성을 하나씩 지워가면 마지막으로 남는 것이 아무리 불가능해 보여도 그것이 가능한 결론이 된다는 얘기지요."

"으음, 에드거 앨런 포의 소거법을 말하는 건가?"

선준혁 기자가 지체 없이 맞장구치듯 말했다.

제법이군! 나는 속으로 중얼거렸다. 아무래도 거대기업의 신문사 기자가 뭐가 달라도 다르지 싶었다. 그렇지 않아도 금테 안경의 그는 섬세한 성격의 일면과 함께 날카로운 지성적인 풍모를 드러내고 있다.

"그렇습니다. 이른바 포의 소거법."

나는 그를 향해 말했다. 그러곤 덧붙였다.

"위대한 탐정 셜록 홈즈를 탄생시킨 코넌 도일도 '모든 가능성이 실패로 돌아갔을 때, 그래도 남는 것이 아무리 불가능해 보이더라도 진실이다'라고 말했어요."

"그렇담 최 형사가 말하는 마지막으로 남는 것이 뭘까? 설령 불가능해 보이더라도 진실일 수밖에 없는……. 자, 이제 변죽은 그만 울리고."

그가 재우쳐 물었다.

"굿 퀘스천!"

나는 일단 그를 칭찬했다. 그러곤 말을 이었다.

"과연 누가 마지막으로 남은 사람일까요? 아무도 그 친구의 알리바이를 증명한 사람이 없어요. 그럼에도 불구하고 난 그 사람을 석방했습니다. 그가 죄를 범하는 것이 불가능해 보였기 때문이죠. 활을 쏠 수 없다고. 일종의 불가능 범죄지요."

"그러니, 뭐요……."

"자, 이젠 퍼즐의 조각을 맞출 타이밍입니다."

"흐음."

"과연 누가 조수빈을 쏘았을까요?"

"으음."

"아니, 누가 우리들의 세바스찬을 쏘았을까요?"

잠깐의 침묵이 흐른 뒤, 선준혁 기자가 말을 이었다.

"그쪽의 말에 따르면 범인은 누가 뭐래도 배두인일 수밖에 없다는 얘기시군. 포의 소거법에 따라 설사 불가능해 보여도."

"단언하건대 그렇습니다."

나의 단정적인 말에 잠시 아무도 허물 수 없을 것 같은 침묵이 찾아왔다. 모두의 눈엔 아직도 회의의 숲을 헤매는 것 같은 빛이 감돌았다.

"아시겠어요? 배두인이 조수빈의 심장을 겨냥해서 석궁의 방아쇠를 당겼습니다."

나의 결론적인 발언이다. 그사이 소매 속에 감추었던 패를 펼쳐 보였다고 할 수가 있다. 나는 일순 운명의 순간이라는 생각을 떠올렸다.

"어처구니가 없네."

"아직도 날 안 믿으시네. 그럼 날 설득해봐요. 다른 방도가 있는지……."

다시금 찾아온 침묵의 순간들.

"흐음, 그러니 뭐야, 논리적으로 말해서 유일한 해답은…… 배두인이 시각장애인이 아니라는 말이군. 그렇죠?"

잠시 안개 낀 듯 흐릿했던 선준혁 기자의 얼굴이 일시에 밝아지고 있었다. 그 밝아지는 모습을 보며 그가 마침내 숨겨진 해답을 정확하게 찾아냈다고 나는 생각했다.

"당연히 당근이죠. 선 기자님. 당신이 베일 속에 감추어진 진상을 꼭 집어내셨습니다. 그래요. 배두인은 시각장애인일 수가 없습니다. 그는 단지 시각장애인 행세를 했을 뿐입니다."

"그렇담 우린 배두인을 검거하면 이 사건의 막을 내리게 되겠군. 그런가요?"

그때 박 형사가 헐레벌떡 달려왔다. 예리하고 날렵하기로 소문난 박 형사가. 그는 손을 높이 들고 있었는데, 손가락으로 V자를 그리고 있었다. 얼굴빛도 밝았고 몸놀림도 날렵한 박 형사의 모습을 보고 나는 이 지루하고도 힘겨운 싸움에서, 고달프고 험난한 싸움에서. 완벽하게 승리했다고 생각했다. 그것도 고약한 사내들을 상대로 해서 말이다.

"그 친구가 모든 걸 실토했습니다."

숨을 몰아쉬기만 하던 박 형사가 기자들과 형사진을 번갈아 돌아보며 외치듯 말했다.

"배두인 말인가?"

질문한 사람은 변강진 경위였다. 종로서의 강력5팀장!

"네, 팀장님. 지금 서에 연행해서 정식으로 조사에 착수하고 있습니다."

"그거 다행이군."

"시각장애인도 아니고요. 그 친구, 오래전부터 시각장애인 행세를 했답니다. 노래를 부를 때면 전설적인 맹인 가수 레이 찰스의 흉내를 내고요. 〈그대 향한 사랑을 멈출 수 없어요〉 등으로 빌보드 핫100 차트 1위에 수차례 오른 레이의 화려한 경력은 아시겠지요. 그리고 '시력을 잃어버린 사람일지라도 꿈까지 잃은 것은 아니다'라고 말한 천재 아티스트 스티비 원더의 흉내도 내고요. 스티비 원더는 '신은 그에게 빛 대신에 전 세계를 울릴 목소리를 허락했다'는 찬사도 들었다네요."

"아, 그런가?"

"결과적으로 배두인은 자신의 범죄도 불가능하게 보이게 할 수가 있었고요. 그는 노래보다는 완전범죄에 천재성을 보였습니다. 하지만 분명히 말씀드리는데 우리가 해냈어요. 그 친구로 하여금 무릎을 꿇게 했으니까요."

박 형사가 한껏 신바람이 나서 말했다.

"좋았어. 그렇담 사건은 해결된 거 아냐? 깨끗하게. 종로서 책임하에."

"그렇습니다, 팀장님."

박 형사는 단정적으로 말하고는 한 발짝 물러나는 것이었다. 오늘 밤 주역은 자신이 아니라는 듯이.

나는 다시금 마이크를 잡고 기자들 앞에 나섰다.

"이제 더 물어볼 말씀은……"

"그 친구, 살인 동기는 뭐라 해요?"

홍신자 기자가 물었다. 사내들이 사람을 죽이는 동기가 궁금한 것이다. 홍신자가 아니어도 이제 기자들의 관심 초점은 배두인의 살인 동기일 것이다. 어쩌면 가장 흥미진진한 화젯거리라고 할 수 있다. '오늘의 대스타가 한밤중에 비참하게 살해될 만한 사연이 과연 무엇일까?' 조수빈을 살해할 만한 동기는 상상하기 어려울 것이다. 그 흔한 원한 관계도, 금전 관계도, 그리고 치정 관계도 아니다.

"뭐라고 해야 할까요. 동기가 아주 흥미롭고 유별나네요."

나는 박 형사한테서 보고 받은 그 특이한 살인 동기를 기자들에게 이해시켜야 했다.

"그 친구가 털어놓은 명분은 인생 승리자로서 최정상의 시점에 서 있는 조수빈을 그의 무대에서 드라마틱하게 영원히 퇴장시키는 거라고 했습니다. 이젠 '록 스타가 되지 않을 것이다. 나는 전설이 될 것이다'라고 울부짖은 퀸의 보컬리스트 프레디 머큐리처럼 전설로 남아 있어야 한다고요. 그를 사랑하고 아끼는 친구로서의 배려라고요. 동료 가수이기 전에 조수빈의 열정적인 팬이기도 했었다네요."

"세상에!"

"비틀스 멤버 존 레넌을 누가 살해했는지, 혹시 그거 아세요? 그의 광적인 숭배자에 의해 암살되었다고 하네요. 그렇죠?"

"그래요. 마크 데이비드 채프먼! 존 레논은 그의 우상이었어요. 그는 그가 숭배하는 사람의 몸에 다섯 발을 쏘았었지. 이런 말 들어봤어요? '팬들은 자기 우상에게서 완벽한 드라마를 원한다'는 말을요."

선준혁 기자의 장단 맞추기. 이 친구 뭐 아는 게 많다.

"배두인은 이태원 해방촌에 있는 그의 집에서 우리가 오길 조용히 기다리고 있었어요. 경찰이 찾아오길. 존 레넌의 암살범이 그렇게 했던 것처럼요. 그리고 확신범들이 으레 그렇듯이 서슴없이, 그리고 떳떳하게 자백했고요."

"근데요……."

홍신자 기자가 지체 없이 개입하고 나섰다.

"근데요?"

"내 생각은 좀 다르네요, 그는 단지 조수빈이 그 자신보다 유명하다는 이유라고 보거든요. 활의 시위를 당긴 진짜 이유가. 시기와 질투, 그리고 선망 탓이라고. 일종의 콤플렉스 탓이라고."

"글쎄, 어떨지. 모르죠. 하지만 그들 대부분이 일종의 정신질환자들이라는 것을 기억해주면 좋겠네요."

이젠 더 물을 것도 답변할 것도 없지 싶어 나는 기자들과의 만남을 끝내려 했다.

"여러분의 성원 덕에 오늘 사건을 잘 마무리할 수 있었습니다. 고맙습니다."

그들이 나를 따라와 나한테 베팅한 사실이 고맙기만 했다. 그래서 그들에게 고개를 깊이 숙이고는 마이크를 내려놓았다. 동이 트기 전에 범인을 검거하겠다는 약속을 지킨 사실만을 다행으로 생각하면서 나는 발걸음을 옮겼다. 발은 천근만근 무거웠다.

"최선실, 수고했어요. 이런 말 잘 하지 않는데, 완벽해요. 퍼펙트 무대!"

"최선실, 멋진 피날레를 장식했어요. 끝내주었다고요. 굳센 인내와 결연히 맞선 대가요."

기자들이 던지는 찬사들이 나의 귓전을 스쳤다.

"오늘부터 최선실, 그대는 나의 우상이오. 우상! 제2의 도약이 그대를 기다리고 있을 게요."

선준혁 기자의 마지막 대사! 비록 외교적 수사(修辭)일 테지만 마음에 들었다.

시경 팀은 어느새 사라지고 없었다. 요란스레 팡파르를 울리며 등장한 하 경감도 백지영 경위도 화끈한 레이스에서 패배하자 재빨리 꼬리를 내리고 오늘의 엔딩 무대에서 말없이 자취를 감춘 것이다. 백기를 들고 퇴각의 타이밍을 놓치지 않는 그들. 슬기롭다고 해야 할까. 그들이 어리바리한 촌년에게 쏟아지는 찬사를 듣지 못하고 물러난 것이 못내 아쉬웠다.

"최선실! 홀로 힘겨운 마이웨이를 뚜벅뚜벅 걸어가고 있구먼. 잘하고 있는 거야."

최린 기자가 조용히 다가와 나의 등을 토닥거려 나는 잠시 눈시울을 붉혔다.

새벽녘에, 청진동 어제 저녁 그 자리로 돌아왔을 때는 모든 게 꿈결에 지나간 사건처럼 느껴지기도 했다.

어휴, 잘못하면 골로 갈 뻔했네! 나는 죄악으로 가득 찬 소돔과 고모라 성을 벗어난 사람처럼 나도 모르게 긴 한숨을 몰아쉬었다. 서울에 올라온 지 며칠 되지도 않는데 엽기적인 살인 사건과 맞닥뜨려야 하다니, 웬 날벼락이람. 나는 치유하기 어려운 열병을 치른 기분이기도 했다. 세상에 그건 악몽이었어! 그것도 끔찍한 악몽!

나는 뜨거운 해장국을 들며 비로소 악몽에서 깨어난 느낌이 들었다. 그리고 안전지대에 돌아온 기분이기도 했다. 잘못하면 크게 우스워지고, 구례로 다시 쫓겨갈 뻔했던 어젯밤의 악몽. 그런 악몽은 다시 꾸고 싶지 않았다.

서 경사가 해장국집으로 나를 끌고 왔었다.

"우리 몸을 풀자고. 그러자면 해장국이 제일이지. 해장술도 한잔하고."

"그러죠."

나는 시골 숙부와도 같은 그의 자상한 배려가 그렇게 뭉클할 수가 없었다. 비록 좌초된 인생의 표본 같은 인물이었지만, 삶의 고난의 길을 걸어온 사람이어서인지 사람의 마음을 헤아리는 남다른 마음씨를 지니고 있었다.

"이걸 알아야 해."

사 경사가 뭔가 충고하려 했다.

"뭘요?"

"오늘날, 우리들의 진짜 적수는 내부에 엄연히 존재한다는 사실을 말이야. 트럼프 대통령의 부인 멜라니아도 말씀하셨지. 항상 등 뒤를 조심해야 한다고."

"어머, 여태 몰랐는데, 멜라니아의 그 말 하나 틀리지 않은 말이네. 하 경감만 하더라도……."

하 경감은 아마 나를 미워하는 사람 제1호일 것이다. 속리산에서 그의 공로를 가로챘으니까. 그 양반의 졸개 맹 형사도 말할 것 없고.

"하 경감은 그래도 속 깊은 사람이오. 심술기가 좀 있긴 하지만…… 오늘 밤 우리한테 기회는 주었지. 동이 트기 전까지라는 찬스를."

"하긴요."

"백지영은……."

"백지영은 미워요. 겉으론 요조숙녀처럼 행세를 하지만요. 상류사회에 있답시고 하대나 하고. 거의 쓰러질 뻔했잖아요."

"장차 좋은 라이벌이 되겠더군. 그러니 라이벌 1호라고 해야 할까."

"아, 글쎄 서울에 올라와보니, 누구 할 것 없이 핍박하지 못해 안달이네요. 촌년이 나대는 것을 못 보는 거 있지요. 속들은 좁아갖곤. 누구보다도……."

"누구보다도?"

"밉상스러운 사람 있어요. 누군지 알아요? 바로 범 경위라고요. 우리들의 팀장! 아무리 촌년이라고 해도 그렇지, 자기 식솔인데, 궁지에 몰려 있어도 나 몰라라 하는 거 있지요. 눈살이나 잔뜩 찌푸리고. 정말 미워요. 심지어 믿는 도끼에 발등 찍히는 배신감마저 들더라고요. 엇박자놓기 일쑤고."

가히 매도 수준이다.

"배신감이라. 혹시 그 사람 좋아하는 거 아냐?"

"좋아하긴요. 그런 속 좁은 사내를. 비록 잘생기긴 했지만요."

"알고 보면 마음씨가 자상한 사람이지."

누가 뭐래도 적과 동지를 분명하게 구별해야 한다. 아무래도 나를 좋아하는 사람 1호는 눈앞의 서 경사뿐이지 싶다. 좋아한다기보다는 측은지심의 발동일 게다. 지금으로선 나를 호기심 찬 눈길로 바라보는 사람은 강력5팀장 변강진 경위다. 촌년이 세상모르고 설치는 게 구경거리일 것이다.

"분명하게 말해서 난 외톨이예요. 서울 종로 바닥에선요. 언제나 솔로라고요. 하지만 완전 괜찮아요."

나의 결론 비슷한 말.

"흠, 솔로라!"

서 경사의 맥 빠진 탄성.

해장국을 들고 청진동 골목길에 나서니 아슴푸레 새날이 밝아오고 있었다. 그러고 보니 천당과 지옥을 왕복한 하루였다.

사라의 선택

1

오늘도 추운 하루였다. 한파는 당분간 우리네 행성에 밀려와 맴돌 거라고 했다.

그나저나 오늘은 어떤 하루가 우리를, 아니 나를 기다리고 있을까? 언제나처럼 초조하고 불안하다. 사무실은 평상시의 분주함도 없었고 유별나게 평온한 하루였다. 그것도 연말연시를 앞둔 바쁜 시기가 아니던가.

"이상하네. 너무 조용해. 예감이 좋지 않다고."

누군가가 씨부렁거렸다.

"경을 칠. 뒤숭숭하게, 재수 없는 소릴 하시네."

누군가가 나무라는 소리.

"아, 그렇잖아요?"

"뭐가 그래?"

"언제 연말연시를 고이 보낸 적이 있어요? 난리를 치르지 않고."

"거 참, 사람 신경 쓰이게 하네."

"조용한 날에는 폭풍의 날을 잊어서는 안 된다고 했는데."

막상 누구 할 것 없이 이제나저제나 폭음이 들려오길 기다리는 심정이었다. 그렇게 불안을 잉태한 12월의 하루하루가 이어졌다. 그리고 마침내 폭음이 들렸다.

처음엔 부산에서 폭음이 울렸다. 그리고 광주에서도. 연이어 대구에서도. 폭음은 점차 북상하고 있는 것이다. 그러니 서울은 시간문제였다.

12월 13일의 금요일.

우리가 대형 은행 무장 강도 사건을 안 것은 정오 뉴스를 통해서였다. 서울에서도 연말을 앞두고 마침내 무장 은행강도 사건이 발생했다며, 뉴스를 전하는 아나운서는 떠들썩하니 굴었다.

"흐음, 마침내 서울에도 등장하셨군."

누군가가 탄성 비슷한 소리를 토했다. 그런데 알고 보니 우리 관내에서 사건이 터진 것이었다. 그것도 종로 네거리 한복판에 있는 삼한은행 종로지점에 복면 무장 강도가 출현했다는 것이다.

"어럽쇼, 이거 뭐야! 바로 우리 코앞이잖아!"

일순 모두가 어안이 벙벙했다. 그런데 피해가 크다고 했다. 탈취당한 돈은 막상 얼마 되지 않았는데, 사상자가 적지 않다는 것이다. 무장 강도는 브라우닝 군용 권총을 난사했다고 하는데, 무고한 시민 한 명이 현장에서 희생되고, 세 명이나 중경상을 입었다는 것이었다. 은행 지점장에다가 긴급 출동한 경찰관을 포함해서 말이다.

"이거 난리 났군. 단단히 홍역을 치르겠는걸."

누군가의 푸념 섞인 말.

그사이 매스컴에서는 동일범의 소행이냐, 아니면 동시다발 사건이냐, 하는 논쟁이 있었는데, 아무래도 이곳저곳에서 동시다발적인 모방 범죄가 기승을 부린다는 결론이었다. 복면을 하고 있다는 점에서, 총기를 사용한다는 점에서, 그리고 은행을 전문적으로 턴다는 점에서는 비슷했으나 사용하는 총기의 종류가 달랐다. 부산에서는 개머리판 없는 카빈총이, 광주에서는 모제르 권총이 사용되었다. 서울은 군용으로도 사용되는 브라우닝 권총이라 하지 않는가.

"이 친구들, 낮잠 자고 있는 게 아냐?"

관할 파출소에서 보고가 없는 게 이상했다. 경찰관도 부상을 입었다면 출동한 경찰관과 총격전을 벌였다는 것을 뜻한다. 얼마 지나지 않아 관할 파출소에서 다급한 보고가 있었다. 그들의 보고가 늦었음을 탓하기엔 그들이 처한 상황이 말이 아니었다. 크게 다친 동료 경찰을 후송하느라, 헝클어진 현장을 수습하느라 제대로 정신을 차리지 못하고 있었나 보다.

뉴스를 전하는 아나운서는 범죄가 날로 기승을 부리고 서구화 경향을 보인다며 길게 탄식했는데, 그 말이 하나도 틀리지 않았다. 덩달아 경찰의 무능과 무위가 매도될 게 뻔했다. 이 일련의 은행강도 사건에는 적지 않은 현상금이 걸려 있었다. 말하자면 현상금이 붙은 사건들이었는데, 돈을 만지는 은행들이고 보니 현상금도 두둑했다. 서울에선 그 금액이 훨씬 많을 것이었다.

"자, 어서 출동하자고!"

나는 뛰쳐나가는 무리의 꽁무니를 뒤따랐다.

사건 현장에 당도해보니 사안이 사안인지라 시경 강력계에서도 형사진이 몰려와 있었다.

"늦으셨군!"

하마 같은 인상의 시경 강력계 하영구 경감의 환영사였다. 그의 환영사에는 언제나처럼 가시가 돋쳐 있었다. 나는 그의 눈에 띄지 않으려고 슬금슬금 꽁무니를 뺐다. 서 경사도 충고하지 않았던가, 그와 상대해서는 상처만 입는다고.

"어흠, 여기 행운의 여신을 몰고 다니는 현상금 사냥꾼도 오셨군."

하 경감은 어느새 나를 포착하고는 잔뜩 이맛살을 찌푸리는 것이었다. 언제나처럼 그가 나를 마뜩찮게 여긴다는 것을 직감했다. 하 경감을 따라온 맹달수 형사도 나를 고운 눈으로 바라보지 않고 있었다. 아니 개 닭 보듯 했다. 심지어. '너, 잘 만났어!' 하는 표정이 완연했다. 지난번 속리산에다가, 시크릿 게이트에서 한 끗 차이로 승패가 갈린 것이 여간 배가 아프지 않은 모양이었다.

"자, 어서 움직이자고."

하 경감의 지시에 따라 특별수사본부가 지체 없이 설치되고 현장을 중심으로 한 초동수사와 그리고 신속한 범인 체포 작전이 진행되었다. 수도 서울의 전 경찰에도 비상이 걸리고 비상 탈출 루트의 봉쇄와 함께 33개소에 이르는 검문소가 설치되었으며 탐문 수사도 병행하게 되었다. 경찰은 가히 질풍처럼 움직이기 시작했다.

나는 수도 서울 경찰의 눈부신 활동 전개에 내심 혀를 내둘렀다. 그 방대한 규모에서 그 민첩한 기동성에서 누구의 추종도 불허할 것이었다. 이 모든 지휘를 하 경감이 맡았다. 형식적으론 수사본부장은 종로서장이었으나 실질적인 지휘자는 하 경감이었다. 시경 산하 전 경찰을 동원하자면 그가 나서야 했다. 그는 수도 서울의 온 경찰을 실질적으로 지휘하게 된 사실에 여간 흡족해하지 않았다. 벌름거리는 그의 매부리

코를 보거나, 살래살래 눈웃음치는 그의 실눈을 보거나, 그건 틀림없는 이야기였다.

혹시나 했는데, 서울 특수수사전담반도 그 날렵한 모습을 재빨리 드러냈다. 백지영이 그녀의 정예요원들을 이끌고 등장한 것이다. 뉴욕 특수수사전담반 못지않게 날렵했고 믿음직했는데, 언제나처럼 미모와 지성을 아울러 갖춘 백지영은 모두의 선망의 대상이 되고도 남았다. 그녀의 출현을 모두가 환영했다. 특히 범 경위가. 나는 속으론 하 경감의 실패도 원했고, 백지영의 좌절도 바랐다.

나는 어떤 점에서는 시크릿 게이트 사건 때와는 달리 관전자의 입장에서 이번 사건을 바라볼 수가 있어 여간 다행이 아니었다.

그런데 알고 보니 무장 강도에 의해 현장에서 첫 번째로 희생된 사람이 서강그룹의 젊은 후계자라고 했다. 이름은 심영! 그건 쇼킹한 뉴스였다. 서강그룹은 서강건설을 주축으로 하고 있는데 서강건설이 어디 보통 건설업체던가. 랭킹 10위 안에 들었고, 해외 건설 수주를 통해서도 톡톡히 부를 축적한 기업이었다. 심영은 자신의 주거래 은행에 들렀다가 참변을 당했다는 것이다.

이 우연한 사건으로 해서 누가 이득을 보는 걸까? 젊은 후계자의 느닷없는 죽음! 이 소식을 듣는 순간 나의 여섯 번째 감각은 대뜸 비상벨을 울렸다. 무장 강도는 돈이 목적이라기보다는 살인이 최종 목적이었노라고 말이다. 저항하려고 꿈에도 생각하지 않는 사람을 마구 쏘았다고 하지 않던가.

"젊은 후계자가 죽었다면 그 자린 누가 차지하게 되는 거죠?"

나는 서 경사에게 소리 죽여 물었다. 우리 두 사람은 탐문 수사에 참여하고 있었는데 파트너처럼 함께 움직였다.

"최 형사, 지금 무슨 소릴 하는 게야? 엉뚱하군."

서 경사는 바쁘기 한량없는데 실없는 소리나 한다는 그런 표정이었다.

"내가 맹랑한 소릴 했나요?"

"아니면?"

"무장 강도가 그 은행을 표적으로 삼은 것이 돈이 목적이 아니라 젊은 후계자를 지상에서 영원으로 보내기 위한 선택이라면요?"

"그렇다면?"

"이건 단순한 은행강도 사건이 아니라 하나의 청부살인이라는 얘기죠."

"청부살인이라! 그거 참."

"내 상상이 지나친 걸까요?"

"그건 지나칠 정도가 아니라 비약이지, 비약."

"잘 다듬어진 내 육감이 자꾸 경고하는데요. 이건 잘 짜인 음모의 암살극이라고. 타깃은 은행이 아니고 서강그룹의 후계자라고."

"허허, 이거 나 원."

서 경사는 나의 당돌하다 싶은 말을 한 치도 용납하지 않았다. 하긴 비약이라고 한들 반격할 아무런 자료가 나에겐 없었다. 더구나 정보 부재의 이 초기 단계에서 말이다. 그리고 내 생각이 지나치다는 것은 금세 판명되었다. 어떤 영문으로 잘못 전해졌는지는 몰라도 총에 맞아 죽은 사람은 서강그룹의 후계자가 아니라 경리를 담당한 강준혁이라는 이름의 과장이었다.

"그것 보라고. 맹랑하고 엉뚱하긴."

서 경사의 이유 있는 핀잔.

"후계자 싸움을 구경하는 게 소망인가 본데, 그것도 피투성이의……. 우리의 상상을 만족시킬 만한 일이 그리 흔한가."

"흔하진 않죠."

나의 맥 빠진 대꾸.

"현실의 사건은 미스터리 드라마하고는 다르다고. 미드를 즐기는 것 같던데, 혹시 중독된 거 아냐."

나는 서 경사가 뭐라 면박해도 지금으로서는 달리 항변할 말을 찾지 못했다. 그러나 내 생각을 전적으로 부정할 마음은 없었다. 나는 나의 유별난 육감을 믿고 있었으므로. 그 육감으로 해서 두 번씩이나 승진하지 않았던가.

그런데 수사는 지지부진했다. 하루가 지나고 이틀이 지났다. 그리고 사흘이 눈 깜짝할 사이에 지나갔다. 그런데 총상을 입고 위독하던 은행 지점장은 의료진의 필사적인 노력에도 불구하고 끝내 숨졌다. 병원 영안실에 차려진 영정 앞에서 오열하는 유족들의 모습은 모두의 가슴을 아프게 했다.

경찰은 무엇 하냐며 성난 목소리의 데시벨이 올라가기 시작했고, 거기에 비례해서 윗분들의 성화도 뒤따랐다. 무엇보다도 성깔이 조급한 대통령이 진노를 표시했다.

"뭣들 하는 게요? 어둔 골목이라도 마음 놓고 걸어 다니게 하는 것이 내 소망이라고 하지 않았소. 범죄가 없는 나라를 창출하는 게 내 국정 지표라고. 누굴 허튼사람으로 만들려는 게요?"

대통령의 노여움 앞에 모두가 허둥댔다. 그래서 현상금은 그 액수가 높아갔는데, 삼한은행은 굵직한 은행이어서 처음엔 3천만 원이었으나 그게 5천만 원으로 껑충 뛴 것이다. 그것 참 내 혼수 비용으로 안성맞춤인걸.

그리고 특진도 보장되어 있었다. 그것도 대통령이 보장하는 특진이었다. 필경 내로라하는 형사들 사이에 치열한 경쟁이 벌어질 것이고, 심지어 나처럼 개인 플레이를 하려는 족속들도 생겨날 것이었다. 그러나 별로 성과는 없었고 시간만 자꾸 흘러갔다. 현상금을 걸었어도, 특진을 약속했어도, 윗분들의 성화가 자심했어도 하 경감이 지휘하고 있는 특별수사본부는 별무소득이었다.

나는 한편으로는 그 사실이 고소했다. 영감이 붉으락푸르락하는 것도, 백지영을 따르는 형사들이 헐레벌떡 이리저리 뛰는 것도 관전자의 입장에서 마음 놓고 구경할 수가 있는 것이다.

사건이 발생한 지 닷새가 지났어도 범인의 신원조차 알아내지 못했다. 신원은 둘째 치고 발자취조차 찾지를 못했다. 범인이 어떤 녀석인지는 몰라도 서울을 벗어나도 한참 벗어났을 것이었다. 아니 수도권을 벗어났을지도 모르고, 어쩌면 멀리 해외로 도피했을 수도 있었다. 미국이나 아니면 호주로라도.

저녁 무렵에, 아니 밤도 깊어서 대책회의가 하 경감에 의해 긴급 소집되었다. 소회의실엔 형사과 8개 강력팀의 팀장들과 베테랑 형사들, 그리고 백지영을 비롯한 내로라하는 시경 멤버들이 함께 자리했다. 나는 그 자리에 참석할 만한 비중이 되지 않았으나, 어정쩡하니 말석에 자리했다.

"자네들, 여태까지 뭘 하고, 언제까지 굼벵이처럼 움직일 거야!"

하 경감은 상부의 분위기를 반영이나 하듯 목소리를 높였다. 자신이 얼마나 열성적이며 리더십이 있는지를 보이자면 혈압도 높이고 언성도 높여야 했다.

"자네들, 며칠이나 지났는지 알아? 닷새가 지났다고. 닷새나. 그런데 무얼 찾아냈지? 하다못해 지문 하나에 발자취 하나라도 찾아냈느냐고?"

하 경감의 질타성 발언은 계속 이어졌다. 그런데 하 경감이, '자네들' 하고 호통 치는 대상은 물론 종로서 형사들이었다. 영감이 일차적으로 지휘관으로서의 자신의 무능과 무위를 탓해야 할 텐데도, 모든 책임을 종로서에 떠넘기려 했다. 고약한 그의 심보의 일단을 엿보는 심정이었으나 어쩌랴, 책임의 원천적인 소재는 종로서에 있는 것을.

"종로서엔 바보들만 모여 있는 겐가? 멍청이들만."

하 경감의 꾸중엔 어느새 모욕적인 낱말들이 첨가되고 있었다. 이 자리에 종로서를 대표하는 서장이 참석하지 않은 것이 그나마 다행이지 싶었다. 하지만 막상 서장인들 안중엔 없을 하 경감이었다.

"하다 못해 범인의 정체만큼은 알아냈어야 할 거 아닌가? 적어도 한 사람이라도 제대로 밥값은 해야 할 거 아니냐고!"

하 경감의 나무람은 끝날 줄 몰랐다. 누군가가 종로서를 구원해줄 사람이 나서야 했다. 강력계를 명실상부하게 대표하는 범 경위라도. 그러한 그도 지금 난감한 표정을 짓고 있을 뿐이다.

"저기요."

백지영 경위가 천천히 자리에서 일어나고 있었다. 그녀가 발언권을 얻어 발언하려 하고 있음이 분명했다. 그것도 종로서를 구원하기 위해서 말이다. 아니 범 경위를 구원하기 위해서다. 모두의 눈에 기대의 빛이 감돌았다. 그런데 나의 가슴은 공연히 철렁했다. 시기심 탓일까, 경쟁 심리 탓일까, 하필이면 그녀가 우리들의 구호 천사로 등장할 건 뭐람.

"반장님."

백 경위가 말문을 열려 했다. 그 태도는 의연했고, 그 목소리는 조용하고 차분했다. 그녀가 호칭한 '반장님'은 물론 하 경감을 지칭한다. 하 경감은 시경 강력계의 유일무이한 수사반장이시다. 직분으로 따지자면 별거 아닌데, 보통 안하무인이 아니다.

"우린 범인의 신원만큼은 파악했다고 자부합니다."

백 경위가 말을 이었다. 그런데 그녀가 전하려는 정보는 가히 메가톤급은 아니어도 제법 무게가 실린 정보였다. 어쭈! 이 여자 좀 봐! 맨 숙맥은 아니네! 나는 놀라움이랄까, 경탄하는 마음을 감추지 못했다. 근데 언제 나 모르게 이렇듯 새로운 정보를 입수한 걸까. 아무래도 서울 특수수사전담반은 뭐가 달라도 다르지 싶었다.

"흐음, 그래애."

하 경감은 한편으로 미심쩍어했고 한편으론 반가워했다. 그런데 그가 반가워하는 게 진심인지 나는 의심스러웠다. 그의 팀이 발견한 것이 아니고 특수수사전담반이 한 발 앞서 찾아냈으니 말이다.

"범인이 사용한 무기가 브라우닝 하이파워 군용 권총이란 것은 모두 아시죠? 9밀리 파라베람 총탄이 사용되었고요. 하나의 성과라면 우리가 주운 탄피에서 범인의 지문을 찾아냈다는 사실입니다. 범인은 매거진에 열세 발의 실탄을 장전하면서 자신의 지문을 남겼던 것이지요. 자칫 범하기 쉬운 실수이긴 하지만요."

백 경위는 담담한 어조로 자신의 성과에 대해 말했다. 제법 뛰어난 착상이어서 칭찬을 기대해도 좋으련만, 그런 눈치는 아니었다. 칭찬할

하 경감도 아닐 테지만 말이다.

"아니, 근데 그걸 왜 이제야 말하지? 백 경위, 자네 어떻게 된 거 아냐?"

하 경감은 칭찬은커녕 책망부터 했다.

"지문 식별이 늦어졌기 때문입니다. 워낙 지문이 희미해서요."

아무려나 탄피에 남겨진 지문 식별을 통해서 범인의 신원을 밝혀냈다는 것이리라. 어김없이 큰 성과다.

"좋아, 자네가 찾아낸 범인의 이름이 뭐지?"

"황철입니다."

"황철?"

"전과 5범의…… 별로 광포하지는 않지만, 매우 지능이 높은 사내라고 합니다. 물론 그의 전문은 은행털이고요."

"광포하지 않다고? 그런데 사람을 마구 죽여? 권총을 난사하느냐고."

"평소에는 양처럼 순했었다네요."

"그런 친구들일수록 더 위험하다는 걸 모르나? 얌전하고 내성적인 사내일수록."

"아, 네, 하긴요."

"좋아. 우리 당장 황철을 쫓자고. 그러자면 말이야……"

하 경감은 얼른 말을 잇지 못했다. 그가 금세 말을 잇지 못하는 사연을 나는 이해했다. 이름 석 자를 안들 어쩌겠는가. 범인이 꽁꽁 숨어 있는데. 숲속에라도 숨어 있다면, 그것이 빌딩숲이든, 계곡의 우거진 숲속이든 일단 숨어버리면 찾기가 쉽지 않다. 한강 모래사장에서 잃어버린 바늘 찾기나 비슷할 것이다. 하지만 모르는 일이다. 수도 경찰의 정예 멤버들이 나서질 않았는가.

"우선 그 친구를 공개수배하자고. 신문에도 방송국에도 사진을 돌리고. 전과자라고 하니, 사진을 비롯한 여럿 정보는 있을 테지. 전국 경찰에 지명수배도 하고 말씀이야. 한번 샅샅이 훑자고."

하 경감이 굳이 말하지 않더라도 그럴 수밖에 없을 것이다. 그러나 그럴수록 황철은 어느 여자 치마폭 속에라도 그 얼굴을 꽁꽁 파묻을 것이다. 하지만 경찰은 첫 단계에서 진전을 보았다고 할 수 있었다.

"이봐, 최선실 형사!"

하 경감이 나를 지목해서 부른 것을 나는 처음엔 알지 못했다. 아마 방관자의 입장이어서 긴장의 고삐를 늦추고 멍때리며 앉아 있어서였을 것이다. 서 경사가 옆구리를 찔러서야 나는 하 경감이 나를 부른 것을 알았다. 나를 바라보는 그의 실눈이 사특하게 깜박이는 것을 나는 놓치지 않았다. 그가 많은 사람 앞에서 나를 엿먹이려 한다는 것을 나는 본능적으로 깨달았다. 나는 바싹 긴장했다.

"점쟁이 뺨치게 짚어내는 재간을 지닌 것으로 아는데 말씀이야. 게다가 요행도 몰고 다니고. 어디 한번 자네 의견을 들어볼 수 있을까?"

나는 말석에 앉아 발언할 생각도 않는데, 하 경감이 지명해서 발언할 것을 채근하는 것이 아닌가. 음흉한 영감이 비비 꼬인 말을 던지지만 않았어도, 말할 게 없습니다, 라며 꼬리를 내리고 후퇴할 것이었으나, 나는 오기가 슬며시 발동하는 것을 느꼈다. 그래서 서 경사가 옆에서 말리는데도 나는 자리에서 일어났다.

"제 생각으로는, 기꺼이 말씀드릴 기회를 주신다면……"

나는 하 경감을 바라보며 주섬주섬 말문을 열었다. 여울 건네는 조심스러움으로. 모두의 시선이 나한테 쏠렸는데, 그들은 야수적인 사내한테 내가 철저하게 유린될지도 모른다는 생각을 하며 야릇한 기쁨에 젖어 있을 것이었다.

"그래, 자네 생각을 묻는 게야. 우린 지금 요행도 필요하거든."

"제가 본 바로는 외람된 말씀이지만 우린 지금 외곬으로만 치닫고 있습니다. 기본적인 룰을 고집하며 정상적인 궤도만을."

나는 더는 하 경감의 빈정거림에 개의치 않고 나의 의견을 펼쳤다.

"외곬으로 치달아?"

"네."

"정상적인 궤도만을 따라서 움직여?"

"네에……."

"그게 뭐가 나쁘지? 기본적인 룰에 따라 움직이는 게. 이거 듣던 중 매우 훌륭한 모순에 독설이군."

"그 말씀 칭찬으로 알고, 내친김에 말씀드립니다만, 우린 다양한 시각에서 수사를 진행해야 한다고 생각합니다. 요모조모로 찔러도 보고, 두들겨보아야 한다고요. 외곬으로만 치달아서야."

"서론이 길어. 여자들이란. 본론을 말하라고, 본론을."

"본론을 말씀드린다면 우린 서강그룹의 내분에도 눈을 돌려야 한다고 생각합니다. 심각한 내분이라고 듣고 있습니다.

"서강그룹은 뭐며, 또 내분은 다 뭔가? 이 판국에."

하 경감은 나의 뜻하지 않은 발언에 적잖이 헷갈려했다.

"그곳에서는 소문이 자자하다는 얘깁니다. 이번 은행강도 사건은 피도 눈물도 없는 숙부의 짓이라고요. 후계자인 조카를 일시에 제거하기 위한 음모라는 얘기죠. 알고 보니 우리만 소경인 거 있지요?"

나는 다시금 후계자 선정을 둘러싼 음모론을 피력한 셈이었다. 이번엔 하 경감을 상대로 해서 말이다. 서 경사가 소매 끝을 당기며 말릴 줄 알았는데, 가만히 있는 걸로 봐서는 내가 이미 하도 궤도를 이탈해서 수정 불능의 상태라고 보는 듯했다.

"어쭈, 이 친구 좀 봐. 지금 무슨 소릴 하는 게야? 우리더러 소경이라니. 나를 두고 하는 말인가?"

"아니요."

"그럼 뭐야?"

"애당초, 우린 어떤 영문인지도 몰라도 서강그룹 후계자가 현장에서 총에 맞아 죽었다는 보고를 받았습니다. 아시죠?"

"알아."

"그 이름이 심영이란 것도요."

"안대도."

"그 사람이 참다운 후계자인데도 모든 실권을 숙부에게 빼앗긴 채 명청하니 뒷전에 물러나 있다는 사실도요? 근데 어느 날 갑자기 감히 도전하기 시작한 사실도요? 그래서 숙질 간에 피를 튀기는 싸움이 벌어진 사실도 말입니다."

"으음."

하 경감은 비로소 무거운 신음을 토했다. 그의 그런 모습으로 봐서 그가 저간의 사정을 알지 못하고 있음이 분명하다. 아니면 대수로운 일이 아니라고 눈을 감았든가.

"제가 알아본 바로는, 서강그룹은 법률적으로 유일한 적자이자 상속자인 심영에게 기업 경영권을 넘겨야 했습니다. 하지만 그사이 기업을 오늘의 위치로까지 고속 성장시키느라 노심초사해온 숙부의 입장에선 호락호락 넘겨줄 수만은 없었나 봅니다. 어떻게 키운 기업인데요."

내가 장황하니 설명하려는 태세를 보였는데도 모두가 말없이 경청하는 것이었다. 새로운 사실에 대한 흥미 때문이리라.

"지금까지는 그런대로 숙질 간의 관계는 아슬아슬하게나마 평온을 유지해왔다고 합니다. 하지만 그것이 깨어진 것은 조카인 심영이 장가를 가면서부터라고 합니다. 신수경이라는 이름의 심영의 아내가 보통 성미의 여자가 아니라는 얘기예요. 심성이 나약한 조카의 일면을 고려해서 숙부가 심지 굳은 색싯감을 고른 것까지는 좋았으나, 기껏 고른 조카며느리가 불같은 성미를 지닌 맹렬 여성의 전형이라는 얘기죠. 그 여자가 우유부단한 남편을 도발했다던가요. 막상 도전할 명분은 충분했고요. 하지만 상대는 수양대군만큼이나 피도 눈물도 없는 숙부라는 사실입니다."

"……."

"조카며느리가 일가의 얼굴이며 계열기업의 대표격인 숙부 심준학 씨를 감연히 축출하려는 시도를 보였을 때 누구나 놀라워했다는 얘깁니다. 누구보다도 아닌 밤중에 홍두깨 격으로 놀란 사람은 바로 숙부 자신이었다는 겁니다. 그럴 수밖에요. 아마 민비를 잘못 고른 대원군만큼이나 가슴을 쳤을걸요. 그 어른이 이게 무슨 짓이냐며 길길이 뛰었다고 합니다. 손가락이나 빨고 물러날 바엔 피를 볼 거라고 했답니다. 피를요!"

나는 아무리 강조해도 지나치지 않는다는 듯이 힘주어 말했다. 그런데 둘러보니 아직도 군말 없이 경청하고 있다. 나는 그 사실이 고맙기도 했고 불안스럽기도 했다. 나중에야 삼수갑산에 갈지언정 출발은 괜찮지 싶다.

"조카며느리가 일단 성벽에 반정의 깃발을 높이 올리자, 그 기치 아래로 몰려드는 전사들이 적지 않았다는 얘기예요. 각자 나름대로 여러 사연이 있었을 테지만, 무엇보다도 명분이 뚜렷했고, 법이 끝내는 적자편에 서리라는 전망 때문이었나 봐요."

"……."

"이제 막다른 골목에 몰린 사람은 숙부라고 할 수 있습니다. 물러나든지, 그의 말처럼 피를 보든지. 서강그룹은 언제 어떻게 터질지 모를 지뢰원이라고 했습니다. 화약고라고도 했고요. 그리고 마침내 누군가가 도화선에 불을 당겼던 것이지요."

"……."

"이번 은행강도 사건이 하나의 위장극이라면 누구의 짓이겠습니까? 이번 사건이 잘 짜인 하나의 음모라면 누구의 음모겠습니까? 이건 그날 그 시각에 심영이 주거래 은행에 가기로 한 사실을 아는 사람만이 가능한 범죄인 것입니다."

"……."

"심영이 죽지 않고 생명을 보전한 것은 우연이었습니다. 그리고 요행이었습니다. 강준혁이라는 경리과장이 대신해서 가기로 나서지만 않았던들, 그런 행운만 없었던들, 그는 벌써 오래전에 요단강을 건넜을 겁니다. 요단강을요. 범죄를 계획한 자는 회심의 미소를 지었을 거고요."

"……."

"어떻습니까. 지금 전국에서 동시다발적으로 무장 은행강도 사건이 발생하고 있습니다. 누구나 연말연시를 앞둔 은행강도 사건으로 볼 수밖에요. 그러니 얼마나 위장하기가 좋겠습니까."

"……."

"그런데 지금 우린 엉뚱하게도 삼천포로 빠지려 하고 있습니다."

나는 말해놓고 금세 후회했다. 이 말만큼은 심하지 싶었다. 지나친 독단인 데다가 어떤 점에서는 지금까지 수사에 참여한 수사진의 얼굴에 먹칠하는 발언이었다. 내가 며칠 동안 온갖 정성을 기울여 은밀하게 수집한 정보를 조곤조곤 들려준 것까지는 좋았는데, 마지막에 제 흥에 겨운 나머지 탈선한 것이다.

아니나 다를까, 삐딱하게 앉아 내 말에 귀 기울이던 하 경감의 매정하기까지 한 신랄한 반격이 되돌아왔다. 그는 히죽이 웃기까지 했다. 그건 절호의 찬스를 포착한 자만이 흘릴 수 있는 회심의 미소였다. 나는 바싹 얼어붙었다.

"이게 무슨 소린가?"

"……."

"재벌 회장이 뭐가 부족해서 살인극 놀음을 벌인다는 게야? 어떻게 쌓아올린 공적이며 명성인데. 여러모로 상상하는 거야 누가 뭐라겠나. 하지만 비약치고는 엉뚱한 비약인걸. 농담치고는 빈약한 농담이고 말씀이야."

"……."

"여긴 구례도 아니고 정선도 아냐. 서울이야, 수도 서울. 약발 먹힐 소릴 해야지. 요행도 한두 번이고 코미디도 한두 번이지. 어디서 잔머릴 굴려? 발칙하긴."

하 경감의 호된 비난과 신랄한 비판은 마냥 이어질 듯이 보였다. 영감은 이치를 따져 반격하는 게 아니라 전적으로 감정적이고 모욕적이다. 그리고 구례와 정선은 무엇 때문에 들먹인담.

나는 객석의 관객들이 과연 누구 편을 들지가 궁금했다. 새파란 여자 편을 들 것인지, 아니면 심통스러운 영감의 편을 들 것인지. 그런데 보아하니 행운만이 뒤따르는 여인의 봉변을 고소해하는 분위기가 완연했다. 몹쓸 사내들 같으니!

범 경위도 언제나처럼 눈을 내리깐 채 나를 쳐다보지도 않았다. 내가 필사적으로 구원 요청의 눈길을 보내는데도 말이다. 그도 고소해하는 걸까? 이거 열 받는군, 열 받아!

하 경감이 나를 촌년 취급을 하며 매도하긴 했으나, 역설적으로 나를 군중 앞에 부각시켜준 사실만은 고마워해야 했다.

"그럼 한 가지만 묻겠는데, 우리 앞에 나타난 황철은 뭐라 설명하지? 이 사건의 숨겨진 진범이 서강건설 회장이라면. 수양대군 같은 숙부라고 한다면 말이야. 황철은 어떻게 되나?"

하 경감이 따져 물었다.

"황철은……."

나는 더듬거렸다.

"황철은?"

하 경감이 채근했다. 그는 숨 돌릴 틈도 주지 않으려 했다.

"수양대군에 의해 매수된 하수인이죠, 뭐."

"흐음, 하수인이라!"

"뻔한 얘기 아녜요?"

"뻔하다고? 이봐, 최 형사, 자네 경찰관 생활이 몇 해나 됐지?"

"햇수로 2년입니다."

햇수론 2년이라고 떠벌렸지만 임용된 지 겨우 반년을 넘긴 처지다.

"난 몇 해나 됐는지 알아?"

"제가 그걸 알아야 하나요?"

"햇수로 20년이야, 20년! 그런데 나보고 지금 해보자는 게야?"

"어머, 대단하시네요."

나는 그게 뭐 자랑이냐고, 20년이면 나잇살도 먹고 했으니 치안 총수라도 넘보아야 할 거 아니냐고 되받아치고 싶었으나 참았다. 지금도 상당히 삐쳐 있었고 말투도 토라진 여인의 목소리다. 내가 토라지고 삐쳤다고 해서 신경을 쓸 인물도 아니지만 말이다.

우리 논쟁에 백지영은 결코 끼어들지 않았다. 포커페이스를 유지하고 있었으나 간혹 흘리는 웃음, 그 웃음은 비웃음이었다. 그 웃음이 나의 비위를 거슬렀다.

"제 생각으론……."

"이젠 자네 생각 따윈 관심 없어. 시건방지게 쥐뿔도 모르는 주제에 필부(匹夫)조차 아니할 허튼소리나 하고, 남의 일 파투 낼 생각이나 하고. 이 무슨 버르장머리지."

"본데없이 자라 불학무식하지만, 그래도 요행을 바라신다면……."

서 경사가 다시금 나를 잡아끌어 나는 못 이기는 척 자리에 주저앉았다. 그래서 나와 하 경감 사이에 펼쳐진 짤막한 냉전의 무대는 막을 내리게 되었는데, 모처럼의 선의가 배반당한 기분이었다. 복채라도 두둑이 받아야 할 수 있는 얘기를 털어놓지 않았던가. 칭찬은커녕 질책이나 일삼는다.

"자, 이제 황철의 연고지에 형사진을 급파하라고. 출몰 예상 지역에 대한 탐문 수사도 하고. 고속도로 휴게소마다 검문을 강화하고, 모두 기억해두라고. 핵심은 이거야. 수사는 현실을 바탕으로 정석대로 하는 것이지, 미스터리 드라마처럼 엿장수 마음대로 하는 게 아냐."

하 경감은 채찍질하는 어조로 말하고 있었는데 마지막 말은 민망하게도 나더러 들으라는 말투 같았다. 영감이 고집불통에 속은 좁아터져 갖고는. 나잇값도 못하고. 부하직원 염장이나 지르다니. 좀스런 꼰대가 따로 없다.

"잘 들으라고! 황철을 잡으면 사건은 단숨에 해결돼. 이게 내 방식이야."

하 경감은 쐐기라도 박듯 말했다.

"이 모든 일은 합리적이고 냉철한 백지영 경위가 앞장서서 처리하도록 하라고."

하 경감은 이 무대에서 백지영을 치켜세웠고, 앞장세우려 했다. 그리고 나를 깔아뭉개려 했다.

"나서긴 어디서 나서는 게야. 함량 미달인 주제에 뚜껑 열리는 헛소리나 하고. 간이 배 밖에 나왔군."

잠시 머쓱해지는 순간. 모두가 하 경감의 말에 수긍하는 낯빛을 지었는데, 그사이 수사에서 진전을 보았다면 오직 백지영의 남다른 슬기로움과 뛰어난 능력 때문이리라. 범인의 정체를 파악하지 않았는가. 바야흐로 백지영은 금메달을 따는 순간이었고, 최순실은 노메달로 쪽팔리는 신세가 되었다.

"현상금이 탐이 나면 냉큼 움직여! 공연한 수작 부리지 말고. 왜 이렇게 굼떠!"

하 경감의 마지막 질타가 방 안 가득히 메아리쳤다.

2

"아주 훌륭했어! 표창장감이야. 하지만 여자가 그렇게 나서는 게 아니지."

사무실에 돌아오자 서 경사가 기다렸다는 듯이 핀잔을 주는 것이었다.

"하 경감을 상대할 생각은 말라고 했잖아. 남이 잘되는 걸 못 보는 그 곤조통 영감하고 어울려봤자, 열이나 받는다니까. 영감이 무당 끼가 있는 데다가 뻔뻔함은 메가톤급이라고. 그러니 엉큼한 영감한테 겁 없이 개기지도 말고, 하물며 영감과 맞서는 베팅일랑 꿈도 꾸지 말라고."

"알았어요. 내가 매를 벌려고 입방정을 떨었네."

나는 맥없이 대꾸하고는 걸음을 옮겨 창가에 기대어 섰다. 보이는 거라고는 칠흑같은 어둠의 세계였으나 지축을 흔들며 지나가는 찻소리는 들렸다. 언제나 느끼는 것이지만 저 많은 차들이 밤늦게까지 어딜 향해 저렇게 달리나 싶었다. 그리고 까닭 없이 그 대열에서 소외되고 있다는 느낌 속에 빠지기도 했다.

"우린 다른 길로 가요, 지름길로."

나는 충동적으로 말하며 범 경위를 향해 섰다. 그에겐 좀처럼 말을 건네지 않으려고 했으나 더는 참을 수가 없었다. 뜨겁지도 차갑지도 않은 사내에게 나는 화가 났다.

"똑같은 길을 달려가봐야 싹수가 노랗다고요. 내 말은 우회하자는 얘기예요, 지름길로. 어느 길을 가든 꿩을 잡는 매가 장땡 아녜요? 우린 심영을 감시해야 해요. 서강그룹의 적자를요."

나는 내친김에 다시금 내 지론을, 누군가의 음모론을 펼쳤다. 나는 이판사판이라는 심정이기도 했다. 내가 하도 열정을 담아서 말해서일까, 범 경위가 숙였던 고개를 들었다.

"심영을 무엇 때문에?"

범 경위의 말투는 언제나 그러했지만 리듬이 없었다. 템포의 변화도 옥타브의 높낮음도 없었다. 물론 열정도 없었다.

"무엇 때문이냐고요?"

나는 한 발짝 앞으로 나서며 되물었다.

"그래, 무엇 때문이지?"

"이 강도 사건은 그 사람을 제거하기 위해 교묘히 꾸며진 살인극이에요, 살인극! 황철이란 자는 은행강도라기보다는 살인 청부업자라는 얘기예요."

"난 그 친구를 은행털이 전문으로 아는데. 전과 5범의……."

"그 친구가 우리 모르게 그사이 전문 직종을 바꾸었나 보죠. 살인 청부업자로."

"그럴 수도 있겠지."

"아시겠어요? 심영은 죽을 뻔했던 사람이라고요. 까딱 잘못했으면……."

"요단강을 건넜을지도 모른다는 얘기는 조금 전에 들었소."

"나 참, 그 사람이 참다운 표적이라니까요."

"그래서?"

"그래서라니요. 살인자는 제2의 찬스를 노릴 거라는 얘기지요. 첫 번째 시도에서는 실패했으니까."

"그럼?"

"우리가 심영을 감시하고 있으면 살인자가 다시금 그 친구에게 접근하는 것을 포착할 수가 있다고요. 그 기회에 우린……."

"살인자를 잡을 수 있다는 얘기요? 황철을."

"두말하면 잔소리죠, 뭐."

"그거 한번 좋은 생각이군."

"좋은 생각이라고요? 아니죠. 탁월한 계략이죠. 이건 누워서 떡 먹기라고요."

범 경위가 하도 시큰둥해서 나는 맥 빠지는 느낌이었다. 범 경위도 하 경감처럼 나의 견해를 한 치도 용납하지 않으려 했다. 우리의 대화를 옆에서 지켜보는 서 경사는 다만 빙글거리기만 했다.

"우린 바야흐로 게임의 출발 선상에 서 있어요. 그러니 저에게 한번 걸어보시라니까요."

나는 유혹하듯 말했다. 아양마저 곁들여서 말이다.

"유감이지만 별로군."

범 경위의 매정한 대꾸가 금세 되돌아왔다. 얼마나 맥 빠지는 대꾸인가. 이제 무슨 말을 한들 소용이 있을까. 앞으로 종로서 강력1팀은 서울 특수수사전담반과 합동작전을 펼칠 것이다. 나는 그 대열에서 소외될 것이고.

"그럼 독자적으로 행동해도 좋아요?"

"그건 그쪽 마음대로. 그쪽에게도 기회는 주어야겠지. 난 내 규칙대로 할 거요. 자, 이제 우리 얘기는 끝난 건가?"

나는 어쩔 수 없이 그의 앞에서 물러나야 했다. 그리고 퇴장하는 배우처럼 마지막 대사를 읊었다.

"한결같이 나이브한 고정관념에 사로잡혀 있는데, 황철을 잡자면 우린 심영을 감시해야 한다고요. 아시겠어요? 언제까지나 뒷북이나 칠 건가요? 시경이면 다예요? 하 경감은 지금 잘못된 사인을 보내고 있다고요. 우리가 확 뒤집어놓자고요."

언제나처럼 나의 작은 외침. 범 경위는 고개를 돌리고 귓등으로도 안 듣는다. 하 경감처럼 한갓 헛소리로 들리는 것이다. 복장 터지는 순간이다. 그래, 너 잘났다, 정말 잘났어! 혼자서 잘해봐.

나는 어쩔 수 없이 독자적으로 활동해야 했다. 고독한 이리처럼.

나는 나의 코란도를 몰고 찬바람 부는 회색의 도시의 정글을 배회하기 시작했다. 솔로의 숙명이다.

"이 풍진(風塵) 세상 만났으니, 너의 희망이 무엇이냐."

나는 어느새 엄마가 삭풍 휘몰아치는 정선 골짝에서 지겹게 흥얼거리던 노래, 〈희망가〉를 흥얼거리고 있었는데, 외롭고 춥다는 느낌이 뼈저리게 스며들고 있었다.

백지영과 나, 최선실과의 레이스! 이 또한 하나의 숙명일 것이고, 외로운 싸움일 것이었다. 백지영은 수도 경찰의 막강한 역량을 바탕으로 수사를 펼칠 것이었다. 범인이 아무리 꽁꽁 숨는다고 해도 현대인에게는 큰 약점이 있다. 누구든지 하루도 빠지지 않고 자신의 흔적을 흘리고 다닌다. 스마트폰을 비롯한 모든 문명의 이기(利器)를 버리고 절간에 숨기 전에는 하루도 자신의 흔적을 지워버릴 방도가 없다. 따라서 황철이 잡히는 것은 시간문제일 것이다. 게다가 수도 경찰이 어디 만만한 집단인가. 그 군단을 백지영이 지휘하고 있는 것이다. 아마도 인해전술을 펼쳐 저인망으로 촘촘하게 훑듯이 해서 색출할 것이다.

그런데 나는 어떠한가? 이를테면 『삼국지』에 등장하는 조자룡처럼 단기필마(單騎匹馬)의 신세다.

그나저나 누가 과연 황철을 먼저 찾아내 낚아챌 것인가?

샅바 싸움도 끝났으니 이젠 본 게임에 집중할 때다. 나는 심영, 한 사람에게 모든 걸 걸기로 했고, 그래서 그를 집중 마크했다. 어떻게 보면 나는 범인을 쫓는 형사라기보다는 심영의 보디가드라고 할 수 있었는데, 검은 캡을 눌러썼고 워커 슈즈에다가 패딩 점퍼를 걸쳤다. 점퍼 속

숄더 홀스터엔 물론 장탄 수 다섯 발의 38구경 치프 스페셜을 감추었고, 낮에는 셀린느 색안경을 걸쳤다. 모양새만은 어느 액션 영화에 등장시켜도 손색없을 강력계 여형사로 분장했다고 할 수 있었다. 준비도 완벽했고 착안도 좋았으나 나는 좀체 성과를 올리지 못했다.

그나저나 나는 과연 올바른 베팅을 한 것일까?

심영은 일찍 퇴근해서는 가회동 그의 둥지에 깊숙이 파묻혀 있었다. 제발 나돌아다니라고! 뭘 해? 그래야 범인에게도 기회를 주고, 나한테도 찬스가 생길 거 아니냐고.

나는 24시간 그의 주변에서 맴돌았다.

사건이 발생한 지 엿새는 지났을까. 심영은 아내 신수경과 함께 아침 일찍 집을 나서고 있었다. 나들이 가는 게 아니라 장례식에 참석하기 위해 집을 나서고 있다는 것을 나는 알고 있었다. 강준혁의 장례식이 오늘 용인 공원묘지에서 치러질 예정이었다. 그사이 보상 관계로 장례가 늦추어진 듯했다. 회사 경리과장이기도 한 강준혁은 심영과는 대학 동창으로 절친한 사이라고 했다. 별로 친구가 없는 심영에게는 둘도 없는 친구라나. 그리고 그는 반정의 기치를 높이 든 신수경의 선봉장이기도 했다는 것이다.

메르세데스 벤츠에 오르는 두 사람을, 심영과 신수경의 프로필을 나는 유심히 살폈다. 심영은 넋을 놓고 쳐다볼 만큼 드물게 잘생긴 사내였다. 그 용모는 다비드상을 연상할 만큼 이목구비가 반듯하다. 한마디로 준수하기 이를 데 없다. 훤칠한 키에 크림색 피부, 그리고 새까만 눈동자. 그는 멜로드라마 주인공으로 안성맞춤인 인물이었다. 그러지 않아도 심영은 치열한 기업 전선에 투신하기보다는 한낱 연극도로서 무대에 서길 소원했었다는 것이다. 그런데 그런 그의 소망은 주변의 여건으로 해서 좌절되었다고 했다.

심영의 아내는 그와는 대조적인 인상이었다. 서늘한 눈매와 날이 선 콧날, 꼭 다문 입매로 상징되는 그녀의 모습에선 만만치 않은 기상을 엿볼 수가 있었고, 특히 분별력이 뛰어난 센스 있는 여성으로 보였다. 밍크 롱코트를 걸치고 의연하게 걸음을 옮기는 그녀에겐 남을 압도하는 무언가가 있었다. 위험을 즐기는 타입의 인물! 그것이 신수경에 대한 나의 첫인상이었다.

부와 권위를 상징하는 듯싶은 메르세데스 벤츠는 금세 움직이기 시작했고, 나의 먼지투성이 코란도가 바싹 그 뒤를 따랐다.

얼마 후 우리 일행은, 그렇다, 우린 언제부터인가 일행이었는데 용인 공원묘지에 당도했다. 교외의 공원묘지는 어딜 가나 이미 만원이었다. 무덤은 후미진 곳에 마련되어 있었는데 초라한 장례식이라는 느낌을 지울 수가 없었다. 유달리 추운 올겨울이라고 했는데, 구름은 낮게 드리우고 눈발마저 흩날렸다. 게다가 바람마저 심란하게 계곡을 휘저었다. 장례식엔 문상객이 얼마 되지 않았는데 그들은 찬바람 부는 계곡에서의 장례식이 빨리 끝나기만을 고대하는 눈치였다.

서른다섯 살 정도는 되었을까. 젊은 미망인의 모습이 나의 가슴을 쳤다. 눈보다도 흰 소복에 감싸인 채 하염없이 눈물 짓는 미망인은 지나치게 젊은 데다가 눈이 아리도록 아름다운 여자였다. 그 이름이 윤사라라고 했다. 창백한 얼굴에 빗질하지 않은 검은 머리카락 몇 올이 흩날리고 있었고, 소리 없이 흘러내리는 눈물이 뺨을 적시고 있는데 훔칠 엄두도 내지 못하고 있었다. 얼굴은 갸름했고 볼은 야위어 있었다. 지금 겪고 있는 고통이 감당하기 어려운 걸까, 자주 배를 움켜쥐고 허리를 꺾고 있었고, 입술도 피가 나도록 깨물고 있었다. 그 처연한 영상에 나의 가슴은 아려왔다. 미망인은 끝까지 의연했는데, 저토록 기품 있는 여인도 드물 것이었다. 아마도 오랫동안 나의 뇌리에서 지울 수 없는 선명하고도 강렬한 영상으로 남을 것이다.

신수경이 미망인에게 다가가 정중히 고개 숙이며 위로의 말을 건네고 있었다. 나는 산 자의 아내와 죽은 자의 아내가 마주 서는 것을 바라보며 사뭇 감상적인 생각에 사로잡혔다. 운명의 여신의 조화인지는 몰라도 두 여자의 위치가 지금 뒤바뀌어 있는 것이다. 신수경과 윤사라의 위치가 말이다. 입술을 깨물어야 할 여인도, 눈물을 흘려야 할 여인도 윤사라가 아니라 신수경이어야 했다. 세상에, 이게 바로 운명의 장난이란 걸까!

그런데 장례식 광경을 방송국 카메라가 열심히 담고 있었다. 그래, 이토록 눈물겨운 장면이라면 뉴스거리가 될지도 모르지.

카메라는 인사를 나누는 두 여인을 한동안 포착하더니 수양대군과도 같은 심준학 씨에게로 옮겨지고 있었다. 서강그룹을 오늘의 위치로 고도성장시킨 숙부를. 그걸 조카에게 넘겨주지 않으려고 늙고 추한 모습을 드러내고 있는 노인을. 그렇게 보아서인지 심준학 씨의 얼굴엔 허무의 그늘이 짙게 드리워져 있었다. 그는 클래식한 파카에 두 손을 깊숙이 꽂은 채 고개를 떨어뜨리고 서성이고 있었는데, 사람들도 그에게 다가서지 않고 있었다.

아니, 한 사람만은 다가가고 있었다. 바로 조카인 심영이다. 뜻밖에도 두 사람은 다정하게 인사를 나누는 게 아닌가.

과연 심준학 씨가 이 살인극의 주모자인 걸까?

그런 그도 현상금을 걸었다지. 뭔가! 돈이 아닌 그들이 건설 중인 아파트 한 채를. 비록 작은 평수라지만. 이제 그걸 내가 차지하면 신랑감만 있으면 만사가 해결된다. 그나저나 어쩐지 아이러니한 느낌이다.

잠시 후, 심영도 미망인에게로 다가가 위로하는 말을 건네고 있었다. 세상에 이 마당에 미망인에게 그 무슨 말이 위로가 될 수 있을까. 카메라는 재빨리 그런 모습의 두 사람에게 앵글을 맞추고 있었다.

나이가 예닐곱은 되었을까. 깜찍한 여자아이가 엄마의 치맛자락에 매달린 모습은 가슴 아픈 정경이었다. 게다가 그 어린것에게도 소복을 입혔으니 너무 잔인하다는 느낌이 들었다. 그래서일까, 카메라가 어린아이한테서도 한동안 떠날 줄 몰랐다.

나도 그 모든 정경을 나의 망막의 셔터를 눌러 나의 뇌리에 깊이 각인시켰다.

그런데 방송국 카메라가 새로운 먹이라도 찾아 헤매듯 이리저리 맴돌더니 나를 발견하고는 나에게 앵글을 맞추는 것이었다. 나는 잠시 어떻게 해야 좋을지 몰랐다. 왜 나를 포착하는 걸까? 내가 종로서 강력 1팀의 최선실 형사라는 사실을 아는 걸까? 그리고 서강그룹에 수사의 초점을 맞추고 있다는 사실도 말이다. 나는 애써 카메라의 렌즈를 의식하지 않으려 했다.

장례식이 마무리지어질 무렵 해서 심영과 신수경 부부가 나란히 나한테로 걸어와 나는 현장을 들킨 사람만큼이나 찔끔했다.

"이렇게 찾아주셔서 감사합니다."

나한테 먼저 인사를 건넨 사람은 신수경이었다. 이 사실만 봐도 부부 사이의 주도권은 아내에게 있는 듯했다.

"심려를 끼쳐드려 죄송합니다."

심영도 깍듯이 인사했다. 이들은 아무래도 나의 정체를, 경찰관으로서의 정체를 아는 듯했다.

"별말씀을. 뭐라 위로의 말씀을 드려야 할지 모르겠군요."

나도 정중하게 인사했다. 그러곤 나의 궁금증에 대해 물었다.

"근데 저를 어떻게?"

"요즈음 최선실 씨를 모르는 사람이 어디 있습니까. 종로서 강력계 여형사 최선실 씨를. 오늘날 대중의 우상이 아닙니까."

심영이 싱긋 미소 지으며 말했다. 그 미소가 여간 싱그럽지가 않았다.

"근데, 이번 사건도 수사하시나 보죠?"

심영은 말을 이었다.

"그렇다고 할 수 있지요."

"그리고 우리 집안이 타깃이란 말인가요?"

"아니라고 말을 못 하겠네요."

나는 순순히 시인했다. 막상 시인하지 못할 이유도 없었다.

"애당초 심영 씨께서 거래 은행에 가실 계획이었다지요? 그날 오전에."

나는 두 사람을 번갈아 보며 마음속에 품었던 질문을 던졌다.

"네, 그래요."

심영을 대신해서 그의 아내가 대신 대꾸했다. 나는 그녀와 마주 섰다.

"강준혁 씨가, 회사 경리과장인 그분이 대신 간 것은 순전히 우연이었고요?"

"그렇다고 할 수 있지요."

"그게 운명의 갈림길이었네요."

"아, 네, 그렇지요."

의도를 숨긴 내 말에도 신수경은 순순히 대응했다.

"당초 계획대로 심영 씨께서 은행에 가셨다면, 어떻게 되는 거죠?"

"어떻게 되긴요. 지금쯤 영락없이 요단강을 건넜을 테죠. 요단강 익스프레스로."

신수경의 얼굴에 일순 누군가를 비웃는 듯한 웃음이 번졌다.

"난 절친한 친구를 잃었습니다. 내가 죄가 큰 사람인가 봅니다."

심영이 고개를 떨어뜨렸는데, 회한의 빛마저 감돌고 있다. 그는 과연 그 자신이 표적이었다는 사실을 의심이나 하고 있을까?

우리 사이에 잠시 무거운 침묵의 시간이 흘렀다. 그 침묵을 신수경이 허물었다.

"그럼, 오늘은 이만 실례하겠습니다."

그들은 나와의 껄끄러운 대화를 회피하려 했다. 나도 장례식장에서 그들과 긴 대화를 나눌 생각은 없었다. 나와 그들과의 짧은 회견은 금세 끝나고 우린 작별했다.

나는 나의 코란도를 몰고 시내로 돌아오며 생각에 잠겼다. 과연 이 사건은 숙부와 조카 사이의 피비린내 나는 싸움인 걸까? 그게 막상 오랜 역사의 패턴이라고 해도 말이다. 공원묘지에서 본 숙질간의 관계는 물밑 속에서는 냉전이 지속되고 있는지 몰라도 수면 위에서는 매우 평온한 것이었다. 조카는 숙부에게 깍듯이 인사했고, 숙부는 그런 조카에게 몇 번이고 고개를 끄덕여 보였다. 숙부는 비록 기가 죽어 있었지만, 조카는 기세등등하지 않았다.

그나저나 심영과 신수경 부부 사이가 잘 어울릴 것 같지 않았다. 그들은 겉으로는 이상적인 부부상으로 비쳤지만 날카롭게 다듬어진 지성적인 아내가 감성적이기만 한 남편을 얼마나 피곤하게 할까?

그런데 방송국도 관심을 지니고 카메라를 들쳐메고 장례식에 달려왔는데, 경찰관은 나 말고는 없지 싶었다. 그리고 보니 단세포의 지능지수가 낮은 집단이다. 숙맥 같은 친구들! 뒷북 수사나 일삼고…….

3

사건이 발생한 지 어느덧 열흘이 지났다. 그사이 부산과 대구 그리고 광주에 출몰했던 은행강도는 용케도 모두 잡혔으나 서울만은 잡히지 않았다. 황철은 어디에 꽁꽁 숨어 있는지 결코 그 모습을 드러내려 하지 않았다. 이 친구 미국 아니면 호주에라도 줄행랑친 걸까. 배불리 먹이를 쪼아 먹은 새는 멀리 날아간다고 했으니 말이다.

경찰이 허송세월하는 사이 부상자 가운데서 또 한 사람이 목숨을 잃는 일이 발생했다. 세 명씩이나 목숨을 잃은 사건이고 보니, 시민의 분노는 높아질 수밖에 없었고, 높은 분들의 성화도 자심해질 수밖에 없었다. 특히 서울지방경찰청장이 체면을 손상한 것 같아서인지 열화 같은 노여움을 드러냈다. 어떤 점에서는 그는 여느 지방경찰청장에 비해 뒤처지고 있다고 할 수 있었다. 그러니 방방 뛸 수밖에.

나는 여전히 심영을 감시하는 일에 밤낮을 가리지 않고 골몰하고 있었다. 24시간을 그 일만 하다 보니 여간 지치는 게 아니었고, 확신이 무너지려는 순간도 한두 번이 아니었다.

"당신들 누구한테 걸고 있어요?"

나는 도움이 필요해서 전·노·박 세 형사에게 물었다. 그들은 웃기만 했다.

"나한테 걸 생각 없어요? 나한테는 운이 따르고 있다고요. 잘 알잖아요."

내가 뭐래도 그들은 천천히 고개를 내젓는 것이었다. 아마도 지난번 시크릿 게이트에서 혼쭐난 기억이 아직도 생생한가 보다.

"하 경감을 따른다고 해서 상금을 탈 것 같아요? 특진을 할 것 같으냐고요. 한번 모험을 해야 한다면 이건 여간 좋은 건수가 아니라고요. 처자식도 생각해야죠."

내가 연이어 강조해도 그들은 나를 따를 생각이 없는 것 같았다. 여자를 따르는 게 사내 체면을 구긴다는 듯이. 그리고 처자식을 살리자면 위험한 도박은 피해야 한다는 듯이.

"우린 얽히고 싶지 않네요. 왜냐, 지금 그쪽은 너무 오버하고 있거든요."

그들은 슬금슬금 꽁무니를 빼기까지 했다. 완전 짜증 나는 순간.

"우씨! 복장 터지겠네. 당신들 나중에 후회하지 말아요. 한몫 끼워주지 않았다고 불평도 말고. 모험 없이 무얼 얻겠어요? 당신들 절호의 기회를 놓치는 거라고. 알아들어요? 내가 베풀 수 있는 호의는 여기까지예요. 정말 실망했어. 세상에 아무 개념 없이 행동하는 한심한 인간들."

내가 사내들의 염장을 지르고 쐐기를 박는 말을 했으나 소용이 없었다. 그래서 나는 여전히 무리에서 이탈해서 홀로 행동해야 했다. 인생 항로가 진정 고달프다.

나는 심영을 마크하는 데 올인하고 있었는데, 그는 별로 움직이지 않고 오히려 그의 아내만이 부지런히 움직이고 있었다. 그녀의 차는 로버 3500이었다. 그레이스 켈리 왕비가 몰고 가다 변을 당한 바로 그 차였다. 세상에, 일국의 왕비가 몰던 차를 몰고 다니다니!

지금 상황으로 보아, 심영과 신수경 부부가 겉모습과는 달리 실제론 따로 놀고 있다는 것을 알 수가 있었다. 냉각 상태에 놓여 있는 걸까.

12월 27일 금요일.

사건이 발생한 지 2주는 지났을까, 이해도 다 갈 무렵, 좀처럼 움직이지 않던 심영이 비로소 움직였다. 극도로 지친 상태였는데, 마침내 심영의 움직임을 포착한 것이다. 그는 밤 8시경에 가회동 집을 나서고 있었다.

그런데 하필이면 금요일 밤의 외출이라니! 미신적인 생각인지 몰라도 어쩐지 불길했다.

심영이 몰고 나온 차는 그의 전용차인 메르세데스 벤츠가 아닌 갤로퍼였다. 갤로퍼는 나의 코란도 못지않게 낡고 상처투성이다. 그는 후드가 달린 알프레도 베르사체의 방한 파카를 걸쳤는데, 그것도 허름한 것이었다. 비록 그 차림새는 평범했으나, 그의 적에게도 그리고 나에게도 노출되는 순간이었다. 드라이브길에 나선 사람처럼 그는 잠시 종로통을 배회하더니, 이윽고 일정한 목표가 선 사람처럼 진로를 정하고는 밤거리를 질주하기 시작했다. 시내를 관통하는가 싶더니 3호 터널을 지나 남하하는 것이 아닌가. 갤로퍼와 코란도는 일정한 거리를 유지하며 달렸다. 그런데 날씨가 궂었다.

어디로 가는 게야? 이 밤에.

3호 터널을 벗어난 갤로퍼는 동작대교를 지나 사당동을 걸쳐 남태령을 넘고 있었다. 그러더니 이윽고 인덕원 네거리에서 서울구치소 방향으로 차를 좌회전시키고 있었다. 설마 이 밤에 누굴 면회하려는 건 아닐 테지.

갤로퍼는 귀빈들이 많이 수용되어, 사람들한테서 영빈관으로 불리는 서울구치소도 그냥 스쳐 지나가고 있었다. 이윽고 차는 청계산 산기슭으로 방향을 틀고 있었다. 어둠 속에서도 저 멀리 대형 창고건물 여러 채가 즐비하게 서 있는 것이 눈에 들어왔다. 희미한 외등 불빛들이 그 건물들을 어둠 속에서 아련히 부각시키고 있었다. 그가 숨겨놓은 여자와의 밀회를 즐기려 이 밤중에 움직이지 않은 것만은 분명했다.

'그렇다면 그가 오늘 밤에 접촉하려는 사람은 누구일까?'

심영이 이윽고 갤로퍼를 주차시키곤 창고건물 사이로 사라져 나도 코란도에서 내려 그의 뒤를 쫓느라 잠시 헤매었다. 그렇게 얼마간의 시간이 흘렀다.

"누구시죠?"

심영이 외등의 불빛 아래로 불쑥 모습을 나타내는 것이 아닌가. 눈이 내리기 시작해서일까, 그는 파카에 달린 후드를 머리에 뒤집어쓰고 있었다.

"경찰입니다."

나는 상투적인 대사를 읊었다.

"경찰?"

"나, 최선실이에요."

"아니, 종로서의 최 형사시군요."

심영의 얼굴에서 긴장이 풀리고 안도하는 모습이 나타났다.

"지금은 심영 씨, 당신의 보디가드라고 할 수 있어요."

"보디가드?"

"네에, 보디가드요. 심영 씨, 난 당신을 살인자의 표적으로 보거든요. 그래서 그 손길에서 당신을 지키려 합니다."

"이거 고맙군요. 그래서 이렇게 저를 따라오신 겁니까?"

"그래요. 근데 이 밤에 무엇 때문에 이곳에 오신 거죠?"

"여긴 우리 회사 전용의 창고 건물들입니다."

"그렇다고 해도……."

"실은 이곳으로 오라는 연락을 받았어요."

잠시의 망설임을 보이더니 심영은 말했다. 망설임이라기보다는 재빠른 계산이라고나 할까. 그는 무언가를 밝히려 했고, 그것을 밝히는 것이 현명하다는 판단을 내린 것 같았다.

"누구한테서요?"

나는 지체하지 않고 물었다.

"그는 자신의 이름을 황철이라고 밝히고 있어요."

"맙소사!"

나는 일순 신음 소리를 토했다. 아니 찬탄했다는 것이 옳았다. 나는 비로소 나의 예감이 적중한 것을 깨달았다.

"그 친구가 누군지 아세요?"

나는 뛰는 가슴을 달래며 물었다.

"알고는 있지요."

"무장 은행강도범인 데다가 친구분마저 살해한 살인범이라는 사실도."

"알고 있습니다."

"그럼 경찰에 연락하고 왔어야 하는 거 아녜요?"

"그럴 생각을 안 해본 건 아니지만 혼자 오라고 해서요. 그렇잖으면 만나주지 않는다고요."

"아무려나 이건 위험한 외출입니다. 황철은 광포하고 비정한 인물이에요."

"그래서 엽총을 갖고 왔습니다. 12구경의 이탈리아제 수렵용을요. 멧돼지 같은 큰 동물을 사냥할 때 사용하죠. 겨울 사냥 시즌이어서 소지하고 있었어요. 물론 소지 허가도 받았고요. 갤로퍼도 실은 제 사냥용입니다."

"어머, 그래요?"

"총을 다루는 건 자신이 있습니다. 군 복무 당시에도 특등사수였고요. 제 자랑 같지만 명색이 전 프로급 사냥꾼이라고 할 수 있습니다. 특히 움직이는 표적을 사냥하는 데 절 따라올 사람 없고요. 그래서 늘 겨울을 기다립니다. 그러니 너무 염려 마세요."

"근데 그 친구, 무엇 때문에 혼자 오라고 하던가요?"

심영이 특등사수건 프로급 헌터건, 나의 초미의 관심사는 황철이 무엇 때문에 이토록 으슥한 곳에 그를 불러냈느냐는 점이었다.

"자기를 고용한 사람을 알려주겠다는 게 그의 말이었습니다."

나는 다시금 나의 예감이 적중한 것을 깨달았다. 이번 사건은 결코 단순한 은행강도 사건이 아닌 것이다. 그것은 어디까지나 위장에 불과하다. 아니 한갓 농담에 불과했던 것이다.

"그럼 대가는요? 자신의 고용주를 파는 대가 말이에요."

나의 물음은 이어졌다.

"천만 원! 해외로 도피할 자금이 필요하다고 했습니다. 물론 준다고 했고요."

"그래서 여기서 만나기로 했나요?"

"네."

"정확한 장소는요?"

"두 번째 창고에서요."

"몇 시에 만나기로 하시고요?"

"밤 아홉 십니다."

"아홉 시라."

나는 기계적으로 손목시계를 훔쳐보았다. 9시 10분 전이다. 조금만 기다리면 황철은 모습을 드러낼 것이다. 바로 우리 수도 경찰이 총동원 되다시피 해서 추적하는 엽기적인 살인자다.

"자, 가시죠. 잘하면 우리 범인의 얼굴을 볼 수가 있습니다. 범인이 뭐라 하는지도 들을 수가 있고요."

심영이 앞장서며 말했다.

"나 참. 용감하다고 해야 할지, 무모하다고 해야 할지."

나는 심영과 나란히 걸음을 옮기며 탄식하듯 말했다. 차마 이건 미친 짓이라곤 말하지 못했다.

"진상을 알고 싶다는 일념만으로 맹목적으로 달려왔습니다. 경찰에 넘기는 건 다음 문제고요."

그는 변명하듯 말했다.

"슬기롭다고 해야 할지, 용감하다고 해야 할지……."

나는 다만 우물거렸다. 아무려나 잠시 뒤엔 우린 오늘 밤 감추어진 진상과 직면하게 될 것이다.

이윽고 우린 두 번째 창고 문을 열고 창고 안에 들어섰다. 심영은 그의 엽총을 손에 들었고 나는 나의 38구경 리볼버를 뽑아 들었다. 창고 내부는 어둑했다. 심영이 벽의 스위치를 눌러 불을 밝혔으나 높은 천장에 매달린 형광등은 그다지 밝은 편이 아니었다. 대형 창고엔 볼 박스가 천장 높이 가득 쌓여 있었는데 좁은 통로가 여러 갈래로 나 있어, 여러모로 몸을 숨기기가 좋았다. 범인도 그리고 우리도. 우린 볼 박스의 그늘에 몸을 움츠리고 살인자가 나타나길 기다렸다. 숨도 죽이고 말도 생략했다. 그리고 미동조차 하지 않았다.

황철은 무엇 때문에 심영을 만나려 하는 걸까? 단순히 돈을 뜯기 위해서일까? 그가 호락호락 자신을 고용한 사람을 밝힐 리가 없다. 그는 이미 많은 돈을 손에 넣었을 것이었다. 그렇다면 심영을 유인해서 살해하려는 의도가 숨어 있는 건 아닐까? 심영은 처음부터 황철의 참다운 표적이었을 것이다. 아니면 무슨 다른 꿍꿍이 속셈이라도 있는 걸까.

나는 잠시 홀로 이곳에 온 것을 후회했다. 적어도 세 형사와 함께 왔어야 했다.

그렇게 얼마나 시간이 흘렀을까. 짧은 시간 같기도 했고, 긴 시간의 흐름 같기도 했다. 창고 문이 열리는 소리가 들렸다. 황철이 그 검은 모습을 드러내려 하는 것이다. 요즈음 누구보다도 매스컴을 화려하게 장식하는 살인범이 말이다. 이윽고 창고 안으로 들어서는 발소리가 들리는가 싶더니 불빛 아래에 희미한 실루엣이 떠올랐다. 살인범은 서서히 다가오고 있었다. 강인한 체구의 사나이. 그는 바로 지명수배된 은행 무장 강도범 황철이었다. 캡을 눌러 썼고. 오리털 점퍼를 걸치고 있었는데, 오른손은 허리춤에 가 있다. 그가 허리춤에 브라우닝 권총을 감추고 있음에 틀림없었다. 난는 일순 뜨끔했다.

"심영 씨!"

살인자가 심영을 속삭이듯 나직하니 불렀다.

"심 사장!"

황철의 목소리가 점차 높아갔다. 그러자 심영이 살인자 앞에 나섰다. 살인자는 심영을 향해 한 발, 두 발 다가섰다.

나는 결단할 순간이라고 생각했다. 이 밤에 황철과 랑데부를 즐기러 온 게 아니라면 그를 체포하거나 사살해야 했다. 문답도 필요 없었다. 그리고 공격해야 한다면 기습적인 공격이 필요했다.

"손 들어! 경찰이다!"

나는 일단 황철에게 손을 들고 투항할 기회를 주기로 했다. 나는 외치며 성큼 앞으로 나섰고, 살인자의 심장을 향해 총구를 겨냥했다.

황철은 일순 어둠 속에서 불쑥 나타난 나를 발견하고는 움칠하는 듯했으나 다음 순간엔 왜소한 몸매의 여자 경찰이 나타나서일까, 차갑게 웃음 지으며 나의 명령을 따르려 하지 않았다.

"손 들라고! 손 들지 않으면 쏜다!"

나는 다시금 명령했다. 아니 질타했다. 그러나 살인자는 나의 명령을 무시했고 질타도 묵살했다. 그는 손을 드는 대신에 허리춤에 숨겼던 권총을 재빨리 끄집어내더니 대뜸 수평으로 쭉 뻗는 것이었다. 그의 권총은 다음 순간엔 불을 뿜을 것이었다. 1초 후에나 2초 뒤엔.

절체절명의 순간!

그런데 그가 겨냥한 표적은 내가 아니라 심영이었다. 그가 사살할 선순위는 어디까지나 심영이었고, 경찰관인 나는 후순위였다. 그러나 심영이 황철보다 빨랐다. 이 위급한 상황에서 우릴 구해준 사람은 막상 심영이었다. 기민하게도 그의 엽총이 먼저 불을 뿜었다. 그는 방아쇠를 당기는 데 한순간도 망설이지 않았던 것이다. 그건 매우 현명한 행동처럼 보였다.

나의 총구도 더는 지체하지 않고 불을 뿜었다. 나는 충동적으로 연달아 방아쇠를 당겼다고 할 수가 있는데, 한 방이라도 제대로 명중시켰을까 싶었다. 황철에게서 대뜸 상처 입은 짐승과도 같은 울부짖음이 솟구

쳤다. 그가 절뚝이며 도주하려 했다. 보아하니 치명상을 입은 것 같지는 않았으나 가슴팍 언저리와 다리에 총상을 입은 것만은 틀림없었다. 그가 금세 우리의 시야에서 사라졌다. 심영이 도약하며 상처 입은 살인자를 쫓았다. 움직이는 표적에 대한 사냥이 시작된 것이다. 나도 그들을 쫓았으나, 어둠이 그들을 삼켰고, 나는 방향 감각마저 잃었다. 나는 심영마저 놓쳤다. 우린 어느새 흩어져서 황철을 추적하고 있다고 할 수 있었는데, 황철이 아직 문밖으로 나서지 않은 것은 분명했다.

얼마나 헤매었을까. 나는 황철을 다시 찾았는데, 심영도 함께였다. 심영과 황철의 운명적인 조우! 막다른 골목의 희미한 불빛 아래였다.

그런데 심영은 황철을 사살하려 했다. 엎드려 신음하며 더는 움직이지 못하는 상처 입은 무장 강도범을 말이다. 절망의 빛이 그 얼굴에 가득 번진 표적을! 그런 황철의 미간을 겨냥해서 심영은 엽총의 방아쇠를 당기려 했다. 이른바 확인사살이다. 황철로서는 절체절명의 순간이었다.

"그러지 말아요! 심영 씨, 당신 실수하는 겁니다!"

나는 조용하나 단호하게 말했다.

"방아쇠를 당기면 당신이 이 범죄의 진범이라는 걸 자백하는 거나 같아요. 황철은 어디까지나 종범(從犯)이고요. 자, 그러니 어서 물러나요. 천천히."

나는 심영의 목덜미에 나의 총구를 겨냥하며, 아니 뒤통수에 밀어붙이다시피 하며 말했다. 준열하고도 신랄한 어조로.

"심영 씨, 살인자를 고용한 사람은 숙부가 아니라 바로 당신이었어요. 그런데 지금은 말살하려 하고 있어요. 누구나 라스트신에서 고용한 살인자를 제거하려 하더라고요. 치사하게도."

내가 뭐래도 심영은 아무 대꾸가 없었다. 지금은 망설임의 순간이리라. 방아쇠를 당길 것이냐, 말 것이냐, 그것이 그의 당면 문제였다.

"자, 총을 바닥에 내려놓고 손을 들어요! 천천히. 이건 반칙이에요!"

"……."

"심영 씨! 까딱 잘못하면 뒤통수가 박살이 나요. 뇌수는 튕겨져 나오고. 왜냐하면 내 솜씨는 아직 서툴거든요."

"……."

"꿩 먹고 알도 먹고, 도랑 치고 가재도 잡는 게 당신 소망인가 본데, 마음대로 되지 않을 걸요."

"……."

"그러니, 뭐야, 난 지금 친구를 판 사나이를 보고 있다는 얘긴가?"

"……."

"자, 어서 손을 들어요! 이건 당신이 모험을 즐긴 대가예요!"

"……."

4

내가 두 사나이에게, 살인교사범 심영과 그 공범 황철에게 찰칵 하고 수갑 채우고 돌아서는 그 순간에 나의 진정한 적수라 할 특별수사본부 형사팀이 왈칵 몰려왔다. 정확하게는 백지영이 이끄는 서울 특수수사 전담반의 정예요원들과 범 경위 휘하의 강력1팀 멤버들이었다. 서 경사와 세 명의 형사들.

이것이 승부를 겨루는 레이스라고 한다면 우사인 볼트처럼 내가 한발 앞섰고, 그들이 한 발 늦었다고 할 수 있다. 이걸 두고 간발의 차이라고 할 것이다. 하지만 승자와 패자는 엄연히 갈린다. 한 끗 차이로. 그들의 얼굴에 떠오른 표정은 각양각색이었다. 아연실색하는 사람에, 어안이 벙벙해하는 사람에, 찬탄의 빛을 감추지 못하는 사람에.

바야흐로 내가 골라인을 먼저 통과한 승자임을 확인하는 순간이라고 할 수 있었다. 누구보다도 백지영이 선수를 빼앗김으로써 느끼는 모멸감과 낙담에서 쉬 헤어나지 못할 것이었다. 지금도 벌린 입을 닫지 못하고 있다. 백지영은 아마도 바닥을 싹쓸이하는 저인망식 수사로 그녀가 애써 궁지에 몰아 넣은 범인을 내가 주웠다고 생각하고 있을 것이었다. 그것도 이삭 줍듯이. 아니면 덫에 걸린 제물을 가로챘다고.

그건 알고 보면 틀린 생각이 아닐 것이다. 특별수사본부의 형사진도 조직적인 탐문 수사를 통해 황철의 행적을 나름대로 파악하고 있었을 것이다. 말하자면 정석대로 수사를 해도 황철을 잡는 것은 시간문제였으리라. 많은 인원이 동원되었을 것이고, 주민 조직의 신고와 탐문 수사 결과 황철의 도주로를 알게 되었고, 그 도주로를 따라 점차 포위망을 좁혀왔을 것이 아닌가. 그 선봉장은 물론 서울 특수수사전담반을 지휘하는 백지영 경위였을 것이고, 범 경위가 이끄는 강력1팀도 늦을세라 그 대열에 동참했을 것이다. 수도 경찰의 형사진은 단연 유능했고 또한 기동성이 있었던 것이다.

"황철! 너는 포위되었다. 어서 손 들고 나와라. 이제 승부는 끝났어!"

백지영이 핸드마이크를 잡고 그녀의 극적인 대사를 외칠 D데이 H아워도 정해졌던 것이다. 그런데 내가 한 발 앞서 황철을 검거해서 무리들 앞에 나선 것이다.

얼마나 기가 찰 노릇인가.

기자들도 백지영을 우르르 따라왔는데, 그들의 카메라 플래시는 백지영을 향해서가 아니라 어느새 나를 향해 터지고 있었다. 이 또한 얼마나 황당한 일인가. 그 사람들 가운데 홍신자 기자도 끼어 있었는데, 소리 없이 다가와 내 어깨를 토닥거려주었다. 누구보다도 그녀의 말 없는 격려가 나를 뭉클하게 했다.

누가 말했던가. '지치면 지고, 미치면 이긴다'고! 하나 틀리지 않은 말이다.

나는 지체없이 두 범죄자의 신병을 시경 형사 진에게 인계했다.

"이번 사건은 말하자면 이들 두 사람에 의해 각색되고 무대에 올린 살인극이라는 것을 알아주면 좋겠네요."

나는 사건 개요도 간단하게 설명했다. 두 사람이 공모하게 된 계기와 그 동기에 대해서도.

"조사하면 다 알아요. 당신들 장기인 디지털 기기 분석과 복원도 빠트리지 말고요."

나는 모든 뒤치닥거리를 백지영에게 넘겼다.

"우선 황철을 병원으로 데려가야 할걸요. 우리 심영 씨께선 냉혹하게도 어제의 동지를 오늘은 사살하려 했어요. 그의 엽총으로요. 누구의 눈에도 그의 살인은 경찰이 입증하는 정당방위로 보였을 겁니다."

그리고 나는 퇴장의 대사를 읊었다.

"난, 이제 물러납니다. 잘들 해보세요."

이쯤되면 치열한 리턴매치에서 승리를 거두는 순간이었다.

내가 한껏 우쭐해하며 한 발짝 떼었을 때였다. 범 경위가 성큼 내 앞으로 다가서는 것이 아닌가. 그의 얼굴은 잔뜩 화가 나 있었는데, 결코 나의 공로를 칭찬하기 위해 다가서는 사람의 모습은 아니었다.

"이봐, 최선실, 죽으려고 환장했어?"

그가 격한 어조로 내뱉는 것이었다.

"오밤중에 무장한 살인범을 홀로 상대하다니! 그것도 두 사람씩이나. 여자의 몸으로 사자굴에 홀로 다가서다니 세상에 어떻게 이렇듯 무모할 수가 있나. 죽기로 작정하기 전에야. 황철이 몇 사람이나 살상했는지 알아? 지금 제 정신이 아니군. 다시는 이런 경거망동은 용납할 수가 없어. 알아들어?"

범 경위는 씨근덕거리기조차 했다. 단지 나의 무모함을 책망하는 말인지, 아니면 나를 아껴서 하는 말인지는 아리송하다. 대뜸 가슴 뭉클함을 느끼는 걸로 봐서는 아마도 그의 내심을 읽은 탓이리라. 그가 나에 대해 무관심하지만은 않았던 것이다.

나는 일순 고개를 떨어뜨린 채 아무 말도 못 했다. 늘 서운하기만 했는데, 이런 대접을 받다니. 흠씬 야단을 맞았는데, 뭉클함을 느낄 줄이야. 아이러니하다. 무관심에서 해방된 탓일 게다. 아니면 난 언제부터인가 이 사내를 가슴 한구석에 묻어두고 있었던 걸까.

"어서 가보라고."

잠시 후, 범 경위는 나를 해방시켜주었다.

나는 이윽고 서 경사에게로 걸음을 옮겼다.

"내 육감이 채찍질하네요. 한 여자를 만나봐야 한다고요. 그것도 다급하게."

나는 범 경위가 들을세라 서 경사에게 속삭이듯 말했다.

"한 여자라니?"

뜬금없이 던진 나의 말에 서 경사가 대뜸 되물었다.

"그래요. 한 여자가 있어요. 난 그 여자가 천사인지 사탄의 씨앗인지 전혀 분간할 수가 없는 거 있지요? 그래서 선배님의 도움이 필요해요. 딱 보면 알 수 있잖아요. 이번엔 무조건 나하고 같이 가줄 수 있지요?"

서 경사가 일순 주춤했다. 그가 범 경위의 눈치를 살폈으나 범 경위는 무표정했다.

"그래, 같이 가지, 뭘."

서 경사는 열린 자세로 나의 뜻을 따르려 했다. 그가 언제부터인가 나를 신임한다는 것을 나는 알고 있었다. 그래서 우리 두 사람은 나의 코란도로 사건 현장을 신속하게 벗어났다.

콘솔박스의 시곗바늘은 밤 9시 반을 조금 벗어나 있었다. 시내로 향해 고속 질주하는 우리는 가히 질풍노도처럼 회군하는 병사들과 흡사했다.

"이거, 어떻게 된 거야? 줄거리가 이상해졌잖아."

남태령 고개를 넘어 서울 도심으로 진입할 즈음해서 서 경사가 생각난 듯이 물었다. 느닷없이 심영을 진범이라며 내세웠으니 물을 것도 많을 것이었다.

"어떻게 되긴요. 내가 뭐랬어요? 서강그룹에 주목해야 한다고."

나는 운전대를 잡고 한 것 액셀러레이터를 밟으며 재빨리 대꾸했다.

"말이야 했었지. 하지만 숙부인 심준학 씨를 주목해야 한다고 했지, 언제 조카인 심영이 범인일 것이라고 했었나?"

"근데요……."

"근데?"

"언제부턴가 그게 흔들리더라고요. 그게 아마 7일 전에 장례식에 참석했을 때이지 싶어요."

"7일 전에? 누구 장례식에?"

"강준혁 씨 있잖아요, 심영을 대신해서 은행에 갔다가 봉변을 당한. 그 사람의 장례식에서 일말의 의혹의 씨앗이 움트더라고요."

"어떤 의혹이?"

서 경사가 다그치듯이 물었다.

"어쩐지 숙부와 조카 사이가 생각 이상으로 다정다감해 보이더라고요. 겉으로 보기엔. 내가 잘못 짚었나 싶더라고요. 근데, 죽은 사람의 미망인 있잖아요, 윤사라라는 이름의…… 졸지에 남편을 잃고 슬피 우는 여인!"

"그래서?"

"추위에 오들오들 떠는 그 여인이 그렇게 가련해 보일 수가 없었어요. 그렇게 청초해 보일 수가 없었고, 그렇게 아름다울 수가 없었어요. 그럴수록 엄청 가슴이 저며오는 거 있지요? 난 일찍이 그토록 아름다운 여인을 본 일이 없었어요. 그 여인에게 심영이 다가가 깊이 고개를 숙이며 조의를 표하더라고요. 두 사람이 짧은 대화를 나누는 모습을 잠깐 지켜봤어요."

"그게 뭐 어때서?"

"두 사람이 어울리는 연인들처럼 보였어요. 그것도 슬픈 멜로드라마의, 이를테면 금지된 사랑의 주인공들처럼요. 바로 그 순간 그 어떤 영감이 섬광처럼 떠오르더라고요."

"그러니 뭐야……."

"확신은 없었지만, 죽음의 덫이 마련된 은행으로 친구를 보내 죽게끔한 게, 이번 사건의 핵심이 아닐까, 하는 거였어요. 한마디로 아름다운 친구의 아내가 탐이 나서요. 그게 아니다, 그건 비약이다, 하고 부정하려 했지만, 그 의혹의 씨앗은 나의 내부에서 움트고 점차 자라기 시작하더라고요."

"흐음."

"심영을 감시하면 황철을 잡을 수가 있고, 모든 의혹은 풀릴 거라는 생각엔 변함이 없었지만요."

"으음."

"오늘 밤 그 해답을 찾았지만 씁쓸하네요. 자기가 살인자가 기다리는 곳으로 친구를 보냈노라고 자백하더라고요. 그것도 자진해서. 만사를 체념한 홀가분한 모습으로."

"설마하니, 그럴 수가. 어떻게 절친한 친구를."

"들어보세요. 지적으로 우수한 소수의 몇몇 사람은 일반 상식 위에 있다고들 하거든요. 다윗왕도 아름다운 이웃집 여인 밧세바를 품에 넣기 위해 그 여자의 남편인 우리아를 최전선으로 보내 전사케 했어요. 그 일로 여호와 하나님의 진노를 샀지만요."

"그것 참."

서 경사는 길게 개탄하는 것이었다. 아니면 찬탄하는 것인지 알 수 없었다.

"그러니 황철을 고용한 사람은 심영이었어요. 그는 결코 죽음의 덫에 다가설 뻔했던 사람이 아니라 죽음의 덫을 마련한 사람이에요. 난 이번에 친구를 판 한 사나이를 보았어요."

"비극이 따로 없군."

"황철은 살인을 청부한 사람한테서 돈을 받아야 했어요. 심영은 그가 고용한 살인자를 이 지구상에서 말살했어야 했고요. 언제 입을 벙긋하고 놀릴지 알 수 없었으니까요. 황철의 정체는 이미 탄로가 났고 체포

되는 것도 시간문제였고요. 그가 잡히는 날이면 심영은 골로 갈 게 뻔했고, 잡히지 않더라도 평생 자신을 위협하는 존재였어요. 황철은."

"흐음, 하필이면 경찰과 함께 있는 자리에서 범인을 말살하려 하다니. 미쳤거나 담이 크든가. 아니면 현대병인 이성적인 살인자든가."

"그 상황에서 황철을 사살하는 건 정당방위처럼 비쳐질 수가 있었어요. 그것도 경찰이 입증하는. 그가 부상당한 범인을 확인사살하려는 장면을 들키지만 않았던들, 난 그를 놓쳤을지도 몰라요. 그 사람, 황철을 재판에 넘기기 전에 제거하려 했어요."

"그렇게만 된다면 완전범죄라고 할 수 있지."

"아암, 완전범죄죠. 은행강도의 짓으로 보여도 좋았고. 숙부의 짓으로 보여도 좋았고요."

"으음."

"누구도 그 자신의 짓으로 보지 않으리라는 믿음이 있었어요. 심영은요. 잘못하면 덫으로 다가가 죽을 수도 있는 위치에 서 있었으니까요."

"……."

"그래도 난 설마 했어요. 마지막 순간까지. 절친한 친구의 등에 칼을 꽂으리라곤."

"……."

어기찬 인생의 한 단면을 엿보고 있어서인지, 우린 한동안 침묵의 늪에 빠진 채 아무 말도 나누지 않았다. 동작대교를 지나고 3호 터널을 벗어날 즈음해서 서 경사의 물음은 이어졌다.

"그나저나 어디로 가는 게지? 밤도 깊어가는데."

"우리더러 카스바로 가라 하네요. 그것도 빠를수록요. 한 여자가 멀리 줄행랑치거나, 스스로 목숨을 끊을는지 모른다고요. 그냥 나의 육감이에요."

"아니, 카스바라고? 생뚱맞게."

"선배님, 카스바라고 하면 뭐가 떠오르지요?"

"흐음, 〈카스바의 여인〉이라는 노래. 일본 노래도 있고 우리나라 노래도 있지."

"세계문화유산으로 등재되기도 한 카스바는요, 지중해에서 가장 아름다운 성곽도시로 이름나 있어요. 알제리에 있는. 혹시 〈망향〉이라는 영화 보셨어요? 애환과 낭만이 가득 찬 카스바를 무대로 한 1930년대의 작품."

"아암, 보았지. 올드팬이라면 놓칠 수 없는 프랑스 영화. 장 가뱅이 출연했었지. 부둣가에서 비극적인 최후를 맞이했었다고. 배는 떠나가고 죽어가는 주인공의 사랑하는 여인에 대한 외침은 뱃고동 소리에 묻히고. 그 애절했던 라스트신은 잊을 수가 없지."

"기억력이 좋으시네."

"지금 알제리에 간다는 얘기는 아닐 테고……."

"물론 알제리의 카스바는 아니고요. 서린호텔이 있는 무교동 교차로 뒷골목에 '카스바'라는 이름의 바가 있어요. 술 좋고, 음악 또한 좋고. 무엇보다도 아름다운 마담이 우릴 기다리고 있어요. '카스바의 여인'이라는 닉네임을 지닌 여주인이. 사람들이 언제나 그곳에서 한밤의 낭만을 즐겼다네요."

나는 띄엄띄엄 말문을 이었다.

"그러니 뭐야, 우린 무교동으로 가는 거네."

"네, 그래요."

"이 겨울밤에 낭만을 찾아가려는 건 아닐 테고."

"낭만하고는 거리가 멀죠. 우린 또 한 사람의 살인자를 찾아가는 거니까요?"

"살인자?"

"용의자라고 해도 좋고요. 누구냐 하면……."

"누군데?"

"윤사라라는 이름의 여자! 바로 묘지에서 눈물짓던 아름다운 미망인. 내가 말했었지요? 그렇게 청초할 수가 없었고, 기품이 있을 수가 없었다고. 난요, 그 여자가 정부(情夫)와 짜고 남편을 저세상으로 보냈다고 보거든요."

"저런!"

"뭘 새삼스럽게 놀라죠. 이건 말예요, 역사적으로 여자가 오랫동안 해왔던 일이에요. 남편의 술잔에 소리 없이 비소(砒素)라는 이름의 독약을 타는 일 말예요. 도끼를 휘두르기도 하고요. 그런 맥락에서 보면……."

"여자가 못 하는 말이 없군."

"어쩌겠어요. 오랜 세월 되풀이된 패턴인걸요. 조심하세요. 여자라고 깔보지 말고."

"그럼, 뭐야, 여자도 알고 있었다는 얘기야? 심영의 계획을. 남편을 살해하려는 계획을."

"알고 있었다고요? 아니죠. 여자가 계획했을걸요."

"설마."

"슬픈 아내의 역할을 한대서, 눈물을 흘린다고 해서 다 결백한 건 아니죠."

"증거라도 있나? 여자를 교수대에 세울 만한……."

"아직은요."

"심증만 있을 뿐 증거는 없다는 얘기군."

"네. 솔직하게 말해서 아직은…… 하지만 여러 정황은 있어요."

"어떤?"

"심영이 얼핏 하는 말이 윤사라는 이번 암살에, 그래요, 이건 일종의 암살이죠, 아무 관련이 없다고 언급하더라고요. 이상하잖아요. 묻지도 않았는데, 의심조차 하지 않았는데, 뜬금없이 강조하더라고요. 도둑이 제 발이 저린 거죠."

"흐음."

"장례식에서 두 남녀가 짧은 순간이지만 대화를 나누었어요. 그때부터 의혹의 씨앗이 싹트기 시작했던 것 같아요."

"그야……."

"방송국 카메라가 그 찰나적인 장면을 포착하더군요. 그들이 무슨 대화를 나누었는지 알아봐달라고 부탁했어요. 국과수에도 의뢰했고요. 근데 목소리는 거리가 있어 녹음이 잘 되지 않았나 봐요."

"그럼, 헛수고네."

"하지만 입술의 놀림을 포착할 수 있었나 봐요. 독순술(讀脣術)! 아시죠? 소리는 들리지 않아도 입술의 놀림을 보고 무슨 말을 하는지 알 수 있는 기술! 그걸로 금세 알아봐준다고 했으니 기다려보죠."

"그건 하나의 도박이네. 그것도 가능성이 희박한…… 단순한 조문일 수도 있는데. 하지만 현장에서 발견한 이삭은 아무리 작은 것이라도 주워야겠지."

서 경사는 심정적으론 부정적이었지만 나는 지푸라기에라도 매달리고 싶은 기분이어서 그에 집착했다. 무엇보다도 나는 나의 직감을 믿었다.

"암시적인 게 또 하나 있어요. 뭐냐면……."

"뭔데?"

나에 대한 믿음이 있는 것일까, 서 경사는 내 말을 경청하려 했다. 그 자세가 고마웠다.

"내가 그사이 윤사라에 대해서 좀 알아봤어요. 그 여자, 알고 보니 연극인이더라고요. 희곡도 쓰고, 무대에 서기도 했고요. '사라 윤'이라는 이름의 연극배우로 알려져 있었고요."

"흐음, 사라 윤이라!"

"심영도 한때 연극인 지망생이었다는 건 아시죠? 두 사람의 공통분모라고 할 수 있어요. 대학로의 무대에 함께 선 일도 있고요. 그 당시 이미 금지된 사랑을 나누는 사이였는지 모르죠. 혹시 〈레이디 맥베스〉를 알아요?"

"흠, 조금은 알지, 레이디 맥베스는. 그 여자가 말이야, 남편 맥베스를 충동해서 모반을 도모했었지. 맥베스로 하여금 칼을 들게 해서 던컨 왕을 살해하고 모반엔 성공했지만, 그래서 왕좌는 차지했지만, 끝내는 죽음으로 마감한 비극의 여인! 스스로 목숨을 끊었다던가. 대학로에서 공연도 했었지, 아마."

서 경사는 좋은 제자답게 성실하게 답변했다.

"좋아요. 훌륭하게 답변했어요."

나는 우선 칭찬했다. 그러곤 말을 이었다.

"두 사람이, 윤사라와 심영이 함께 〈레이디 맥베스〉에 출연한 적이 있어요. 그때 여자가 남자의 귀에 대고 속삭였는지 몰라요."

"나 참, 별 이야기를 다 갖다 붙이네. 요는 심증이 간다는 얘기겠지.

윤사라가 너무나 아름답기에."

"아름다운 여자가 잔혹하다고요. 무얼 모르셔."

"알았어. 우리 한번 부딪혀보자고."

"그리고 또 하나의 공통점이 있어요. 선한 사마리아 사람처럼 착해 빠졌다는 점이에요. 두 사람 다요. 아이러니하게도."

"그게 그렇더라고. 세상 살아보니 사람들이란…… 무차별 총질하는 묻지 마 살인범에 대해서 동네 사람들이 뭐라는지 알아? 원래 참한 젊은 친구였었다고."

"사근사근하고요?"

"그렇다더군."

"우리 서둘러요. 그 여자가 스스로 목숨을 끊기 전에. 레이디 맥베스처럼요."

우린 어느새 무교동에 당도했고, 교차로 대로변 아스팔트 길에 차를 세웠다. 불 밝힌 경광등을 차 지붕 위에 올려놓고는 세 번째 골목길로 접어들어 '바, 카스바'의 문을 두들겼다.

밤 10시 반.

희미한 등불 빛 탓일까, '바 카스바'는 아늑했고 정일(靜逸)한 느낌을 주었다. 늦은 시간이라고 할 수 없었으나, 겨울철의 스산한 밤이어서인지 여느 손님은 눈에 띄지 않았고, 흘러나오는 노래가 구슬펐다. 가만히 들어보니 자명스님이 불러 '너무 슬퍼 눈물이 나온다'라고 하는 노래 〈어디로 가야 하나〉였다. 어디로 가야 하나 어디로 가나. 실안개 피는 언덕 너머 흔적도 없이 어디로 가야 하나 어디로 가나. 밤은 깊고 설움 짙어 달빛도 무거운데 가다 보면 잊을까 넘다 보면 잊을까…… 윤사라가 즐겨 듣는 노래이지 싶었는데, 그녀의 지금의 심정을 대변해주는 것만 같다.

노래의 볼륨을 낮추며 윤사라가 우릴 맞아주었다. 나는 그녀에게로 다가갔고, 서 경사는 다른 좌석을 찾았다.

"어머, 최선실 씨, 어서 오세요."

카스바의 여주인 윤사라가 깍듯이 나를 반겼다.

"윤사라 씨, 나를 아세요?"

제대로 인사도 나누지 못한 채, 나는 그녀가 나를 알고 있다는 사실에 놀라워했다.

"장례식에서 먼발치에서나마 뵈었어요. 게다가 오늘날 모두의 우상이신걸요. 최선실 씨는."

그렇다고 해도 좀처럼 믿기 어려운 얘기다. 아무래도 각별한 관심을 지니고 있었나 보다. 무엇 때문이었을까.

"자, 이리 오세요."

그녀가 나를 에스코트한 곳은 구석진 곳에 마련된 라운드 테이블이었다. 갓등이 밝혀져 있어 그다지 어둡지가 않았다. 우린 이윽고 마주하고 앉았다.

기품 있고 아름답고 성숙한 여인! 용모와 스타일이 세련되고 멋지다. 한마디로 시크하다. 그 이상의 수식어는 필요 없지 싶었다. 다만 그 얼굴이 결 고운 검은 머리카락과 대조적으로 지금은 백자만큼이나 창백하다. 슬픔을 다스리기엔 아직 많은 시간이 필요하리라. 니트의 롱 카디건을 걸쳤는데, 아이보리 색깔이다.

"기다렸어요. 한 번은 찾아오실 것 같아서."

윤사라가 입을 떼었다. 목소리도 곱다.

"어머, 그러세요? 왜죠?"

그러고 보니 윤사라는 이제나 저제나 하고 나를 기다리고 있었던 것이다. 저승의 차사라도 기다리듯이.

"용인 공원묘지에도 찾아주었으니까요."

"아, 네……."

"무얼 좋아하시는지?"

윤사라가 물었다. 바로 그때 숄더백에서 나의 스마트폰이 울렸다. 운명의 순간! 나는 그런 것을 느꼈다. 나는 상대방이 전하는 메시지를 침묵 속에 들었다. 메시지는 간결하고 명료했다. 나는 백 속에 핸드폰을 쑤셔 넣고 윤사라를 향해 가만히 미소 지었다. 그러고는 차분하게 말했다.

"어떡하나? 나쁜 소식을 갖고 왔는데, 그것도 두 가지씩이나. 사라 씨, 먼저 내 얘기부터 들어주시죠. 칵테일은 나중에 들기로 하고요."

윤사라와 술을 나눌 이유도 길게 대화할 필요도 없었다. 그건 악취미다. 나의 말에 그녀의 얼굴에 대뜸 어둠의 그늘이 드리워지는 것을 볼수가 있었다. 짙은 음영이.

"심영 씨가 방금 전에 체포되었어요. 절친한 친구를 총탄이 빗발치는 곳으로 보내 죽게끔 한 혐의로. 이것이 첫 번째 소식이에요. 누가 뭐래도 사라 씨는 심영 씨로 해서 자유를 얻었어요."

나는 이젠 직설적으로 말했다. 에둘러 말할 필요가 뭐 있겠는가. 그게 오히려 잔인하다.

"그 사람, 모든 걸 순순히 자백했고요. 다만 부인과는 공모하지 않았노라고 강조했어요. 사라 씨하고는. 그 지나친 강조가 마음에 들지 않았지만요."

내가 연이어 던진 말에 윤사라는 말문을 닫은 채 다만 입술을 짓씹고 있다. 그리고 다음 순간 그녀의 두 눈에서 눈물이 주르륵 흘러내렸다. 누굴 위한 눈물일까?

우리 사이에 짧은 침묵의 시간이 흘렀다.

"그 사람이 완강하게 부인했는데, 그럼에도 불구하고 나를 찾아오셨군요. 그러니 나도 경찰의 타깃인가요?"

먼저 침묵을 허문 사람은 윤사라였다.

"그래요. 그것이 내가 두 번째로 전달할 메시지예요. 난 사라 씨를 추적할 가치가 있는 표적으로 보거든요."

"어쩜. 나한테도 흥미를 느끼시다니."

"내가 밤늦게 단순한 흥미로 카스바를 노크했을까요? 사라 씨를 법정에 세울 만한 아무 확신 없어요."

또다시 우리 사이에 침묵의 시간이 흘렀다. 윤사라는 석고상처럼 표정이라곤 없다.

"내가 방금 전화를 받은 건 아시죠? 결정적인 단서에 대한 국과수의 해답이에요."

내가 말했다.

"뭘 말하고 싶은 거죠?"

아름다운 용의자가 물었다.

"그거 아세요? 독순술이라고."

내가 오히려 반문했다.

"네, 알아요. 그것은……."

그녀가 짧게 대꾸했다.

"내 말은요, 국과수가 방금 입 모양으로 무슨 말을 하는지 읽을 수 있는 독순술로 두 사람이 묘지에서 어떤 대화를 나누었는지 알아냈다는 얘기죠. 심영 씨와 사라 씨가."

"아, 네."

"추운 날의 삭막한 장례식에서, 영화의 한 장면과도 같은 그 신에서, 죽은 사람의 친구와 죽은 사람의 아내는 어떤 대화를 나누었을까요?"

"……."

"직업적인 흥미로 묻는데요, 어떤 대화를 나누셨지요?"

"……."

"사라 씨, 내가 당신이라면, 이 지경에선 먼저 실토하겠어요."

"……."

"그럼 내가 일깨워드릴까요? 두 사람의 그 짧았던 만남과 대화를. 베일에 가린 진상을 밝히는 결정적인 열쇠죠."

"……."

"좋아요. 그럼 내가 말하죠. 남자가 준비한 대사예요. '이렇게 막을 내릴 수밖에 없었다니, 유감이오. 내가 아마 천벌을 받을게요.' 이 말, 기억하죠?"

"……."

"사라 씨는 뭐라 대꾸했죠? '어쩌겠어요. 우리 모두의 피할 수 없는 숙명인걸요.' 아주 간결하고 무덤덤한 대사였어요."

내가 뭐래도 윤사라는 아직 말이 없다. 목이 타는지 탁자 위에 놓인 냉수 컵을 집어 들더니 들이켤 뿐이다. 앳된 웨이트리스가 조신하게 다가와 그 컵에 물을 채워주고 있었다. 이젠 그녀가 변명이든, 항변이든, 말을 할 차례여서 나는 입을 닫았다.

"그 말들이 꼭 살인을 공모한 사람들의 대화로 들리시나요? 그렇게 해석할 수밖에."

윤사라가 입을 떼려 했다.

"그럼 어떻게 해석해야 하나요?"

"어기찬 상황에 처한 사람들이 스스로를 책망하는 말일 수는 없을까
요?"

"어쩌면요."

나는 일단 순순히 시인했다.

"하지만 심영 씨는 체포되고 자백을 했어요. 자신의 손에 친구의 피
를 묻혔노라고. 따라서 자신은 유죄라고. 그럼 사라 씨는 알지 못했다
는 얘긴가요? 따라서 무죄라는 건가요?"

내가 물었으나 그녀는 대꾸가 없다.

"사라 씨, 다윗 왕이 누군지 아시죠?"

나의 뜬금없는 물음.

"다윗 왕? 그야 알 만큼 알죠. 이스라엘의 전설적인 왕! 누구보다도
드라마틱한 일생을 보냈을걸요."

윤사라가 금세 대꾸했다.

"그럼 이것도 아시겠네. 다윗 왕이 이웃집 여인에게 홀딱 반해서 그
여인의 남편을 전선으로 보내 전사케 한 일도요. 여인의 이름은 밧세
바. 그 여인의 남편 이름은 우리아. 밧세바는 다윗 왕의 계략을 알지 못
한 걸로 나는 알고 있어요. 나의 질문의 핵심은 이거예요. 사라 씨도 심
영 씨의 계획을 알지 못했었다는 얘긴가요? 절친한 친구를 살인자가
기다리는 은행으로 보내 죽게 한 계략을. 그래서 밧세바처럼 결백하다
는 건가요?"

윤사라는 다시금 입을 굳게 닫고 있다.

"홀로 살고 싶으신가요? 사랑하는 남자는 단두대로의 길도 마다하지 않는데."

그건 잔인한 질문이었다.

"그렇게 받아들이셨군요."

"그럼 어떻게 받아들여야 하죠?"

"직설적으로 묻죠. 나한테서 무얼 원하죠?"

"진실."

잠시 그녀는 입을 닫고 있었고 나도 입을 다물었다.

이윽고 그녀가 말문을 열었다.

"내가 이 지경에 왜 거짓말을 하겠어요. 솔직하게 얘기하죠. 문득문득 이 사람이 옆에 없었으면 하고 마음속 한구석에서 바랐는데, 그래서 심영 씨가 오래전부터 살의를 잉태하고 있는 것을 알고도 모른 체했는데, 아니 적극적으로 레이디 맥베스처럼 충동하고 도발했는지도 모르는데. 난 지금 어물쩍 발뺌하려는 건가요? 하나님 앞에 서면 살인자인 주제에."

윤사라는 주섬주섬 자신의 심경을 털어놓는 것이었다. 여자가 오래전부터 죄책감에 시달려왔는지 모를 일이었다. 조금이라도 이성이 남아 있다는 증좌일까. 좋게 보면 여자는 몰랐고, 나쁘게 보면 여자는 알았을 뿐만 아니라 사내한테 악마적인 속삭임을 불어 넣었을는지 모른다.

"법 앞에 서도 무죄일 수는 없지요, 살인을 부추겨도 살인죄와 똑같이 취급되죠. 이른바 살인교사죄. 모든 판단은 판사의 몫이지만. 우린 단지 범죄의 혐의가 있으면 조사합니다. 경찰의 안경으로 보면 당신은 유력한 용의자예요."

나는 쐐기를 박듯 말했다.

"아, 그런가요? 그렇담 난 이제 어떡해야 하죠?"

"알죠? 뿌린 대로 거둔다는 사실을요. 자, 이제 우리와 함께 가주시지요."

"어머, 그렇담 어서 가죠. 수갑을 채우고 싶으면 채우고요. 법정에 세우고 싶으면 세우시고. 결코 원망하지 않을 겁니다."

윤사라는 자리에서 일어나며 자신의 가혹한 현실 앞에 초연하게 순종하려는 자세를 보였다. 티끌만큼의 몸부림도 없다. 무겁게 짓누르던 짐을 내려놓을 때처럼 홀가분해하는 모습이다. 심지어 입가에 설핏 웃음마저 흘리고 있다. 나는 그녀가 지금 불편한 진실과 마주하면서 천사와도 같은 모습을 하고 있다는 것이 영 마음에 들지 않았다. 그녀는 서슴없이 두 손을 내밀었다. 바야흐로 줄타기를 포기하려는 순간처럼 보였다. 그러자 서 경사가 다가왔다. 아름다운 미망인에게 수갑을 채우는 건 그의 소임이었으나, 그는 다만 그녀의 어깨를 감싸고 있었다.

"우린 다만 임의동행을 바랄 뿐입니다."

신산(辛酸)한 삶을 살아온 탓일까, 서 경사의 얼굴에 박행(薄行)한 여인이 아무 저항도 하지 못하고 무너져가는 모습을 측은해하는 빛이 감돌았다. 그는 그녀가 겨울 패딩코트를 걸치는 것까지 거들어주고 있었다. 다정도 병이런가. 과잉 친절이긴 하지만 매정하게 구는 나와는 사뭇 대조적이다.

우린 일행은 바 카스바를 뒤로하고 네온사인이 반짝이는 무교동 교차로 대로변에 섰다. 윤사라는 일순 지축을 흔들며 무섭게 질주하는 눈앞의 차량의 물결에 눈길을 고착시키고 있었다. 헤드라이트 불빛이 도시의 아스팔트 길을 훤히 밝히고 있다. 다음 순간 윤사라는 밤하늘을 처다보는 것이었다. 밤하늘엔 무수한 별빛이 찬연히 빛나고 있었다. 찬란한 성좌!

찬바람이 불어와서일까, 윤사라는 옷깃을 여미고 있다. 몸도 떨고 있다. 아스팔트 도로변에서 서성이는 여인! 지금 그녀의 머리를 짓누르는 생각은 무엇일까?

우린 이윽고 나의 차에 함께 오르려 했다. 이때까지는 좋았다. 밤길을 동행하는 친숙한 사이처럼 보였으니까.

"잠시만요. 집에 전화 한 통만 하게 해주세요."

윤사라가 청했다.

"그러세요."

서 경사가 선선히 동의했다. 그러자 윤사라는 한 걸음 물러서며 그녀의 스마트폰을 끄집어내 통화하는 것이었다.

"아가야, 엄마다."

나는 그녀의 마지막 통화를 무심히 귓전에 흘렸다. 다만 억새풀 일렁이는 황량한 묘지에서 스산한 겨울바람에 오들오들 떨던 어린 여자아이의 실루엣이 영상처럼 떠올랐다.

"미안하다. 지나야, 정말 미안하다. 엄마는 아빠한테 고백할 말이 있거든. 그래서 하는 말인데⋯⋯."

이때만 하더라도 우리에게 위기의식이 별로 없었다. 그냥 눈앞에 가련한 오필리아가 서 있다는 느낌뿐이었다. 그리고 아이 이름이 지나라는 사실을 확인했을 뿐이었다.

"엄마는 지금 당장 아빠한테로 가야 해. 꼭 가야 해. 아가야, 미안하다. 미안하다. 나는 아빠를 정말 사랑했다. 이것만은 믿어다오."

우리가 비로소 위기의식을 느끼고 윤사라에게로 돌아섰을 땐 이미

한 발 늦었다고 할 수 있었다. 그녀는 스마트폰을 손에 움켜쥔 채 도약하고 있었다. 무교동 교차로 아스팔트 길을 질주하는 차량의 행렬 속으로. 아니 폭주하는 바로 눈앞의 대형 트럭을 향해서.

"아듀! 내일 없는 낙원이여! 나, 다시는 돌아오지 않으리."

윤사라의 이승에서의 마지막 절규!

다음 순간 내가 들은 것은 트럭이 급브레이크를 밟는 파열음 같은 소리였고, 내가 본 것은 달려오는 트럭에 몸을 던진 여자가 저 멀리 튕겨지는 모습이었다. 그리고 그녀가 손에 쥐고 있었던 스마트폰이 하나의 원을 그리며 공중으로 치솟는 광경이었다.

과연 이것이 삭풍이 휘몰아치는 인생의 교차로에서 방향을 잃고 서성거렸을 여인의 숙명인 걸까. 모진 인생이다.

"어서 구급차를 불러요! 우린 저 여자를 살려야 해!"

나는 일종의 패닉 상태에 빠져 경황없이 되풀이할 뿐이었다.

잠시 후 윤사라는 앰뷸런스에 실려 서울대 응급실에 당도했고, 의료진의 응급처치를 받았다.

"부디 이 여인을 살려만 주세요."

나는 의료진에 애원했다. 중상을 입긴 했지만 실낱같은 희망은 있다고 했다. 여자가 모질어도 보통 모진 게 아니다.

그리고 얼마나 시간이 흘렀을까.

"만에 하나라도 여자가 살아나지 못하면 자네들 문책감이야. 특히 최선실은 옷을 벗어야 할걸."

서장이 한 말을 누가 전해주었다.

"에구머니나!"

나는 언뜻 실감으로 다가오지 않았다. 불운은 남의 일로만 생각했었다.

"이번엔 서장이 좋은 패를 쥐고 있네. 지난번 패배에 얼마나 속이 쓰렸을까. 확실하게 작살낼걸."

서 경사의 넋두리. 그는 공로보다는 잘못이 훨씬 큰 것임을 일깨우려 했다.

"작살 내야 한다면 내가 아니죠. 선배님이죠. 어디까지나 선임자인데."

"나는 어디까지나 덤이라고. 최선실이 미운 게야. 근데 이건 누가 뭐래도 벌점을 받아야 할 치명적인 실수고, 문책감이라고. 그러고 보니 외통수에 몰렸네."

"오메! 환장하겠네. 이 무슨 업보람."

아마도 서장뿐만 아니라 모두가 들고일어날 것이다. 누구보다도 한솥밥 먹는 동료들이. 최선실을 추방하라고. 그들의 소리 없는 아우성 소리가 들려오는 것만 같다. 촌년이 설쳤으니 배가 아픈 것이다. 특진은 약속되었다고 하지, 상금은 두둑하다고 하지. 그들은 내가 아작 깨지는 것을 소원하는 처지다. 허구 세상인심 야박하기 마련이다.

과연 그들은 트럭 앞에 몸을 던진 여자가 죽지 않고 살기를 바랄까?

"에라, 까짓것 옷 벗는 것쯤이야. 살다 보면 코너에 몰리기도 하잖아요. 사람이 죽고 사는 문제인데, 너무 쫄지 마요."

나는 제법 큰소리쳤는데, 허망했다. 바야흐로 눈앞에 장밋빛 꿈이 펼쳐지려 했는데, 신기루처럼 순식간에 사라지고 있다. 인생은 놀라움의 연속이라지만, 정말이지 한 치 앞을 보지 못하는 삶이다. 비상했다 싶었는데, 기다렸다는 듯이 바닥까지 추락하는 신세. 희망찬 새해도 코앞에 다가오는데, 타이밍은 꽝이고, 팔자는 끝내준다. 여자가 막무가내로 치달을 줄 누가 짐작이나 하겠는가.

"설혹 삶이 고단해서 감옥으로 느껴지더라도 포기하지 말라고 했는데, 여자가 너무 쉽게 포기하네."

서 경사가 혼잣말처럼 중얼거렸다.

"어쩌겠어요, 이건 그 여자의 선택인걸. 거부할 수 없다면 수용할 수밖에. 어떤 철학자의 말처럼 우린 '던져진 인생'인걸요."

나도 중얼거리듯 말했다.

또 얼마나 시간이 지났을까. 수술 시간이 꽤나 길다.

"누가 이런 말을 했었지."

서 경사가 지루함을 달래려 말문을 열었다.

"삶이 고통스러워도 사랑하라고. 눈물 속에서도 삶은 좋은 것이라고."

"기똥찬 말이네. 누가 그랬는데요?"

내가 물었다.

"러시아의 문호 도스토옙스키의 말이라던가."

"아, 네, 사형선고를 받고 형장에 끌려갔다가 형집행 5분 전에 사면받은 사람 말이군요."

"그냥 들은 풍월이오."

"자, 이제. 우리 조금만 더 기다려보자구요. 그치지 않는 비는 없다고 했으니 안달복달하지 말고. 좋은 소식이 올 테니까."

아니나 다를까, 기다리던 소식이 전해지는 것이었다.

"한 달쯤 뒤엔 이 여인을 법정에 세울 수 있을 겁니다. 바라시는 게 그거라면요."

병원 복도에서 서성이는 우리에게로 다가서며 던진 담당 의사의 말이 어쩐지 가시가 돋쳐 있다. 아무려나 윤사라는 목숨을 건진 것이다. 나한테는 하나의 요행이지만, 그녀에게도 질긴 목숨이 요행일까.

그나저나 그녀는 무엇 때문에 자신의 하나뿐인 목숨을 서슴없이 던지려 했을까? 내가 보기엔 윤사라는 우리아 장군의 아내 밧세바처럼 결백할 수도 있었다. 근데 왜 굳이 죽으려 했을까? 그것도 가장 모진 방법으로. 그때, 그 자리에선 그 선택밖엔 없었을까. 1차 세계대전을 배경으로 한 영화 〈애수〉에서 비비안 리가 그러했던 것처럼. 라스트 신에서 그녀는 밤안개 자욱한 워털루 브리지에서 적십자 마크도 뚜렷한 군용 트럭에 몸을 던졌고 목숨을 잃었다. 우리 엄마가 그렇게 좋아할 수 없었던 예전의 좋았던 시절의 영화. 누가 자살도 일종의 로맨티시즘이라고 했던가!

우린 잠시 말문을 잃은 채 침묵 모드로 일관했다.

"자신의 결백을 입증하기 위해 한강 다리 위에서 뛰어내린 남자가 있었지. 북한산에 올라 목을 맨 사람도 있었고. 사는 게 제아무리 녹록지 않더라도 한 번밖에 없는 삶인데, 오죽하면 그럴 마음 다 먹을까."

서 경사가 주섬주섬 말문을 열었다. 그는 어쩐지 여자가 결백했으면 하는 눈치다.

"자신의 범죄가 발각되자 그 순간 청산가리 캡슐을 깨문 여자도 있어요."

나도 한마디 거들었다.

과연 여자는 밧세바처럼 알지 못했으므로 결백한 걸까? 아니면 레이디 맥베스처럼 남자를 충동했으므로 유죄일까? 그래서 그 여자처럼 자결하는 걸로 인생을 마감하려 했을까?

"오죽하면 자신의 목숨마저 내던졌을까. 비록 결백했을지라도 윤사라는 모든 것을 상실했기에, 그리고 너무나 지쳤기에 미련 없이 이 세상과의 모든 인연의 사슬을 끊으려 했을 게야. 그러니 이승이 다가 아닌 게지."

윤사라의 모진 선택에 대한 서 경사의 결론 비슷한 말.

그래, 그럴는지도 모르지. 얼마나 많은 사람이 자기 자신이 만든 암울한 감옥에서 탈출하려고 했던가.

'아듀! 내일 없는 낙원이여! 나, 다시는 돌아오지 않으리.'

소망의 등불은 이미 꺼지고 내일도 기약할 수 없는 암울한 미래상(Dystopia) 앞에서 울부짖던 사라의 절규가 귓전에서 맴돌며 여간해서 지워지지 않는다. 삶이 얼마나 허망하고 부질없게 느껴졌을까! 영화 〈돌아오지 않는 강〉에서 마릴린 먼로가 노래했던가? No return! No return! 하고.

그나저나 질긴 생명을 다시 부지하게 되었으니 앞으로 황량한 이승에서 속절없이 살아갈 그녀를 기다리는 것은 무엇일까. 법정에 설 것이고, 재판 과정을 걸쳐 무죄 석방될는지도 모르고, 교도소라는 이름의 높은 담장 속에서 까마득한 세월을 춥고 외롭고 지루한 삶을 기약 없이 보내게 될지도 모른다. '따분해서 먼저 떠납니다. 나는 충분히 오래 산 것 같습니다.' 영화배우 조지 샌더스처럼 쉽사리 스스로 목숨을 끊을 수도 없고. 어떤 사람에겐 사형제도는 마지막 자비라고 할 수 있다.

"먼 훗날 영화 〈만추〉의 여주인공처럼 가석방의 날도 올 것이고, 그 여자에게도 뜻하지 않은 로맨스가 기다리고 있을는지 모르지. 좋게 생각해요."

서 경사의 긴 한숨 섞인 말.

"어느 천년에요?"

"사노라면. 거친 들 지나, 높은 산을 넘고 넘어!"

"기회가 오면 그 여자, 망설임 없이 청산가리 캡슐이라도 삼킬걸요. 누가 뭐래도요. 사는 게 황홀하다고들 하지만요."

나의 인정머리라곤 없는 사무적인 대꾸. 그러고 보니 서 경사는 감상적인 일면이 있는데, 나는 메마르다.

"가다 보면 잊을까 넘다 보면 잊을까 인생 고개 넘어 넘어가다 보면 잊을까."

서 경사가 〈어디로 가야 하나〉의 끝 소절을 흥얼거렸다. 어디에선가 풍경 소리가 고즈넉이 들려오는 것만 같다.

이윽고 우린 악몽 같기만 한 기나긴 금요일 밤을 넘기려 했다.

5

은행 무장 강도범 황철을 검거한 공로로, 거기에 킬러를 고용한 주범과도 같은 사나이도 잡고 보니, 영락없이 현상금은 나에게 몽땅 돌아오게 되었다. 현상금은 무려 5천만 원이다. 이 얼마나 거금인가! 그리고 따로 나눌 동료도 없었다.

금상첨화격으로 나는 다시금 특진하게 되었는데, 경위로의 이번 특진은 의미하는 바가 달랐다. 달라도 보통 다른 게 아니었다. 군대로 치면 장교로 임관하는 것이나 같다. 고진감래라는 말을 실감하는 순간이었다.

그런데 소갈머리없게도 나의 특진을 반대하고 나선 사내들이 있었다. 물론 경찰 내부에서다. 그 선봉장격의 인물이 시경 강력계의 하 경감이려니 했는데, 그렇지가 않다. 아니면 간특한 영감이 뒤에서 조종이라도 하는 걸까.

"그 여잔 특별수사본부를 이탈해서 독자적으로 행동했어요. 그 여잔 현상금만 노렸습니다. 지금까지 모은 돈만 하더라도 엄청나죠. 차제에 잘못된 버릇은 고쳐야 합니다. 그런 풍토는."

보아하니 그들을 배 아프게 한 것은 내가 그사이 수중에 넣은 짭짤한 현상금 탓이지 싶었다. 이 추운 겨울철에 그들의 호주머니엔 땡전 한 닢 없는 처지다.

그러나 그들의 외침은 메아리 없는 외침이었다. 그리고 아무리 아우성을 친들 어쩌랴. 일국의 대통령이 약속한 것임을.

나는 마침내 경위 계급장을 달았다. 그것도 대통령을 대신해서 국무총리가 고위 경찰 간부들이 배석한 가운데 손수 달아주는 경위 계급장을,

"최선실 경위, 축하해!"

누구보다도 백지영의 아버지이기도 한 서울 청장이 내가 그의 체면을 세워서인지 나의 손을 잡는가 싶더니 포옹까지 하는 것이었다. 나는 이미 경위 계급으로 호칭되고 있었다. 이 모든 광경을 신문과 방송국마다 경쟁적으로 카메라에 담고 있었는데, 거창하게 말해서 대중이 기다리는 오늘날의 우상으로 부각될 것이었다.

나는 총리 전용 식당에서 총리와 함께 점심도 나누었다. 나는 다음엔 청와대에서 그 유명한 칼국수를 먹으리라 다짐했다. 지금은 세월도 흘러 그 메뉴가 살아 있지는 않을 테지만.

총리와의 오찬엔 경찰 고위 간부들뿐만 아니라 나의 직속상관인 종로경찰서장과 수사실무 지휘자격인 하 경감도 말석을 차지하는 영예

를 안았다. 그렇게 두렵고 먼 존재처럼 느껴졌던 그들의 존재가 오늘만
큼은 그렇게나 희미할 수가 없었다. 그들은 자주 머리를 조아리며 앉아
있었다.

총리는 오늘의 점심시간이 즐거운 듯했다. 하긴 오늘의 초대손님이
화제의 여성이 아니던가.

"최 경위, 어디로 가고 싶지? 노른자위 경찰서도 좋고, 외국에 나가
고 싶으면 그것도 좋아요. 도쿄나, 뉴욕이나…… 영어도 잘한다고 들
었는데."

총리는 이 자리에서 아예 새로운 보직도 결정하려 했다. 나는 적이
당황했다. 나로서는 현명한 답변을 하지 않으면 아니 되었다.

"종로서에 그대로 남아 일하고 싶습니다. 아스팔트 체질이어서 일선
에서 활동하는 게 소망입니다."

나는 여자다운 겸손하고 음전한 자세로 대꾸했다.

"그래요? 그렇담 종로서장에게도 부탁해야 할 것 같군요. 이만수 서
장께서 최 경위가 원하는 보직을 주도록 하세요. 일선 지휘관의 자리
를."

"명심하겠습니다."

서장은 한결 머리를 조아리는 것이었다. 총리가 자신의 이만수라는
이름마저 기억하고 있으니 더욱 그러할 것이다.

총리와의 점심을 끝내고 퇴장하려는데 하 경감이 나한테로 성큼 다
가왔다. 이 양반, 파주 근교 두메산골 출신으로 순경에서 시작했다고
듣고 있는데, 같은 산골 출신에게 그렇게 모질 수가 없다. 그런데 뜻밖
에도 오늘은 나를 감싸며 피붙이처럼 살갑게 등을 토닥여주는 게 아닌
가. 이젠 나의 역량을 알아주어서일까, 아니면 아등바등 발버둥치는

촌년을 측은하게 생각해서일까. 잠시 눈시울이 뜨거워졌다.

얼마 후 서에 돌아와보니 나에게는 강력팀장 자리가 기다리고 있었다. 브라보! 나는 속으로 환성을 질렀다. 그것은 꿈의 실현처럼 느껴졌다. 바야흐로 우리나라에서도 여성 강력팀장 제1호가 탄생하는 순간이었다. 그것도 경찰 업무의 꽃이라고 할 강력사건을 다루는 일선 지휘관이시다. 이거, 살맛 나는걸!

내가 마음속 깊은 곳에서 쾌재를 부르짖지 않았다면 그것 거짓말이다. 그런데 알고 보니 강력1팀장 자리라는 게 아닌가. 서장이 알아서 기는 듯했으나 나는 적이 당황했다. 기쁨보다는 낭패감이 앞섰다. 범 경위의 자리를 빼앗은 것이다. 범 경위가 어디 보통 사내인가. 내가 마음속 깊은 곳에 점을 찍어놓은 사내가 아니던가. 그는 시경 특수수사전담반의 외국인 담당 부서로 전출 명령을 받았다는 것이다. 그것도 오늘 날짜로. 그것이 그로서는 영전이라나.

누구보다도 나의 특진을 기뻐해준 사람은 서 경사였다. 가식 아닌 진심이란 것은 그의 눈빛을 봐서도 알 수가 있었다.

"이거 죽이는데! 큰 잔치라도 해야 할걸."

"어머, 이걸 어쩌죠?"

나는 진심으로 미안함과 난감함을 느꼈다.

"내가 이런 일 한두 번 겪는 줄 아나 본데……."

그는 초연한 모습으로 나의 어깨를 토닥거려주는 것이었다.

"서 선배, 우리 괜찮은 거죠?"

"아암."

전·박·노 세 형사도 다가와 새로운 주인에게 인사했다. 아니 충성을 맹세했다는 것이 옳을 것이다. 그들은 나와 동행하지 않은 것을 아마 크게 후회하고 있을 것이었다.

다른 강력팀장들도 다가와 호들갑스럽다 할 정도로 축하의 말을 했다. 그들 마음속은 알 수 없으나 겉으로는 사내 체면을 구길 수가 없었는지 쓰린 낯빛을 짓지 않았다.

"몸조심하는 게 좋을게요."

범 경위가 떠나면서 던진 말. 그런데 그의 말은 말 그대로 몸조심하라는 건지, 무게나 잡고 건방 떨면 국물도 없다는 경고인지 아리송했다. 그는 끝내 무덤덤했고, 서슴없이 사라지는 것이었다. 납의 가면과도 사내의 무표정은 나의 뇌리에 오래도록 각인될 듯싶었다.

"사람, 미치고 환장하겠네."

"그 뭐야, 흔히 하는 소리지. 너무 신경 쓰지 말아요. 저 양반 크자면 큰물에서 놀아야 한다고."

서 경사는 내가 마음이 짠해서 예민하게 반응하자 위로의 말을 했다.

"외사 분야는 본인이 예전부터 가길 희망했던 곳이고. 국제무대에서 활약하는 게 소망이었으니까. 조만간 뉴욕이나 아니면 파리에라도 파견될게요."

"그렇담 다행이고요."

나는 얼마간 마음을 놓으며 중얼거렸다. 그러나 떠나보낸 사내가 영 마음에 걸려 하루 내내 심란했다. 축하연은 둘째 치고, 격려하는 말 한마디쯤은 해야지. 이제 보니 속은 좁아터졌네.

"선실아! 너도 떴구나! 하지만 이것아, 억척 떨지 마. 실족할 날도 있을 테니까. 표정 관리도 좀 잘하고. 모난 돌멩이가 정 맞는다는 속담도 있어."

매스컴이 떠들썩하게 구는 걸 보시고 시골에서 엄마가 전화를 했다.

"알았어, 엄마. 조용하게 살게."

"그럼, 끊어."

"엄마, 잠깐만."

"뭐야?"

"엄마, 올라와! 이젠 같이 지내. 비록 월세지만 내 집도 마련했고. 그 것도 종합청사 뒤쪽 내자동이야. 언제까지 정선 산골짝에서 살 거야?"

그런데 엄마에겐 주홍글씨와도 같은 그 어떤 금지된 사랑의 역정(歷程)이 있었고, 그래서 정선으로 도피 생활을 하는 것으로 알고 있다. 이젠 그 모든 굴레와 멍에에서 벗어날 때도 되지 않았을까.

"아서라. 내가 미쳤니? 너한테 얹혀서 살게. 지금의 내가 얼마나 자유스러운데. 사랑도 마음대로 할 수 있고."

"엄마의 그 뜨거운 피, 언제쯤이면 식을 거야? 제발 나이를 생각해, 나이를."

"공연히 내 생활에 참견하지 마. 너나 잘해!"

"엄마도 참."

"넌 내가 불행하다고 생각하나 본데 난 그런 생각한 적 없어. 너, 일체유심조(一切唯心造)라는 말을 아니? '세상사 모든 일은 마음먹기에 달려 있다'."

"누구 말인데?"

"원효대사의 말씀."

"엄마, 유식하네."

"이것아. 마음에 깊이 새겨두어. 특히 불운이 닥쳤다고 생각되었을 적엔."

"알았어."

"허구, 이걸 알지? 화려한 스포트라이트를 받는 순간은 짧은 법이야."

"알지."

빨간 망토의 여자

1

주말의 이른 새벽을 깨우는 전화벨 소리.

"이봐, 최선실, 살인 사건이야. 지금은 새벽 5시. 사건 현장은 내자동의 아들러 아레나 빌라. 어서 출동하라고."

야간당직책의 숨 가쁜 전갈이다. 내가 내자동에 살고 있어, 나한테 지시가 떨어지는 듯했다. 나는 침대를 박차고 집을 나서야 했다.

"아이고야, 이걸 어쩐다지."

자정 넘어 시도 때도 없이 울려오는 전화는 이골이 난 일이긴 하지만, 나는 일순 대책 없는 푸념을 흘렸다. 알아보니 마침 강력1팀의 서 경사도 당직이었다.

"우리, 현장에서 합류하자고요."

"그러죠."

밖에 나와보니 간밤에 흩날리던 눈이 하얗게 뜰에 쌓여 있었다. 겨울은 지나가고 봄을 재촉하는 길목인데, 그래서 지금쯤 구례엔 노란 산수유가 화사한 자태를 뽐내며 일렁이는 계절인데 아직도 추위가 가시지 않고 있다. 꽃샘추위가 기승을 부리고 있는 것이다.

나는 한껏 숨을 깊이 들이마셨다. 강력1팀장을 맡고 처음 맞는 살인 사건이다. 새해 첫 살인 사건이기도 하다. 잘할 수 있을까? 출발선에 선 선수처럼 이유 없는 불안이 슬며시 밀려왔다. 겁내지 마. 누구보다도 어엿하게 잘 할 수 있을 거야. 최선실이 누구야. 까닭 없는 욕심이 나를 짓누르기도 했다.

사건 현장을 흘끗 살펴보니 어김없는 살인 사건이었다. 희미한 불빛 아래 남자는 피투성이인 채로 침대 위에 쓰러져 있었고, 아니 죽어 있었고, 여자는 침대 머리에 골프채를, 그건 아이언 7번으로 보였는데, 움켜쥐고 넋 나간 모습으로 서 있었다. 아이언 7번은 물론 피로 범벅이 되어 있다.

남자는 영화배우 강동운. 여자도 영화배우였는데, 이름은 손서연. 두 사람은 3년 전부터 동거 생활을 하고 있었는데, 언제든지 새로운 연인이 나타나면 상대를 쿨하게 놓아주기로 했다는 소문이 나 있었다. 강동운은 40대 초반으로, 미남형이라기보다는 호남형. 관객 동원 천만 명을 돌파하는 슈퍼스타. 요즈음 한참 정상 가도를 질주하고 있는데 레이디 킬러로 소문나 있다. 손서연은 강동운보다는 대여섯 살은 아래지 싶었고, 가냘파 보이는 몸매로 해서 가련한 순정파 여배우라는 인상을 심어주고 있어, 영화 〈디아볼릭〉에서 보는 이자벨 아자니처럼 주로 비극의 여주인공으로 부각되고 있다. 작은 체구의 그녀는 조금만 바람이 불어도 휘청거릴 것 같은 모습이지만, 모를 일이다. 내면에 심줄처럼 질긴 신경을 지녔는지는.

동거 중인 이름난 영화배우 사이에 벌어진 살인 사건!

나는 본능적으로 이 사건이 엄청 센세이셔널 한 바람을 일으킬 거라
는 생각이 머릴 스쳤다. 그래서일까, 까닭 없는 불안이 다시금 밀려왔
다. 지금은 책임 있는 자리에 있지를 않은가. 선무당처럼 날뛸 때와는
다르다.

나와 합류한 서 경사가 조용히 여자에게로 다가가 남자를 묵사발로
만들었을 7번 아이언 골프채를 순순히 건네어 받았다. 그러곤 여자를
거실로 데리고 나갔고, 대신해서 현장 감식팀이 침실로 들어섰다. 나
도 거실로 발걸음을 옮겼는데, 어둠이 채 가시지 않은 바깥 세계와는
달리 거실은 샹들리에 불빛으로 해서 밝았고, 넓었으며. 화려했다.

"당신이 했나요?"

서 경사가 여자를 마주 보며 던진 첫 마디. 무척 메마르다.

"아뇨."

여자가 맥 빠진 목소리로 부인했다.

사건 현장을 살펴본 바로는 여자가 골프채를 휘두른 게 분명한데, 여
자가 조용히 고개를 내젓는 게 아닌가. 처음엔 치정에 얽힌 단순한 살
인 사건으로 보였으나, 그게 아니라는 예감이 밀려왔다.

"당신이 피 묻은 골프채를 손에 쥐고 있었는데. 남자를 저세상으로
보낸…… 그런데도 아냐?"

서 경사의 질문은 이어졌다.

"아니에요."

"이 집에 당신들 말고 누가 또 있어요?"

"없어요. 나와 동운 씨 말고는."

"흐음."

"……"

"앉아요."

"……."

여자는 앉으려 하지 않았다. 서 경사가 먼저 소파 세트의 상석에 자리 잡았고, 나도 자리 잡고 앉았다. 아무래도 지구전이 될 듯했다.

"앉으라니깐."

서 경사가 짜증스레 말하자, 여자가 비로소 우리와 마주 앉았다.

"그럼, 당신이 경찰에 신고했나요?"

"네, 제가요."

"시신은 당신이 맨 처음 발견하고?"

"네."

"언제?"

"조금 전에요."

"정확하게 몇 시에?"

"4시 반경에요."

"흠, 새벽 4시 반이라."

서 경사는 일순 탄성 비슷한 소리를 흘렸다. 그러니 여자가 최초 발견자고 신고인이다. 그런데 신고했다고 해서 꼭 무죄는 아니다. 첫 목격자가 첫 용의자라는 말도 있으니, 두고 볼 일이다.

"보아하니."

서 경사가 말을 이었다.

"어젯밤엔 집에 없었나 본데. 그래요?"

"네."

"어디, 외출하셨나?"

"이리저리 돌아다녔어요. 도시의 밤거리를."

"밤새도록?"

"네, 밤새도록."

"어딜?"

"여기저기를요. 신사동의 가로수길에서 시작해서 압구정동 뒷골목
의 술집을 찾아 헤맸었다는 기억은 나네요."

그러니 사전에 누구랑 약속된 외출이 아니다. 집을 나가 오밤중에 압
구정동 거리를 배회했었다니, 무슨 사연이 있어도 단단히 있는 것이
고, 눈앞의 살인 사건과도 무관하지 않을 것이다. 여자는 아직도 간편
한 외출복 차림으로, 후드가 달린 다운재킷을 걸친 채 벗지 못하고 있
다. 색상은 블랙.

"차는요? 어떤 차를 갖고 있지요?"

서 경사의 물음은 이어졌다.

"BMW요. 하지만 어젯밤엔 대중교통을 이용했어요. 지하철에 택시
에."

"흠, 대중교통이라……."

그때 조경호 경사가 이끄는 현장 감식팀이 침실에서 나왔다.

"사망 시간은?"

서 경사가 조 경사에게 조급하게 물었다. 하긴 수사를 한 걸음이라도
진척시키려면 무엇보다도 먼저 알아야 할 사항이다. 그리고 사망 시간
은 사건 해결의 결정적 열쇠로 최종적인 판정은 국과수의 몫이다.

"자신 있게 말할 순 없지만, 시신의 손가락이나 발가락의 경직이 시
작된 것으로 보나, 사반(死斑)으로 보아 죽은 지 대충 여섯 시간은 지났
지 싶군. 그러니……."

조 경사는 그의 말과는 달리 오랜 경륜 탓인지 강한 자부심을 그 얼

굴에 드러내고 있다.

"그러니 뭐야, 죽은 시간은 어젯밤 11시쯤 되겠군. 그렇지?"

"아암. 어젯밤에, 그러니 '13일의 금요일 밤'이 되는 건가, 누군가가 11시를 전후로 해서 골프채를 휘둘렀다고 봐야겠지."

"흐음. 심야의 살인이라!"

"그런데 비수가 아니고 하필이면 골프채야? 그것도 피살자의…… 내부자의 짓인가? 격정에 사로잡혀 충동적으로 말이야. 예전엔 여자들은 으레 비소라는 이름의 독약을 사용해 남자들을 살해했었지. 어때? 예감이? 골치를 썩일 것 같지 않아?"

조 경사가 말이 많다. 그리고 매우 암시적이다. 그는 그의 일을 즐기는 사람처럼 보였는데, 서 경사와는 동년배인 듯싶다.

"그건 두고 봐야지."

"하긴."

이제 손서연이 그녀의 운명을 타개할 방도는 오직 하나다. 어젯밤 11시 전후의 알리바이를 완벽하게 입증하면 그녀는 혐의권에서 벗어날 것이다. 서 경사가 무엇보다도 먼저 캐물어야 할 사항이기도 했다. 그런데 그는 우회하려 했다.

"어제저녁에, 부군과 함께, 거실에서 두 사람 술 나누었습니까?"

서 경사가 손서연에게 또박또박 물었다.

"네, 조금요."

손서연은 부인하지 않았다. 부인할 수 없는 게 소파 탁자 위에 술병이 놓여 있다. 블랙 라벨의 조니 워커. 술병이 절반가량 비워져 있는 걸로 봐서는 조금 마신 게 아니라 제법 들이켰다고 할 수가 있다.

"두 사람 몹시 다투셨군."

서 경사의 말에 여자는 잠시의 망설임을 보였다.

"네, 조금 다투었어요."

조금 다툰 게 아니라는 것을 현장은 말해주고 있다. 글라스 하나는 나뒹굴어져 있고 콘칩을 비롯한 마른 안주들이 탁자 주변에 널려 있다. 여자는 사태를 축소하려 애쓰고 있다.

"두 사람이 조만간 갈라서기로 한 걸로 아는데, 헤어지기로. 사실인가요? 쿨하게."

서 경사의 엉뚱한 질문. 알고 하는 얘긴지, 그냥 찔러보는 건지 알 수 없다.

"네, 그래요. 쿨하게."

"강동운에게 새 여자가 생긴 걸로 소문이 나 있던데. 그것도 사실인가요? 영화에서 오래전부터 연인 사이라는 진수련이라던가."

"네."

여자는 망설임 없이 시인했다.

서 경사는 손서연이 동거 중인 남자에게 골프채를 휘둘렀을 법한 사연을 찾으려는 것이다. 말하자면 살인 동기를 탐색하고 있는 것이다. 만약에 누군가가, 그게 강도범이건, 따로 원한을 가슴에 품은 여자 친구건, 이 집에 침입한 흔적이 없다면, 그래서 내부자의 소행일 수밖에 없다면 범인은 눈앞의 여자인 것이다. 손서연에게 철벽같은 알리바이가 있다면 또 모를 일이지만, 그 가능성을 서 경사는 제로라고 보고 있는 것이다. 그러나 그는 마지막으로 물었다. 마치 마지막 카드를 내밀듯이.

"손서연 씨, 자, 이제 말해주시죠. 어젯밤 11시에 어디 있었지요? 사랑하는 사람이 죽었다고 믿어지는 시각의 알리바이에 대해 묻고 있는 겁니다."

"밤 11시라고요? 잘 알 수가 없네요. 술에 취해 눈 내리는 밤거리를 헤맸었으니까요."

여자는 기다렸다는 듯이 대꾸했다. 한순간의 망설임도 없었는데, 이미 마음속에서 준비한 말인 듯했다. 어쩐지 만만해 보이질 않는다. 시인할 것은 시인하고 부인할 것은 서슴없이 부인할 자세다.

"여러 술집 문을 노크한 것만을 기억하네요. 바라시는 답변이 아니라는 건 알지만, 그냥 순례자처럼 술집을 이리저리 찾아 돌아다녔어요. 덕분에 술에 엉망으로 취했고요. 잊고 싶은 기억도 잊을 수가 있었고요. 어느 순간 눈발이 흩날리는 길바닥에 쓰러졌고요."

여자가 준비된 대사를 되풀이했다.

"집에서 나간 시간이 몇 시쯤 되죠?"

서 경사가 물었다.

"밤 10시경인가."

여자가 애매모호하게 대꾸했다. 역시 잘 계산된 답변이라는 인상을 지울 수가 없다. 골프채를 휘두르지 않았음을 주장하려면 첫 단계로 밟아야 할 수순은 사건 발생 시간인 밤 11시 이전엔 빌라를 떠난 것으로 해야 한다.

"당신이 이 빌라를 나서는 걸 누가 본 사람 있나요?"

"모르겠어요."

밤은 어두웠고, 여자는 후드라도 뒤집어썼을 것이다. 외등은 있으나 희미했고, 게다가 싸라기눈까지 흩날렸다면, 그리고 경비 아저씨는 연속극에나 매달리고 있었다면 목격자가 없을 수도 있다. 그 모든 것을 노렸을 게 아닌가.

여자가 살인자라면, 그래서 어젯밤 11시의 현장 부재를 입증할 수가 없기에, 술에 취해 알 수 없다고 우기는 계략을 밀고 나가야 했고, 서 경사는 여자가 구사하는 잔꾀를 허물어야 했다. 이건 머리 좋은 젊은 여자와 연륜이 쌓인 형사의 대결이다. 과연 누가 승리할 것인가? 애매모호함으로 일관하려는 젊은 여인의 사특하게 발달한 지능일까. 아니면 노련한 형사의 잘 다듬어진 경륜일까. 아무려나 여자가 재수 없게도 노련한 형사에게 딱 걸린 것이다.

나의 여자에 대한 인상은 아주 나빴다. 왜 동정적일 수는 없는 걸까? 버림받은 여자에게는 찬바람 휘몰아치는 황야가 기다리고 있을 것이다. 하지만 죽이고 싶도록 사랑했던 남자를 해치고, 홀로 살기를 바라는 여자의 심보가 미운 것이다. 나 같으면 함께 독배를 들든가, 아니면 한강 다리로 달려가 강물 속으로 뛰어들 것이다. 코트 호주머니에 돌멩이를 가득 채우고. 연자맷돌을 목에 드리우든가.

"지금 휴대폰을 갖고 있지요?"

서 경사가 대수롭지 않게 여자에게 물었다.

"네."

"나한테 넘기세요."

오랜 경험으로 휴대전화 내용을 확인하면 금방 끝날 수 있는 사건들이 제법 있다. 더구나 이 사건은 면식범의 소행일 가능성이 매우 높다. 특히 눈앞의 여자의 가능성이.

"그러죠."

여자가 선선히 대꾸하며 코트 호주머니를 뒤지는데, 금세 찾지를 못하고 있다.

"어쩌나. 늘 잘 챙기고 다니는데 없네요."

여자가 난감해했다.

해답은 두 가지다. 나쁘게 생각하면 여자가 휴대폰을 일찌감치 이름 모를 어느 길가의 쓰레기통에 버렸을 것이다. 휴대폰만큼 많은 정보를 담고 있는 것도 없다. 사고 치면 휴대폰부터 버리라고 하지 않았던가. 좋게 생각하면 술에 취해 압구정동 뒷골목을 배회하다가 잃어버렸는지 모른다.

"으음."

서 경사는 모진 신음 소리를 토했으나 더는 다그치지 않았다. 휴대폰을 뒤지는 것만으로 해결될 사건은 아니라고 생각하는 것 같다.

강력1팀의 세 형사, 전·박·노 형사도 늦게나마 현장으로 달려왔다. 그들에게 서 경사가 내린 지시는 오직 하나였다.

"자네들 말이야, 어젯밤에 이 집에 초대하지 않은 외부 인사가, 그게 숨겨놓은 연인이건, 도척(盜跖) 같은 인물이건, 남몰래 자물쇠를 따고 침입한 흔적이 있었는지 살펴보라고. 철저하게 체크해야 해. 알아듣어?"

"알겠습니다. 염려 놓으세요."

그들은 재빨리 흩어졌고, 우린 참을성 있게 기다렸다. 잠시 불안을 잉태한 정적의 시간이 지나가고 다시금 그들이 모습을 나타냈다.

"샅샅이 살펴보았지만 아무 흔적도 찾을 수가 없습니다. 외부 인사가 출입한 흔적은요. 이 집은 말예요. 최신 전자장비로 완벽하게 닫혀 있습니다. 마치 철옹성처럼요. 세콤에도 확인했는데, 창문마다 설치된 경보장치는 울리지 않았고, CCTV에서도 포착한 게 없고요. 설사 괴도 아르센 뤼팽이라고 해도 침입이 불가능할걸요. 누구든지 도어록의 비밀번호를 아는 사람만이 이 집에 들어올 수가 있습니다. 그러니 말씀예요, 이건 '나와 함께 먹는 자'의 짓인 게죠."

순간 나는 여자가 진범임을 확신했다. 이건 말하자면 지능적인 여자가 고도로 치밀하게 계획한 살인인 것이다. 계획적인 살인! 범죄자들이 꿈꾸는 이상향이다.

"잘됐군."

뭐가 잘됐다는 것일까? 여자에게 올가미를 씌울 수 있어서일까. 서 경사가 충동적으로 자리를 박차고 일어났다. 나도 자리에서 성큼 일어났다.

"자, 이제 우리와 함께 움직여요!"

서 경사가 여자에게 기름기라곤 없는 목소리로 말했다.

"그러니 뭐예요? 동행해야 하는 건가요?"

여자가 자리에서 천천히 일어나며 물었다.

"안타깝게도 당신은 체포되는 겁니다, 현행범으로."

무릇 강력계 형사들의 상투적인 대사. 아마도 이 순간 그동안 짓눌려 왔던 스트레스를 깔끔하게 날려 보낼 것이다. 확실한 카타르시스.

그나저나 말은 바른 대로 해서 현행범이라곤 할 수 없다. 다만 그렇게 보일 뿐이다. 그는 더는 지체하지 않고 여자의 손을 앞으로 모아 그 손목에 수갑을 채웠는데, 찰각 하는 소리가 유난히 도드라져 들렸다.

당대 최고 레벨의 영화배우의 손목에 수갑을 채우는 기분은 어떠할까. 그것도 출중한 미모를 뽐내는 여배우의 손목에.

"이 살인은 의심할 여지 없이 당신 짓이에요. 첫째로 분명한 동기가 있어요."

서 경사는 손서연의 죄명을 그녀에게 알리려고 했다. 이른바 죄명의 고지.

"둘째로 지금까지 확인한 바로는 골프채에서 당신의 지문 말고는 다른 사람의 지문이 전혀 발견되지 않고 있어요. 셋째로 외부인의 출입 흔적이 전혀 없고요. 마지막으로 자신의 알리바이를 전혀 입증하지 못하고 있어요. 아시겠어요? 당신의 현장 부재를 입증하는 사람 하나 없어요."

서 경사는 미란다의 원칙도 줄줄이 씨부렁거렸는데, 오늘은 영락없이 주역으로 캐스팅된 스타라고 할 수 있다. 그러고 보니 최민수 뺨치게 인물 하나는 잘났다. 레이반 색안경이라도 쓰고 나타나면 CSI 마이애미 시리즈의 루테넌트 호레이쇼를 빼닮았다고 할 것이었다.

아무러나 나는 서 경사의 직감이라고 할까, 육감을 믿는다. 지능적인 여자와의 싸움에서 서 경사가 승리할 것이다. 무엇보다도 그에게서 애송이 팀장을 지키려는 배려가 역력했다. 앞장서서 도우려 하지 않는가. 나는 그게 좋았다.

"자, 그러니 데려가서 주리를 틀어야겠지요."

이 무대에서 내가 뱉은 첫 번째 대사. 어느새 나도 인정머리라곤 찾기 어려운 메마른 경찰 풍조에 오염되었는지 말이 거칠다.

우리가 한 발짝은 떼었을까. 시경 특수수사전담반의 백지영 경위가 그 아름다운 자태를 드러냈다. 이토록 센세이셔널한 사건에 어찌 그녀가 출동하지 않겠는가. 그녀는 언제나처럼 젊고 핸섬한 수하의 형사 두 사람을 시종처럼 거느리고 있었는데, 내가 노숙한 서 경사와 움직이는 것과는 대조적이다.

"최 경위, 수고하네."

그녀가 손을 내밀어 나는 어쩔 수 없이 그녀의 손을 마주 잡았다.

"서 선배, 이거 어떻게 된 일이에요?"

그녀는 서 경사와 마주 서며 물었는데, 오늘의 주역이 서 경사라는 것을 간파한 듯했다. 그리고 서 경사와 나란히 선 당대 최고 스타의 한 사람으로 오늘은 수갑을 찬 아름다운 손서연의 애처로운 모습을 날렵하니 훑고 있었다. 오늘은 목에 힘을 주는 사람은 인기 절정의 영화배우 손서연이 아니라 백지영이었다.

서 경사가 그녀에게 사건 내용을 적절하게 요약해서 설명했다.

"말하자면 우린 버림받은 여자가 한때는 사랑했던 남자를 살해했다고 보는 것이지요. 골프채를 휘둘러서. 그 분노를 알죠. 원래 여자가 더 치밀하고 냉혹하다고 하네요. 남자는 방아쇠를 당길 때 한순간 망설임을 보이지만 여자는 한순간도 망설이지 않는다는 말이 있어요."

서 경사의 부질없는 주석(注釋). 일순 그의 입가에 차가운 웃음이 피었다가 사라졌다. 백지영도 뜻 모를 웃음을 흘렸다.

"일단 서로 연행해서 본격적으로 조사하려고 합니다. 충동적인지, 계획적인지. 괜찮겠지요?"

서 경사의 결론 비슷한 한 말.

"그래야겠지요. 하지만……."

"하지만?"

"내 생각으론 일단 수갑을 푸는 게 좋을 것 같네요. 첫째로……."

"첫째로?"

"현행범이라고 할 수가 없고요. 따지고 보면 어젯밤에 살해된 거니까. 둘째로……."

"말씀하세요."

"골프채를 마구 휘둘렀다면 계획적인 살인 아닌 충동적인 살인 같고요. 그러니 죄질이 낮게 평가되죠. 게다가 술을 억수로 마신 상태라면……."

"네, 어쩌면……."

"허구, 지금 밖에 기자들이 잔뜩 몰려오고 있어요. 손서연 씨라고 했
던가, 이분의 얼굴을 봐서라도."

"아, 뭐, 그러죠."

서 경사는 백지영의 의견에 순순히 따랐다. 그는 수갑을 풀었고 여자
는 눈시울을 붉혔다. 백지영은 끌려가는 여자를 보듬었다고 할 수 있
어, 한결 자비스러워 보였고, 우리들의 비정함은 더욱 부각되었다고
할 수 있다.

별 선심 다 쓰네. 나는 속으로 우물거렸는데, 그녀의 육감이 손서연
을 범인으로 보지 않고 있는지도 몰랐다. 백지영은 내 일엔 늘 삐딱
했는데, 이번에도 내가 하는 일에 어깃장을 놓고 깻박치려 할 것이다.
고비마다 내 얼굴에 생채기를 내려는 백지영! 정말이지 밉상이다.

동이 트는 밖에 나와 보니 백지영의 말처럼 기자들이 대거 몰려와 있
었다. 그들은 삽시간에 손서연과 그녀를 이끌고 나타난 서 경사를 둘러
싸고 카메라의 플래시를 터트리고, 질문 공세를 펼쳤다. 오늘은 서 경
사의 날인 듯싶었다. 아름다운 영화배우와 팔짱을 끼고 무수한 카메라
앞에 나서지 않는가. 일생에 몇 번이나 이런 은총이 있을 것인가. 두
사람의 사진은 마치 '미녀와 야수'의 모습으로 부각될 것이었다.

기자들 속엔 동아일보의 홍신자 기자도 있었는데, 잠시 후, 무리에서
벗어나 나한테로 다가왔다.

"저 여자, 쿨하지 못하네. 당초 약속대로 헤어지기로 했으면 깨끗하
게 헤어지는 거지. 골프채는 왜 휘둘러?"

언제나 홍신자의 말엔 가시가 돋쳐 있다.

"쿨하게 작별하려고 했나 봐. 근데 남자가 진수련의 품으로 달려가기로 했다는 게야. 뜻밖에도 불구대천의 원수 같은 라이벌의 품으로."

"열 받았군."

"아암, 열 받지."

"나라고 해도……."

"골프채를 휘둘러?"

"아마도. 그나저나 오죽하면 골프채를 휘둘렀을까?"

"그러게 말이야."

2

서로 돌아온 나는 손서연을 숙련된 조사관들에게 넘겼다. 마치 사자 굴에 먹잇감이라도 던져주듯이. 그들은 고도로 조련된 취조관들은 오랜만에 이게 웬 떡이냐 싶게 아름다운 희생자에게 굶주린 짐승처럼 매몰될 것이었다. 조사는 서 경사의 지휘 아래 아침 일찍부터 투수를 교체해가면서, 때로는 달래고, 때로는 어르며 저녁 늦게까지 매몰차게 이어졌다. 누구보다도 어영부영 속절없이 시간이나 죽이며 보내던 서 경사가 집념을 드러내 보였는데, 무슨 이유인지 분명치 않았지만 어느 날 갑자기 행운을 휘어잡은 사람들에 대한 선망과 시기심 탓인 듯했다. 한마디로 낙오자의 분풀이다. 무교동의 바 카스바의 여주인 윤사라에겐 사뭇 동정적이었던 것과는 대조적이다. 자신의 가혹한 운명에 저항할 엄두조차 내지 못 하고 굴복하는 가련한 여인, 윤사라가 안쓰러워 보였기 때문이었을까.

손서연이 불쑥 나를 만나고 싶다고 했다. 그때가 밤 9시경이었다. 그녀는 내가 했노라고 사건 전모를 자백하려 했다. 혹독한 신문 앞에 마침내 무릎을 꿇은 것이다. 그런데 하필이면 나를 찾다니! 나로 말할 것 같으면, 여자를 제단에 바치려 안달하는 여자가 아니던가. 여자의 적은 여자인 것이다. 서 경사도 나를 따라 취조실로 들어섰다.

"그 사람, 도저히 용서할 수가 없었어요. 처음엔 고스란히 놓아주려 했어요. 애당초 약속 사항이기도 했고요. 그런데 진수련한테 간다지 뭐예요. 피가 거꾸로 치솟더라고요. 나는 어느새 거실에 놓인 캐디백에서 아이언 7번을 끄집어내고 있었고, 침실로 발걸음을 옮기는 그 사람을 뒤쫓아 뒤통수를 마구 후려갈겼어요. 미친 듯이 울부짖으며 몇 번이고."

"……."

"통쾌감마저 밀려오더라고요. 나의 행복을 짓밟은 자의 행복을 박탈한다는 느낌, 바로 그것이었어요."

"……."

"제정신이 아니었어요. 술기운도 빌렸겠지요. 그러곤 무작정 집을 뛰쳐 나왔어요."

"……."

"집에 다시 돌아올 땐 그 모든 게 꿈이었으면 하고 간절히 빌었어요. 한갓 악몽이었으면 하고요. 근데 그 사람은 피투성이고. 7번 아이언도 침대 가에 버려져 있었고요. 집어 들고 보니 피로 범벅이 되어 있었고요."

"……."

"나는 한순간도 망설이지 않고 수화기를 집어 들곤 경찰에 신고했고요. 처음엔 자수하려 했어요. 거짓말 아니에요. 근데 경찰이 나타나자

내 생각과는 달리 어느새 본능적으로 부정하게 되더라고요. 이젠 더는 보낼 말이 없는 것 같네요."

"……."

"아니, 한마디만 더 하죠. 내가 집을 나선 시간은 정확하게 밤 11시. 10시가 아니고요. 피 묻은 아이언 7번을 팽개치고 집을 나서며 반사적으로 침대 머리 시계를 쳐다보았거든요."

손서연은 자백을 끝내자 하늘을 우러러보듯 하면서 소리 없이 웃고 있었다. 그건 내가 보기엔 슬픈 웃음이었다. 아니면 스스로를 비웃는 웃음이라고 해야 할까. 그녀는 끝내 울지는 않았다.

나는 처음으로 여자에게 측은지심이 이는 것을 느꼈다. 뭐라 위로의 말을 던지고 싶었으나, 나의 입에서 튕겨져 나온 말은 매우 사무적인 메시지였다.

"자, 어서 영장이나 신청하세요."

"그러죠."

서 경사가 짧게 대꾸하고는 취조실을 뒤로했다.

이윽고 나와 손서연, 두 사람만이 좁은 공간에, 네모난 콘크리트 벽면의 삭막한 공간에 마주하고 앉았다. 두 사람의 공통점은 젊고 아름다우며, 또한 오늘날의 대중의 우상이라고 할 수 있다는 것이다. 손서연이라는 영화배우의 이름을 모르는 사람이 없고, 또한 최선실도 그러하다. 그러나 한 사람은 교도소로 가는 버스를 타야 할 운명이고, 한 사람은 푹신하고 따뜻한 침대가 놓인 침실로 발걸음을 옮길 것이다.

"자, 이제 날 교수대 위에 세우게 되었네요. 만족하세요?"

항변이라기보다는 자조적인 손서연의 말투다.

"억울해요? 살고 싶으냐고요."

나는 지극히 냉소적이었다.

"아뇨. 의당 치러야 할 대가인걸요. 응보지요. 사람을 해치고 어떻게 그 대가를 회피하기를 바라겠어요. 살인자에게 죽음을! 내가 못나게 군걸 용서하세요."

"손서연 씨, 당신이 교수대에 서는 일은 없을 거예요. 교수대 위에서 춤추는 일은."

"왜죠? 사람의 목숨을 앗았는데……."

"사형제도가 폐지된 건 아니지만, 사형을 집행하는 일은 없어요. 괴팍한 사람을 법무부 장관으로 앉히면 또 모를까."

"아, 네……."

"다 알잖아요? 그것도 계산에 넣었을 텐데."

"계산요?"

"게다가 당신의 범죄는 우발적인 데다가 술에 취한 일종의 심신상실 상태에서 이루어진 범죄죠. 형량도 엄청 줄어든다고 봐야지요. 이것도 계산했을 테고요."

"계산이라고요?"

"왜, 아니에요?"

"나에 대한 인상이 몹시 나쁘시네."

"인상이 나쁘다고요? 천만에요. 그 이상인걸요. 당신 같은 사람, 제일 미워요. 사랑하는 사람을 죽여놓고선……."

"어쩜."

"나 같으면 압구정동으로 뛰쳐나가진 않을걸요. 한강 다리로 달려가면 갔지."

"한강 다리로? 내가 그사이 한강 다리인들 안 가본 줄 아시나 본데,

묻겠는데요, 혹시 몇 번씩 한강 다리에 서봤다는 사람들의 심정을 아시기나 하세요?"

"나도 묻겠는데, 당신이 지금 그걸 나한테 따질 계제예요? 골프채를 휘두른 주제에. 사람이 염치도 없네."

"뭐라 할 말이 없네요."

"이런 말 해서 안됐지만, 손서연 씨, 이게 만에 하나 계획적인 살인이라면, 오랜 세월을 콘크리트 담장 속에서 잠 못 이루는 밤을 보내야 할 걸요. 시애틀이 아닌 안양에서든가. 청춘의 계절은 가고."

"잔인하시네."

손서연이 우물거렸다.

"누가 잔인한데? 손에 피를 묻히고선."

손서연이 입을 굳게 닫아 나도 입을 다물었다. 눈앞의 여자를 쳐다보며 느끼는 감상은 오직 하나다. 명성이 다 뭐며, 비싼 옷을 걸치면 뭐하나. 호화 빌라에 살면 뭐 하며, BMW를 몰고 다니면 뭐 하나. 그 처지가 처량하기 그지없다. 많은 여자들이 참고 견디는데, 무슨 권능이 있다고 남자의 목숨마저 앗을 수 있다는 말인가. 잔도 남편 줄리앙의 배신을 알고도 참았을 뿐 그 목숨을 빼앗으려고 하지는 않았다. 물론 소설 속의 얘기지만. 소설 제목이 『여자의 일생』이던가.

그나저나 경찰과의 실랑이에서 하루도 버티지 못하다니! 나는 어쩐지 배반당한 느낌이었다. 우리 사이에 한동안 침묵의 시간이 흘렀다. 이번엔 내가 말문을 먼저 열었다.

"한 가지만 묻죠. 당신이 집을 뛰쳐나갔다는 진술을 믿는다 치고, 술에 취해 압구정동 뒷골목에서 쓰러졌다고 했는데, 게다가 춘삼월이라지만 눈은 내리고 기온은 급강하하기 시작했는데, 집엔 어떻게 돌아갈 수 있었지요?"

"아, 그거요."

손서연은 내 말에 일순 생각을 더듬는 것 같은 표정을 지었다.

"술집을 헤매고 있는데, 언제부터인가 누가 나를 따르고 있다는 느낌이 들었어요. 공연한 오버센스라는 생각을 하면서 걸음을 옮겼어요. 길에 쓰러질 땐 마침내 올 것이 왔다는 그런 느낌이 들었고요. 이대로 이승을 하직하면 얼마나 좋을까 하는 생각도 했어요. 그러곤 얼마 동안 의식을 잃었나 봐요. 문득 누군가의 차에 태워졌다는 느낌에다가, 극히 짧은 순간이었지만 가로등 불빛이 휘황한 강변대로를 질주하고 있다는 생각이 들더라고요. 그러곤 다시 의식을 잃었어요. 아니 잠들었다는 게 옳을까."

잃어버린 기억의 조각들을 찾아서 퍼즐 맞추기 하듯 그녀는 말했다. 나는 그녀가 말을 잇기를 조용히 기다렸다.

"화장실에 가고 싶다는 욕구 때문이었는지 퍼뜩 눈을 떠보니, 나는 어느새 푹신한 침대 속에 파묻혀 있었어요. 처음엔 우리 집인가 했어요. 거실에 나서 보니, 희미한 갓등이 밝혀져 있었는데, 텔레비전이 켜 놓은 채로 있었고, 긴 소파에 집주인인 듯싶은 여자가 누워 있었어요. 내가 움직이는 낌새를 차리곤 자리에서 부스스 일어나더니, 묻지도 않았는데, 화장실을 가리키더군요."

손서연은 그 뒤로 집으로 돌아온 경위를 주섬주섬 털어놓는 것이었다. 여자와 함께 아파트를 나서 새벽녘의 길을 질주해서 집으로 돌아온 경위를.

"여자가 누구래요?"

내가 물었다.

"나도 물었지요. 내가 누구라면 알겠느냐는 답변이 돌아왔고요. 무척 까칠하다는 느낌이 들더라고요. 나이는 나와 비슷해 보였고, 패션모델인가 싶게 키가 크고요. 그러곤 에르메스의 빨간 망토를 걸치곤 나와 함께 집을 나서는데, 무척 어울린다는 인상이 남네요."

손서연은 자상하게 설명하려 애썼다.

"으음, 빨간 망토의 여인이라!"

나는 일순 알지 못할 신음 소리를 흘렸다. 어쩐지 미스터리한 환상적인 여인이라는 느낌이 드는 것이다.

"어떻게 망토의 상표까지 알 수가 있었지요? 그리고 그 색깔마저도요? 거실의 갓등은 희미했다고 들었는데?"

내가 연이어 물었다.

"아, 그건 요즘 전지현이 입고 다니는 에르메스의 망토가 올겨울의 새로운 패션 아이템으로 각광을 받고 있었기 때문이었나 봐요. 엄청 멋이 있어 나도 사야지 했거든요. 사면 빨간색을 골라야지. 했고요."

전지현이 걸친 에르메스의 빨간 망토! 무릎 길이 망토는 900만 원을 호가한다고 했고, 방송을 타자 불티나게 팔렸다고 했었다.

"그 여자의 집이 어디쯤이던가요?"

나의 두서 없는 물음은 이어졌다.

"집을 나서기 전에 여기가 어디냐고 했더니 그저 그냥 강변 아파트라고만 하더라고요. 강변 아파트가 어디 한두 군데겠어요. 하지만 더는 꼬치꼬치 캐묻지 못했고요."

"그 집을 나선 게……."

"새벽 4시예요. 집을 나설 때는 시간을 확인하는 습성이 있어요."

"차는요?"

"BMW였지 싶어요."

"혹시 차 넘버는 기억하세요?"

"아뇨. 전혀요. 마침 지나가던 택시가 있어, 그걸 잡아타고 간 것 같기도 하고요. 막상 그날 밤의 기억이 확실한 게 하나 없네요."

"여자를 다시 만나도 알아볼 수 있겠어요?"

"어려울 것 같네요. 후드를 뒤집어썼고, 게다가 동이 채 트기 전이었고……."

"조명은 어두웠고, 거실도 주차장도요?"

"네. 그리고요……."

"그리고?"

"여자가 자신을 드러내지 않으려는 몸짓이랄까 말투를 엿볼 수가 있었어요. '나도 무슨 사연이 있었는지 묻지 않을 테니까, 그쪽도 나에 대해 묻지 말아줘, 하더라고요. 엮이고 싶지 않았나 봐요. 줄곧 후드로 얼굴을 가리려 했고요. 비록 길거리에 쓰러진 여인을 나 몰라라 할 수는 없었지만, 사람들 입방아에 오르고 싶지 않은 마음 이해가 되네요."

나는 어쩐지 그 여인이, 전지현처럼 빨간 망토를 걸친 여인이 사건의 열쇠를 쥐고 있다는 생각을 지울 수가 없었다. 그 여인이 손서연을 만난 시점이 과연 언제냐 하는 것이 이 사건의 핵심인 것이다. 그러자면 그 여자를 찾아 만나보아야 하는데, 그게 쉽지 않을 것 같았다.

"부탁이 있어요."

손서연이 간절한 눈길로 나를 바라보며 말했다.

"뭔데요?"

"그 여자를 찾아주세요."

"왜요?"

"그 여자가 나와 몇 시에 만났는지 그걸 알고 싶어요. 나의 허술한 알리바이를 입증해줄 유일무이한 결정적인 증인이에요. 제발 부탁이에요."

"으음."

나는 무거운 신음 소리를 토했다. 또다시 찾아오는 느낌. 그것은 다시금 도전받고 있다는 느낌이었다. 언제든지 기회를 포착했다 싶으면 자백을 번복하려는 자세가 아닌가. 눈앞의 여자가 노리는 반전을 막으려면, 이래저래 빨간 망토의 여자를 찾아야 할 것이다. 그나저나 한강변의 아파트에 패션모델 뺨치게 쭉 빠진 여인이 어디 한둘일까. 제 발로 걸어오기 전엔 한양에서 김 서방 찾기다.

나는 취조실을 나와 서 경사에게 자초지종을 알렸다.

"여자가 또 오리발을 내미네요."

"그 여자, 정말 가지가지 하네."

밤늦게 서 경사는 진수련을 참고인으로 불렀다. 손서연으로 하여금 골프채를 휘두르게 한 여인을. 그녀는 촬영 스케줄 때문에 밤늦게나 시간을 쪼갤 수 있다고 했다.

진수련은 밤 11시경에 그녀의 BMW를 몰고 모습을 나타냈다. 차 넘버는 4989! 키가 크고 눈매는 날카로웠으며 콧날은 우뚝 서 있다. 개성 있는 마스크. 그녀를 뇌쇄적인 여인으로 보는 것은 두툼한 입술과 볼륨 있는 젖가슴 탓일 게다. 언뜻 보아 손서연이 〈디아볼릭〉의 이자벨 아자니처럼 궁지에 몰린 여인의 모습을 연상케 한다면 진수련은 〈원초적 본능〉의 샤론 스톤처럼 음모로 가득 찬 여인의 이미지를 연상케 했다. 그녀는 패션 아이콘답게 에르메스의 스카프에다가 백을 들고 있었는데, 그녀도 에르메스를 좋아하는가 보다. 빅 프레임의 선글라스에 사각 스카프, 그리고 롱부츠와 매치한다면 섹시하고도 도회적인 느낌을 준다는 퍼레이드 레드 색상의 버버리의 트렌치 코트를 걸치고 있다. 거기에 불타는 듯한 오렌지색 모자를 비스듬히 쓰고 있다.

진수련을 의당 귀빈실로 초대해야 했으나, 서 경사는 또 다른 취조실로 안내했다. 나도 따라 들어섰다.

"몇 가지만 묻지요. 지금은 어디까지나 참고인 신분입니다."

서 경사는 진수련과 마주하기가 바쁘게 말문을 열었다. 그는 언제 피의자 신분으로 바뀔지 모른다는 뉘앙스를 풍겼는데, 여자는 다만 희미하게 웃음 지었다.

"조만간 강동운 씨와 결합할 사이라고 들었는데요. 맞습니까?"

"아니에요."

여자가 가볍게 부인했다. 목소리가 고왔다.

"그럼 달리 묻겠습니다. 숨겨놓은 연인 사이신가요?"

"그것도 아니에요. 빗나간 질문입니다."

여자가 다시금 부인했다. 그러자 서 경사는 눈살을 찌푸리며 입을 닫고 있었다. 여자가 다시금 빙긋하더니 말을 잇고 있었다.

"우리 사일 사람들은 오해하고 있어요. 숨겨놓은 연인 사이라니! 우린 다만 영화 속의 연인 사이였어요. 〈폭풍의 언덕〉의 캐서린과 히스클리프처럼 우린 열렬하게 사랑을 했었지요. 불멸의 사랑을. 하지만 그건 어디까지나 연기일 뿐이에요. 그 이상도 그 이하도 아니죠. 실망시켜드려 미안하지만 수상한 로맨스 따윈 기대하지 마세요."

"아, 그래요."

"근데 내가 알기론……"

진수련이 일순 주춤했다. 밝힐 것인가, 말 것인가, 하고.

"말씀하세요."

서 경사가 채근했다.

"동운 씨에게는 따로 여자가 있었어요. 장래를 약속한."

"누군데요?"

"어느 재벌집 규수라던가. 오나시스처럼 선박왕의 외동딸. 누가 귀띔해서 7일 전에야 안 사실이지만요."

"7일 전이라."

"이젠 정식으로 결혼을 해서 그들만의 둥지에 안주하고 싶은 여자가 따로 있었다는 얘기죠. 동운 씨가 레이디 킬러인 건 맞지만, 그래서 나한테도 접근을 시도한 건 틀리지 않지만요."

"흐음."

"서연이는 잘못 짚었어요."

"으음."

반신반의. 서 경사의 모습이 그러했다.

서 경사가 질문의 화살을 바꾸었다.

"혹시 도어록의 비밀번호를 아세요? 아들러 아레나 빌라의…… 강동운이 살았던 내자동 집의……."

"내가 그걸 알 필요가 있을까요? 게다가 여자가."

여자가 싱긋 미소 지었다.

"신문에도 크게 났지만, 프랑스에서도 남자가 오토바이를 타고 여자 집을 찾아가더라고요. 그것도 현직 대통령이. 나는요, 누구랑 밀회할 땐 호텔에서 해요. 여자가 남자 집은 무엇 때문에 찾아가요? 우습잖아요."

농염한 미모를 자랑하는 여자가 위력적인 미소를, 아니 살인적인 미소를 띠며 건네는 대꾸. 비록 확인해야 할 사항이긴 했으나 바야흐로 서 경사가 스타일을 구기는 순간이었다. 그러나 그는 개의치 않았다.

"참고로 묻는데요, 그날 밤엔 어디 있었지요?"

"그날 밤이라면?"

"그야 강동운이 살해된 밤이지요. 13일의 금요일 밤."

"밤샘한다던 〈찬란한 불륜〉이라는 제목의 영화 촬영이 생각보다 일찍 끝나 동료들과 압구정동 뒷골목에서 술 한잔하고는 집에 돌아와 쉬고 있었어요. 그리고 보니 그날 밤따라 우리 집을 노크한 사내 하나 없었네요."

어딘지 모르게 이 여자가 한 수 위라는 생각을 지울 수가 없다. 우리가 얻을 건 별로 없고 잃을 건 체면뿐이라는 생각이다.

"집이 어디죠?"

"동부이촌동. 한강 조망이 끝내주죠."

이젠 더 캐물을 것도 없지 싶었다. 놓아줄 타이밍이다.

"서연이는 어떻게 되죠? 외람된 질문인 줄 알지만."

여자가 물었다.

"살인죄로 기소되고, 법정에 설 겁니다. 그리고 교도소로 가는 버스를 타게 되겠지요."

서 경사가 순순히 대꾸했다.

"그게 그쪽 희망사항일 테지만, 오래 가두지는 못할걸요. 시시콜콜 나설 입장은 아니지만요."

진수련이 다시금 빙긋했다.

"왜요?"

"그거 아시죠? 심신상실 상태의 살인! 말하자면 술에 고주망태가 된 상태의 우발적인 살인이니까요."

여자가 제법이다. 애당초 그녀한테서 뭔가 얻을 게 있을 거라는 생각은 우리의 오산이었다. 다만 어떤 자태를 지녀야 농염하고 뇌쇄적인 여인이라고 하는지를 확인했을 뿐이다.

"서연이를 좀 만나볼 수 없을까요?"

여자의 뜻밖의 제의였다.

"무엇 때문에?"

서 경사가 눈살을 찌푸렸다.

"그사이 앙금도 풀고, 위로하고 싶어요."

"무슨 말이 위안이 될까."

서 경사는 회의적이었으나 그는 두 여자를 만나게 해주었다. 다만 우리 입회하에.

잠시 후, 두 여자가 취조실에서 마주 섰다.

"서연아, 두려워하지 마. 내가 도울 테니까. 넌 지금 도움의 손길이 필요해."

진수련이 차분하게 말했다. 그 순간 손서연의 말이 비수처럼 날아왔다.

"시끄러워! 이 계집애야. 헛소리 하지 말고 지금 내 앞에서 당장 꺼져주는 게 도와주는 거야! 사내라면 가리지 않고 치마를 벗는 주제에. 엉큼한 것이 꼴값 떨고 있네. 부끄러운 줄 알아야지."

손서연의 눈엔 주체할 수 없는 분노와 모멸의 빛이 가득했다. 어느새 진수련의 눈에도 싸늘한 적의가 피어나고 있었다.

"내가 너를 진정 잘못 봤구나."

3

이튿날 아침. 수사 관계자들이 서장실에 모였다. 수사 지휘라인의 강력계장과 형사과장은 배제되고 수사를 전담한 실무자인 나와 서 경사가, 그리고 현장 감식을 전담한 곽 경사와 시경의 백지영 경위가 동참했다.

아침 10시에 기자회견이 예정되어 있었는데, 서장이 몸소 나선다고 했다. 하도 선정적이고 엽기적인 살인 사건이고 보니, 기자들이 카메라를 들쳐메고 떼거리로 몰려들 게 분명했다. 최고 레벨의 영화배우 사이에 벌어진 살인 사건! 어떤 드라마보다도, 어떤 예능 프로그램보다도 시청률이 높을 것이었다. 그러니 어찌 서장이 나서려 하지 않겠는가.

"내 직감도 말이야, 손서연을 살인범으로 지목하거든. 근데 이게 뒤집히면 난 스타일을 구기게 된단 말씀이야. 오늘은 수사 실무자들의 의견을 주로 듣고 싶군."

상석에 자리 잡은 서장이 말문을 열었다. 수사통임을 자랑하는 서장은 나름대로 일가견을 갖고 있으나, 경험상 역전되는 일이 비일비재여서, 그걸 염려하는 것이다. 그는 나보다는 여러모로 경륜을 쌓은 서 경사에게로 눈길을 돌리고 있었다.

"여자가 겉으론 순박해 보이지만. 제 경험상 가련해 뵈는 그런 여자일수록 범인임에 틀림없습니다. 손서연은 말하자면 소리 없이 남편의 술잔에 비소를 타는 여자의 전형입니다. 여자가 비정한 데다가 영악해요. 평생 경찰 생활을 하면서 인간을 좀 안다고 자부하거든요. 어떤 여자는 '남자를 죽이는 건 개를 죽이는 것과 마찬가지로 죄가 없다'라고 했다는군요. 이 여자, 용서하지 못합니다."

서 경사의 확신에 찬 말이다.

"그건 그렇다 치고, 기자들이 주로 무엇을 물을 것 같은가?"

서장은 좌중을 둘러보며 의견을 구했다. 그러니 이건 일종의 예행 연습이다.

"아무래도 여자가 금요일의 그날 밤에 집을 나간 시간이 아닐까 싶습니다. 밤 11시 이전에 집을 나섰으면 무죄고, 그 뒤에 나갔으면 유죄니까요. 근데 지금 여자는 오락가락합니다. 발버둥치는 거죠."

서 경사의 이어지는 말이다.

"국과수에서도 밤 11시가 죽음의 시간이라고 확인했습니다. 요즈음 사망 시간을 측정하는 기술이 많이 발전해서요, 틀림없을 겁니다."

곽 경사도 거들었다.

서장은 다만 조용히 고개를 주억거렸다. 서 경사가 말을 이었다.

"외부에서 그 시각에 누군가가 따로 출입할 수가 있었느냐가 또 하나의 관건이 됩니다. 우린 불가능하다고 보는 것이지요. 전자 도어록의 비밀번호를 아는 사람들이 집주인 두 사람 말고도 더러 있긴 합니다. 채유경이라는 이름의 여자 매니저를 비롯해서 운전기사에, 가정부가 그들이죠. 그들의 그날 밤의 알리바이는 완벽했습니다. 그러니 내부자의 짓으로 볼 수밖에 없고, 동거하는 여자의 범행으로 단정할 수밖에 없습니다."

"이것 보라고, 서 경사. 아무리 고도의 전자 자물통이라고 해도 유능한 털이범에겐 시간문제라고. 어지간해선 10분 내로 따고 들어갈걸. 그들에겐 식은 죽 먹기라는 얘기지."

서장의 반론이다.

"그런 흔적도 없었거니와 털린 물건도 없습니다. 다이아 반지에 진주 목걸이도 그대롭니다."

서 경사는 전혀 흔들림이 없다. 그의 입가엔 잔잔한 웃음만이 피어나 있다. 오랜 세월 밑바닥 형사 생활을 통해 성숙할 대로 성숙한 형사만 이 드러낼 수 있는 여유로움이다.

"문제는요……."

서 경사가 말을 이으려 했다.

"이 사건이 우발적이냐, 아니면 계획적인 살인이냐 하는 것입니다. 제 직감으로는……."

"자네 직감으론?"

"사전에 매우 치밀하게 계획된 살인이라는 것입니다. 왜냐하면……."

서 경사는 다분히 극적인 효과를 노리려 했고, 사람들은 그가 말을 잇기를 기다렸다.

"남자와 심하게 다툰 것도, 조니 워커를 반 병이나 들이켠 것도, 남자 를 쫓아가 골프채를 휘두르고 집을 뛰쳐나간 것도 다 계산된 행동이라 는 얘깁니다. 사전에 치밀하게 짜인 시나리오에 따라서요. 알리바이를 애매모호하게 끌고 가는 것도 잘 연출된 행동이죠. 일류 배우가 아닙니 까."

보아하니 서 경사가 엄청 냉혹한 인물이다. 더구나 아름다운 여자에 게 가혹한 걸 보면, 언제 크게 불에 데었던 일이라도 있는 걸까. 어느새 조락의 계절에 접어들고 보니, 평소 술 냄새나 풍기며 어리바리해 보였 는데, 이른바 인간사냥에 집중할 땐 사람이 달라 보였다.

"여자가 한때는 사랑했던 남자를 죽이고 지금은 경찰에 도전하고 있 습니다."

서 경사의 말에 압도되어서인지 서장조차 잠시 입을 닫고 있다. 나는 내가 나서야 할 적절한 타이밍이라고 생각하고 말문을 열었다.

"영장은 오늘 중에 청구할 겁니다. 검찰하고도 밀접하게 연락을 하고 있고요."

나는 한 템포 쉬고 나서 이내 말을 이었다.

"문제는 '빨간 망토의 여자'의 등장입니다. 서장님은 그 사실을 오늘 밝히셔야 하거든요. 어제도 보고 드렸듯이 그 여자가 이 사건의 모든 열쇠를 쥐고 있다고 해도 과언이 아닙니다. 손서연을 살릴 수도 죽일 수도 있고요. 우리 스타일을 빛나게 할 수도 죽을 쑤게 만들 수도 있고요. 운명의 여신 같은 존재죠. 우린 그 여자를 찾아야 합니다. 그래야 이 사건의 베일을 완벽하게 벗길 수가 있습니다."

"암요. 우린 그 여자를 반드시 찾아야만 합니다. 그래야 공소 유지도 가능하고, 교수대에 세울 수도 있습니다."

내 말이 끝나기가 무섭게 내 말에 동조한 사람은 서울 특수수사전담반의 엑스퍼트라 할 백지영 경위였다. 나와는 앙숙이라 할 정도로 누구도 못 말리는 라이벌이다. 일단 내 말에 공감을 나타내긴 했지만, 그녀가 이번 사건에서도 나와는 반대의 길을 가려 한다는 것을 나는 본능적으로 직감하고 있다. 우리들의 대결은 이성적이라기보다는 맹목적이다.

"하지만 그 여자를 찾기란 매우 어려울 겁니다. 한강 백사장에서 바늘 찾기만큼요."

백지영이 말을 이었다. 매우 신중하다.

"왜죠?"

반문한 사람은 서 경사였다.

"들어보세요. 에르메스의 빨간 망토를 걸친 여자가 어디 한둘이겠어요? 전지현 때문에 유명세를 타고 있는데. 강변 아파트는 또 어떻고요? 나도 살고 있는 걸요. 압구정동의 현대아파트에."

"쉽지는 않겠지요. 하지만……."

"알죠? 그 여자가 손서연에게 건넨 '나도 묻지 않을 테니까, 당신도 묻지 말라'고 한 말을. 섣불리 모습을 드러내지 않을걸요. 누군들 살인사건에 엮이고 싶겠어요."

"하지만 건전한 시민정신을 지녔다면 제 발로……."

"우리들의 희망사항이죠. 혹시 윌리엄 아이리시의 『환상의 여자』 보셨어요?"

그녀는 서 경사뿐만 아니라 우리 모두를 둘러보며 물었다. 한 수 가르치려 하고 있다.

미스터리 사상 불멸의 서스펜스 스릴러의 선구자로 일컬어지는 윌리엄 아이리시의 『환상의 여자』. 원제목은 팬텀 레이디(Phantom Lady). 사람들이 읽고 싶은 해외 추리소설 톱랭커로 꼽히는 명작이다. 사람들은 윌리엄 아이리시를 '서스펜스의 시인'이라며 찬미한다. 현대 도시의 밤거리에서나 잉태됨 직한 절망과 악몽의 세계를 자주 그린 탓에 그를 '악몽의 시인'으로 부르기도 한다.

감미롭고도 애잔한 리듬을 함축한 이야기의 줄거리를 백지영이 대충 설명했다.

5월, 초저녁의 뉴욕 거리. 주식 중개인 스콧 핸더슨은 아내와의 이혼 문제로 심하게 다투곤 가슴에 울분을 가득 안은 채 밤거리로 뛰쳐나가 거리를 배회했다. 그러곤 네온이 빤짝이는 바에서 홀로 카운터에 앉아 있는 호박 모양의 불타는 듯한 오렌지색 모자를 쓴 한 여자를 만난다.

"무슨 약속이라도 있습니까?"

그는 여자에게 데이트를 신청했고, 함께 쇼를 보고 식사를 하곤 밤 12시 전에 헤어졌다. 사전에 약속한 대로 서로 이름도 주소도 묻지를 않았다. 집으로 돌아온 그를 뜻하지 않은 사태가 기다리고 있었는데, 형사들이 몰려와 있었다.

"마셀라!"

그는 아름다운 아내의 이름을 불렀다. 그러나 아내의 대꾸 대신에 그는 아내가 교살된 사실을 전해 듣는다. 사망 추정 시각은 바에서 여자를 만났을 즈음이었다. 아내와의 이혼 문제가 얽힌 동기에다가, 흉기가 된 그의 넥타이, 알리바이가 없는 모든 상황 증거가 그를 범인으로 지목하고 있었다. 그는 체포되고, 재판을 통해 사형이 확정되었다. 그의 무고함을 증명해줄 사람은 오직 한 사람, 그와 함께 밤을 보낸 오렌지색의 기묘한 모자를 쓴 여자의 증언뿐이다. 헨더슨의 애인과 친구가 이름도 주소도 모르는 '팬텀 레이디'를 필사적으로 찾았지만 그녀는 환영처럼 사라지고 그 행방을 전혀 알 수가 없었다. 과연 그 여인은 모습을 나타냈을까? 그리고 어디에 있었을까? 사형 집행 날짜는 하루하루 다가오고 있었고. 말하자면 독자로 하여금 가슴 조이게 하는 타임 리미트가 설정된 서스펜스 소설이다.

"내 말은요……."

백지영이 결론 비슷하게 자신의 견해를 밝히려 했다.

"손서연도 스콧 헨더슨처럼 결백할 수도 있다는 얘깁니다. 빨간 망토의 여인을 찾을 수가 있다면요. 물론 정반대의 경우도 예상할 수 있지만요. 그러니 섣불리 결론을 내리는 건 이르다는 얘깁니다. 내가 믿는 바론 손서연은 결백할 가능성이 높아요."

좋게 말하면 백지영은 시의적절한 충고를 하고 있다고 할 수 있고, 나쁘게 말하면 우리 일에 초를 친다고 할 수 있다.

"그래서 어쩌라는 겁니까? 손서연을 석방이라도 하라는 말입니까? 소설은 소설이고, 현실은 현실입니다. 어떻게 결말이 같을 수 있겠어요."

대뜸 민감한 반응을 보이며 반격에 나선 사람은 서 경사였다. 그의 반론은 이어졌다.

"설사 우리가 그 여자를, 빨간 망토를 입은 여자를 찾아냈다고 해도 증언은 뻔해요. 밤 11시 이후에 만났노라고 할걸요. 왜냐하면……."

"왜죠?"

백지영이 대뜸 반문했다.

"이 범죄는 내부자의 짓이니까요. 잊으셨나 본데, 죽음이 집행된 시간에 그들의 집에 출입한 사람이 따로 없어요. '모든 변수를 제하고 나면 마지막으로 남는 것이 대답' 아닙니까. 아시죠?"

"외부 인사가 출입할 수 없었노라고 단정하는 건 좀 무엇하네요. 논쟁의 여지가 있지요. 유능한 변호사라도 만나면요."

백지영은 씽긋 미소마저 지으며 말했다. 자신의 지론을 더는 펴려 하지 않았는데, 신중하고 현명하다. 아무려나 우린 백지영의 충고를 겸허하게 받아들이는 게 좋을 것이다. 가장 중요한 게 외부 인사의 출입 가능성이다. 그리고 빨간 망토의 여자의 증언이다.

"근데 말이야, 그 여잔 어떻게 찾는다는 게지? 빨간 망토의 여자를. 제 발로 나서기 전에야."

서장의 마지막 질문이다. 나는 마음속으로 쉽사리 찾기 어려울 거라고 결론을 내리고 있는데, 백지영이 거들고 나섰다.

"그 여잔 내가 한번 알아보죠. 나도 강변 아파트에 사니까요. 압구정동 뒷골목은 물론이거니와 청담동 뒷골목에, 신사동의 가로수길의 CCTV란 CCTV는 모조리 훑어보죠. 그 여자가 출현한 흔적을 찾을수 있는 지름길이니까요. 에르메스에도 협조를 구해보겠습니다. 신용카드 회사에도요. 무엇보다도 매스컴의 도움을 받아야 합니다. 우리가 피의자의 인권도 존중하고 있다는 것도 보여주어야 하고요."

"좋겠지. 오늘 기자회견은 잘 마무리될 듯싶군. 그럼 이만 끝내자고."

서장의 마무리 멘트. 모두는 자리에서 일어나 서장실을 뒤로했다.

4

소송 절차에 따른 검찰 송치, 공소 제기, 공개재판이라는, 한 인간을 법의 이름으로 이 세상에서 격리시키려는 절차는 차질 없이 진행되고 있었다.

모두의 관심은 손서연이 몇 해나 옥살이를 해야 국민 정서에 맞을 것이냐 하는 것이었다. 변호인은 예상대로 술에 만취된 심신상실 상태의 우발적인 살인으로 몰고 갔고, 검찰은 사전에 치밀하게 계획된 살인이라고 주장했다. 이젠 판사가 고민할 차례였다. 그리고 빨간 망토의 여자가 드라마틱하게 등장할 차례이기도 했다. 무얼 하는 여자이며, 어떤 여자이기에 아직도 모습을 드러내지 않는 걸까. 온 세상이 떠들썩한데도 말이다.

"과연 그 여자가 넋 나간 바보가 아니면 제 발로 경찰의 문을 두들길 것 같아? 내가 공짜로 충고를 하지."

복도에서 마주친 강력5팀장 변강진 경위가 대뜸 던진 말이다. 제 딴엔 노련하다고 자부하는, 그리고 남의 일에 감 놓아라, 배 놓아라 하고 나서길 좋아하는 전형적인 훈수꾼. 썰렁한 농담은 자주 하지만 밉상은 아니고, 적중률도 비교적 높다.

"그 여자 과연 실존하기나 한 걸까? 충고하는데, 당신이 찾는 여자는 존재하지 않아! 기다리지 말라고. 설사 실존한대도 자진해서 경찰의 문을 노크할 일은 없을걸. 아이리시의 팬텀 레이디처럼 말이야. 빨간 망토의 여자도 알고 보면 팬텀 레이디라고 할 수 있지. 유령 같은 여자!"

"글쎄, 어떨지요. 백지영 경위가 찾는다고 장담하니까, 기다려보죠, 뭐."

"기다리나 마나라고. 차라리 술집 마담들의 신고나 기다리든가."

"술집 마담?"

"손서연이 여러 술집에 드나들었다며? 알아본 사람 있을 거 아닌가."

"후드를 뒤집어썼고, 큼직한 라운드 안경을 꼈다네요. 술에 취해 홀로 배회하는 민망하고도 쪽팔리는 모습을 보이지 않기 위해서."

"구석진 곳에 등을 돌리고 앉고?"

"네에."

"흐음."

변 경위는 신음 소리를 흘렸고, 나는 말을 이었다.

"지금으로선 CCTV에 기대를 걸 수밖에 없나 봐요. 백지영이 강남서와 협조해서 압구정동 일대를 샅샅이 훑는다고 했거든요. 잘하면……."

"근데 그날 밤 싸라기눈도 내리고 길도 매우 어두웠다며? 그 골목들, 늘 사람들로 붐빈다고. 술에 취해 길바닥에 쓰러진 사람 어디 한둘일까."

변 경위는 백지영의 수사 활동에 매우 부정적이다.

"이런 가설을 세울 수는 없을까?"

그는 나름대로 자신의 견해를 펼치려 했다.

"어떤 가설을요?"

나는 애써 흥미를 드러내 보였다.

"제3의 인물이 존재할 거라는 가설."

"아, 네."

"내 말 들어봐.『환상의 여자』에서도 라스트 신에 제3의 인물이 등장하더라고. 채유경이라는 이름의 매니저! 나는 아레나 빌라의 비밀번호를 아는 또 다른 여자에게 구미가 당기는걸. 그리고 미인이라며? 사건 뒤엔 언제나 묘령의 여자가 있기 마련이라고. 알아들어? 구닥다리 소리라고 할 테지만."

변 경위가 제3의 인물의 존재 가능성을 강조하려 했다.

"요즈음 그 여자, 마치 사립탐정처럼 홀로 움직여요. 빨간 망토의 여자를 찾는다며."

"수상하네. 점점. 개인적인 충고인데, 한번 데려다 족쳐보면 어때? 뜻하지 않은 수확이 있을걸."

"그러죠, 뭐."

"등잔 밑이 어둡다고 측근의 알리바이를 건성건성 조사한 건 잘못이었어. 비밀번호를 아는 매니저라는 그 여자의 알리바이. 게다가 죽은 강동운의 첫사랑이었다는 말도 있더라고."

"어머, 그래요?"

"나중에 후회할 거야. 제대로 닦달하지 않으면. 범인의 의외성을 누구보다도 잘 알잖아."

"알죠."

"우린 프로라고."

"알았다니까요."

우린 능수능란한 훈수꾼 변 경위의 훈수에 따라 강동운의 매니저 채유경을 불러들였다.

"글쎄, 어떨까?"

손서연을 제사 지내지 못해 안달하는 서 경사는 채유경의 조사에 회의적이다. 그의 표적은 어디까지나 아름다운 손서연이다. 그러고 보니, 이 사람도 아름다움엔 가혹하다.

우린, 나와 서 경사는 이윽고 채유경과 마주하고 앉았다.

채유경! 그 몸매는 가냘프다. 유달리 검은 눈동자에 파르스름한 입술. 그 얼굴엔 음영이 짙게 깔려 있다. 나이는 40대 초반이라고 했는데, 한결 젊어 보였고 제법 미모를 타고났다. 은색의 패딩 점퍼를 가볍게 걸치고 있다. 이 여인이 진정 강동운의 첫사랑이었을까?

"어머, 최선실 씨, 드디어 이렇게 만나게 되었군요. 벌써 만나보고 싶었는데, 근데 초대가 생각보다 늦었네요."

채유경은 우리와 대면하기가 바쁘게 떠들썩하니 굴었다. 과장된 탄성에 과장된 제스처.

"왜, 이제야 초대하죠? 자존심 상하게. 난 누구보다도 그 집 사정을 속속들이 아는 사람이에요. 도어록의 비밀번호도 알죠. 제 집 드나들 듯이 하죠."

별일에 자존심과 결부시킨다. 그런데 치밀하게 머릴 굴리고 있다는 인상을 지울 수가 없다.

"유경 씨는 완벽한 알리바이를 지니셨더라고요. 그날 밤의. 초저녁에 퇴근했었다는 아파트 경비원의 증언도 있었고. 그러니⋯⋯."

나는 차분하게 입을 떼었다. 눈앞에 머리 좋은 여자가 앉아 있는 것이다.

"그깟 알리바이가 대순가요? 수위 아저씨 눈 속이는 것쯤이야. 차창은 짙게 선탠이 되어 있는 데다가 오밤중에 소리 없이 다시 출입할 수도 있었고."

"사시는 아파트가?"

나는 내가 준비한 질문을 던졌다.

"옛 마포 나루터 근처의 강변 아파트에요. 강변 아파트! 어쩐지 암시적이죠? 유토피아라는 좀 튀는 이름이지만, 팍팍한 삶을 사는 사람들의 초라한 시민 아파트."

이 여자가 지금 즐기고 있다. 씽긋 웃음 짓고 있지 아니한가.

"타시는 차는요?"

"BMW! 오래전에 데드라인을 넘긴 차지만요. 동운 씨가 주었어요."

이것도 암시적이라면 암시적이다.

잠시 뜸을 들이고 나서 다시금 아름다운 매니저가 입을 떼었다.

"문제는 동기라고요."

"동기?"

"알리바이 조사도 좋고, 출입 가능성 조사도 중요하지요. 하지만 동기부터 살피셔야 하는 거 아니에요? 돈이나 복수 그리고 질투심 따위⋯⋯ 살인의 3대 동기죠. 공자 앞에 문자를 쓰는 것 같지만. 수사의 ABC도 모르는 주제에."

이 여자가 제 딴엔 머릴 굴리고 있다.

"그래, 무슨 동기라도?"

나는 어쩔 수 없이 장단을 맞추어야 했다.

"이런 말을 해야 하나? 나도 한때는 동운 씨의 이른바 숨겨놓은 여자였다는 사실을요. 좋게 말해서 첫사랑! 그런데 고물 차나 안기고, 헌신짝처럼 취급하고. 나라고 해서 왜 감정이 없겠어요? 골프채를 휘두를 수도 있죠, 뭐."

"채유경 씨, 지금 자진해서 시시콜콜 까발리는 이유가 뭐죠?"

이 여자 바보이거나, 고수이거나 하다.

"나도 매스컴을 타야지요. 왜 손서연과 진수련만 부각시키느냐고요. 하루아침에 일터를 잃은 처지에 몸값을 올리려면 내 이름도 오르내려야 한다고요. 뭔가 이슈를 만들어야 하고. 지금으로선 말짱 황이거든요. 그렇잖아요. 노랫말마따나 남은 세월이나 잘해봐야지요."

"아, 네."

"경찰이 찾으려는 것도 제3의 여자의 존재가 아니에요? 나야말로 이래저래 안성맞춤이죠."

이 여자의 의도는 분명하다. 경찰이 물을 만한 것을 미리 실토해서, 자신이 결백함을 보여주려는 것이다. 아니면 숨겨진 진실을 교묘하게 호도하려 한다. 과장되고 호들갑스럽다.

"좋아요. 한번 샅샅이 훑어보죠. 그날 밤의 알리바이도 다시 체크하고, 당신들의 과거도 한번 알아보고. 그럼 되죠? 그 과정에서 매스컴도 주목하게 될 거구요."

"그러니 뭐야, 나는 언제나 후순위네."

채유경이 한숨 섞인 소릴 흘렸다. 나는 그녀의 탄식을 흘려들으며 말을 이었다.

"근데요, 유경 씨, 내가 흥미를 지닌 것은 다른 데 있어요."

"뭐죠?"

"무엇 때문에 '빨간 망토의 여자'를 찾아 헤매죠? 심심해선가요?"

"심심해서가 아니라 서연이를 위해서요. 내가 총무로 밑바닥에서 무스펙 루저로 허우적거릴 때 유일하게 손을 내민 사람이 서연이었어요. 동운 씨가 아니고. 말하자면 서연이는 은인이죠. 그리고요……."

"그리고요?"

"난 그 여자를, '빨간 망토의 여자'를 우리처럼 연예계에 종사하는 인물로 보거든요. 눈 내리는 밤에 굳이 구원의 손길을 뻗친 걸 보면요. 그 어떤 인연이 없고서야. 내가 이렇게 우습게 보일 테지만, 그런 점에서 내가 유리하죠. 그 여자를 찾는 일에. 경찰보다는."

"어머, 그러네요. 찾으면 연락 주세요."

"그러죠. 맨 먼저."

이 여자 혹시 자기가 자기 자신을 찾는다고 수선을 떠는 거 아닐까? 빨간 망토의 여자가 빨간 망토의 여자를 찾는다고.

"한 가지만 더 묻죠. 진수련도 강동운이 숨겨놓은 연인이라는 소문이 있는데, 맞나요?"

"맞을걸요. 본인은 시치미 떼지만. 피가 뜨거운 여자예요. 진수련은. 난 안 속아요."

"그런 그쪽은요? 지금 싱글은 아니죠?"

"얼마 전부터 화려한 싱글이에요."

"이걸 아세요. 유경 씨, 당신, 오늘 경찰을 상대로 고도의 도박을 하고 있다는 사실을요. 이제부터 당신에 대해서 샅샅이 훑을 거거든요. 충고하는데, 무엇보다도 집에 빨간 망토가 있으면 재빨리 치우고요.

수상한 메일이 있으면 모두 삭제하고요. 무슨 말인지 알죠? 지금 사용하는 휴대폰도 집으로 돌아가는 길에 한강 강물 속에라도 던져버리고요."

"숙고할 만한 충고네요. 고마워요."

채유경은 일순 싱긋 미소 지었다. 이미 증거가 될 만한 것을 말끔히 없앤 사람의 표정이었다.

잠시 후, 우린 그녀를 돌려보냈다.

아무려나 채유경은 제3의 인물인 걸까?

"흥미 있는 여자네."

서 경사의 촌평.

"보기완 달라요. 저 여자도 우리한테 도전하고 있다고요."

나도 화답했다.

"도둑이 제 발이 저리다고 연막을 치는지도 모르겠네. 단수가 높네. 고단수."

"고단수이긴 하죠. 근데, 어쩐지 치명적인 동기를 감추기 위한 꼼수일는지도 몰라요. 예컨대……."

"예컨대?"

"봐요. 저 여자가 끝내 재정 담당이라는 사실을 숨기네요. 강동운의 금고지기이기도 하거든요. 세무 관리도 재정 관리도. 원래 저 여자 전공이에요."

"금전 관계가 중요 동기가 된다는 건 나도 알지. 범죄의 무대에서. 그러니……."

"그러니 그것부터 조사해야 한다고요. 우리가 지금 놓치고 있잖아요. 강동운이 워낙 돈이 많다고 하네요. 강남의 청담동을 비롯해서 빌딩이 여러 채 되나 봐요. 백억 대의 부자라네. 근데 그걸 관리하는 여자가 돈을 적잖이 빼돌려 꿍쳐놓고 있다면, 그리고 들통나기 일보 직전이라면, 그래서 막다른 골목에 몰렸다면요. 하나의 동기죠. 흔한 동기지만. 저 여자라고 해서 골프채를 휘두르지 못할까."

"하긴."

"그리고요, 금전 관계나 복수나 치정 같은 것이 중요 동기라고 할 수 있지만, 현대는 광기의 시대예요. 그러니 관점을 넓혀야 해요. 저 여자의 정신 상태도 알아보자고요. 우린 저 여자를 얕보면 안 돼요."

"그러니 뭐야, 녹록하지 않은 세 명의 수상한 숙녀들이 우릴 춤추게 하네."

"어쩌면요."

그 뒤로 얼마나 세월이 지났을까.

세월은 거창한 표현이고, 한두 달은 지났지 싶었다. 매스컴이 아무리 떠들썩하게 굴어도 우리가 기다리는 여자는 결코 나타나주지 않았다. 빨간 망토를 걸친 여인들과 가끔 만날 때가 있긴 했으나, 강변 아파트에 살거나 벤츠를 탈지언정 강남 소나타라고 하는 BMW를 소유하지는 않았다. 삼박자가 잘 맞지 않는 것이다.

언제쯤이면 우리들이 목마르게 기다리는 팬텀 레이디가 모습을 드러낼까?

아무리 센세이션을 불러일으킨 사건일지라도 시간이 흐르면 잊혀지기 마련인지 사람들의 뇌리에서 잊힐 즈음해서 새로운 조짐이 비치기 시작했다.

어느 주말의 오후, 손서연이 느닷없이 나를 만나고 싶다고 해서 나는 남태령 너머 경기도 의왕시에 자리 잡은 서울구치소로 찾아가 그녀를 면회했다. 수인 복장에 화장기 없는 얼굴의 손서연은 정갈한 인상을 드러냈다.

"잘 지냈어요?"

잘 지냈을 리 만무한데, 상투적이고 입에 발린 인사다.

"네, 덕분에. 그럭저럭."

그녀의 화답도 이 장소에 어울리지 않았다. 그녀가 일순 미소 지었다. 그 웃음의 뜻을 헤아릴 수 없었으나, 나도 덩달아 미소 지었다.

"바쁘시죠?"

그녀가 자리에 앉으며 물었다.

"아뇨."

나는 조용히 고개를 내저었다.

"어느 때보다 온갖 굴레에서 벗어나 평강이랄까 안식을 찾고 있는 탓인지, 나는 억울하다는 생각을 별로 하지 않아요. 하지만 내 머릿속에서 뱅뱅 돌며 떠나지 않는 한 가지 사실만은 확인하고 싶어요. 그래서……."

손서연은 금세 본론에 접어들려 했다. 그런데 이 여자, 언제나 나를 찾는다. 신뢰하기에 족하다고 보는 것일까? 아니면 뛰어넘어야 할 적수로 보는 것일까?

"그래서요?"

나는 다만 채근했다.

"내가 집을 나선 것이 밤 10시 전후라고 했지만, 그건 짐작하다시피 계산된 진술이에요. 나로서도 확신이 없는 거 있지요. 마신 술이 위스키잖아요. 11시 이전일 거라는 생각은 들지만, 모르죠. 11시 뒤인지…… 나더러 골프채를 휘둘렀다고들 하지만 그것도 악몽 같기만 하고요. 말하자면 확신할 수 있는 게 아무것도 없다는 얘기예요. 거짓말 아니에요. 지금 와서 거짓말해봤자고요. 다만……."

"다만?"

"내가 말하고자 하는 건 나와 마주친 시간을 그 여잔 확실하게 알 거 아니냐는 거죠."

"빨간 망토의 여자?"

"네, 그 여자요."

"그래서 우리도 찾느라 애쓰고 있어요. 지금도 포기하지 않고. 강변 아파트에, BMW에, 에르메스에…… 세 가지가 겹치는 것도 쉽지 않더라고요."

"알아요. 근데 문득 떠오르는 게 있어요. 머릿속에서 맴돌기만 했었는데……."

"뭘데요?"

"새벽에 여자의 강변 아파트를 나서며 거실의 벽에 걸린 그림을 언뜻 본 기억이 떠올라요. 할로겐 조명 속에 부각된 그림을요."

"그림이라고요?"

"아메데오 모딜리아니가 그린 〈잔의 초상화〉! 모딜리아니가 만난 모든 여인 중에 가장 믿을 수 있고, 헌신적이며 가장 순정적인 여인, 잔. 모딜리아니가 죽자 스물두 살의 나이에 투신자살한 비련의 여인의 초상화. 아마도 프린트된 것을 구했을 테지만요. 요즈음 인쇄술이 뛰어나서인지, 선명하더라고요."

"흐음."

"거실의 그 그림을 그 여자의 이웃이라든가 친구가 본 사람이 있을 거라는 생각이 드는 거 있지요. 가정부라든가."

"으음."

"어차피 메아리 없는 외침에, 실낱같은 희망이지만요."

"아니에요. 그 여자의 집을 찾는 데 새로운 단서가 될지도 몰라요. 모딜리아니의 그림이 있는 강변 아파트! 결정적인 단서가 될지도."

"난 그 여자가 11시 이후라고 진술하길 바라요. 왜냐고요? 그때부터 온갖 번뇌에서 해방될 것 같으니까요."

"11시 이전이라고 한다면?"

"두려워요. 새삼스레 세파에 시달리며 구차하게 살 생각을 하면요. 어차피 금이 간 항아리 같은 내 인생인걸요."

어쩌면 그럴지도 모른다. 나도 사는 게 두렵다. 오죽하면 인생이라는 게 본시 캄캄한 지하실에 갇혀 발버둥 치는 거라고 했을까.

"한번 알아볼게요. 요즘은 무얼 숨긴다는 게 어려운 세상이거든요. 바로 비밀 없는 세상이죠. 금세 판명 날 겁니다. 조금만 기다리세요."

나는 알지 못할 조바심을 느끼며 자리에서 성큼 일어났다.

"난 다만 진실을 알고 싶은 것뿐이에요. 보채는 게 아니고."

손서연이 함께 자리에서 일어나며 말했다. 나는 그녀의 말을 귓전에 흘리며 발걸음을 옮겼다.

"한 가지 물어볼 게 있어요."

나는 문득 떠오르는 생각이 있어, 일순 발걸음을 멈추었다. 그녀는 침묵 속에 내가 말을 잇기를 기다렸다.

"진수련 씨를 몹시 싫어하던데, 왜죠?"

"싫어한다고요? 아니요. 증오해요. 그 아이는 모든 사단의 출발 선상에 서 있어요. 다 용서한대도, 동운 씨도요, 걔는 안 되네요."

진수련의 이름만 나와도 손서연은 대뜸 알레르기 반응을 일으켰다. 그녀의 눈빛은 켜켜이 쌓인 증오로 이글거렸는데, 불구대천의 원수가 따로 없지 싶었다.

"잘못 짚었다고 하던데, 그래서 돕겠다고까지 하던데."

"잘못 짚었다고요? 웃기는 얘기예요. 돕겠다고요? 내가 미워하는 만큼 개도 나를 혐오한다고요. 얄밉고 가증스러워요."

나는 더는 들을 것도 없다고 생각하며 걸음을 옮겼다. 손서연과 작별하며 느끼는 나의 감상은 오직 하나였다. 삶이란 사막처럼 삭막하고 황량하다는 느낌, 바로 그것이었다.

서로 돌아오는 차 속에서 나는 홍신자 기자부터 찾았다.

"이거 특종감일 거야. 장담하건대 24시간 이내로 빨간 망토의 여자를 만나게 해줄 수가 있어. 있지, 우리가 목마르게 찾던 팬텀 레이디를."

나는 손서연과 구치소에서 나눈 대화 내용을 그녀에게 말끔히 일러주었다.

"어쩜."

홍 기자의 탄성을 뒤로하고 나는 나에게 그동안 호의적인 보도를 한 신문과 방송을 골라 차례차례 일러주었다. 최린 기자도 물론 빼놓지 않았다. 엄마의 젊었을 시절의 연인일지도 모를 노신사.

"이번에도 기대하시라고요."

나는 매스컴의 친구들과 통화를 끝내곤 지체 없이 서 경사한테 출동 준비를 지시했다.

"그것 참, 참노라면 좋은 소식이 전해질 날도 있군."

내 이야기를 전해 들은 서 경사의 반응이다.

"한두 시간만 기다리노라면."

나는 하나의 전기가 마련되고 있다는 생각을 지울 수가 없었다. 어쩌면 숨죽이고 기다리던 타이밍이었다.

"백지영에게도 귀띔해주어야 하나? 그 가시나 미운데……."

내가 뜬금없이 물었다.

"하하, 내가 알려줄게요."

"그러세요."

나는 서로 돌아와 이제나저제나 하고 기다렸다. 어느새 방송국에서 모딜리아니의 그림이 걸려 있는 강변 아파트에 대해 보도하기 시작한 것이다. 어떤 반응이 있을 것이었다.

그리고 운명적인 그 벨 소리가 울린 건 오후 5시경이었다. 나는 대뜸 수화기를 낚아채다시피 움켜쥐었다. 그러곤 재빨리 녹음 버튼도 눌렀다.

"제가요, 그 그림을 보았거든요. 모딜리아니의 여자 초상화를요."

여자의 숨죽인 목소리가 전화선을 타고 전해왔다. 바야흐로 그토록 기다리던 메신저다.

"어디서요?"

"동부이촌동의 강변 아파트에서요."

"아파트 이름은요? 동호수는요?"

"아파트 이름은……."

"어서요."

제발 속 시원하게 내뱉으렴.

"그게 루비앙카라던가. 701동의 701호이고요."

"그 집 주인은요? 이름 석 자 말예요."

"저기요, 이름까진 모르겠어요. 미안해요."

"어떤 관계지요?"

"그냥 밥도 가끔 함께 먹는 이웃이라고 해두죠. 그럼 이만 끊겠어요."

자신의 정체를 감추고 싶어서일까, 목소리도 속삭이듯 했고 전화도 재빨리 끊는다. 그러나 기다리던 소식은 전해준 셈이다.

"좋았어. 자, 어서 용산 한강변의 루비앙카로 가자고요."

나는 신명이 나서 외쳤다. 나는 집주인이 누구인지, 따라서 빨간 망토의 여자의 정체가 누구인지도 짐작이 갔다. 벌써 오래전부터 나를 채찍질했었는데, 오늘 그것을 확인한다고 할 수가 있다. 나는 녹음기도 준비했다.

출동은 나와 서 경사만으로 족했다. 서 경사의 베라크루즈는 전속력으로 질주했고, 우린 이윽고 루비앙카 701동의 701호 앞에 섰다. 백지영도 어느새 달려왔고 우리와 합류했다. 우린 지체없이 버저를 눌렀고 그러곤 기다렸다. 1초, 2초, 그리고 3초..

"이거 뭐야, 마치 판도라의 상자를 열기 직전의 심정이잖아."

서 경사가 중얼거렸다.

"그러게요. 퍼즐의 다음 조각을 찾게 된 것 같기도 하고요."

백지영이 화답했다.

어김없이 우리가 그토록 기다리던 빨간 망토를 즐겨 입는 여자가 모습을 드러낼 것이다.

다음 순간, 우리 모두의 기대를 배반하지 않고 이른바 '환상의 여자' 가 드디어 모습을 드러냈다.

여자는 진수련이었다. 우리나라 톱클래스 영화배우 진수련! 강동운 을 손서연한테서 **빼앗으려** 했고, 마침내 손서연으로 하여금 골프채를 휘두르게 한 장본인. 빨간 망토의 여인은 바로 손서연의 적수, 진수련이었다.

"어머, 최선실 씨, 여긴 어쩐 일이에요?"

진수련은 입을 딱 벌리고 탄성을 울렸는데, 나한테는 한갓 공허한 울림으로 들렸다.

"어쩐 일이라니, 나를 기다렸잖아요. 이제나저제나 하고. 딴청 부리지 마요."

나는 차갑게 대꾸했다.

"뭐라고요?"

"잠깐 들어가도 되죠?"

나는 그녀를 밀치다시피 하며 집안으로 성큼 들어섰다. 거실에 들어서며 맨 처음 살핀 건 물론 모딜리아니의 그림이다. 〈잔의 초상화〉는 할로겐의 불빛 속에 반듯하니 걸려 있었다. 목이 길고 눈동자가 없는 여인의 그림이.

"진수련 씨, 이래도 되는 겁니까?"

대뜸 목소리를 높인 사람은 서 경사였다.

"그래도 우리나라 최고의 영화예술인에, 지성을 지닌 사람 아닙니까? 지금 친한 동료 한 사람이 풍전등화 앞에 섰는데, 이렇듯 나 몰라라 할 수 있는 겁니까? 외면해도요. 안면몰수해도요. 더구나 한솥밥 먹는 처지에. 유일하게 알리바이를 입증할 수 있는 처지인데, 시정잡배도 이러지 않아요."

"왜 이래요? 나도 도우려고 했었단 말이에요. 내가 돕겠다고 말하지 않은 줄 아세요?"

진수련도 덩달아 목소리를 높였다. 아니 히스테리를 폭발시켰다고 할 수 있는데, 막상 그녀가 모든 걸 시인하는 순간이기도 했다.

"근데……."

"근데요?"

"나를 고마워하기는커녕 매도하더라고요. 심지어 화냥년 취급하고요. 발정 난 암캐가 수컷을 찾아 헤매는 여자로."

"언제 그랬어요? 남자라면 가리지 않고 옷을 벗는다고 했지."

"그게 그 말 아니에요?"

"설사 그렇다 쳐도 선뜻 나서야 하는 거 아닙니까?"

"선뜻 나서야 한다면 술집 마담들 아니에요? 그날 밤 서연이가 여러 술집을 전전했거든요. 그래도 내로라하는 유명배우인데 목격자가 더러 있었을 거 아니냐고요."

"그 사람들이야 어디까지나 후순위죠. 그쪽이 친구라면 선순위가 아닙니까?"

"나는 자진해서 스캔들에 휘말릴 순 없었어요. 가뜩이나 사람들이 고운 시선으로 보지 않는데 벌떼처럼 달려들 거 아니에요. 그리고요, 어느 날 갑자기 타인에게 덮친 불행에 내가 한몫 끼어 엉뚱한 화를 자초할 수는 없는 거 아니겠어요? 그것도 자진해서요. 나와 관계없는 일에 감상적일 수만은 없어요."

"너무하셨군."

서 경사는 진저리를 치며, 마치 냉혈동물 쳐다보듯 했다.

그런데 진수련의 말을 들어보니 그녀도 적잖은 갈등을 겪은 것 같다. 돕고도 싶었으나 결국 눈앞의 사태에서 도망치는 길을 선택한 것이다. 아무려나 비정하다.

나는 끼어들지 않았고 백지영도 경청하기만 했다. 노련한 서 경사를 신임하는 점에선 우리 의견은 같다. 모든 대화 내용을 나는 빠짐없이 녹음했다.

"미안하긴 한데, 나를 너무 나무라지 마세요."

진수련이 말을 이었는데 조금은 홀가분해하는 모습이다.

"그리고요, 내가 경찰에 힌트를 제공하지 않은 줄 아나 본데, 몇 가지 상기시켜드릴까요? 경찰에서 조사받았을 때, 한강을 한눈에 바라볼 수 있는 동부이촌동에 살고 있다는 것을 밝혔고, 에르메스를 좋아한다는 것도 보여주었어요. 그리고요,『환상의 여자』라는 소설에 나오는 수상한 여자가 쓴 모자 있지요? 호박 모양의 오렌지색 모자! 그 모자까지 썼다고요. 이쯤이면 삼박자가 두루 맞는 거 아니에요?"

"흐음."

"힌트를 주었는데도, 지네들이 늦게 찾아오곤, 누굴 나무래, 나무라긴."

"으음."

진수련의 말이 맞고 보니 서 경사는 오직 신음할 뿐이다.

"그래요. 내가 바로 당신들이 찾는 이른바 팬텀 레이디예요. 빨간 망토의 여자!"

진수련이 마침내 최종적으로 확인해주었다.

"그나저나 누가 신고했나요? 우리 집을."

진수련은 무엇보다도 이 사실이 궁금한 듯했다.

"당신의 이웃이 신고했어요. 〈잔의 초상화〉를 보았노라고. 밥도 함께 먹는 사이라던가."

"못 믿을 이웃이네."

우린 자연스레 거실 소파에 마주하고 앉았다. 여주인은 주말의 오후에 찾아온 손님들에게 차 대접이라도 해야 했으나 그럴 분위기는 아니었다.

"자, 이제부터 내가 몇 가지 묻지요. 정직하게 대답하셔야 해요."

서 경사가 자세를 바로 하며 정색을 했다.

"지나치게 정직하고 솔직한 게 내 약점이죠. 오해를 사기도 하고."

서 경사는 그녀의 말을 무시하고 당면 관심사에 대해 묻기시작했다.

"그날 밤에 손서연을 집에 데려온 건 맞습니까?"

"맞아요."

"어디서 만났지요?"

"압구정동 뒷골목에서요."

"길에 쓰러진 걸 데려온 걸로 아는데요?"

"그래요. 이젠 부인할 수도 없고."

"마지막 질문입니다. 그게 몇 시쯤이지요?"

가장 핵심적인 질문을 서 경사는 진수련에게 던졌다고 할 수가 있다.

"그게 몇 시쯤이냐 하면……."

진수련은 일순 더듬거렸다.

"정직하게 신중하게 답변하셔야 할 겁니다. 한 생명이 죽고 사는 문젭니다."

"이걸 아시죠?"

진수련이 대꾸 대신에 반문했다.

"뭘요?"

"내가 서연이를 미워한다는 사실을요. 걔가 나를 미워하는 만큼요. 나를 증오하고 저주하면 나도 걔를 저주할 밖에요. 그래서 선뜻 모습을 드러내지 않았어요. 솔직히 말해, 지금 이 자리에서 정직하게 말씀드린다고 할 수 없네요. 내가 어디 모자란 여잔가요? 눈에는 눈……."

"이봐요, 진수련 씨, 만에 하나 위증을 하면 나중에 크게 후회할 겁니다. 쇠고랑을 차요, 쇠고랑을. 당신이 이렇듯 부각되지 않았다면 모를까, 우린 그날 밤의 당신의 행적을 이 잡듯 뒤질 겁니다. 누구와 잠을 잤는지도. 조사하면 다 알아요. 정직하게 털어놓는 게 신상에 좋을 겁니다."

"유감스럽게도, 금요일의 그날 밤 11시예요!"

진수련이 충동적으로 말했다.

"서 경사님, 당신이 공갈쳐서도 아니고, 어쭙잖은 동정심에 일말의 양심이 남아 있어서도 아니에요. 뭐랄까, 걔는 한마디로 과속 질주하고 있어요. 걔가 밉다고 해서 나마저 궤도를 이탈할 수는 없지요."

"흐음."

"내자동에서 동운 씨가 살해되었다고 믿어지는 시각에 서연이는 압구정동을 배회하고 있었어요."

"으음."

"내 딴엔 정직하게 살아왔다고 자부해요. 걔는 결백해요."

바야흐로 손서연의 알리바이가 성립되고 무죄가 입증되는 순간이었다.

"내 말을 들어보세요."

진수련은 당시의 사정을 설명하려 했다.

그날 밤의 촬영을 끝내고 동료들과 함께 압구정 뒷골목 단골 술집에서 술 한 잔을 나누곤 일행과 작별해 홀로 주차된 곳으로 걸음을 옮기는데, 블랙의 다운 재킷을 걸친 한 여자가 눈이 쌓이기 시작한 길가에 쓰러져 있었다고 했다. 사람들은 그냥 스쳐 지나가는데, 선한 사마리아인도 아니면서, 여자를 흔들어 깨워보니, 놀랍게도 술에 고주망태가 된 손서연이었다고 했다. 그때가 밤 11시. 마음 같아선 버리고 가고도 싶었으나 그럴 수도 없어 집에 곧장 데려와 재웠는데, 그 시각은 밤 11시 30분이라고 했다. 그러곤 이튿날 꼭두새벽에 내자동의 아파트로 태워다 주었다는 것이다. 때마침 지나가던 택시로.

"동료들과 술을 나누었다고 했는데, 그날 밤의 술집 이름은요?"

내가 물었다.

"호토토기스!"

"호토토기스?"

"두견새란 뜻인데, 일본식 선술집이에요. 술맛 좋고 안주 또한 좋고. 특히 오뎅 국물이 끝내줘요."

"한번 들러보죠."

"우리가 몇 시에 떠났는지도 확인해보시고요. 마담의 이름이 뭐더라, 나미에라든가…… 일본 여자."

"그 당시의 복장은?"

줄곧 침묵하던 백지영이 불쑥 물었다.

"누구의?"

"그야, 당신이죠."

"버버리의 패딩코트. 그날의 촬영 의상이었어요."

"색깔은."

"올리브 색상."

"그런데 새벽에 집을 나설 땐……."

"세상을 떠들썩하게 한 빨간 망토를 걸쳤어요. 후드가 달려 있어, 얼굴을 가릴 수가 있어서요. 서연은 끝내 빨간 망토의 여자가 누군지 모르고 있을걸요.”

이젠 더는 물을 것도 확인할 것도 없지 싶었다. 나는 자리에서 일어났고 모두도 나를 따라 자리에서 일어났다.

“하나의 흥미로 묻는데, 서연이는 이제 어떻게 되죠?”

진수련이 물었다. 목소리가 사무적이다.

“어떻게 되긴요. 알리바이가 입증되었으니 석방할 밖에요.”

나도 사무적으로 대꾸했다.

“내일이라도?”

“교수대에 세우는 것도 절차가 필요하듯이, 교수대에서 내려오는 데도 절차가 필요해요. 뭘 그렇게 까탈스럽게 구느냐고 할 테지만 내일은 어려워요.”

“네에.”

“내일모레라도 서에 출두해서 정식으로 진술해주세요.”

“그러죠.”

우린 이윽고 강변의 루비앙카를 물러나, 주차장으로 걸음을 옮겼다.

“내가 뭐랬어?”

백지영이 차에 오르려다 말고 말문을 열었는데, 그녀가 뭐라 할지는 분명했다. 시종 손서연은 결백할 거라는 뉘앙스를 풍겼었다.

“우린 제3의 인물에 대해서도 눈을 돌렸어야 했어.”

“아이리시의『환상의 여자』처럼?”

내가 시큰둥하니 물었다.

“아암. 생각의 틀을 좀 바꾸시지. 채유경이라는 여자를 무엇 때문에 허술하게 다루는지 모르겠네. 손서연이 결백하다면 이제 남은 여자는 도어록의 비밀을 아는 최측근, 채유경밖에 더 있어? 어쩌면 당신들은 첫 단추부터 잘못 끼웠다고 할 수 있어. 살다 보면 패러다임의 전환이 필요해."

"언제나 옳으신 말씀."

서 경사가 가볍게 화답했다.

5

매스컴은 영영 모습을 드러낼 것 같지 않았던 빨간 망토의 여자의 극적인 등장에 흥분했고, 그 정체가 진수련이라는 사실에 놀라워했다. 그들은 벌떼처럼 진수련에게로 몰려갔으나 그녀는 슬기롭게도 루비앙카를 탈출해 피신해 있었다. 그리고 백지영이 부각되었다. 그녀는 일찌감치 손서연의 결백을 믿었고, 제3의 인물의 존재 가능성을 설파했었기에 주목받을 수밖에 없었다. 서울 특수수사전담반도 덩달아 각광받은 것은 물론이다.

"별수 없이 손서연을 석방해야 하는 거 아닙니까?"

어느 기자가 물었다.

"좋은 질문을 하셨어요. 손서연은 조만간 석방될 겁니다. 별수 없죠."

백지영의 말에 무슨 이유인지는 몰라도 모두가 환호했다.

"고깝게 들리겠지만, 이번엔 죽을 쑤었네요."

누군가가 이죽거렸다.

"죽을 쑤어요? 정곡을 찌르셨네. 때론 그럴 때도 있죠, 뭐. 매번 땅을 잡을 수야 없지요. '장마다 꼴뚜기 나냐'라는 말도 있잖아요."

얼추, 나를 두고 하는 말 아닌가. 바야흐로 최선실이 완전히 맛이 가는 순간이라고 할 수 있다. 기자들이 나에게도 상어 떼처럼 몰려왔으나, 나는 그들 모두를 잽싸게 서 경사에게로 돌려 세웠는데, 서 경사는 흔들림 없이 그들과 상대했다.

"그러니 뭡니까, 손서연은 하얀 눈처럼 결백했습니다. 그럼에도 불구하고 철창 속에 가두어 하루 멀다 하고 주리를 틀었어요. 그죠?"

어느 짓궂은 기자가 던진 입바른 소리.

"한마디만 하죠. 잘못 짚으셨습니다."

"뭐라카노? 이 양반이……."

"믿기 힘들겠지만 범인은 손서연입니다. 피 묻은 골프채를 그 여자가 쥐고 있었어요. 모르셨습니까?"

이 지경에 이르러서도 소신을 굽히지 않는 서 경사. 뭐 하나에 꽂히면 매몰되는 습성이 있는가 보다. 그의 우직한 태도에 기자들은 할 말을 잃고 있었는데, 그들은 평생을 걸쳐 장 발장을 집요하게 추적한 자벨 경감과도 같은 차가운 피가 흐르는 형사가 그들의 눈앞에 서 있다는 느낌을 지우지 못했을 것이었다. 기자들은 조용히 서 경사 앞에서 물러났는데, 뚜껑 열리는 소리나 하는 매몰찬 형사를 상대할 가치가 있는 인물로 보지 않은 것이다.

"내 말을 들어봐요. 알랭 드롱은 〈태양은 가득히〉라는 영화에서 배를 젓는 노를 휘둘러 선박왕의 망나니 아들을 살해했어요. 손서연은 골프채를 휘둘렀고요. 그 차이뿐이라니까요."

물론 아무도 서 경사의 말에 귀를 기울이지 않았다.

월요일 아침.

"자, 이제 손서연도 부르고, 진수련도 부르자고요. 새로운 조사 서류를 만들어야 하니까. 교수대에 세우든지 끌어내리든지, 그 여자들의 운명을 오늘 결판 내자고요."

서 경사의 말이다.

"그러죠. 이제 우리 손으로 얽힌 사슬을 깔끔하게 풀 때가 됐네요."

나는 금세 서 경사의 말에 동조했다.

오후 2시에 우린 두 여자를 불렀다. 손서연은 서 경사가, 진수련은 내가 상대했다. 진수련은 빨간 망토를 서슴없이 걸치고 나타났는데, 화려한 그 색상은 그녀에게 어울렸다. 고개는 빳빳이 쳐들었고, 걸음 걸이는 활기찼다. 나무랄 데 없는 팔등신 미인이다.

우린 이윽고 마주 앉았다. 그녀는 살래살래 눈웃음치고 있었는데, 사뭇 고혹적이다. 성공의 사다리에 오른 사람만이 드러낼 수 있는 여유로움이다.

"자, 이젠 숨 가쁜 게임도 끝났으니 승리의 샴페인을 터뜨릴 일만 남았네요."

나도 그녀에게 웃음 지어 보였다. 우린 처음엔 그렇게 릴렉스하게 대화의 문을 열었다.

"그게 무슨 말이죠? 승리의 샴페인을 터뜨리다니. 누구랑요?"

그녀가 물었다.

"누군 누구겠어요. 어제까진 못 말리는 라이벌 사이였던 손서연이지요. 필경 두 사람에겐 즐거운 파티가 될걸요."

"그 무슨. 재미없는 농담을. 썰렁하네요."

진수련의 얼굴에 피었던 웃음은 서서히 그늘지기 시작한 마스크 저편으로 사라지고 있었다.

"내가 썰렁한 농담을 했나?"

"아닌가요?"

그녀가 정색했다.

"먼저 묻죠."

나도 정색을 했다.

"진수련 씨, 당신이 금요일의 그날 밤, 해 저문 서울 거리에서, 그것도 압구정동 뒷골목에서, 손서연과 아무 사전 약속 없이 우연히 마주칠 확률이 얼마나 되죠? 그것도 하필이면 살인이 있었던 밤 11시에, 살인 용의자와 조우할 확률이요. 눈은 내리고, 골목은 어두웠고, 후드마저 뒤집어썼는데."

나는 애당초 그 기묘한 우연이 영 마음에 들지 않았다. 진수련은 내가 그녀 앞에 칼을 빼어든 사실을 깨닫는데, 별로 시간은 걸리지 않았을 것이다.

"나는 그 확률을 제로라고 보거든요. 제로라고!"

내 말에 진수련은 뭐라 대꾸가 없다. 그 얼굴에서 핏기가 하얗게 가시고, 볼은 경련에 떨고 있다. 그녀가 보인 첫 번째 반응이다.

"내 생각은 이래요. 미리 약정된 접선이 아니라면, 말하자면 사전에 잘 짜인 시나리오에 따라 만들어진 만남이 아니라면, 불가능하다는 얘기죠. 상상도 못 하죠. 그 우연한 접촉은요. 서울 도심에서. 그것도 오밤중에."

"……."

"삼척동자라도 믿기 어려운 얘긴걸요. 그걸 우리더러 믿으라고요? 어림없는 소릴."

"……."

"우리 눈앞에 빨간 망토의 여자가 모습을 드러낸 것도 사뭇 드라마틱했어요. 1단계로 손서연이 강변 아파트에서 〈잔의 초상화〉를 본 듯하다고 진술했어요. 2단계로 목격자의 재빠른 신고가 있었고, 3단계로 빨간 망토의 여자의 극적인 등장이 있었고요. 이 모두가 잘 계산된 절묘한 타이밍에 이루어졌고, 당신은 지체 없이 장단을 맞추었어요. 어때요? 이래도 사전에 잘 짜인 각본에 따른 연출이 아니라고 할 텐가요?"

"나마저 의심하는 말처럼 들리는데요, 핵심이 뭐죠?"

진수련이 짧게 물었다.

"이렇게 말하게 될 줄은 몰랐지만, 내 말은요. 당신들은 공모자라는 얘기에요. 공동정범(共同正犯)! 처음부터."

나도 짧게 대꾸했다. 나는 진수련에게 결정적인 펀치를 날렸다고 할 수 있는데, 그녀가 일순 비틀했다. 그녀가 보인 두 번째 반응.

"성공은 눈앞에 다가왔고, 그러니 이제 시루떡 자르고 건배할 일만 남았다고 할 수 있지요. 아닌가요?"

"어쩜."

"이런 일, 막상 드물지 않더라고요. 아내가 남편의 정부와 짜고 미운 남편을 살해하는 일 말예요. 혹시 〈디아볼릭〉 보셨어요? 이자벨 아자니가 남편의 정부인 샤론 스톤과 공모해서 남편을 죽이려는 얘기. 나는요, 강동운 씨는 동거 중인 손서연과 자신의 정부인 진수련의 공모로 살해되었다고 말하고 있는 거예요. 그리고 보니 당신은 어김없는 강동운이 숨겨놓은 여자였었네. 이젠 부정 못 할걸요."

나는 한 템포 쉬고 나서 말을 이었다.

"그 사람, 선박왕의 외동딸의 품으로 달려가려는 실수를 범했어요. 두 여자를 가볍게 생각한 것은 더 큰 오산이었고요. 그 격정과 그 비정함을요."

"아주 극적인 얘기네요. 숨마저 막혀오는……."

진수련이 자세를 고쳐 앉으며 반격을 시도했다. 세 번째 반응인데 침착성을 회복하려 했다.

"상상력도 풍부하고 추리력도 비상하고요. 명성에 어울리게. 하지만 좀 혼란스럽네요."

그녀는 말을 이었다. 아직은 칭찬인지, 험담인지 알 수가 없다.

"사전에 잘 짜인 시나리오 같다고 했는데, 믿을 수 없는 우연의 연속이라고 했는데, 그래서 우릴 공모자로 본다고 했는데, 그거 혹시 비약일 수는 없을까요? 당신의 비상한 상상력이 만들어낸…… 재미있는 얘긴데, 과연 그걸 입증할 수 있을까요?"

그녀의 말투는 조용하고 차분하기까지 했다. 하도 완벽하게 구축한 성채이기에 누구도 허물 수 없을 거라는 희망의 끈을 놓지 않고 있을 것이었다.

"비약이라!"

"압구정동은 우리가 지칠 때나, 울적할 때에, 그래서 한잔 술이라도 나누고 싶을 때면 발길을 멈추는 곳이에요. 항구의 술집처럼요. 이심전심 우연한 만남도 이루어지고요. 강변(强辯)이라고 할 테지만."

"그럴 수도 있다고 말하고 싶지만, 우연이 너무 많아요. 그리고요, 수련 씨는요, 결정적인 실수를 했더라고요. 정황증거를 뒷받침할 만한 실수를. 그것도 두 가지씩이나. 설마라고 생각할 테지만."

나는 데스크 위에 녹음기를 올려놓으며 말을 이었다.

"이 녹음기엔 두 여인의 목소리가 녹음되어 있어요. 우리에게 〈잔의 초상화〉를 보았노라고 신고한 이웃집 여인의 목소리와 그사이 우리와 대화를 나누며 녹음된 수련 씨의 목소리가요. 근데요……."

"근데요?"

"국과수의 분석에 따르면 두 여인의 음성 주파수가 똑같다고 하네요. 말하자면 한 여자의 목소리라는 거죠."

"그게 무슨 말이죠?"

"그거 알아요? 성문(聲紋)을요."

"성문? 모르겠는데요."

"사람마다 지문이 다른 것처럼 목소리의 지문이라 할 성문도 다르다네요. 사람의 입모양과 성대는 변할 수 없기 때문에 남의 목소리를 흉내낸들 식별할 수 있고요. 심지어 목소리의 주인공의 나이, 출신, 학력에 직업을 알아낼 수도 있고요. 그래서 살펴보니 놀랍게도 두 여인의 목소리가 동일 인물이라지 뭐예요. 그러니 당신을 신고한 사람은 바로 당신 자신이었어요. 비록 동네 공중전화를 사용하는 조심성을 보였지만, 아니라고 잡아뗄 수가 없네요. 국과수가 입증하는 데에야. 알고 보니 수련 씨를 신고한 사람은 바로 수련 씨 자신이었더라고요."

"흐음."

"수련 씨가 혼자서 북 치고 장구 쳤던 거죠. 절묘한 타이밍에, 우리들의 기다림이 지칠 즈음해서, 예정된 시나리오에 따라. 이젠 두말하면 잔소리겠죠?"

"으음."

"우린 이 녹음기를 증거물로 법원에 보낼 겁니다. 담당 판사는 아마도 당신이 이 범죄에 깊숙이 개입하고 있다는 심증을 굳히겠지요?"

내 말에 진수련은 다시금 침묵의 늪 속으로 빨려들고 있었다. 긍정도 부정도 아닌 모습.

"자, 이제 당신들이 공모자라는 사실을 더 입증할 필요가 있을까요?

함께 각본을 쓰고 함께 연출한 사실을. 그런데 그걸 보강하는 두 번째 실수도 있었어요. 그게 자칫 잘못해서 사람들이 범하는 실수더라고요."

나는 차분하게 말을 이었다.

"우리가 말씀예요, 오늘날 전 국민을 CCTV로 감시하는 세상에 살고 있다는 사실은 잘 아시죠? 우린 24초당 한 번씩 노출된다네요. 당신이 그날 밤 움직인 이른바 동선을 따라서 CCTV가 설치되어 있었고요. 경찰이 CCTV의 파일을 가져가 살피는 건 수사의 기본이죠. 차량번호만 입력해도 차량이 지나간 경로가 자동으로 표시되고, 탑승자 모습도 카메라에 찍히고요. 요즘은 인공지능 CCTV로 더 똑똑해지고 있거든요. 내가 무슨 말을 하려는지 알죠?"

내가 물었으나 대꾸가 없다.

"시경의 백지영 경위가 압구정동 뒷골목 술집거리의 CCTV를 샅샅이 살폈으나 당신들의 모습을 찾는 데 실패했어요. 눈이 내린 탓이거나, 당신들의 말과는 달리 그곳에 모습을 보이지 않았거나. 하지만 나는 백 경위와는 달리 당신들의 행적을 찾을 수가 있었어요. 다만 압구정동 아닌 동부이촌동에서요. 바로 당신이 살고 있는 동부이촌동 루비앙카의 지하 주차장에서요. 그곳에 설치된 CCTV에서요."

진수련은 아직도 입을 꾹 다물고 있다.

"진수련 씨, 당신이 수사선상에 떠오르지 않았다면, 그것도 빨간 망토의 여자로 드라마틱하게 등장하지 않았다면, 우린 놓쳤겠지요. 전국에 깔린, 그게 공공기관에서 설치했건, 민간에서 설치했건 대충 400만 대 중에서 하필이면 동부이촌동의 CCTV를 살피는 일을요. 꿈도 못 꾸죠. 이유 없이 아무 데나 뒤질 순 없잖아요. 어때요, 한번 보실래요? 루비앙카의 주차장에서 금요일의 그날 밤에 포착된 당신들의 동영상을."

나는 대꾸도 기다리지 않고 30인치 모니터를 작동시켰다. 고화질 화면에 두 여인의 초상이 떠오르고 있었다. 손서연이 성큼 차에서 내리고 있었는데, 휘청거리지도 않았고 고주망태 상태도 아니었다. 후드도 벗고 맨얼굴을 드러냈는데, 종착역에 무사히 도착했다는 안도감 탓인 듯했다. 그런 그녀와 진수련은 팔짱을 끼고 있었는데, 나란히 걸음을 옮기는 두 사람은 여간 다정해 보이는 것이 아니었다. 이윽고 두 사람은 엘리베이터에 함께 올랐고, 금세 시야에서 사라졌다. 다만 긴 머리의 아름다운 자태의 잔영만을 남기고.

"아시겠어요? 당신이 우리한테 루비앙카의 CCTV를 살피는 계기를 마련해주었다고요. 행운을. 고맙게도."

그런데 손서연을 살인이 있었던 밤 11시에 압구정동에서 픽업해서 동부이촌동엔 11시 30분에 도착했다는 진수련의 주장과는 달리 CCTV 영상을 복구해보니 영상에 찍힌 시간은 자정 너머 0시 30분이었다. 한 시간의 차이가 있다. 그만한 시간이면 무슨 짓인들 못 하랴. 두말할 것도 없이 살인은 밤 11시에 이루어졌고, 손서연은 그 시간 뒤로 집을 뛰쳐나와 진수련과 접선한 것이다. 모든 상황이 두 사람이 살인 공모자라는 것을 웅변으로 말해주고 있었다. 비록 우리들 눈앞에선 불구대천의 원수처럼 행동했지만 언제부터인가 동지였던 것이다. 새벽에 루비앙카를 떠날 때도 맨 얼굴에 팔짱을 끼고 있었다. 그러니 충동적인 살인도 아니다. 알고 보니 계획적인 살인이다. 두 여자가 치밀하게 계획한 합작품!

"이 사실을 몰랐던 어제만 하더라도 당신들에게 승리의 축배를 들 기회를 주려 했어요. 그것도 짜릿한 승리의 축배를. 그러니 이것이야말로 천재들이나 꿈꿀 수 있는 완전범죄가 아니고 뭐겠어요? 두 사람이 지나치게 싸우는 게 늘 마음에 걸렸지만요. 짜고 치는 고스톱이 아닌가 하는 그런 느낌. 어떻게 보면 막장 드라마 뺨치는 과잉 연기였어요."

그리고 나는 덧붙였다.

"당신들이 비록 비상한 두뇌를 지녔지만 원조 셜록 홈즈가 처음 등장했던 1887년 시대와는 달리 디지털 셜록 시대에 살고 있다는 게 결정적인 불운이네요. 오늘날엔 CCTV와 드론 탓으로 이 세상에서 몸을 숨길 방법이 없다고들 하잖아요. 앞으로 당신들 휴대폰과 PC에다가 차 넘버 4989호의 BMW도 뒤져볼 생각이에요. 통화기록에 이메일에 이동 경로는 물론이고 지문을 비롯한 흔적도 살펴야겠지요. 당신들 딴말 못 하게. 아마도 1회용 휴대폰을 사용하거나. 공중전화를 이용했을 테지만…… 그리고 자주 대중교통을 이용해서 움직였겠지만……. 그러고 보면 우린 어떤 점에선 조지 오웰의 빅 브라더가 지배하는 세상에 살고 있는 거네요."

진수련은 이젠 내 말을 흘려듣고 있었고, 긴장을 잉태한 표정도 풀어져 있었다. 마침내 손을 들었을 때의 일종의 해방감마저 드러내 보였고, 항변하려는 몸짓도 찾아볼 수가 없으니 우리들의 게임은 끝난 것일까.

그때 손서연을 담당한 서 경사가 우리 방에 들어섰다.

"손서연은요?"

내가 대뜸 물었다.

"처음으로 울고 있네. CCTV의 동영상을 보는 순간 고개를 떨어뜨렸고, 강동운의 장례식 장면을 보여주자 오열하기 시작하더라고요. 한때는 사랑했던 사람이 한순간 한 줌의 재가 되어 어머니의 손으로 강물에 흩뿌려지는 애통한 장면에선 통곡하기 시작했고. 그러더니 자백하기 시작하더라고."

"아, 네."

"이 사건은 자존심에 상처를 입고, 질투의 격정에 사로잡힌 여자들이 손을 잡고 한 사내를 깨끗하게 저세상으로 보낸 사건이라고 할 수 있지."

"네에……"

"그러니 두 여자의 공모를 적과의 동침이라고 해야 하나? 아니면 오월동주(吳越同舟)라고……"

"그럴지도."

"손서연은 자기가 다 했다고 하네. 계획도 자기가 짜고, 골프채도 자기가 휘둘렀고. 진수련은 다만 자기를 측은하게 여기고 조금 도왔을 뿐이라고."

서 경사의 말이 떨어지자, 그사이 침묵 모드로 일관하던 진수련이 벌떡 자리에서 일어나며 충동적으로 말했다.

"말도 안 돼. 지가 다 했다고? 각색도 연출도 내가 다 했다고요. 서연이는 다만 꼭두각시처럼 움직였을 뿐이라고. 주역은 나라고요. 아무나 주역을 하나? 한낱 조역인 주제에."

어지간해서는 공모자들이란 막판에 대개 그러하듯이 비겁한 변명을 늘어놓거나 상대방에게 뒤집어씌워 발뺌하기 마련인데, 이건 아니다. 그런 점에서 두 여인 모두 엄청 쿨하다.

아무려나 바야흐로 두 여인에 의해 치밀하게 각색되고 냉혹하게 연출된 살인극은 막을 내리고 마무리할 타이밍이다.

나는 마지막으로 서 경사에게 한마디 했다.

"이걸 명심하세요. 여자가 한을 품으면 아이언 7번 골프채를 움켜잡는다는 사실을요."

오리엔탈호텔의 살인

1

언제 끝날지 알 수 없는 콘서트처럼 지루하게 이어지던 꽃샘추위도 막을 내리고 화창한 봄이 찾아왔다. 계절의 여왕이라고 하는 5월! 요즈음 기온 온난화 현상으로 장미꽃이 일찍 그 화려한 모습을 드러내려는 무렵이기도 하다.

우리가 오리엔탈호텔에서의 그 특색 있는 살인 사건을 신고받은 것은 저녁 7시를 좀 지나서였다. 봄이 무르익어서일까, 해는 아직 서산에 걸쳐 있다. 모두가 일과를 마무리할 무렵이었는데, 마냥 시간의 흐름을 지켜보며 서성이던 나더러 출동하라고 한다. 누구나 오늘 저녁에 내가 데이트라도 있는 줄 알고 있을 것이었다. 입술연지를 고치며 연방 머리를 빗질하고 있어서다. 그건 할 일 없는 여인의 공연한 제스처였다. 냉큼 앞장서지를 않았는가. 살인 사건에 구미가 당겨서라기보다는 오리엔탈호텔이라는 말에 솔깃해서였다. 오리엔탈호텔은 그 웅대함과 함께 장려함이라는 점에서 특급호텔 중에서도 탑으로 꼽힌다. 그런 호텔에서 오늘 저녁 나를, 종로경찰서 강력계 제1팀장인 최선실을 정식으로 초대한 것이다. 그것도 살인 파티에.

"자, 어서 시동을 걸고 출발하자고요. 모처럼 럭셔리한 호텔에서 초대했는데 늦어서야 되겠어요."

우린 부랴부랴 출발했는데, 나와 서 경사가 나의 코란도로 앞장섰다.

"이거 흥분되네요."

완연한 봄의 설렘 속에 미지의 세계로 여행을 떠나는 사람들처럼 전·박·노 세 형사도 들떠 있었고, 그들의 스포티지로 잽싸게 뒤따랐다.

우리가 광화문 네거리에 찬연히 우뚝 솟은 초고층 오리엔탈호텔에 도착한 것은 채 10분도 되지 않아서였다. 여느 때 같으면 눈길도 주지 않았을 호텔 도어맨들이 날렵하니 다가와 문을 열어주는 것이 아닌가. 그들은 슬기롭게도 그들의 운명을 겨냥해 다가서는 무리들을 알아본 것이다. 비록 먼지가 잔뜩 낀 고물차를 몰고 왔어도 말이다. 오늘은 BMW도 메르세데스 벤츠도 콜록거리는 코란도 앞에서 빛을 잃었다.

우린 오늘만큼은 귀빈이었다. 그리고 현란한 조명에다가 레드카펫을 밟으며 나타난 스타처럼 앞장서는 사람은 물론 나였다. 생김새만은 번듯하고 보니 특급호텔에서 앞장서도 손색이 없을 것이었다. 사내들은 모두가 나를 따르는 시종처럼 보였다.

호텔 로비에 한 발짝 들어서 보니 시경 수사팀이 벌써 와 있었다. 하 경감과 맹 형사 콤비에, 서구적인 마스크를 자랑하는 백지영 경위마저 그녀의 졸개를 데리고 출동한 것이다.

나는 대뜸 눈살을 찌푸렸다. 이곳은 종로서 관할이다. 바로 나의 활동무대인 것이다. 비록 상급부서라 할지라도 이건 관할 침범이다. 마피아도 관할이란 게 있는데, 하물며 치안을 담당한 경찰에 있어서려야. 무엇 때문에 사사건건 남의 관할을 침범한담. 잘났으면 얼마나 잘 났다고. 나는 속으로 우물거리며 하 경감 앞으로 성큼 발을 내디뎠다. 내가 선택할 수 없는 밉상스런 이웃이라 할 그들에게 항의하기 위해서 다. 이게 어디 한두 번이던가.

"어인 행차신가?"

하 경감이 대뜸 입을 떼었다.

"제가 잘못 찾아왔습니까? 여긴 종로서 관할로 아는데요."

나는 서슴없이 반문했다.

"이건 특명 사건일세. 나더러 나서라 하시네. 그러니 뒷전에 물러나 도 될 거야."

"어머, 그러셔요."

"윗선에서 관심이 크시다고. 우리가 직접 출동할 만큼. 잘하면 표창 장 한 장쯤은 줄 거라고. 알아듣겠지?"

영감이 덧붙였다. 그는 여느 때와는 달리 나한테 애써 설명하려 했 다. 처음엔 또다시 피박을 쓰는 기분이었는데, 나의 귀에 솔깃한 말도 첨가하는 게 아닌가.

오리엔탈호텔의 설립자가 재벌 수준이고 블루하우스의 막강한 실세 들과 막역한 사이라는 정도는 나도 알고 있다. 아마도 이번 사건에 그 들의 입김이 작용하고 있을 것이었다. 잘못하면 호텔 이미지에 상처를 입을지도 모를 일이다.

"알겠습니다. 오늘도 한 수 배우도록 하지요."

나는 애써 조신하게 대꾸하며 한 발 물러났다. 그러자 백지영이 다가 왔다.

"우리 자주 만나네."

그녀가 오히려 오늘따라 고답적이다. 그리고 특급호텔에 어울리게 파스텔 톤의 청록과 핑크 그리고 하늘색이 어울리는 럭셔리 브랜드의 옷차림이다. 나는 이른바 스트리트 패션이라고 하는 간편한 스카이 블루 색상의 캐주얼 점퍼를 걸치고 면바지에 신발은 스니커즈지만, 거기에 마스코트 몽키가 달린 캐주얼백 키플링을 어깨에 메고 있었지만 그녀는 '천송이'도 반했다는 봄빛 트렌치코트에 한국선 콧대 높은 샤넬백을 손에 들고 있다. 가면을 벗은 것일까, 오늘따라 스타일리시한 룩을 연출하고 있다. 귀고리와 목걸이를 하지 않은 것이 그나마 양식이 남아 있는 증좌다. 그녀는 언제나처럼 그녀의 수하 두 명과 함께였다.

"그러네요. 앞장서시죠."

이젠 같은 계급이고 같은 서열이긴 하나 나는 겸손을 가장한 것이지만 공손하게 인사했다. 그녀와는 언제나 경쟁을 할 처지다. 그래서 사람들 눈에도 대비되어 비칠 것이므로 행동거지도 조신해야 한다.

"자, 이제 우리 일에나 매달려볼까."

하 경감이 말했다.

"그러시죠."

한순간도 지체하지 않고 맞장구친 사람은 맹랑하기로 소문난 맹 형사였다. 그는 나한테 눈길조차 주지 않았고, 언제나처럼 연방 백지영의 눈치를 살피느라 여념이 없다.

"우리나라에도 마침내 초고층 호텔 살인 사건이 발생했군요. 이것도 선진 대열에 한몫 끼는 증표일까요?"

맹 형사는 묘하게도 감동 어린 어조로 말했다.

"반장님, 호텔 살인은 미스터리 세계에서 자주 다루어지는 소재라고 할 수 있습니다. 더구나 초고층 호텔은 범죄의 무대로서 대단히 매력적이지요."

맹 형사도 미스터리 마니아인 걸까, 그 면모를 은근히 드러내 보였다. 예전엔 살인 무대로 고색창연한 성채나 저택이 각광을 받았으나, 근래에 와서는 오리엔트 특급열차에 나일강의 호화 여객선이 각광을 받고 있다. 요즈음엔 '초고층 호텔 살인 사건'을 소재로 한 추리소설이 탄생할 만큼 매머드 호텔이 매력적인 무대임엔 두말할 것도 없다.

"희생자는 으레 수많은 사람이 지켜보는 가운데 창문에서 뛰어내리게 마련이고요."

맹 형사는 하 경감에게 말하기보다는 나더러 들으라는 듯이 말했다.

"흐음, 그래. 근데 맹 형사, 사망 시간은 몇 시께라고 했었지?"

하 경감은 언제나 사무적이었는데, 그가 미스터리 세계의 변천사엔 관심이 있을 리 없다.

"저녁 7시를 살짝 지나서입니다."

40층 호텔의 거대한 유리 벽면에 봄철의 저녁놀이 찬연하게 물들 무렵, 그때가 7시 10분경이라고 하는데, 한 여인이 하얀 네글리제 자락을 휘날리며 하늘에서 하강하는 것을 많은 시민이 목격했다는 것이었다. 상처 입은 한 마리 흰 비둘기가 퍼덕이며 땅에 떨어지는 것처럼 보였다고 했다.

죽은 여자의 신원도 금세 판명되었다. 이름은 김지숙. 나이는 29세. 남다른 학력도, 유별난 미모도 타고나지 않은 여자. 그렇다고 뚜렷한 결점도 없는 보통 여자로, 부지런히 고객에게 최상의 서비스를 제공하려 애쓰는 호텔 종사자라고 했다. 이 세상에 소리 소문 없이 등장했는데 그 퇴장은 사뭇 극적이라고 할 수 있었다. 김지숙이 호텔 부지배인 황범수의 숨겨놓은 여자라는 사실도 알게 되었다. 김지숙은 30층에서 추락한 듯했다. 30층에 황범수의 간이 침실이 마련되어 있었는데, 사람들의 말로는 그들은 그곳에서 가끔 하오의 정사를 즐겼다고 했다.

형사진은 호텔 외곽부터 살피기 시작했다. 특히 시신이 뉘어져 있는 현장을 중심으로 해서 살폈다. 김지숙의 시신엔 하얀 시트가 씌워져 있었는데, 국과수 차량이 시신을 운반할 채비를 하고 있다.

흔히 스릴러 영화에선 으레 첫 신에서 여주인공이 높은 곳에서 추락하기 마련인데, 스릴러의 거장 앨프리드 히치콕 감독의 〈현기증〉에서는 뇌쇄적인 미모를 자랑하는 킴 노박이 수녀원의 종탑에서 추락하고, 테란 사라피안 감독의 〈터미널 스피드〉에선 아름다운 KGB 요원 나스타샤 킨스키가 스카이다이빙 훈련 도중 어이없게도 비행기에서 추락한다. 한순간 시야에서 사라진, 그래서 죽었다고 믿어지는 이들 여자 주인공들의 비극적인 운명의 궤적을 쫓는 건 물론 홀로 남겨진 남자 주인공들의 몫이다.

이것도 그런 사건일까?

어쩌면 그들 사건들과는 조금은 거리가 있지 싶다. 그땐 시신이 쉽사리 발견되지 않아 드라마틱하고 서스펜스가 넘쳤지만, 지금은 눈앞에 버젓이 있으니 얼마간의 추리력을 지닌 콜롬보 같은 보통 형사가 나설 법한 무대다.

그나저나 사람이란 몇 층에서 뛰어내리면 목숨을 잃게 되는 걸까? 일순 나의 머리를 스친 상념이었다. 앨런은 그의 아내 실비로 하여금 8층에서 뛰어내리게 했었다. 8층에서 뛰어내린 인간의 몸이 지면에 부딪히는 게 얼마나 시간이 걸릴까? 앨런의 머리를 스친 생각은 이것뿐이었다.

3초 그리고 4초!

실비가 낙하하는 데 소요된 시간이었다. 앨런이 그 당시 느낀 것은 다만 관능적인 기쁨이었다.

버드 콜리스가 그의 아이를 임신한 도로시를 떠민 것은 14층 옥상의 통풍구였다. 콜리스는 코브라와도 같은 민첩한 동작으로 그녀의 발뒤꿈치를 두 손으로 움켜잡고 한 걸음 물러나면서 들어올렸었다. 일순 그들 두 사람의 시선이 부딪쳤다. 콜리스는 그녀의 눈동자에 넋이 빠진 듯한 공포가 번지는 것을 보았고, 그녀의 목구멍으로 비명이 솟구치는 것을 들었다. 다음 순간 콜리스는 그가 들어올렸던 여자의 두 다리를 밀어젖혔다. 얼어붙은 듯한 고통의 외침이 긴 꼬리를 이었으며, 잠시 후 그것도 사라졌다. 그리고 이윽고 찾아온 것은 침묵이었다. 콜리스의 마음속에선 '긴장으로부터의 육체적 해방'이라는 말만이 미친 듯이 춤추었다.

사내들은 왜 하필이면 여자들을 높은 곳에서 뛰어내리게 하는 걸까? 언뜻 보아 자살로 비쳐지는 탓일 게다.

"아니, 어떻게 30층이라는 것을 금세 알게 되었지? 나로선 쉽사리 식별할 수가 없는데 말씀이야."

하 경감은 호텔의 전경을 올려다보며 말했다. 최상층까지 유리로 깔린 건물로 하늘 높이 치솟은 매머드 호텔은 까마득하기만 했다. 게다가 저녁 어스름까지 찾아들고 있다.

"바로 저 플래카드 때문입니다."

맹 형사는 호텔의 유리 벽면에 길게 늘어뜨려져 있는 플래카드를 가리켰다. 플래카드에는 '5월의 장미 축전'이라는 큼직한 글씨가 씌어져 있었는데, 호텔에서 무슨 특별한 행사라도 준비하고 있는 듯했다.

"저 장미꽃을 보십시오."

플래카드 상단에 빨간 장미꽃이 화려하게 그려져 있었다.

"바로 저 장미꽃 옆 창문에서 떨어졌습니다. 그곳이 30층이라나요."

"그렇구먼."

"저거 7일 전에 설치되었다네요."

"흠, 7일 전이라."

"자, 이제부터 부지배인 녀석을 다그쳐야겠습니다. 뭔가 재미나는 사연이 있을 겁니다."

"아무려나 재미를 찾아서야."

2

우린 이윽고 호텔 총지배인실에 임시로 마련된 수사본부로 발걸음을 옮겼다. 저녁 7시 30분. 오늘의 일몰 시간이다.

전형적인 호텔리어로 보이는 황범수가 우릴 기다리고 있었다. 황범수! 베이지의 소프트 블레이저를 걸친 30대 중반의 만만해 뵈지 않는 사내. 그의 새까만 눈동자가 서늘했고, 그의 네모난 턱의 파란 수염 자국이 차가웠다. 그의 얼굴에는 비웃는 듯한, 다분히 도전적인 미소가 괴어 있었는데, 언제나 그러했지만 그도 어김없는 미남자였다.

과연 이 사내도 『죽음의 키스』에 등장하는 버드 콜리스 같은 사내일까? 아니면 『아메리카의 비극』에 등장하는 클라이드 그리피스 같은 사내이든가. 아이라 레빈의 『죽음의 키스』를 시어도어 드라이저의 『아메리카의 비극』의 추리소설판이라고 말하는 사람도 있는데, 두 작가는 현대를 사는 청년들의 불타는 야망과 그 무참한 좌절을 그렸었다.

"황범수 씨, 우리가 이렇게 마주 앉아 이야기를 나눌 수밖에 없는 사정을 이해하실 테지요."

하 경감은 황범수와 마주 앉으며 말문을 열었다. 윗선의 관심을 의식해서일까, 그가 손수 심문하려 했다.

"아, 네에."

황범수는 애매모호하게 대꾸했으나 강력계 형사진과의 대결은 필연적이라고 생각했을 것이다. 하 경감이 일깨우고 강조하지 않더라도. 그리고 어떻게 보면 그로선 기다려온 순간이기도 할 것이다. 이 순간을 위해 모든 것을 준비해온 처지가 아니겠는가. 그래서일까 그는 레이지보이라는 이름의 흔들의자에 걸터앉아 거들먹거리기조차 했다. 하지만 노회하기 이를 데 없는 하 경감을 누가 당해낼 건가.

"우선 당신의 신상에 대해 묻겠는데……."

그러나 그것은 물어보나마나였다. 버드 콜리스처럼 빈한한 가정에서 태어났고, 클라이드 그리피스처럼 화려한 도시의 한구석에서 비참하며 굴욕적인 소년 시대를 보냈을 것이다. 그리고 부잣집 여자를 쟁취함으로써 가진 자의 대열에 진입하려는 굴절된 야망을 키우며 살아왔을게다.

"근데, 죽은 김지숙 씨와는 어떤 관계지요?"

"한때는……."

"한때는?"

"사랑했던 사이입니다. 장래도 약속했었고요."

"근데 지금은요?"

"지금은……."

그의 앞에 새로운 여자가 나타난 것이다.

여자의 이름은 배정란. 호텔 오리엔탈의 사주인 배석호 씨의 외동딸이다. 그는 딸이 애써 고른 사윗감을 흡족해했을까? 차제에 시경 형사 진을 부추겨서 철저하게 뭉개고 싶은지, 아니면 상처 하나 없이 살리고 싶은지 알 수가 없다.

아무려나 황범수로서는 늘 꿈속에서 그려오던 부와 아름다움을 두루 갖춘 여인을 만나게 된 것이다. 그의 눈앞에 총지배인 자리가 어른거렸 을 것이다. 아니 사장 자리가. 그리고 거대한 호텔왕의 후계자 자리도 말이다.

그런데 그의 장밋빛 꿈을 가로막는 여자의 존재!

"그 사랑이 식었다는 말이군요."

"그렇습니다."

"그래서요?"

"우린 헤어지기로 했습니다."

"그렇다면 오늘의 사태를 어떻게 설명해야 하지요?"

"나에 대한 일종의 보복으로 봅니다."

"보복? 목숨을 걸고?"

"네."

"끝내는 당신을 교수대에 세우려는……."

"네에."

『아메리카의 비극』에 등장하는 그리피스는 그가 처음 사랑했던 가난 한 여공을 호수에 끌고 간 것은 틀림없었다. 그러나 그녀가 호수에 빠 져 죽은 것은 우연한 사고라고 할 수 있었다. 그렇지만 그는 변호사들 의 끊임없는 노력의 보람도 없이 끝내 전기의자의 신세를 지게 되었다. 그리고 그의 어머니와 목사의 종교적인 위안에도 구원을 얻지 못했다.

황범수는 보아하니 김지숙의 투신을 그를 교수대에 세우기 위해 꾸민, 버림받은 여인의 처절한 복수극으로 끌고 가려 하고 있다.

"우리가 알기로는 당신은 그 뭡니까, 이 호텔의 유일한 상속자의 새로운 연인이라던데요. 내 말은 당신은 잘못된 만남을 청산하고 새로운 인생을 설계할 수 있게 되었다는 얘깁니다."

"누가 아니랍니까. 그래서 어쨌다는 거지요?"

"그래서라니, 뻔한 이야기가 아니오. 옛날 여자가 짐스러워진 거요."

"설혹 짐스러워졌기로서니……."

"여자가 미련스럽게 매달렸어요. 이쪽의 사정은 생각하지도 않고. 게다가 여자에게 최후의 공갈 수단이라도 있다면요. 있잖아요, 당신을 법정에나 여론의 매질 앞에 세우거나 하면서 지겹게 구는 일 말이오. 마침내 당신을 최후의 수단에 호소하지 않을 수 없도록 몰고 갔어요. 아니라고 할 텐가?"

늘 그러하지만 야심에 찬 데다가 냉혹하고 비정한 청년에게 있어 옛 애인의 존재는 치명적인 골칫거리다. 그래서 그들은 그녀들을 빌딩 옥상으로 끌고 가거나 호수로 끌고 갔었다. 황범수도 김지숙이 그의 설득으로 해결되지 않는다는 것을 알았을 것이다.

황범수는 마침내 김지숙을 이 세상에서 지워 없애기로 결심하기에 이르렀을 것이고, 김지숙의 죽음을 설계하는 데 골몰하기 시작했을 것이다. 그로서는 결코 버드 콜리스나 클라이드 그리피스의 전철을 밟아서는 안 되었다. 그리고 마침내 그가 탄주(彈奏)할 소름끼치는 완전범죄의 음보(音譜)를 완성했을 것이다. 그것은 천재만이 구상할 수 있는 일종의 불가능 범죄라고 할 수 있을 것이었다. 불가능 범죄! 그것은 범죄자들이 꿈꾸는 영원한 이상향이다.

황범수는 계획이 마무리되자 경찰에 과감히 도전하기로 했을 것이다. 김지숙이 어떤 형태로 죽든지 간에 그가 의심받게 마련이어서 그는 정면 돌파하기로 마음먹은 것이다. 그는 D데이 H아워도 정했고 마침내 그날이 온 것이다.

"흔해빠진, 그것도 하나도 재미없는 삼류 드라마의 시나리오군요."

황범수는 다리를 포개어 앉으며 심드렁하니 말했다. 그는 입가에 회심의 미소를 띄우는 여유마저 보였는데, 하 경감의 말은 그의 예측에서 한 치도 벗어나지 않았을 것이다.

"좋아요. 그럼 당신이 만든 알리바이 각본이나 어디 들어봅시다."

"네, 듣고 너무 실망하지 마십시오. 전 그 시간에 30층의 침실이 아닌, 33층의 집무실에 있었습니다. 말하지만 저한텐 확고한 알리바이가 있는 거죠. 한번 알아보시겠습니까?"

황범수는 당당하게 굴 만했다. 그는 저녁 7시를 전후로 해서 30층이 아닌 33층의 사무실에서 집무하는 것을 여러 종업원들이 목격하도록 처신했었다.

"자네, 한번 확인해보게."

하 경감은 옆에 시립하듯 서 있는 맹 형사에게 지시했다. 그러나 그것은 알아보나마나였다. 33층의 벨보이도, 객실 웨이터도, 룸서비스도 황범수의 진술을 뒷받침했다. 그리고 플로어 스테이션에는 늘 사람이 상주하다시피 했고, 복도도 엘리베이터 홀도 비상계단도 그들의 눈길을 피해 드나들 수는 없었다.

"반장님, 이 사람의 진술이 틀림없군요. 위층에 올라가면 갔지, 아래층으로 내려간 일은 없었다는군요."

맹 형사의 보고는 하 경감을 실망시켰고 황범수를 만족시켰을 것이었다.

"이건 말하자면 자기 목숨마저 던져 나를 결정적인 궁지로 몰아 넣으려는 몸부림입니다. 생각할수록 몸서리칩니다. 지숙이가 이렇게 극단적으로 치달을 줄은 미처 몰랐어요. 난 켕기는 거 하나 없습니다."

황범수의 넋두리는 하 경감의 귓전에 들려오지 않았을 것이고, 다만 그가 완벽하게 벽에 부딪혔다는 신호만이 전해져 오고 있을 것이었다. 그러니 산전수전 다 겪은 노련한 수사관이 간교한 젊은 용의자와의 지혜의 게임에서 밀리고 있다.

3

"이걸 어쩌죠, 반장님?"

막다른 코너에 몰린 맹 형사의 넋두리. 물론 수사관들만이 따로 옹기종기 모인 자리에서다.

"맹 형사, 우린 어떻게 하면 33층 집무실의 사내가 30층 침실의 여자를 살해할 수 있었는지 그 수수께끼를 풀어야 해. 내 말 알아들어?"

하 경감의 매우 적절한 지적.

"원 반장님도. 그게 말이나 됩니까. 무슨 수로요. 그건 절대로 불가능한 일입니다. 그 친구에게 마술사와도 같은 재간이 있다면 또 몰라도요."

그렇다. 황범수에게 마술사와도 같은 재간이 있기 전에야 무슨 수로 이 살인이 가능하겠는가. 그러니 이것이야말로 황범수가 머리를 쥐어짜 생각해낸 완전범죄의 각본일 것이다. 아마도 시경 수사팀은 쉽사리 해답을 찾지 못할 것이다.

그는 과연 어떻게 했을까?

하 경감은 어떻게 해서든지 이 수수께끼를 풀어야 했다. 수재형의 맹 형사도, 천재형의 백지영 경위도.

"그래, 저 친구, 무슨 요술을 부렸을 거야. 맹 형사, 자넨 미스터리에 남달리 조예가 깊은가 보던데, 어때, 옛날의 위대한 마술사들이 어떻게 했는지 한번 말해주지 않으려나?"

하 경감은 하도 답답하고 난감했던지 맹 형사의 조언이나마 들으려는 눈치였다. 그런데 맹 형사는 눈망울만 굴리고 있다. 그는 내가 눈앞에서 빙글거리고 있는데도 당장 어떻게 해볼 도리가 없는 것이 안타까울 것이었다. 그는 한동안 이맛살을 잔뜩 찌푸리고 끙끙거리기만 하더니 잠시 후 궁색한 추리를 늘어놓기 시작했다. 그래서 우린 사람이 창문에서 떨어져 죽는 구체적인 사례에 대해 듣게 되었다.

"반장님, 어떤 사내가요, 결혼만 하면 자기 아내를 죽음으로 몰아넣곤 했습니다. 무엇 때문인지는 잊었지만요. 욕구불만 때문이라고도 했고, 병적인 쾌락을 추구하기 위해서라고도 했는데, 암튼 온갖 수단을 다 동원해서 핍박하는 겁니다. 그래서 정신착란 일보 직전까지 몰고 가곤 했어요. 여자들은 필사적으로 애원하고 항거하다가는 마침내 충동적으로 창문에서 떨어져 죽곤 했습니다. 사낸 머리카락 하나 건드리지 않고 목적을 달성하고요."

맹 형사의 이야기는 물론 도미니크 파브르의 『아름다운 야수』에 등장하는 앨런의 이야기다. 그의 첫 번째 희생자는 실비라는 이름의 여인.

"무엇 때문에 당신은 이런 짓을 하는 거죠? 무엇 때문에요?"

실비는 숨을 거두면서 몇 번이고 되풀이해서 물었다.

이런 범죄는 말하자면 하등 직접적인 수단에 호소하지 않는다. 모두가 간접적인 수단이요, 암시적인 방편이 구사된다. 이것을 '가능성의 살인'이라고 하는 데 새로운 스타일이라고 할 수 있을 것이다. 그러나 하 경감은 고개를 절레절레 내젓고 있었다. 그에게는 현실감이라곤 전혀 없는 이야기였다. 사람이 얼마나 공을 들여야 그렇게까지 될 수 있을까. 사람이란 벼랑 끝에서 굴러떨어지지 않으려다 벼랑에서 뛰어 내린다고 하지만 말이다.

하 경감의 얼굴에 실망의 빛이 번지는 것을 지켜보던 백지영이 앞으로 나서며 보다 구체적인 방법을 제시하려 했다.

"반장님, 이런 방법도 있습니다. 이 이야기만큼은 구미가 당기실걸요."

"그래, 어디?"

"옛날에요……."

"흐음, 옛날 얘긴가."

"스코틀랜드의 황량한 고성에서 일어난 사건인데요. 탑의 최상층의 창문에서 그곳 주인이 떨어져 죽은 사건이 발생했습니다. 아마도 이것이 사람이 창문에서 떨어져 죽기 시작한 첫 번째 케이스 아닌지 모르겠습니다."

백지영의 부질없는 주석이었다.

"자살할 만한 이유는 결코 없었다는 겁니다. 그렇다고 살해당했다고 하기엔 석연치 않았고요. 창문은 지상에서 60피트 높이에 있었고, 로프라든가 그 어떤 기구를 사용해서 탑을 오르거나 내릴 수도 없었고요. 그러니 이것도 전형적인 밀실 살인이라고 할 수 있는 거죠."

이건 물론 밀실파의 교조격인 딕슨 카가 고안한 색다른 밀실 살인 사건이다. 카는 평생을 밀실의 트릭을 연구해왔다고 해도 과언이 아닌데, 이 분야에서의 그의 독창성은 누구의 추종도 불허하는 처지다. 그러고 보니 백지영도 보통 미스터리 마니아가 아니다.

"그래, 어떻게 살해되었다는 거야?"

하 경감이 궁금한 것은 언제나 구체적인 방법이었다. 밀실의 환상적인 무대장치야 어떻든 그건 알 바가 아니다.

"알고 보니 드라이아이스를 사용했더군요."

"드라이아이스?"

"네에."

미스터리 세계에서 드라이아이스만큼 자주 등장하는 물건도 없을 것이다. 드라이아이스란 정확하게 말하면 고체화된 탄산가스 이외는 아무것도 아니다. 그 가스는 잘못하면 중독사를 일으킬 수가 있다. 그리고 즉사한 경우가 아니면 폐 속이나 혈관 속에 흔적을 남기지 않는다. 그러니 어찌 지능적인 범인들에 의해 활용되지 않겠는가.

"반장님, 밀폐된 방 안에 드라이아이스가 기화하게 되면 어떻게 되겠습니까. 방 안에 탄산가스가 가득 차게 되겠지요. 영락없이 중독사를 일으키기 마련입니다. 그러니 이런 극한 상황에 처해졌을 땐 어떻게 하지요?"

그야 창문에서 뛰어내릴 수밖에 없을 것이다. 이왕에 죽을 몸, 신선한 공기라도 한순간이나마 쐬고 볼 일이다.

"그럴싸하군 그래."

하 경감은 백지영이 설파하는 말에 진심으로 탄복해했다. 그로서는 드문 일이었다. 그는 자기를 내세우는 데 능하고 남을 치켜세우는 데 인색한 위인이다.

"현장에서 드라이아이스를 담았던 슈트케이스도 찾았고요."

"좋아, 우리도 한번 살펴보자고."

그래서 형사진은, 나부터 모두가 30층의 침실로 발걸음을 옮겨 두루 살피게 되었는데, 백지영이 말한 딕슨 카의 밀실의 무대와 여러모로 흡사했다. 딕슨 카의 경우는 옛 성채의 고층 탑의 방이라고 한다면 지금은 고층 호텔의 객실이라는 차이뿐이다. 유일한 출입구라 할 도어가 굳게 잠겨 있었다는 것도 같았고, 로프를 이용해서 기어오르거나 내릴 수가 없다는 것도 같았다. 설사 로프나 곤돌라를 타고 오르내릴 수 있다 해도 광화문 네거리의 그 많은 사람들의 눈길에서 벗어날 수는 없을 것이었다. 그러니 이것도 전형적인 밀실 살인 사건이라고 할 수 있다.

"어다 보자. 이 방문이 잠겨 있었던 건 틀림없었나? 호텔의 도어란 닫히기만 해도 잠기게 마련이지만 말이야. 록 장치가 완전 자동식이니까."

하 경감은 누구에게랄 것도 없이 말했다.

"네, 잠겨 있었다는군요. 플로어 스테이션의 벨보이에게도 확인했습니다. 그래서 마스터키로 문을 열었다네요."

누군가에게서 지체 없는 대꾸가 되돌아왔다. 보아하니 백지영의 수하 형사다.

"그 뭐야, 부지배인더러 문을 열라고 하면 될 거 아냐. 자기 방인데. 군이 마스터키를 찾을 것도 없이 말이야."

"그 친구가 하는 말이 열쇠를 방 안에 두고 나왔었다는 겁니다."

"그렇다면 그 친구, 자기 방을 열 수도 없는 상황이었구먼."

"마스터키를 이용하는 방법 말고는요."

"용의주도하군. 물론 마스터키도 손을 대지 않았을 테고 말이야."

"그렇습니다."

그렇다면 그가 채택할 수 있는 살인 방책은 역시 드라이아이스를 이용하는 방법밖엔 없을 것이다. 백지영이 마침내 사건을 해결할 듯이 보였다. 그러나 슈트케이스든 볼박스든 드라이아이스를 담았을 성싶은 용구는 아무리 눈을 비벼봐도 방 안에 없었다. 그들이 발견한 것이라고는 김지숙의 겉옷뿐이었다. 호텔 제복으로 보이는 밤색 투피스. 그런데 문제는 잘 알다시피 외부 사람 아닌 방 안의 사람은 얼마든지 도어를 열고 밖으로 나올 수 있다는 점이었다. 핸들의 록 장치가 풀 오토 방식이든, 세미 오토식이든 간에 말이다. 그러니 방 안에 가스가 차기 시작한대서 굳이 창문을 향해 걸음을 옮길 필요가 없다. 문을 열고 복도로 나와도 되는 일이 아닌가. 비록 네글리제 차림이라고 해도 말이다. 그러니 누군가가 버드 콜리스처럼 김지숙을 창문에서 떠밀었다고 봐야 했다. 그런데 황범수로서는 그게 불가능해 보이는 것이다.

궁지에 몰린 하 경감이 마침내 비명을 질렀다.

"나 원, 이 친구 정말 간단치가 않네. 분명히 신의 한 수를 두긴 두었는데, 누가 해답을 줄 수 없나? 이거 미치고 팔딱 뛰겠군."

4

바야흐로 내가 등장할 적절한 타이밍이었다. 타이밍을 놓치는 일은 우리들에겐 하나의 약점이다. 그래서 재빨리 오늘의 무대에 나섰다. 마치 혜성처럼 나타난 스타이기나 하듯이.

"나 참, 공연히 애쓰신다니깐."

나는 이미 눈앞의 꼬인 실타래의 해답을 찾아낸 사람의 태도였다.

"저기요, 반장님, 이건 마술사들의 초보적인 속임수예요. 초보라니까요. 신의 한 수라니요, 말도 안 돼요."

나는 싱긋 미소 짓기까지 했다.

누구보다도 맹 형사가 '이 여자가 또다시 주제넘게 나선다' 하는 언짢아하는 표정을 짓고 있었다. 아니, 짜증스러움마저 나타내고 있었다. 그들이 하는 일에 언제나처럼 초를 치려 나서고 있었으니까.

"난 황범수가 어떻게 했는지 알 것 같네요."

나는 자신에 차서 말했다.

"그래, 어떻게 했다는 거죠?"

맹 형사의 반응은 퉁명스러웠다.

"33층의 남자가 어떻게 30층의 여자를 살해할 수 있었는지를 말이에요."

"아니, 그걸 누가 모르는 사람이 여기 있어요? 우린 지금 그걸 살피고 있는 겁니다. 자, 어디 한 번 증명해보시죠."

맹 형사가 하얗게 눈을 치켜뜨고 있었다. 이 친구 나를 생리적으로 싫어한다. 꼬나보면 어쩔 건데? 나는 받아치고 싶었으나 참았다. 한 수 아래의 인물이다.

"맹 형, 잡음 넣지 말고 내 말 들어봐요. 이 방엔 드라이아이스 같은 건 있지도 않았어요. 그런 거 필요치도 않았고요. 살인자는 이 방엔 들어오지도 않았고, 김지숙도 이 방에 있질 않았어요. 비록 그 여자의 옷가지가 발견되었다고 해도 말예요. 왜냐하면 살인 현장은 이 방이 아니니까요. 살인무대는 따로 있다고요."

"아니, 뭐라고요?"

"비록 스핑크스의 수수께끼만큼이나 단순하고 기발하다고 할 수는 없겠지만, 이것도 베일을 벗기고 보면 아주 심플한 속임수라고요. 게다가 유치하기 그지없고요."

"단순하고 유치하다고?"

"암요. 그런 속임수에 속다니요, 게다가 이건 낡은 트릭이라고요. 살짝 비틀긴 했지만요."

"제발. 그런 식으로 말하지 마요. 모두가 궁금해하고 있잖아요."

"맹 형, 바로 그 스카프예요, 빨간 스카프!"

"스카프?"

"왜 있잖아요. 마술사의 손에 쥐어져 있는 스카프요. 토끼가 모자에서 튀어나오기 직전에 휘젓기 마련인 빨간 스카프! 아니면 투우사의 손에 쥐어진 빨간 케이프! 우린 늘 그 스카프에 현혹되기 마련이라고요."

"아니, 지금 무슨 소릴 하는 겁니까?"

"맹 형, 우린 호텔 전면에 걸려 있는 플래카드에 현혹되고 있어요."

"빨간 장미가 그려진?"

"네에, 살인이 있었던 그 시각에 플래카드의 장미꽃은 33층에 끌려 올라가 있었어요. 그러니 김지숙은 33층에서 살해되고 33층의 창문에서 추락한 거지요. 이 모두가 33층에 함께 있었던 황범수의 솜씨고요."

"……."

"지금 곧바로 그곳을 살펴보세요. 여자가 마지막으로 남긴 흔적이 남아 있을걸요."

"……."

"살인이 끝나자 플래카드는 30층의 제자리로 슬그머니 내려졌던 거고요. 살금살금. 초고층이니 누구도 눈치채지 못하죠. 게다가 해 질 녘이었고요."

"……."

"그러니 누구나 30층에서 살인이 있었던 걸로 생각할 수밖에요."

"……."

"우린 감쪽같이 속았다고요. 황범수라는 이름의 마술사에게."

"으흠, 그럴듯해! 아니, 완벽해!"

하고 손가락을 튕긴 사람은 하 경감이었고,

"맙소사!"

하고 모진 신음 소리를 토한 사람은 맹 형사였다.

"완전 죽이네. 그러니 뭐야, 이건 어쩌면 신의 한 수라고 할 수도 있다고."

하고 찬탄의 소리를 낸 사람은 물론 우리 서 경사다.

백지영은 어느새 실어증에라도 걸린 사람처럼 말이 없다. 그녀 앞엔 언제나처럼 '뛰는 자 위에 나는 자'가 있는 것이다. 주유 앞의 제갈공명처럼. 아니면 살리에르 앞의 모차르트처럼. 백지영은 아마 지금쯤 살리에르 증후군에 시달리고 있을게다. 열등감에 무기력감에.

나는 모든 뒤치다꺼리를 시경팀에 맡기곤 살인무대를 뒤로했다. 마법사가 구사한 트릭을 간파했으니 이제 내가 할 일은 없다. 남은 자질구레한 일은 셜록 홈즈 같은 천재 아닌 주접이나 떠는 보통 지능을 지닌 형사들의 몫이다.

그나저나 황범수의 시나리오엔 나 같은 천재 끼가 있는 인물의 등장은 계산에 없었던 걸까. 마법사가 아차 한 번 저지른 실수다. 신의 한 수이기는커녕 악수(惡手)를 둔 것이다.

"멍청하긴! 상상력이라곤 눈곱만큼도 없잖아."

나는 복도로 나서며 퇴장의 대사를 씨부렁거렸다.

"듣겠어."

하고 속삭인 사람은 서 경사였다.

"들으라지요. 뭐. 내가 아니할 말을 했나요."

"하긴, 뾰족한 재간도 없으면서 맨날 헛발질이나 하는 주제에 시도 때도 없이 남의 관할을 침범하긴 무엇 때문에 침범한담. 가만히 보니 남의 떡에 제 집 굿할 심보더라."

"누가 아니래요."

"근데, 표창장은 누가 받는 게지?"

"누군 누구겠어요. 우리죠. 지네들이 뭘 했다고? 피날레를 장식한 건 우리라고요."

"아암, 9회 말 투 아웃에서 거침없이 질주하며 역전승하기 마련인 우리들이지."

"암요."

"그나저나 우리 팀장, 스타일 나네."

사막의 장미

1

여름은 가고 어느새 초추(初秋)의 계절이 찾아왔다.

구름이 낮게 깔린 탓일까, 블라인드 커튼을 헤집고 스며드는 하오의 빛살은 그 광택을 잃어가고 있었다. 밤엔 한 차례 비가 내릴 거라나. 무료하니 책상을 지키고 있는데, 서장이 나를 찾는다고 했다. 나는 기계적으로 손목시계를 훔쳐보았다. 오후 5시.

서장이 나를 몸소 찾는 일은 예전엔 없었던 일이었다. 무엇 때문일까? 그것도 햇병아리 팀장을. 나는 무슨 잘못을 저지른 건 없나 하고 기억을 더듬었다. 하도 바람을 일으키며 싸돌아다녔으니, 언제 어디서 무슨 실수를 했는지 알 수가 없다. 칭찬엔 인색하고 헐뜯기를 좋아하는 세파에 신경 쓰이는 요즘이었다.

나는 옷매무새를 가다듬고 얼른 서장실을 노크했다. 내가 성큼 집무실에 들어서자, 서장은 인기척을 느꼈을 텐데도, 데스크에 앉은 채로 산더미처럼 쌓인 서류 더미에서 눈길을 떼려 하지 않았다. 나는 잠시 어정쩡하니 서 있기만 했다.

그렇게 얼마나 서 있었을까. 서장은 문득 고개를 들더니 싱긋 웃음 지어 보이는 것이었다. 그건 마치 공모자에게나 던지는 비밀스러운 웃음처럼 느껴졌다. 나는 그 미소를 보며 그다지 나쁜 소식이 기다리고 있는 것이 아니라고 생각했다. 하지만 금세 그 웃음은 그 어떤 음모를 숨기고 있을 거라는 생각을 지우지 못했다.

서장은 나한테 줄곧 속 좁은 사내처럼 행동했었다. 내가 종로서의 명성을 드높였는데도 말이다. 아무래도 서장을 비롯해서 모두가 자기들이 주역을 빛내는 조역 역할이나 한다고 보고 있을 게다.

"이봐, 최선실! 자네 혹시 오마르 하산 샤르한이라는 이름을 들어본 적이 있나?"

전혀 예상하지 못한 서장의 질문. 느닷없고 생뚱맞다.

"오마르 하산 샤르한? 들어본 적이 없습니다."

나의 반사적인 대꾸.

"그 친구, 알고 보니 아랍 세계의 이름난 무기상이라는군. 세계 무기 시장에 소총은 물론이고 기관총에다가 심지어 전투기에 엑조세 미사일까지 팔아 돈을 버는 무기 판매상이란 얘길세. 흔히 말하는 죽음의 상인인 게지."

"네……."

"그렇게 해서 엄청 돈을 벌었다는 얘길세. 지금은 그 세계에선 정치적으로나 경제적으로나 숨은 실력자라고 하더군. 오사마 빈 라덴처럼 사우디아라비아 출신이고 말씀이야."

서장은 아랍 세계의 숨은 실력자에 엄청 돈 많은 재력가를 알고 있다는 사실이, 그래봐야 기껏 들은 풍월일 테지만, 제법 자랑스러운 듯이 말했다.

나는 가만히 서장의 말에 귀를 기울이며 그의 모습을 유심히 살폈다. 깐깐한 성미에 부하를 가혹하게 다루기로 소문난 인물. 소심하고 히스테릭한 일면을 감추고 있다. 첫인상이 나빠서일까, 서장에 대한 나의 인상은 별로다.

"오마르 하산 샤르한! 그는 살아 있는 전설이라고 할 수 있지."

서장은 묘하게 감동 어린 어조로 말하는 것이었다.

"그 사람이 지금 우리 관내에 있는 임페리얼호텔에 머물러 있나 보더군. 그사이 우리도 모르게 한두 차례 다녀갔나 보던데, 오마르 하산이 서울을 좋아한다는 얘길세. 알고 보니 7일 전에 입국했다는군."

"네에, 7일 전에요."

나는 서장의 말에 건성으로 대꾸했다.

"우린 그 사람을 보호해야 해. 아니 경호를."

"새삼스럽게 7일씩이나 지나서 경호는요."

나는 의심스러운 말투로 물었다. 그사이 한두 차례 다녀갔다고도 했고, 자신의 경호원도 있을 거 아닌가. 게다가 국가원수도 아니고.

"오늘에야 입수했나 보던데, 오마르 하산을 암살하려는 첩보가 있다는 게야."

"암살이라니요?"

나는 애써 관심을 드러내 보였다. 서장이 열중하는 과제여서가 아니라 이 장소에 하나도 어울리지 않는 낱말이 튀어나와서다.

"최선실, 자네 모사드는 알고 있을 테지."

서장은 일순 미소 지으며 물었다. 그의 미소는 여전히 수수께끼에 찬 미소였다.

"모사드라고요?"

나는 모사드(Mossad)라는 말을 듣는 순간 알지 못할 두근거림을 느꼈다. 어두운 골목길에서 예상 밖의 강적을 만났을 때처럼.

"서장님, 모사드라면 이스라엘의 비밀 정보기관 아닙니까? 정확하게는 이스라엘 국외첩보부! 부장의 이름이 요시 코헨이라던가요."

내가 말을 이었다.

"흐음, 그렇다던가."

서장은 가볍게 고개를 끄덕였다.

"그럼 모사드가 오마르를 암살하려 한다는 얘깁니까? 오마르 하산 샤르한을."

"그런가 봐."

"세상에."

이스라엘 비밀 정보기관이 우리나라에서 암살 작전을 펼치려 하다니!

나는 세계적으로 이름난 이스라엘의 비밀 정보기관 모사드에 대해서 얼마간 알고 있다. 특히 그들의 막강한 조직과 비상한 능력에 대해서 말이다. 나는 누구나 알아주는 미스터리 마니아인지라, 웬만한 국제적인 첩보기관에 대해서도 제법 알고 있다.

모사드는 한때 『타임』지에 의해 세계에서 가장 우수한 4대 정보기관의 하나로 선정될 만큼 이름이 나 있다. 구소련의 KGB, 영국의 MI6, 미국의 CIA와 어깨를 나란히 한다는 것이다. '세계에서 가장 위험한 기관'으로 불리는 모사드는 이스라엘 국경 밖에서 전 세계를 상대로 정보 수집과 암살에 납치에다가, 역정보 흘리기 등의 공작 활동을 펼치고 있는데, 아무런 흔적도 남기지 않는 것으로 악명이 높다. 그들이 명성을 떨친 활동은 비교적 많은데, 그중에서도 1960년에 당시 모사드 국장이었던 이세르 하렐의 지휘하에 유대인 학살에 앞장섰던 아이히만을 아르헨티나의 부에노스아이레스에서 납치해 재판에 회부한 사건이 가장 유명하다. 9·11테러 모의 정보를 맨 먼저 파악해 미국에 통보할 정도로 모사드는 일류를 자랑하는 정보기관이다.

NIS로 알려진 우리나라 국가정보원도 모사드 못지않게 악명 높은 비밀 정보기관이라던가.

"아니, 무엇 때문에 모사드가 오마르 하산을 암살하려 한다는 거죠?"

내가 물었다.

"흠, 좋은 질문이군. 알고 보니 오마르 하산이 이슬람 테러 집단에 엄청난 자금을 제공해왔었다는군. 들어본 적이 있을 테지, 이 세상에 남아 있는 가장 극렬한 테러리스트 그룹의 양대 산맥이라 할 하마스와 헤즈볼라를. 요즈음은 IS가 극성이긴 하지만. 암튼 오마르 하산이 그들에게 자금을 공급하고 있다는 얘길세. 무기 구입 자금을 비롯해서. 그러니 이스라엘이 가만히 있겠나? 그사이 피를 본 게 얼마나 큰데."

"네에."

"그래서 모사드는 마침내 오마르 하산 샤르한에게 궐석재판을 통해 사형을 선고하게 되었고, 오래전부터 그를 지상에서 영원으로 보내기 위해 뒤쫓고 있다는 얘기지."

서장은 저간의 사정을 대충 설명했는데, 내가 이제 상황을 이해했다고 보는지 헛기침마저 흘리며 한결 여유 있는 태도를 보였다.

"서장님, 지금까지 모사드의 집요한 손길에서 벗어난 사람은 아무도 없는 걸로 압니다. 아이히만의 경우에서 보는 것처럼요."

"무릇 비밀 정보기관만큼 그 신화가 과대 포장된 곳도 없지 않지. 우리 국정원처럼 말이야. 모사드라고 한들."

서장은 빙긋하며 말했다. 지나치게 나이브한 발상이라고 아니할 수가 없다.

"모사드만큼은 아닐걸요. 아무리 과대평가한다고 해도 지나치다고 할 수는 없을 겁니다. 모사드가 어떤 기관입니까?"

"정말 그럴까?"

서장은 여전히 뜨악한 표정이다.

"누가 뭐래도 오마르 하산을 우리 손으로 지켜야 해. 우리 관내이기도 하고."

서장은 말을 이었다.

"그래야겠지요. 하지만……."

"하지만? 뭔가?"

"무엇 때문에 테러리스트 그룹을 지원하는 사람을 우리가 보호해야 합니까? 의당 그 신병을 모사드에 넘겨야 하는 거 아닙니까? 이 지구상에서 테러를 추방하자면요."

"이 친구, 뭐 아는 게 하나 없군. 우리가 아랍 세계에 진출하자면 오마르 하산과 손을 잡아야 해. 그 사람의 도움이 절대적으로 필요하다는 얘기지. 자네 아랍 세계의 존재를 무시할 수 있다고 생각하나? 오마르 하산을 서울로 자꾸 불러들이는 데가 어딘지 알기나 해?"

"그야 국정원일 테지요. 그들의 차원 높은 비밀공작의 하나가 아니겠습니까? NIS로 불리는 비밀 정보기관!"

"물론 그들의 비밀공작의 일환일 테지. 하지만 그들은 단지 심부름꾼일 뿐이야. 주체는 아니라고."

"그럼 주체는요?"

"바로 청와대라고!"

"어머, 청와대라고요?"

서장의 이야기는 나하고는 하도 차원이 달라서 영 갈피를 잡을 수가 없었다. 아랍 세계의 거상에, 이스라엘의 비밀 정보기관, 그리고 청와대와 국가정보원의 등장. 그것은 지금까지 나와는 전혀 다른 세계의 이야기였다.

"근데 무엇 때문에 우리 경찰이 오마르 하산을 지켜야 하는 겁니까? 국정원도 있고, 청와대 경호실도 있는데. 더구나 국정원엔 고도로 훈련된 특수요원들도 있을 텐데요."

나는 실타래처럼 엉킨 이야기의 가닥을 잡으려는 사람처럼 물었다.

"이 친구, 정말 무얼 모르는군."

서장은 여전히 핀잔 주듯이 말하는 것이었다.

"어떻게 국제적인 테러리스트의 대부를 청와대 경호실에서 경호한다는 겐가? 그게 어디 말이나 되나?"

"하지만 국정원은……."

"겉으로는 치안을 책임진 우리 경찰이 경호해야 하는 거라고. 알겠나? 실질적으로는 국정원 특수요원들이 배치되어도 말이야. 청와대나 국정원을 노출시킬 수는 없는 일 아닌가? 누굴 국제적으로 망신시킬 일이라도 있다면 또 몰라도."

"그렇다면 공식적으로 책임을 질 일이 생기면 경찰이 책임을 져야겠네요. 청와대도 국정원도 쏙 빠지고."

"아암. 엄연히 경찰 책무가 아니던가."

서장은 드물게 단호한 어조로 말했다. 하긴 서장이 분명하게 언명하지 않더라도 1차적 책임은 치안을 떠맡은 경찰에 있을 것이다. 그래서 경찰은 늘 죽도록 일하고는 죽을 쑤는 입장에 서는 것이 아니겠는가.

"그런데 서장님, 저는 왜 부르셨지요?"

나는 어리석은 질문을 던진다는 생각을 했으나 묻지 않을 수가 없었다. 서장이 나를 어수룩하다고 볼지, 교활하다고 볼지는 알 수가 없었다. 언제부터인가 서장이 나를 속죄양으로 선택하려 한다는 시그널이 울려오고 있었다.

"그 일을 최 경위, 자네가 맡아주게."

서장은 무덤덤한 표정으로 말했다. 마치 대수롭지 않은 심부름이라도 시킨다는 말투이기도 했다.

"그 일이라뇨?"

나는 다시 한번 모른 체하고 물었다.

"우리가 지금까지 무슨 이야길 하고 있었나? 오마르 하산을 경호하는 일 아닌가."

서장의 말투엔 점차 짜증이 서리고 있었다.

"제가 경호하는 겁니까? 오마르 하산을?"

"그래, 자네가 말이야."

"아니……."

나는 막상 정식으로 분명한 형태의 명령을 받고 보니 어처구니가 없었다. 설마 했는데, 역시나라고나 할까. 나한테 이토록 막중한 임무를 맡기다니. 이건 누가 뭐래도 감당하기 어려운 임무다. 말하자면 실패할 확률이 높은 임무인 것이다. 지금까지 암살자의 손길에서 벗어나 자신의 목숨을 지킨 사람이 몇 사람이나 있었던가. 더구나 암살자가 모사드에서 파견되었다면 그 결과는 불을 보듯 뻔하다.

"이봐, 최 경위. 너무 우거지상을 짓지 말게. 시경에서도 정예 경호팀을 편성해서 출동할 거라고. 하지만 우리 관내이고 보니, 우리가 빠질 수야 없지. 우린 다만 관할 경찰서로서 경호경비에 일부 참여하는 것뿐이야. 허구, 오마르 하산은 내일이면 자가용 비행기로 서울을 떠난다니까. 그사이 별일이야 있겠나."

서장이 뭐라 에둘러 말해도 한 가지 분명한 것은 오마르 하산 샤르한이 만에 하나 암살되기라도 하면 누군가가 책임을 져야 할 것이다. 여러모로 까다로운 외교 관계를 봐서도 그냥 어물쩍하니 넘어가지 못할 것이고, 경찰청의 높은 사람들도 경호를 책임진 일선 지휘관을 문책하지 않을 수 없을 것이다.

"근데, 하필이면 저를? 경호경비 작전을 전담하는 부서가 엄연히 따로 있는데요."

"자넨 영어를 할 줄 알지 않은가. 상대가 외국 사람들이라고. 한결같이 자넬 추천하고 있어. 자네가 적임자라고 말이야. 영광으로 알라고."

"세상에 영광이라고요? 그걸?"

나는 일순 완벽한 올가미에 걸려들었다는 생각을 지울 수가 없었다. 완벽한 덫, 완벽한 함정! 모사드는 필연적으로 암살에 성공할 것이고, 누군가는 어김없이 책임을 져야 한다. 그 책임을 질 사람은 물론 나다. 지금까지는 운수가 좋아 요행히 비껴 지나갔지만 이번만큼은 피하려야 피할 수가 없을 것이다. 아마 서장은 내심 회심의 미소를 짓고 있을 것이었다. 끝내는 나를 골로 보낼 수 있게 되었으니 말이다.

"아 참, 내가 말하는 걸 깜박했군. 시경과 합동해서 실시하는 이번 경호경비 작전에 누가 지휘관으로 선발되었는지 알아?"

"누군데요?"

"바로 백지영 경위야. 영어 실력 하면 백지영 아니던가. 게다가 유능하고 명민한 점에선 누구 따를 사람이 없지. 청장께서도 쾌히 승인하셨다는군. 그러니 말이야, 실질적으로 이번 경호 작전은 시경이 주도한다고 할 수 있지."

"백지영이 출동한다고요? 그것도 이번 경호 작전의 지휘관으로?"

"그렇다니까."

"그럼 전 뭡니까?"

"자넨 백지영의 지시에 따라 고분고분 움직이면 되는 거라고. 관할 경찰서 경호 책임자로서. 소수의 병력을 이끌고 참여하는 원군이지."

"어머, 그럼 뭐예요, 저는 한 발짝 물러나 시경의 백지영 경위를 잘 보필하면 되는 거군요. 한낱 하부 조직원으로서."

"아암. 앞장서서 설칠 생각일랑 말라고."

"백지영이 책임도 영광도 모두 차지하고요?"

"그렇다니까. 뭔가 오해가 있었군. 이번엔 자네한테 돌아올 찬사도 공로도 없을 게야. 아쉽겠지만."

"아닙니다. 아쉬울 거 하나 없습니다."

결론적으로 말해 내가 책임질 일은 없다. 물론 얻을 것도 없다. 명성도 훈장도. 나는 비로소 호랑이굴에서 벗어났다는 생각이 들었다. 진작 말씀해주시지 공연히 신경을 곤두세웠잖아. 나는 안도의 한숨을 내쉬었다.

이제 길게 말을 늘어놓을 필요가 하나 없다. 충실하게 백지영을 보필하면 된다. 함께 움직이다 보면 혹시 떡고물이라도 떨어질지 모른다. 나는 이렇듯 마음을 고쳐먹었다.

그나저나 영특하기로 소문난 백지영이 왜 나서려는 걸까? 이해하기 어려웠다. 이길 가망이라곤 없는 게임이 아니던가. 혹시 이스라엘 비밀 정보기관과 한번 겨루어보려는 심산이 있어서일까? 한 여자와 거대한 비밀 정보기관과의 싸움! 어림 반푼어치도 없는 싸움일 테지만 이런 기회를 얻는다는 게 어디 흔한 일인가. 유감없이 싸우다가 쓰러지는 것도 바라는 바가 아니겠는가. 백지영의 기개를 엿보는 심정이었다.

"알겠습니다. 최선을 다하도록 하겠습니다."

나는 이제 퇴장하려 했다.

"좋았어."

서장은 내가 선선히 복종하자 마음을 놓는 눈치였다. 그는 어려운 일을 거뜬하게 치렀을 때와도 같은 표정을 짓고 있었다.

2

오마르 하산 샤르한은 세종로에 우뚝 솟은 흔히 제국호텔로 알려진 임페리얼호텔의 로열스위트, 그것도 VVIP 전용 객실에 머물고 있었는데, 그 객실의 하룻밤 요금만 해도 천만 원이라니, 그저 놀랍기만 하다.

"자, 어서 출동하자고요."

저녁 6시께에 나는 강력1팀을 이끌고 호텔에 당도했다. 경비과의 세 명의 프로급 경호원들도 합세했는데, 그들이 큰 도움이 되었으면 싶었다. 모두가 단단히 무장했고, 나도 숄더 홀스터에 권총을 챙겼다. 흰 블라우스에 검은 재킷과 바지 차림. 상가에나 어울리는 심플한 옷차림이다. 다만 미국에 있을 때 산타페 여행길에서 산 토속적인 액세서리 하나를 재킷 옷깃에 달랑 장식했을 뿐이다.

비록 책임을 몽땅 뒤집어쓰는 일은 면했지만, 호텔 문을 밀치고 들어서는 나의 발걸음은 무거웠다. 성공할 가망이라고는 눈곱만큼도 없는 임무에 동참한 것이다. 그러나 이 일에 함께 참여하게 된 전·박·노

세 형사는 여간 들떠 있는 게 아니었다. 미지의 세계를 탐험하러 떠나는 탐험대원처럼 말이다. 어떤 덫이 숨겨져 있고 어떤 상황이 전개될는지도 모르면서 말이다.

"우리 팀장, 이번에 확실하게 작살날 줄 알았는데, 용케도 살아남게 되었네. 늘 골로 보내지 못해 안달이더니만."

저간의 사정을 꿰뚫은 서 경사의 말이다.

"그나저나 이번에 상대해야 할 적수가 국제적으로 명성을 떨치는 이스라엘의 비밀 정보기관이라니! 그리고 온 세계에 악명을 떨치는 아랍 세계의 테러리스트 그룹을 지원하는 무기상이라니! 이거 나 원······."

서 경사는 장탄식하며 말했다. 산전수전 다 겪은 그에게도 힘겨운 상대임에 틀림없으리라.

"그렇게 보세요? 우리의 참다운 적수가 모사드에다가 이슬람의······."

나는 얼마간 자조적인 말투였다.

"아니던가?"

"우린 이번엔 어떤 의미에서는 국정원을 상대하는 거라고요. NIS라는 닉네임 속에 감추어진 비밀 정보기관, 국가정보원을요. 외부의 적보다는 내부의 적수가 더 무섭다면서요. 다급해지면 누구보다 먼저 줄행랑치든가, 우릴 희생양으로 삼아 우리의 목을 조르려 할걸요."

"하긴 그런 점이 없지 않아 있지. 그럼 이게 바로 사면초가의 신세라는 건가."

서 경사는 다분히 냉소적이었다. 그건 그의 평소의 체질이기도 했다.

내가 이끄는 강력1팀은 호텔 로비에서 백지영이 이끄는 시경 경호팀과 맞닥뜨렸다. 무채색 정장 차림의 나와는 대조적으로 샤넬의 올리브 색상 재킷을 걸친 백지영의 옷차림은 오늘도 패셔니스타다운 세련미를 드러내고 있다. 백지영의 이름 석 자만 들어도 진정머리가 났지만 오늘은 그지없이 반갑다.

"선배님, 오랜만입니다. 우리 서장님께서 잘 보필하라는 말씀이 있었습니다. 우리가 도움이 되었으면 해요."

나는 공손하게 저자세로 백지영을 맞이했다. 지휘 책임과는 거리가 먼 한낱 하부 조직원이라는 것을 확실하게 보여주기 위해서다.

"별일이야 없겠지만, 우리 하룻밤만 고생하죠."

백지영은 여유로운 웃음을 흘렸지만, 고답적이지는 않았다.

"아, 네, 그러죠, 뭐."

백지영이 성큼 앞장서고 우린 시종처럼 그녀의 뒤를 따라 걸음을 옮겼다.

그나저나 이 여자가 큰 도박판에 뛰어들려 하고 있다. 이길 가망이라 곤 없는 패를 쥐고 말이다. 미모와 두뇌 그리고 야망으로 똘똘 뭉친 여자의 민낯을 보는 심정이다.

우린 이윽고 오마르 하산이 투숙하고 있는 호텔 35층에 당도했다. 우리 일행을 맞은 사람은 오마르 하산을 경호하는 경호실장이었는데, 여자였다. 그녀의 이름은 소라야 안사리! 얼른 보아도 서른다섯 살쯤은 되어 보였는데 늘씬한 체구의 미인이었다. 올드팬이면 기억하는 외인부대 전사와 술집 여가수의 사랑을 그린 영화 〈모로코〉에나 등장할 법한 이국적이고도 환상적인 모습의 여인.

"어서 오세요, 백지영 경위! 당신의 명성은 익히 들어 알고 있어요."

소라야는 우리 일행을 맞으며 의례적인 환영사를 늘어놓았는데, 그녀가 구사하는 영어가 제법 유창하다. 손을 내밀기는 했으나 별로 반기는 표정이 아니었다.

"반가워요, 소라야. 우린 당신들에게 도움이 되었으면 해요."

백지영도 무덤덤하니 말했고, 소라야의 손도 가볍게 마주 잡는 것이었다.

백지영이 나를 소라야에게 소개하는 아량을 보였다.

"우릴 도와주기 위해 달려온 관할서의 최선실 경윕니다."

"이거, 수고를 끼치네요."

그녀는 나한테도 손을 내밀었는데 그녀의 입귀에 희미한 웃음이 번지고 있었다. 어쭙잖게 보는 것일 게다. 나는 소라야를 대하면서 공연히 압도당하는, 그래서 주눅이 드는 것을 느꼈다. 국제적인 무대에서 활약하는 전형적인 여전사가 아니던가. 종로 뒷골목에서나 어정대는 여형사하고는 차원이 다르다. 달라도 한참 다르다.

"소라야, 사태가 심각한가요?"

백지영이 물었다.

"뭐, 그렇지도 않아요."

소라야는 시큰둥하니 대꾸했다.

"모사드가 서울에⋯⋯."

"네에, 모사드가 서울에 암살자를 파견했다는 정보를 우리도 알고 있어요. 아마 이 호텔에 숨어들었는지도 모르죠. 하지만 잘 훈련된 경호원들이 있는 데다가 사전에 정보도 알고 있는 처지잖아요. 염려할 거 없어요. 그리고 제깟 것들이 날뛰어봤자예요."

소라야가 제법 큰소리를 쳐서 나는 슬며시 마음이 놓이는 것을 느꼈다. 공연히 걱정을 했나 싶기도 했다. 소라야가 허풍을 떨 이유가 없지를 않겠는가.

"소라야, 당신들이 데리고 온 경호원은 모두 몇 사람이나 되죠?"

백지영은 이내 실무적으로 필요한 질문을 던졌다.

"나까지 해서 다섯 사람이에요. 한 시절 우린 '블랙캣츠'라는 닉네임을 선물받은 일도 있는데, 악명 높은 이슬람 해방전선의 테러리스트 그룹이라고 해도 좋고요. 암튼 역전의 용사들이죠."

겉모습은 국제적인 무기상의 경호원들이라지만 바야흐로 블랙캣츠라는 코드네임을 지닌 최정예 테러리스트 그룹이 등장한 것이다. 그래서 옷 색깔도 검은색 일색인 걸까. 뭔가 남다른 사연도 있을 것이나, 알지 못할 음험하고도 불길함을 느끼게 했다. 아마도 지금 하는 일은 일종의 부업일 게다. 때로는 테러를. 때로는 경호를. 일종의 용병들이다.

"당신들, 오지 않아도 좋았는데."

소라야가 흘리듯 말했다.

"어머, 그래요?"

"국정원에다가 청와대마저 하도 법석을 떠니……."

"네……."

"암튼 잘 해봐요."

소라야는 대수롭지도 않은 일을 맡긴다는 표정으로 말하더니 성큼 돌아서는 것이었다. 그녀가 모사드도 별로 겁내지 않고, 우리 일행에 대해서도 별로 기대를 걸지 않고 있음이 분명했다. 나는 그들의 대화에 입도 벙긋 놀리지 않았고, 한 발짝 물러나 있었다.

우리 일행을 두 번째로 맞은 사람은 국정원의 유덕훈이라는 이름의 국장이었다. 그러니 국정원에서는 국장이 몸소 나선 것이다. 그는 시종무관처럼 늠름하고 잘생긴 청년을 대동하고 있었다.

"이거 수고를 끼치는군요. 나, 유덕훈이라고 합니다. NIS에서 해외 정보공작을 담당한."

유 국장은 소라야와는 달리 우릴 환영했다. 50대 초반은 되었을까. 그는 일견해서 스마트한 외교관 타입의 사내였다. 그런데 활동가 타입이라기보다는 데스크를 지키며 전략을 세우는 사내와도 같은 느낌을 주었다. 체스를 두는, 치밀한 두뇌의 천재형 같다고나 할까. 그 마스크도 정갈했다. 그는 이 무대에 어울리지 않게 학자풍의 인상이긴 하나, 필경 지적인 마스크 뒤에 또 하나의 마스크가 있을 것이다. 음흉하고 간교한 마스크가.

그러니 이번에 겨루어야 할 경쟁 상대는 NIS라는 이니셜에 감추어진 국정원에 모사드에다가 이슬람 테러단체 출신의 경호원들이다.

"나, 백지영입니다."

백지영이 먼저 손을 내밀었다.

"이제야 백지영 경위를 만나게 되는군요. UC버클리 출신이라지요. 소문이 자자해요. 청장님한테서도 말씀 들었습니다."

그는 백지영의 배경과 위상을 치켜세우는 재치를 보였다. 매너가 남다르다.

"종로서 최선실 경윕니다. 서장님의 특별 명령을 받고 왔습니다."

나도 내 소개를 했다.

"아, 네, 반가워요."

그가 나를 대하는 태도가 맹송맹송하다. 그 흔한 수사(修辭) 한마디도 없는 걸로 봐서는 내가 오늘의 무대에서 주역이 아니라는 것을 확실히 알고 있다는 증표다. 알고 보니 매너가 남다른 게 아니라 꽝이다, 꽝!

"국장님, 먼저 묻고 싶은데요. 국정원에선 몇 사람이나 데리고 오셨지요? 경호경비를 설 사람들을."

두루 인사치레는 끝났다고 보고 유 국장에게 구체적인 질문을 던진 사람은 백지영이었다.

"분명히 말하는데 우린 정보공작을 하는 사람들이지, 경호경비를 담당하는 사람들이 아닙니다. 경호 책임은 전적으로 경찰에 있다는 사실을 유념하셔야 할 겁니다."

유 국장은 정색하며 말했다. 그는 모든 책임을 경찰에 지우려 했는데, 그도 필경은 비정의 세계에서 성장한 차가운 피가 흐르는 인물일 뿐이다.

"아, 네."

백지영은 할 말을 잃을 수밖에 없었다.

유 국장은 그의 옆에 시립하듯 서 있는 박찬우라는 이름의 젊은 친구를 우리들한테 소개했는데, 중동 담당 팀장이라고 했다. 브론즈 마스크에 강인한 체구의 그는 일견해서 유 국장과는 대조적으로 정보공작의 최전선에서 뛰는 야성의 사나이의 전형이라는 느낌이 강했다. 한참 공을 세우기 위해 물불을 가리지 않고 활약할 시절이라고 할 수 있는데, 나는 오랜만에 내 구미에 딱 들어맞는 타입의 사나이와 조우했다고 할 수가 있었다. 믿을 수 없게도 세상엔 범 경위보다도 핸섬한 남성이 존재하고 있는 것이다. 전형적인 터프가이. 나하곤 동년배이던가. 좀 더 젊어 보였다. 섬광 스캔한 결론. 나, 참, 별거 다 챙기네. 나는 속으로 우물거렸다. 그러면서도 그를 나의 메모리에 영구 저장하는 것을 잊지 않았다.

"실무적인 일은 앞으론 박 팀장하고 협의해서 처리하시죠. 대테러 지휘부의 키멤버입니다. 해외 파견근무 경력에다가, 매우 용맹스럽고 유능합니다. 특히 중동 문제는 일가견이 있고요."

유 국장은 그의 부하를 치켜세웠는데, 그만한 능력이 있는지는 아직은 알 수 없다.

"잘 부탁합니다. 박찬우 소령입니다."

그는 고개마저 숙이며 인사했다. 알고 보니 현역 군인이시다.

"근데, 오마르 하산은 지금 무얼 하고 있지요?"

백지영이 생각난 듯이 물었다.

"지금 자기 방에서 쉬고 있어요."

박찬우의 서슴없는 대꾸. 그가 오마르 하산의 일거수 일투족을 주시하고 있는 것만은 틀림없어 보였다. 비록 형식적인 책임은 경찰에 지우고 있어도 실질적인 경호는 국정원이 하고 있으리라. 살펴보니 오마르 하산이 묵고 있는 호텔 35층에는 아무도 얼씬거리지 못하게 하고 있었다. 그들 일행이 한 층을 모조리 점유하고 있었는데, 그것은 경호상의 이유에서라고 했다.

우린 우선 긴 복도와 엘리베이터 홀에, 그리고 비상계단 입구에 시경의 정예 경호원들을 배치했다. 오마르 하산의 구석진 특실에 접근하자면 이 세 갈래 길밖에 없었던 것이다. 누구도 이들의 눈을 피해 오마르 하산의 방에 접근할 방법은 달리 없어 보였다. 지하에서든 옥상에서든 말이다. 건너편 건물에서 오마르 하산을 저격할 방법이 없을까 하고 살펴보았으나 그 가능성은 없었다. 사방에 그렇게 높은 빌딩이 없는 것이다. 두루 살펴보니 막상 침실로 이르는 긴 복도를 경비하는 것만으로도 족하다는 생각이 들었다. 그래서 내가 데리고 온 경호요원들도 침실 밖 복도를 경비하는 데 동참하도록 했다.

이 모든 일은 막상 경호경비의 베테랑이라고 일컬어지는 시경의 권

경준 경사와 우리 서 경사가 담당했다.

"좋았어요. 침실 밖 경비는 그 정도면 충분합니다."

우리와 줄곧 동행하며 살펴보던 유 국장이 만족스런 표정을 지으며 말했다.

"비록 모사드의 암살자라고 해도 저들을 일시에 잠재울 수는 없을 겁니다. 이젠 침실 내부 경비만 잘하면 문제가 없을 거고요."

우린 경호경비 병력을 현장에 배치하면서 비로소 안도감이 밀려오는 것을 느꼈다.

"암요. 지금으로선 완벽합니다."

박찬우도 금세 장단 맞추듯 말했다.

오마르 하산에게 접근하자면 특실 바로 옆 객실인, 이른바 '커넥션 룸'이라고 할 부속실을 통해야만 했다. 그러니 부속실을 단단히 지키고 있으면 아무도 하산의 방에 드나들 수가 없는 것이다. 그래서인지 하산의 건장한 경호원들이 부속실에 진을 치고 암살자의 접근을 기다리고 있었다. 경찰은 침실 바깥 구역을, 이슬람 경호원들은 내부를 담당했다고 할 수 있다.

백지영은 권 경사와 서 경사를 부속실에 배치했는데, 그들이 할 일이란 하산의 경호원들을 감시하는 일일 것이었다. 암살자란 뜻밖에도 경호원들 가운데서 나오기도 하는 법이다. 아니면 가장 가까운 동지들 가운데서 말이다. 그게 오랜 역사의 변함없는 패턴이기도 하다. 시저와 브루투스의 경우처럼. 그러니 눈앞의 사내들을 얼마나 믿어야 할까?

나는 오마르 하산이 묵고 있는 특실 내부도 살펴보고 싶었다. 마침 소라야 안사리가 부속실에 들어서고 있어, 나는 그녀에게 나의 뜻을 전했다.

"좋아요. 따라와요."

소라야는 망설임 없이 앞장섰다. 그녀의 손엔 전자키가 쥐어져 있었는데, 문을 따고는 특실 내부를 우리한테, 나와 백지영에게 공개했다. 그래서 우린 하룻밤 묵는 데, 말하자면 숙박비가 천만 원이라는 호텔의 로열스위트로 불리는 특실을 구경하게 되었다. 방 넓이가 198평 정도는 된다고 했던가. 우선 그 크기가 엄청났다. 방에 들어서니 우선 널찍한 거실이 나타났고, 다음으로 침실. 그 다음이 10인용 탁자가 마련된 회의실과 집무실. 아마 식당으로도 사용될 것이었다. 그 밖에도 전용 사우나가 있고, 주방에다가 술병이 즐비한 바가 갖춰져 있었다. 일단 이 방에 투숙하는 사람은 체크인 절차부터가 다르다고 했다. 로비의 VIP라운지에서 별도로 체크인을 하고 VIP 전용 엘리베이터를 타고 불과 몇 초 만에 35층 방문 앞에 이른다는 것이었다.

로열스위트룸의 내부를 살펴본 첫인상은 모든 장식이 황금빛으로 호화롭기 그지없다는 사실이었다. 샹들리에, 시계, 대형 욕조는 물론이고 재떨이, 라이터에 이르기까지 모든 집기가 금빛으로 번쩍였다. 거실을 비롯해서 최고급 이탈리아 가구들이 비치되어 있고, 벽의 문양은 자개로 장식되어 있었는데, 고풍스럽고도 화려한 그 분위기는 흡사 궁전의 내부를 연상케 했다. VIP들이 묵는 만큼 화재와 각종 사고에 대비한 안전대책도 철저하다고 들었는데, 침실에 마련된 비상벨을 누르면 세 명의 비상대기조가 2분 안에 출동한다고 했다.

지난 1988년에 문을 연 이 방의 첫 손님은 서울올림픽 개막식에 참석한 일본의 다케시다 당시 수상, 그 이후로 사마란치 IOC 위원장에, 나카소네 일본 전 수상, 나자르 사우디 석유상, 브루나이의 노르하야타 공주, 키신저 박사 등 세계적인 거물들이 이 방에 묵었다나. 그러니 국빈급 VIP 영빈관 역할도 톡톡히 하고 있는 것이다.

오마르 하산은 회의실의 창가에서 어두워져가는 서울 야경을 무심히 바라보고 있었다. 소라야가 큰소리친 것과는 달리 하산은 그의 방에서 옴짝달싹 못 하고 있는 것이다. 외출도 하지 못하고 말이다. 하긴 성채와도 같은 이 궁전에서 한 발짝이라도 나서는 순간 저격수의 총탄이 날아올지도 모를 일이었다.

오마르 하산은 오마 샤리프처럼 멋진 수염을 기르고 있었는데, 나이는 쉰다섯 정도는 되어 보였고 그 풍모에서나 그 체구에서 저절로 귀족적인 오만스러움이 풍겨왔다. 그는 누군가를 기다리는 사람처럼 보였다. 적이거나 동지거나. 내가 관상을 볼 줄 안다면 오마르 하산이 오늘 밤 죽을상인지 어떤지 점쳐보고 싶은 심정이었다.

"한국 경찰입니다. 오늘 밤 우릴 지켜줄 거예요."

소라야가 우릴 오마르 하산에게 소개했다. 그는 말없이 고개를 주억거리기만 했는데, 오래전부터 알고 있는 사람을 대하듯 했다. 그런데 뜻밖에도 여자들이 나타서일까, 희미한 미소가 입가를 스치고 있었다. 위기에 처한 '아담'의 모습치곤 태평스러웠다.

우린 이윽고 소라야와 함께 특실을 물러났다.

"너무 걱정하지 말아요. 우리가 누구예요? 그러니 하룻밤을 특급호텔에서 편안히 쉬고 간다고 생각하세요."

소라야는 여전히 큰소리를 치는 것이었다.

"알았어요."

특실을 물러나며 내 머릴 스친 생각은 총격으로는 오마르 하산을 암살할 길이 없다는 것이었다. 엄중히 경호되는 여러 겹의 관문을 돌파하기 전에는 말이다. 가능한 유일한 방책은 독살이었다. 무릇 독살 문화

시대의 궁전 암살극에서 볼 수 있는 것처럼 말이다. 총격전이야 케네디나 레이건의 경우처럼 아스팔트 길에서나 가능하다. 아니면 사람들이 득실거리는 회의장이나 역 광장, 공항 로비든가. 이집트의 사다트처럼 대규모 퍼레이드를 펼치는 광장이든가.

그런데 언제부터인가 비가 그것도 장대비가 호텔 창문에 흩뿌려지고 있었는데 외부에서의 총격은 이래저래 불가능하지 싶었다.

시곗바늘은 저녁 7시 반을 가리키고 있었다.

"백 경위, 우리 저녁을 들기로 하지요."

유 국장이 다가서며 말했다.

"네, 좋아요."

백지영이 금세 화답했다.

그런데 소갈머리 없게도 유 국장은 나를 따돌리고 오늘의 여주인공이라 할 백지영하고만 움직이려 했다. 알고 보니, 속물이다. 오, 마이 갓. 당황스럽고 머쓱해지는 순간. 세상에 이런 허접스런 대접을 받을 줄이야. 쌤통이지 뭐니. 곁불이나 쬐며, 발 뺄 생각만 했으니 의당 보복을 받는 거 아니니. 나, 원 민망해서.

"저랑 함께 가시죠."

나를 구원한 사람은 박찬우 소령이었다. 그가 나를 지하 식당가로 에스코트하려 했다. 자존심 탓에 튕기려 했으나 더 비참해질 것 같아 따라나섰다. 우리가 이윽고 당도한 곳은 와룡각이라는 이름의 중식당이었다.

"이 집 자장면이 유명해요. 맛이 끝내줍니다."

이 친구, 정나미가 떨어지게 기껏 자장면으로 때우려 한다. 속 보인다. 속 보여. 내가 알기론 이 집에서 유명한 것은 소동파에 등소평이 즐겨 먹었다는 동파육이다. 얼핏 보니 유 국장과 백지영은 '벨라로사'라는 이름의 레스토랑으로 걸음을 옮기고 있다. 보나마나 저녁 메뉴로 안심 스테이크라도 선택하리라. 포도주 잔도 기울일 것이고.

별수 없이 우린 자장면을 앞에 놓고 마주 앉았다. 탕수육이라도 하나쯤 시킬 것이지. 센스라곤 없다. 무얼 투정하겠는가. 오늘은 한낱 엑스트라인 것을.

"저쪽도 말예요······."

"저쪽이라니?"

"국장님에 백 경위 말예요."

"아, 네······."

"기껏해야 햄버거 아니면 투나 샌드위치로 때우고 있을 겁니다. 지금 한가하게 포도주 잔이나 기울일 때가 아니잖아요."

내 마음의 흐름을 읽은 사내의 말이다.

"누가 뭐래요?"

"뭐래긴요."

사내가 나를 달래보려는 말을 했으나 내 마음은 개운치가 않았다.

"알고 보니, 현역 군인이시네."

"그렇소."

"그것 참."

"왜, 밥맛이 없소?"

"현역 군인이라면 일선 고지에서 목숨을 걸고 나라를 지켜야 하는 거 아니에요? 당신 동료들처럼."

나는 꼬인 심기 탓에 사내를 헐뜯으려 했다.

"왜 뚫어요? 내가 이래 봬도 국정원에서 목숨을 걸고 있어요. 대테러 부서에서. 목에 힘이나 주고 한가하게 보내진 않아요."

"그 무슨. 거기, 이상한 콤플렉스를 지녔네."

"내가 그랬나."

"근데 당신, 몇 사람이나 데리고 왔죠?"

나는 박찬우에게 직설적으로 물었다. 모든 것을 다 알고 있다는 모습으로 말이다.

"여섯 명이오."

박찬우는 나의 서슬에 밀려서인지 곧이곧대로 말하는 것이었다. 이 친구, 아직은 유 국장처럼 잔머리를 굴리는 데엔 능하지는 않다.

"이곳 경호 책임자가 경찰이라는 사실은 알죠?"

"물론. 알고 있어요."

"그렇다면 우리말에 고분고분 따라야 할 겁니다. 아니꼬워도."

"아니꼽긴? 영광이오. 게다가 최선실 경위가 누구요? 오늘날 뭇 남성의 우상 아닙니까."

알고 보니 이 친구 립 서비스가 제법이다. 센스도 있고 유머 감각도 남다르다.

"별일 없겠지요?"

내가 물었다.

"왜 없겠어요. 악명 높은 모사드의 암살자가 소리 없이 다가서고 있는데. 그래서 수도 서울의 최고 엘리트 경찰마저 동원되었는데. 최선실이라는 이름의 아스팔트 여전사마저도."

나는 그의 연이은 립 서비스를 묵살했다.

"어머, 맛이 괜찮네요."

음식 맛이 제법 감칠맛이 났다.

"네, 제법이군요."

언젠가 사랑하는 사내와 마주 앉아 포도주를 곁들인 저녁을 함께 드는 날이 오리라. 촛불마저 켜진 호사스러운 레스토랑에서 말이다. 아무래도 조선호텔의 '나인 게이트'가 좋지 않을까. 눈앞의 사내가 어쩐지 안성맞춤이다. 가만히 쳐다보니 제법 핸섬하다. 아니 이 말로는 부족하다. 엄청 매력적이다. 늠름한 데다가 인물이 훤칠하다. 무엇보다도 조각상과도 같은 반듯한 마스크. 누구보다도 이 친구야말로 다비드상에 어울린다.

"오마르 하산을 암살하려면 독살하는 방법밖에 없을 것 같아요. 지금은 성채 속에 깊숙이 몸을 숨긴 것과 비슷하잖아요."

나는 엉뚱한 상념을 떨치며 두루 살펴본 바에 따른 느낌을 털어놓았다.

"궁중 암살극처럼 말이오? 무릇 독살 문화가 발달했던……."

박찬우 소령은 나의 마음을 꿰뚫고 있는 사람처럼 말했다. 아니면 그 자신도 일찍부터 그렇듯 생각하고 있었던가.

"네에. 총격으로는 불가능하다는 생각이에요. 독살의 수단 말고는."

"그 점은 염려 말아요. 전용 요리사가 있는 데다가 주치의도 있으니까. 철저하게 검식하고 있어요. 그리고 이미 저녁 식사도 끝낸 상태요. 보지 않았소? 하산이 멀쩡한 것을."

"하지만 앞으로도 차나 술도 마실 수 있는 거 아녜요."

"고종황제의 경우처럼 커피 속에 살짝 모르핀이 주성분인 모르히네를 탈 수도 있다는 얘기요?"

"어쩌면."

나는 아무래도 오늘 밤 제국호텔로 더 알려진 임페리얼호텔에서 독약에 의한 암살극이 펼쳐질 듯만 싶은 것이다.

"오마르 하산이 엄청난 부자고, 이름난 무기상인이라는 것은 잘 알죠?"

박찬우는 오늘의 주인공 오마르 하산을 화제로 삼으려 했다. 그는 어느새 나의 염려는 깨끗이 묵살하고 있었다. 오마르 하산이 독살될지도 모른다는 염려를.

"네, 알아요."

나는 새로운 화제에 짧게 대꾸했다.

"아랍 세계에서 그 정치적인 비중도요?"

"네, 알고 있어요."

"우리가 중동 지역에 진출하려면 오마르 하산부터 잡아야 해요. 그래야 외교 교섭도 잘 풀리고 말씀예요."

"네에."

박찬우는 오마르 하산의 비중에다가 그가 축적한 부와 호사스런 생활의 이모저모를 소개했는데, 나의 마음을 사로잡은 것은 하산의 초호화판 요트에 관한 이야기였다.

길이 282피트를 자랑하는 나빌라호는 세계에서 가장 호화로운 현대식 장비를 갖춘 요트로 알려져 있는데 7천만 달러(약 630억 원)를 호가한다고 했다. 이 요트에 초대받은 손님들은 헬리콥터에 의해 수시로 운반되어오는 돔 페리뇽 샴페인에 캐비어를 대접받는다고 했다. 그리고 훈제 연어에 거위 간, 냉동시킨 바닷가재에 구운 참새우까지.

그의 요트에 초대받은 왕년의 주요 손님으로는 숀 코넬리에, 로저 무어에다가 브룩 실즈 같은 유명 영화배우에 스페인과 그리스의 국왕들이 포함되어 있었다나.

오마르 하산이 최근에 구입한 자가용 항공기는 600억 원 상당의 보잉 737 쌍발 제트 항공기! 조종사는 고도로 훈련된 미국인 조종사로 미국 대통령 전용기를 무색케 하는 호화스런 라운지와 내부시설을 갖추고 있다는 것이었다. 케냐엔 살레풍 별장도 있고.

오마르 하산의 주치의는 독일의 저명한 외과의이고, 요리사는 프랑스인이라고 했는데, 엘리제궁의 요리장 출신이라나. 집사라고 할까, 개인비서라고 할까, 그를 가까이에서 시중드는 사람은 일본 사람이라고 했는데. 그들은 그렇게 성실할 수가 없다고 했다. 그의 경호책은 이미 내가 만나본 바가 있는 이슬람의 여전사 소라야 안사리!

미인 하면 러시아 여자를 꼽는데, 오마르 하산의 제1부인도 러시아 여인으로, 이번 서울 나들이엔 따라오지 않았다고 했다. 175센티의 늘씬한 키에 놀랄 만큼 짙푸른 눈을 지녔고, 햇볕에 그을린 피부를 지닌 그녀는 너무나 아름답고 매력적이어서 그녀를 처음 보는 남자들은 호흡을 멈출 정도라나. 그녀의 이름은 나탈리아 코르사코프!

"혹시 내털리 포트먼을 알아요?"

박찬우의 느닷없는 물음.

"알죠. 오늘날 미국을 대표하는 여배우. 〈블랙스완〉의 아름다운 여주인공."

"예루살렘에서 태어나 세 살 때 미국으로 이주했고, 하버드대학 출신이라는 것도?"

"어머, 그래요?"

"나탈리아 코르사코프도 이스라엘 태생이라네요. 한 시절 러시아를 대표하는 여배우였고요. '어나더 내털리'라는 말도 듣고 있다네."

"나, 참 모두가 새록새록하기만 하는 이야기들뿐이네."

나는 길게 탄식하며 말했다.

"이를테면 현대판 아라비안나이트 같은 얘기들이지요."

박찬우는 내가 찬탄하는 소리를 내자 못내 기쁜 듯했다. 마치 그 자신이 그 세계의 일원이기라도 한 것처럼.

"근데 제1부인이라니, 그럼 제2부인도 있다는 애긴가요?"

내가 물었다.

"아마, 제3부인도 있다지요. 오마르 하산은 알고 보니 소문난 버진 킬러예요. 아니 처녀 숭배광이라고 해도 좋고……."

그는 내 질문을 기다리기나 한 사람처럼 보였다.

"소라야 안사리는요? 그 여잔 뭐죠?"

"그야 경호책이지요."

"정부는 아니고요? 보통 미인이 아니던데."

"그야 모르죠. 하지만……."

"하지만?"

"이젠 한물가지 않았어요?"

"아, 네."

박찬우의 여자에 대한 심미안이 어떤 수준인지는 알 수가 없었으나, 그도 모든 남자들처럼 젊은 여자를 밝히는가 보다. 나라면 물이 오를 대로 오른 여자가 좋을 텐데 말이다. 장쯔이처럼 말이다.

"소라야가 제법 큰소리치던데요."

나는 연이어 소라야를 화제로 삼았다.

"큰소리쳐요? 소라야가?"

박찬우가 엉거주춤하니 되물었다.

"모사드가 서울에 와봤자라나."

"네. 워낙 통이 큰 여자라서."

"통이 커요?"

"아스팔트의 총세례 속을 살아온 전설적인 여전삽니다, 소라야는. 혹시 소라야의 정체를 알아요?"

"아뇨. 오마르가 신임하는 최측근일 거라는 사실 말고는요."

"소라야의 정체를 알면 어지간한 그쪽도 놀랄 겁니다. 국제적으로 악명을 떨친 여자 테러리스트로서의 정체를 안다면요."

"어머, 그래요?"

"팔레스타인 완전 독립을 위해 한때는 블랙캣츠로 불리는 테러리스트 그룹을 이끌고 테러 전선에 뛰어든 여자요. 소라야는 '사막의 장미'라는 닉네임도 지니고 있어요. 열대 아프리카와 아라비아 지역에서 볼 수 있는 꽃으로, 우리가 흔히 보는 장미보다 기품 있는 꽃이어서 찬미하는 사람들이 많아요. 아마 얼마 안 가서 이슬람 해방이라는 본연의 임무에 복귀할 겁니다."

"어머, 대단한 여자네요. 사막의 장미! 잘 친해두는 게 좋겠네."

"그게 몇 해 전이던가요. 소라야가 승객 86명을 싣고 팔마에서 프랑크푸르트로 가던 독일의 루프트한자항공의 보잉 737 여객기를 공중 납치한 적이 있어요. 팔레스타인 공범 세 명과 함께요."

박찬우는 소라야의 투쟁 경력에 대해 주섬주섬 말하기 시작했다.

"그 당시 소라야는 독일 극좌 테러리스트 단체인 적군파 지도자와의 교환 석방을 요구하는 인질극을 벌였어요. 항공기를 납치해서는……."

그는 말을 이었고, 나는 다만 경청했다.

"그런데 중간 기착지인 소말리아의 모가디슈에서 독일 대테러 부대의 공격을 받고 부상을 입게 되었어요, 소라야는. 다른 공범 세 명은 현장에서 사살되었고요."

"……"

"소라야는 소말리아에서 체포됐고 20년의 실형을 선고받았지요. 하지만 아랍권의 로비로 3년 만에 석방되었고요. 그 당시 나이가 스물세 살이었어요. 소라야는 그 사건으로 해서 일약 '모가디슈의 영웅'으로 명성을 떨치게 되었답니다."

"……"

"소라야가 한 손엔 칼라쉬니코프 소총을, 다른 손엔 팔레스타인 깃발을 높이 들고 찍은 사진을 본 일이 있어요. 얼마나 멋있어 보이는지. 잔 다르크만큼이나."

"……"

"소라야의 그 뒤의 활동도 눈부셨지요. 이탈리아 여객선 아킬레 라우로호의 납치 사건에, 붉은 여단의 창설자 쿠르치오 탈옥 사건에다가, 그 많은 암살 사건과 폭탄테러 사건들. 여성 테러리스트들이 남성 뺨치는 잔인성과 냉혹성을 지녔다는 사실은 아시죠? 남성은 쏘기 전에 잠깐 멈칫하는데, 여성은 한순간도 망설이지 않고 방아쇠를 당긴다는 사실을요."

"……"

"전혀 희망이라고는 찾아볼 수 없는 대의명분에 자신의 목숨을 기꺼이 던지는 사람들에겐 분명히 매력적인 힘이 있어요. 소라야 안사리는 팔레스타인 해방을 위해 활약하는 전사들의 우상입니다. 그 여자의 야성적인 애인과 함께요. 아니스 나카세라는 이름의……. 그 친구는 지난 95년에 검거돼 사형을 선고받고 지금 그 집행을 기다리고 있어요. 이스라엘 감옥에서요. 무기징역형으로 감형될 거라는 말도 있고. 이래저래 소라야는 이스라엘을 미워할 수밖에 없나 봅니다."

"그러니 뭐예요, 오마르 하산은 최고 레벨의 경호팀을 이끌고 있네요."

"그런 셈이지요. 늘 암살의 위협 속에 살고 있으니까요. 그 자신도 제임스 본드의 권총으로 알려진 PPK권총을 지니고 있다네요. 권총이야 원래 자살용으로나 쓰인다고 하지만……."

"자살용이라!"

나는 길게 탄식했다.

"최근에 수집된 정보인데요……."

박찬우는 일순 그의 얼굴에 자부심 같은 것을 드러내 보이며 그들이 수집한 최신 정보를 나한테 전하려 했다.

"아, 네, 말씀하세요."

"혹시 엘리 코헨을 아세요? 미스터리에 남다른 조예가 있는 듯해서 물어보는데……."

"아뇨. 잘 몰라요."

나는 가볍게 부정했다.

"전설적인 스파이의 대명사 같은 인물이죠. 이집트계 유대인인 그는 모사드가 시리아의 심장부에 심어놓은 고정 간첩이었지요. 정체가 탄로나서 1965년 5월 18일에 다마스쿠스 광장에서 처형되었지만요. 우리나라 광화문 광장 같은 곳에서요. 내 말은 모사드는 그들의 적국이나 가상적국에 매우 유능한 스파이망을 구축해 운영하고 있다는 얘깁니다. 제2의, 제3의 코헨을 찾아서요. 온 세계에 유랑하는 유대인이 깔려 있으니 어려운 일이 아닐 테죠."

"그럴 테지요."

"잘 알죠? 트럼프의 사위도 유대계 인물이라는 것을. 이방카도 덩달아 유대인이 되었다든가……."

"얘기가 좀 비약하는 거 아니에요?"

"아, 그런가요?"

"말씀 이으시죠."

"근데요, 힘들어 구축한 모사드의 스파이망이 요즘 와서 허물어지기 시작했다지 뭡니까. 어느 날 카사블랑카의 술집에서 접선하다가 처형되기도 하고, 카이로의 안전가옥이 습격당하기도 하고요. 바그다드 카페에서도. 니코시아에서도요. 거기가 키프로스의 수도예요. 아, 그리고 파리의 한복판에서도요. 알죠? 파리 카페의 전통을 이어온 몽마르나스 대로변의 카페 셀렉트! 헤밍웨이를 비롯한 작가와 예술가들이 애용한…… 카페 셀렉트에서 접선공작 와중에 벌어진 심야의 총격전은 그 어떤 총격전 장면보다 화려했다지 뭡니까. 카페의 명성에 어울리게. 내가 하려는 말은, 그 배후에……."

"사막의 장미 소라야가 이끄는 블랙캣츠팀이 있었다는 얘기시지요."

"그래요."

"마침내 모사드는 소라야를 제거하기로 마음을 먹게 되구요."

"약이 바싹 오른 모사드가 손가락만 빨며 가만히 있었겠어요? 지체 없이 궐석재판을 통해서 사형을 선고했다는 얘깁니다. 소라야에게. 전 세계에 지명수배도 하고……."

"그럼 오마르가 퍼스트 타깃이라면 소라야는……."

"모사드의 세컨드 타깃이죠."

"세컨드 타깃이라!"

"이젠 대충 이해하셨겠네."

"아, 네……."

"자, 이젠 일어나죠. 시간이 꽤 지났네요."

"뭐, 그러죠."

나는 박찬우의 자상한 설명에 얼마간 감동받고 있었다. 남은 조국의 해방을 위해 칼라쉬니코프 소총을 들고 비정의 도시를 누비며 청춘을 헌신짝처럼 던지고 있는데, 나는 이게 뭐냐 싶은 것이다. 현상금이나 탐을 내고, 승진에나 신경을 곤두세우며 서울 거리를 배회하는 내가 갑자기 왜소하고 우습게만 느껴졌다.

나는 한순간 소라야 안사리도 오마르 하산도 내 손으로 단단히 지켜야겠다는 사명감 비슷한 것을 느꼈다. 모사드의 손길에서. 팔레스타인의 진정한 해방을 위해서 말이다.

3

"오늘 저녁 고마웠어요."

"뭘요."

나는 박찬우에게 인사하고는 우리의 지휘본부라 할 35층 로열스위트의 부속실로 발걸음을 옮겼다. 그곳에 당도해보니 서 경사가 충실히 자리를 지키고 있었다.

"식사했어요?"

나는 그를 향해 물었다. 나만 대접을 받아 미안한 마음이 앞섰다.

"벌써요."

벽시계는 저녁 8시 반을 가리키고 있었다.

잠시 후, 백지영도 모습을 드러냈다.

"유 국장은 삼청동에 있는 그들의 안전가옥에 머물러 있을 거라네. 언제든지 10분 안에 달려올 수 있나 봐요."

백지영은 묻지도 않았는데 말하는 것이었다. 국정원의 국장하고나 밥을 먹는다는 시늉일 것이다. 치사하다.

이윽고 우린 길고 긴 시간과의 줄다리기를 벌여야 했다. 정녕 이 밤이 밝기라도 할까, 하는 생각이 들 정도로 따분함 속에 시간을 보내야 했다. 그건 정녕 밤과의 지루한 게임이었다.

밤 9시께였다. 별로 치장을 하지 않은 젊은 여자가 불쑥 부속실에 나타났다. 화장기도 없었고, 반지에 이어링 같은 장신구도 눈에 띄지 않았다. 비가 내려서일까, 노란색의 레인코트를 걸치고 있었는데, 그것도 수수하고 심플하다. 키도 작아 보였고 몸매도 가냘파 보였다. 손에 달랑 들고 있는 핸드백도 작았다. 그런데 살래살래 눈웃음치는 갸름한 얼굴이 그렇게 고혹적일 수가 없었고, 그 도톰한 입술도 도발적이었다. 그리고 그 젖은 눈길도. 한 마디로 섹스어필한 여자였는데, 핸드백을 흔들며 제집처럼 들어서고 있었다.

"어떻게 오셨지요?"

나는 여자를 가로막으며 물었다.

"아, 네."

여자는 자기 집에 들어서려는데 제지당했을 때만큼이나 당혹감을 그 얼굴에 드러냈다.

"어떻게 오셨느냐고요."

내가 다그쳐도 여자는 얼른 대꾸하지 않았다. 여자는 누군가에 구원을 청하는 것 같은 표정으로 두리번거렸다.

"약속이 되어 있나요?"

나는 구원의 손길을 뻗치는 심정으로 물었다.

"네."

여자가 또렷한 어조로 대꾸했다.

"잠깐만요."

나도 누군가에 구원을 청하는 심정으로 두리번거렸다. 그때 마침 소라야 안사리가 부속실에 들어서고 있었다. 그 순간 젊은 여자의 얼굴이 밝아졌다.

"소라야!"

여자가 소라야를 향해 섰다.

"늦었네."

소라야도 아는 체했으나 여자를 대하는 그녀의 표정은 무덤덤했다.

"루테넌트 최! 들여보내요!"

소라야는 나를 돌아보며 말했다.

"이 여자분, 누구죠?"

나는 여자를 턱으로 가리키며 소라야를 향해 물었다.

"흥미 있어요?"

"단순한 흥미로 묻는 게 아니라는 것쯤은 아실 텐데."

나는 정색을 했다.

"오마르의 여자친구예요. 됐죠?"

소라야는 짜증스레 말했다.

세상에, 영웅호걸은 여자를 좋아한다더니. 동서를 막론하고 공통점이 있지 싶었다. 그러니 오마르 하산은 눈앞의 매력적인 여자 때문에 서울에 자주 오는 것인지도 몰랐다. 그리고 무엇 때문에 밖에 나가지 않고 죽치고 있었는지도 비로소 짐작이 갔다.

"어머, 그래요? 하지만……."

나는 과장된 탄성을 흘렸고, 소라야는 회심의 미소를 지었다.

"하지만 또 뭐죠?"

"신체검사를 해야겠어요."

"신체검사? 왜죠?"

"그럼 안 되나요?"

나는 오기 같은 것이 발동해서 나의 주장을 밀고 나가려 했다.

"혹시 숨겨 왔을지도 모를 청산가리 캡슐이라도 찾게요?"

"이 상황에서는 그 방법밖에 없을 것 같네요. 오마르 하산을 암살하자면……."

"그래요오?"

소라야는 망설임을 보였다. 그러나 그것은 잠시의 망설임이었다.

"네, 좋아요. 마음대로 하세요. 이왕에 하실 거면 철저하게요."

"알았어요."

백지영은 우리들의 실랑이를 바라볼 뿐이었다. 나의 행동을 적극적으로 지지하지도 않았으나 반대하지도 않았다. 대수롭게 보지 않는 것이다.

나는 여자를 향해 돌아섰다.

"이름이 뭐죠?"

"신지혜라고 해요."

여자는 선선히 대꾸했다. 신지혜라! 그게 본명인지 가명인지 지금으로서는 알 수가 없다.

"절 따라와요, 지혜 씨."

나는 신지혜에게 명령했다. 그러나 그녀는 소라야를 쳐다보며 항변의 제스처를 지어 보였다. 그런 제스처를 소라야는 무시했다. 나는 성큼 부속실을 나섰고, 신지혜도 체념한 듯 따라나섰다. 우린 이윽고 빈 객실에서 마주 섰다.

"지혜 씨, 핸드백을 두고 들어가면 어때요? 그럼 검사하지 않겠어요."

나는 신지혜에게 친절하게 대했다. 그녀에게 매정스럽게 굴 이유가 하나도 없었다.

"그러죠."

신지혜는 핸드백을 구석진 침대 위에 던지듯 했다. 그녀는 나의 친절에 아랑곳하지 않았다. 이미 나로 해서 자존심에 상처를 입은 것이다.

"코트도 벗어놓는 게 어때요?"

나는 신지혜의 도발적인 행동에도 불구하고 여전히 상냥한 말투로 말했다. 신지혜는 말없이 코트도 벗어 침대 위에 던졌다. 그녀는 코트 속에 베트남 여자들이 즐겨 입는 아오자이 같은 엷은 원피스를 걸치고 있었다. 그 옷은 그렇게 그녀의 몸매를 잘 드러낼 수가 없었는데, 나는 일순 지혜의 나신을 바라보는 심정이었다. 나는 그녀의 몸매를 대충 훑었다. 그렇게 부드러울 수가 없었고, 그렇게 탄력이 있을 수가 없었다. 그녀가 월경 기간이 아닌 것도 알았다. 신지혜의 몸속 어디에도 무엇을 감춘 게 없는 것도 알았다. 소형 권총도, 청산가리 캡슐도.

"지금 몇 살이지?"

나는 잠시의 망설임 끝에 물었다.

"스물셋."

신지혜는 선선히 대꾸했다.

"좋아요. 지혜 씨. 내가 지혜 씨를 화나게 했다면 용서하세요."

나는 수색을 끝내고 말했다. 그건 진심이었다.

"거긴 몇 살이죠?"

신지혜가 느닷없이 나한테 물었다.

"왜 묻지?"

나는 그녀의 진의를 헤아리지 못하고 되물었다.

"그쪽도 물었잖아요."

"스물여덟. 아니 이젠 스물아홉인가."

"근데 벌써 경위예요?"

"뭐, 대단하다고."

"거길 텔레비전에서 본 것 같은데."

"나한테 누굴 닮았다고 하지는 말아줘."

"왜, 그 말이 싫어요?"

나는 신지혜가 묻는 말에 굳이 대꾸하지 않았다. 그 대신 내가 원하는 주제로 화제를 바꾸었다.

"실은요, 지혜 씨, 당신에게 부탁이 있어요. 몸 수색은 하나의 핑계에 불과하고. 그러니 고깝게 생각 말아요."

"부탁? 무슨 부탁?"

"좀 이상하잖아요? 오늘 밤따라 경찰 병력에다가 국정원도 출동하고 있다는 사실이요. 알고 보니 오마르 하산의 생명을 노리는 음모가 있다지 뭐예요."

"어머."

"지혜 씨는 지금 누구보다도 오마르 하산에게 가까이 접근할 수 있는 위치에 있어요. 그래서 부탁하는 건데, 이상 징후를 포착하면 나한테 맨 먼저 알려주어요."

"그 부탁, 거절한다면……."

"이것 봐요, 지혜 씨, 당신도 용의자가 될 자격을 갖추고 있다고요. 그런데 누가 당신의 결백을 입증할 수가 있지요?"

"그야……."

"지혜씨의 몸 수색을 한 나만이 가능하다고요. 지혜 씨는 깨끗하다고."

"어머, 그런 깊은 뜻이 있었다니, 고맙다고 해야겠네."

"아암, 그러니 내 청을 들어줘야지."

"알았어요."

신지혜는 이윽고 오마르 하산의 방으로 사라지고 나는 부속실로 돌아왔다. 마침 호텔 음식이 카트에 실려 운반되고 있었는데, 얼른 보아도 고급스런 음식에 틀림없었다. 연어에 캐비어에, 그리고 돔 페리뇽에. 나는 검식을 서 경사에게 맡겼다. 그는 내 덕에 돔 페리뇽을 시음했고 연어와 캐비어와 작은 새우를 채워 넣은 아보카도 샌드위치를 시식하게 되었다.

"내가 촌놈인가? 그게 있잖아, 캐비어라는 거 생각보다 맛이 별로네."

서 경사의 촌평이었다.

4

밤은 점점 깊어갔다. 35층은 깊은 고요 속에 잠겨 있었고 경호원들은 숨을 죽이고 도사리고 있었다. 마치 심해 잠수함 선원들처럼 격침할 표적이 나타나기를 이제나저제나 하고 기다리는 모습과도 같았다. 경찰 병력에다가, 박찬우 소령이 이끌고 온 국정원의 정예요원에, 그리고 소라야가 지휘하는 팔레스타인 해방전선의 무장한 전사들이 특실 내부와 외곽을 경비하고 있다. 모사드라고 한들 헤라클레스와도 같은 초능력이 있기 전에야 35층의 요새와도 같은 특실을 공략할 수는 없을 것이었다. 오마르의 머리가락 하나인들 건드릴 수 있으랴.

나와 백지영은 부속실에 진을 치고 암살자의 접근을 기다리고 있었고, 국정원의 박찬우도 우리와 합세했다. 서 경사와 권 경사, 그리고 하산의 측근 경호원 네 명도 함께였다. 소라야 안사리는 자주 들락거렸는데 그녀의 얼굴에선 불안해하는 기색을 찾을 수가 없었다.

나는 방 안의 유일한 총각인 듯싶은 박찬우의 모습을 흘끔거리며, 긴 한숨을 몰아쉬기도 했다. 흐음, 괜찮은걸! 범 경위 말고도 이렇듯 잘생긴 사내도 다 있다니. 예상 밖의 일이었다.

밤 11시께가 되었을 때, 신지혜가 오마르의 방에서 나왔다. 신지혜는 그녀의 오늘 밤 소임을 다한 듯했다. 그녀는 애써 밝은 모습을 짓고 있었는데, 때마침 들락거리던 소라야가 말없이 그녀에게 흰 봉투를 건네주고 있었다. 오늘 밤의 봉사에 대한 대가이리라.

신지혜가 도어를 밀치며 부속실을 벗어나려 걸음을 옮기려는 바로 그 순간이었다. 총성이 울린 것은. 총성은 어둠을 가르고 고요를 허물며 울려 퍼졌다. 그것은 오마르 하산의 방에서 울려오는 총소리였다. 누구 할 것 없이 그 소리를 들었을 것이었다. 백지영도, 박찬우도 소라야 안사리도, 그리고 그녀의 경호원들도. 신지혜도 들었을 것이었다. 신지혜가 걸음을 옮기려다 말고 멈칫했다.

누군가가 마침내 오마르 하산의 운명을 겨냥해 방아쇠를 당긴 것일까?

한순간 나의 뇌리를 스친 상념이었다.

설마 하는 생각도 나의 뇌리를 스쳤다. 오마르 하산을 총격으로 암살할 수가 없는 것이다. 그건 절대적이라고 해도 과언이 아니다. 독살이라면 또 몰라도. 그런데 총성이 울리지 않았는가!

모두가 믿을 수 없는 상황 앞에서 멍청한 표정을 지은 채 서 있기만 했다. 잠시 음침한 침묵이 방 안에 감돌았다.

"아뿔싸! 이건 아냐!"

그 침묵을 맨 처음 허문 사람은 바로 소라야였다. 그녀한테서 상처 입은 짐승과도 같은 신음 소리가 흘러나왔다. 아니 울부짖음이. 소라야는 잠시 멈칫했으나 다음 순간 누구보다도 재빨리 오마르 하산의 침실을 향해 도약하는 것이었다. 그리고 그녀의 경호원들도.

"맙소사!"

박찬우도 찬탄의 소리를 흘리며 그들의 뒤를 따랐다. 그의 손엔 어느새 무기가 쥐어져 있었고, 여간 날렵하게 움직이는 것이 아니었다.

"이럴 수 없어!"

그들에게 뒤질세라 뛰어든 사람은 오늘의 지휘관인 백지영이었다. 나도 꽁무니에 매달리듯 그녀의 뒤를 따랐다.

우린 일순 마법 세계의 문턱 앞에 섰을 때처럼 주춤했다. 그러나 다음 순간 잽싸게 문을 열고 거실에 들어섰다. 첫 번째 관문을 연 사람은 소라야가 아닌 그녀의 경호원의 한 사람인 아메드 아야시라는 친구였는데, 그도 오마르의 성채라 할 특실의 열쇠를 지니고 있는 듯했다. 거실엔 사람의 그림자라곤 없었다. 오마르 하산도 하산의 암살자도 보이지 않았다. 우린 지체하지 않고 두 번째 관문을 열었다. 바로 침실로 통하는 문이었는데, 그 문을 열면 오마르가 피를 흘리며 침대 위에 길게 쓰러져 있을 거라고 생각했으나 사람의 모습은 보이지 않았다. 이제 세 번째 관문만이 남아 있었다. 그렇다면 세 번째 관문 저편에서 한 사람의 죽음과 맞닥뜨리게 될 것이었다. 모두가 잠시 모든 죄악과 재앙이 쏟아져 나온다는 판도라의 상자를 열기 직전과도 같은 망설임을 보였으나 더는 지체하지 않고 세 번째 문을 열었다. 그곳은 창가에 마련된 회의실이자 식당이었다. 길쭉한 10인용 테이블과 의자들. 그런데 의자 하나가 넘어져 있는 것이 눈에 들어왔다. 그리고 그 의자 바로 옆에 오마르 하산이 큰대자로 쓰러져 있었는데, 가슴팍에서는 한 줄기 피가 흘러내리고 있었다. 그는 이미 숨을 거둔 듯했다. 이스라엘이 파견한 암살자의 총격은 이 이상 완벽하다고 할 수 없을 정도로 완벽해 보였다.

"세상에, 이건 아냐!"

나는 오마르가 습격당한 사실보다도 모사드가 파견한 암살자의 초인적인 능력에 경탄했다. 모사드는 고전적인 방법에 의존하지 않고 오늘날 회색의 도시에서 통용되는 화려한 방법을 구사했다고 할 수가 있었다. 케네디나 레이건의 경우처럼. 어쩜, 이럴 수가 있을까? 어떻게, 누구의 눈에도 띄지 않고 경호경비 요원이 철통같이 지키는 여러 관문을 통과할 수가 있었을까?

나는 망연자실한 채 멍청하니 서 있기만 했다. 나는 눈앞의 광경을 도저히 믿을 수가 없었다. 나는 질이 나쁜 꿈이라도 꾸는 심정이었다.

"오, 이건 말도 안 돼! 이건 아냐!"

일순 소라야 안사리의 절규가 방 안 가득히 메아리쳤다. 그녀의 구슬픈 울부짖음이 나를 현실로 돌아오게 했다.

"우린 암살범의 퇴로를 차단해야 해! 냉큼 움직여요!"

다음 순간 소라야는 그녀의 경호원들을 돌아보며 외쳤다. 그녀가 내린 첫 번째 명령이었다.

"어서, 슈나이더 박사를 불러요. 제발 어서요."

소라야가 오마르 하산의 주치의를 데려오라고 다그치고 있었는데, 그녀가 내린 두 번째 명령이었다. 그녀가 통분해하는 모습은 가련하다 못해 애처롭기까지 했다. 그녀는 무릎을 꺾으며 허물어지는 것이었고, 쓰러진 오마르 하산을 부둥켜안아 일으키려 했다.

"뭣들 하는 게요. 앰뷸런스도 불러야지. 서둘러요!"

소라야의 세 번째 질타!

"우린 개미 한 마리도 호텔 밖으로 못 나가게 해야 해. 자, 어서 움직이자고!"

백지영도 휘하 요원들을 향해 명령했다.

소라야의 연이은 질타에 백지영의 명령. 사람들은 오히려 허둥대기만 했다.

"나를 따라와요! Follow me!"

지휘자로서의 백지영의 현실적이고도 구체적인 지시. 그녀가 누구보다도 먼저 암살자를 검거하기 위해 쏜살같이 달리기 시작했고, 모두가 길 잃은 양떼 들처럼 그녀의 뒤를 일사불란하게 따랐다. 그런 점에서 백지영은 슬기로웠다.

이제 우리가 할 일은 오직 하나뿐이었다. 그것은 비정한 암살범의 퇴로를 차단하는 일이었다.

서 경사에 권 경사, 그리고 박찬우와 심지어 하산의 경호원들도 백지영의 뒤를 따랐다. 물론 나마저도. 그래서 현장엔 소라야만이 한동안 남게 되었다.

부속실에 나와보니, 신지혜가 어정쩡하니 서 있었다. 그녀의 얼굴은 일그러져 있었고, 그녀의 몸은 달달 떨고 있었다.

"무슨 일이에요?"

그녀의 목소리는 울먹이듯 했다.

"이 여자, 어딜 못 나가게 해!"

백지영이 대답을 대신해서 외친 말은 그녀를 더욱 얼어붙게 했을 것이다. 아마도 모두의 눈엔 신지혜가 암살자의 공범 같기만 했을 것이었다. 얼마나 안성맞춤의 공범인가. 암살의 무대에 아름다운 여인이 등장한다면 그 여자가 공범이 아니고 뭐겠는가. 이스라엘 라빈 총리가 암살되었을 때도 암살범 이갈 아미르의 뒤에 미모의 법대생이 있지 않았던가.

"아니, 이 무슨 짓이에요?"

신지혜가 완강한 손길에 붙잡히며 외치는 소리도 더는 모두의 귓전에 들려오지 않았을 것이다. 어느새 너나 할 것 없이 복도로 뛰쳐 나왔던 것이다. 그러나 그곳엔 아무도 없었다. 무리 지어 이리저리 뛰어다니는 경호요원들 말고는 수상한 사람은 눈에 들어오지 않았다.

"빨리 모든 출입구를 봉쇄해야 해! 우린 암살범의 탈출을 막아야 한다고."

백지영의 거듭된 명령. 모든 출입구는 이미 초저녁부터 경비되어 있었고, 완벽하게 봉쇄되어 있었던 것이다. 경찰 경비요원을 비롯한 국정원의 요원들에 의해서 말이다.

"자네들, 누구 드나든 사람 보지 못했나?"

서 경사가 나서며 말했다. 침착하기로 그리고 담대하기로 소문난 그도 허둥대고 있었다.

"아무도 들어온 사람이 없었습니다. 나간 사람도 물론 없었고요."

침실 밖 복도를 경비했던 경찰 요원들의 한결같은 말이었다.

"그럴 리가 없잖아. 자네들 잠시 자리를 비우고 있었던 거 아냐? 아니면 한눈을 팔고 있었던가."

이번엔 시경의 오 경사가 모두를 대신해서 그들을 질타하기도 했다.

"그럴 리가요. 우린 한눈을 팔지도 않았고 자리도 뜨지 않았습니다. 이게 어디 보통 일입니까?"

그들은 여간 억울해하는 것이 아니었고, 강하게 항변까지 하는 것이었다.

"그런데 어떻게 암살자가 들어와 총을 쏘았다는 게야? 말이 돼야지, 말이."

권 경사가 고함을 지르기까지 했는데, 그건 막상 부질없는 고함이요, 외침이었다. 살펴보니 비상계단은 물론이고, 일반 승객에, VIP용 엘리베이터 홀에도 경비가 눈을 시퍼렇게 뜨고 보초를 서고 있었다. 복도는 경비하는 사람들로 득실거리고 있었다고 해도 과언이 아니었다.

암살자가 아직 도망가지 못했다면 오마르 하산의 특실 어딘가에 숨어 있을 거라는 생각이 퍼뜩 내 머릴 스쳤다. 나는 다시금 몸을 돌려 잽싸게 오마르 하산의 로열스위트로 향해 질주했다.

"범인은 아직도 방 안에 숨어 있을지도 몰라요. 날 따라와요."

이번엔 내가 외쳤다.

내 생각에 동감한 무리들이 이번엔 나를 따랐다. 그러고는 오마르의 침실을 샅샅이 수색하기 시작했다. 거실과 회의실을 겸한 식당과 화장실에 바와 그리고 사우나 시설 같은 부대시설도 훑었다. 흔히 정부(情婦)를 찾는 수법인 침대 밑과 장롱 속도 살핀 건 물론이다.

"아무도 없어요. 개미 한 마리도요."

수색에 참여한 전·노·박 세 형사가 합창하듯 말했다.

"그게 말이나 되나? 말도 안 돼!"

나를 따른 서 경사가 꾸짖으며 외쳤으나 그것은 여전히 메아리 없는 꾸짖음이요, 외침이었다. 우린 몇 번이고 살폈으나 결과는 언제나 같았다. 암살자의 모습은 어느 구석에서도 보이지 않았다. 이럴 때 연기처럼 사라졌다고 해야 하는 것일까. 사람들은 한동안 이리 몰리고 저리 몰렸는데, 아수라장이 따로 없는 이루 말할 수 없는 혼돈의 극치였다.

우리가 최종적으로 확인한 것은 오마르 하산 샤르한이 그의 침실 창가에서 모사드의 암살자에 의해 암살되었다는 엄연한 사실뿐이었다.

"숨을 거두셨군. 손을 쓸 여지도 없는걸."

오마르 하산의 주치의인 슈나이더 박사가 내린 결론이었다. 그는 독일인으로 외과 분야에서 이름깨나 알려져 있는 사람으로, 그런 그도 별수 없다는 태도였다. 쉰 살 정도는 되어 보였는데, 늘씬한 키에 금발이었고 눈동자는 차가운 잿빛이었다. 진맥을 끝낸 그는 서슴없이 손을 털고 일어서더니 천연덕스레 팔짱을 끼며 한 발짝 물러서는 것이었다. 그런 그의 동작은 여간 메마른 게 아니었는데, 그런 슈나이더 박사를 소라야가 흘기고 있었다.

"아, 참 깜박했군. 가슴팍의 사창(射創)의 형태를 살펴보니, 총에 맞은 상처의 모양 말이오, 근사(近射)더군. 암살자가 지근거리에서 방아쇠를 당겼다는 얘기지. 그러니 뭐야, 이거 면식범의 짓인가!"

닥터 슈나이더의 법의학적 소견. 그는 우리 모두를, 소라야를 비롯해서 그녀의 경호원에다가 우리 모두를 둘러보며 씨부렁거렸는데, 시사하는 바가 매우 크다.

한동안 소란스러운 잔칫집 같은 어수선한 분위기가 이어졌다. 누구보다도 화가 치밀어 씨근덕거린 사람은 제 딴엔 큰소리쳤던 소라야였다. 그녀의 얼굴에 잠시나마 피어났던 슬픔의 빛은 자취를 감추고 어느새 분노가 대신하고 있었다. 그리고 그 분노도 점차 개탄으로 탈바꿈하고 있기도 했다.

"어떻게 이렇게 감쪽같이 암살할 수가 있지? 누구의 눈에도 띄지 않고, 완벽한 경호의 벽을 뚫고 말이야."

잠시 후, 혼돈의 시간이 지나자 소라야는 하나도 믿을 수 없다는 모습으로 길게 탄식하는 것이었다. 그녀는 늘 당당했는데 지금은 서리 맞은 꽃처럼 여간 풀이 죽어 있는 게 아니었다. 그도 그럴 것이 명색이 오마르 하산의 경호 책임자인데 그 책무를 다하지 못한 것이다.

"이거 끝장난 거 아냐? 모든 게 막이 내린 거 아니냐고."

소라야는 독백하듯이 말했다. 소라야의 종말. 나는 소라야의 말이 백번 옳다고 생각했다.

그리고 또 한 여인, 백지영 경위!

"그래, 나도 바야흐로 끝장난 거네."

그녀도 소라야와 한 점 다르지 않았다. 행운의 여신이 백지영에게 샐쭉하니 등을 돌린 것이다. 늘 그녀에게 미소를 짓던 행운의 여신이.

나는 내가 주역이 아닌 것을 이때만큼 다행으로 생각한 적은 일찍이 없었다.

5

누구 할 것 없이 도저히 빠져나가려야 빠져나갈 수 없는 함정에 옴짝달싹 못 하고 발길을 들여놓은 것을 절감해야 했다. 오마르 하산의 암살은 국제적으로도 매우 민감한 사안일 테고, 누가 책임을 져도 단단히 져야 할 것이었다. 이슬람 사람들이 가만히 있지 않을 것이고, 특히 헤즈볼라니 하마스니 하는 팔레스타인 과격 무장단체들이 손가락만 빨며 주저앉아 있지 않을 것이다. 이스라엘과의 사이에 다시금 피의 보복전이 전개될지도 몰랐다. 제1차 세계대전도 세르비아의 한 청년이 쏜 한 방의 총성으로 해서 일어나지 않았던가.

오마르 하산의 암살 소식은 지금쯤 여러 경로를 통해 급속히 전파되고 있을 것이었다. 이 얼마나 극적인 암살 사건인가! 서울에서 구경하기란 좀처럼 힘든, 상상하기도 어려운 국제적으로 드라마틱한 암살 사건이 아니던가!

오마르 하산은 자물쇠가 완벽하게 잠긴 방에서 살해되었다고 할 수 있었다. 호텔 도어의 잠금장치란 풀오토식이어서 문을 닫기만 해도 자동으로 잠기게 마련이다. 그러니 이건 어느 누구의 출입도 불가능한 밀실에서의 살인 사건인 것이다.

밀실의 살인!

그렇다. 이건 전형적인 밀실의 살인인 것이다. 문이란 문은 다 잠겼을 뿐만 아니라 완벽하게 경비되어 있었기 때문에 오마르 하산의 방엔 침입하려야 할 수가 없었고, 막상 방 안에 숨어들어간 사람은 한 사람도 없었다.

소라야와 그녀의 경호원들도 의심하려야 의심할 수가 없었다. 아무리 측근 경호원이 암살자일 수 있다고 해도 말이다. 그들은 총성이 울릴 때까지 우리와 함께 부속실에 있었고 우리 눈길에서 벗어나지 않았다. 특히 소라야는 그 미모와 팔등신으로 해서 누구의 눈길에서도 벗어날 수가 없었고, 모두의 시야 속에 갇혀 있었다. 신지혜와 함께. 게다가 소라야는 모두가 보는 앞에서 지혜에게 수표를 건네고 있던 참이었다.

나의 경찰 요원들을 의심할 수 없는 것처럼 박찬우와 그의 요원들도 의심할 수가 없었다. 이것이 비록 NIS의 음모일 수가 있어도 말이다. 그는 시종 우리와 합동 작전을 편 처지였다.

슈나이더 박사를 비롯한 하산의 수행원들도 의심할 수가 없었는데, 그들은 모두가 자신의 방에서 텔레비전을 보거나 잠을 청하고 있었을 것이기 때문이다. 그러니 그들 모두의 알리바이는 누구도 허물 수 없는 확고한 것이었다. 말하자면 누구도 암살자일 수가 없는 것이다. 총성이 울렸을 때, 모두는 오마르 하산 샤르한의 특실 밖에 있었으므로.

혹시 옥상에서 밧줄을 타고 내려와 살인할 수도 있겠지만, 아니면 건너편 빌딩에서 안개비를 무릅쓰고 저격수가 저격할 수도 있겠지만, 닫힌 창문에 어떻게 자국 하나 남기지 않을 수가 있겠는가. 실내에 살인 도구를, 예컨대 총이나 석궁을 비밀리에 장치할 수도 있을 것이었으나, 아무리 살펴봐도 그런 흔적은 없었다.

암살범은 누구일까? 그리고 그는 어떻게 했을까? 그것은 나로서는 도저히 매듭을 풀려야 풀 수 없는 수수께끼처럼 여겨졌다. 독살만이 암살의 가능한 수단이려니 했는데, 총격으로 암살하다니! 나는 마블링처럼 엉켜 있는 눈앞의 수수께끼를 어떻게 해서든지 풀어야 했다. 아니, 소라야 아니면 백지영이.

나는 다시금 오늘의 주역이 아님을 감사해야 했다.

시간은 숨 쉴 틈도 없이 재빨리 흘러가고 있었다.

지체 높은 사람들이 지체없이 달려올 것이었다. 시경에서는 하 경감이 이끄는 정예 수사요원들이 국과수 요원들과 함께 움직일 것이고, 검찰에서도 베테랑 검사가, 그리고 청와대에서도 외교안보수석 같은 인물이 눈을 부라리고 모습을 나타낼 것이다. 그들의 먹잇감이 될 만한 희생양을 찾아서 말이다. 무엇보다도 껄끄러운 무리들은 내외신 기자들이다.

우린 필사적으로 머리를 굴려야 했다. 아니다. 우리가 아니라 백지영이다. 그리고 소라야다. 국정원의 박찬우 소령도 빠질 수가 없다. 좋은 먹잇감을 찾은 하이에나들이 몰려오기 전에 이 사건을 재빨리 해결해야 한다. 그들로서는 분초를 다투는 시간과의 전쟁이다. 나만큼은 한 발 빼고 뒤에 조용히 있기만 하면 된다.

누구보다도 먼저 헐레벌떡 달려온 사람은 국정원의 유덕훈 국장이었다. 그는 바로 정보공작적인 차원에서 오마르 하산을 서울로 오도록 초청한 장본인이라고 할 수 있었는데, 그를 시신으로 되돌려 보내게 된 것이다. 그는 누구보다도 침통한 표정을 짓고 있었다. 그것이 그의 연기라면 훌륭한 연기였다. 그러나 그것은 연기 같지는 않았다. 그렇다면 이건 NIS의 음모가 아닌 것일까?

그를 맞은 사람은 박찬우 소령이 아니라 백지영이었다. 같은 병을 앓는 사람들끼리 서로 동정해야 할 처지에 있는 것이다. 이른바 동병상련의 입장이다.

"이건 도저히 설명이 불가능한 사건이에요. 있을 법도 하지 않은…… 누구도 어쩔 수 없는…… 너무 미스터리하고 너무 황당하고, 그래요."

백지영은 경황이 없다. 그러면서도 아무도 어쩔 수 없는 사건임을 강조하고 있다.

"침착하세요. 우리 이렇게 합시다."

유 국장은 사건 개요에 대해 이미 보고를 받아 대충 아는 듯했고 나름대로 복안도 있는 듯했다.

"우리 눈앞의 상황을 한번 재구성해보자고요. 어떤 길을 찾을 수 있을 겁니다. 해결책을요."

유 국장의 차분한 제의. 믿음직했다.

"구두장이 셋이 모이면 제갈량보다 낫다고 했습니다. 우리 중지(衆智)를 모으자고요."

유 국장이 덧붙인 말. 과연 나도 그 세 명의 구두장이 중에 포함되는 걸까?

"국장님, 이 사건은 말예요, 아무도 출입한 흔적이 없는 밀폐된 방에서 발생한 살인 사건이라고 할 수 있습니다. 이른바 밀실의 살인이죠."

백지영이 첫 타자로 나섰는데, 나름대로 사건을 재구성하려 했다.

"오마르가 회까닥하기 전에야 암살자를 위해 문을 따줄 리가 만무하죠. 그리고요, 소라야가, 아니면 아메드 아야시라는 수석 경호원이 외부에서 전자키를 사용해서 문을 열어주기 전에야, 암살자의 침입은 불가능한 거 아닙니까?"

"암요. 불가능하죠."

유 국장은 장단 맞추듯 했다.

"그 당시 소라야는 신지혜를 배웅하고 있었고, 아메드 아야시라는 친구는 떠나는 그 아이를 넋을 놓고 쳐다보고 있었어요. 바로 우리 눈앞에서. 여느 경호원들도 비슷했고요. 따라서 그들 모두에게 확고한 알리바이가 성립된다는 얘기지요."

백지영은 아무리 강조해도 지나치지 않다는 듯이 말했다.

"그럼에도 불구하고 총성은 울렸고, 오마르 하산은 목숨을 잃었어요.

어떻게 설명해야 하지요?"

유 국장이 물었다.

"내 말 들어보세요. 오마르 하산은 스스로 방아쇠를 당겼어요. 자기 심장에 총구를 대고요. 오래전부터 월터 PPK를 소장하고 있었다고 하거든요. 권총은 원래 자살용이라고들 하는데, 아무리 머릴 굴려봐도 엉망으로 꼬인 실타래를 풀자면 이 상황에선 이것만이 유일한 해답이죠. 엉뚱한가요?"

말하자면 백지영은 오마르의 자살설을 펼쳤다고 할 수 있다. 어떻게 보면 밀폐된 방에서 울린 총성에 대한 유일한 해답일 수가 있다. 그녀는 나름대로 자기 목소리를 내려 애쓴다.

"아암, 엉뚱하군요."

"그럼 더 좋은 생각이 있다면 말씀해보시죠."

백지영이 다그쳤으나 유 국장인들 뾰족한 해답이 있을 리 없다. 그러자 박찬우 소령이 두 번째 타자로 나섰다.

"혹시 닥터 슈나이더의 말을 기억하십니까. 그가 사창을 살펴보곤 지근거리에서의 사격이라고 했습니다. 이게 무슨 말인지 아시겠습니까?"

모두는 다만 입을 닫고 있을 뿐이다.

"자살 형태의 접사(接射)도, 저격수의 원거리 조준사격이라 할 원사(遠射)도 아닌 근사(近射)라는 얘기지요. 바로 눈앞 가까운 거리에서 누군가가 방아쇠를 당겼다는 얘깁니다. 5미터 내외의 거리에서요. 그 시각에 오마르에게 방아쇠를 당긴 암살범은 엄연히 그의 방에 존재했었던 겁니다. 그것도 면식범이라고 할 수 있는 인물이. 유감스럽게도. 그런데 연기처럼 사라졌군요."

민망하게도 백지영의 자살설이 한순간에 모래성 무너지듯 무너지는 순간이었다. 모처럼의 추리였으나 애당초 궁색한 논리였다. 오마르가 무엇 때문에 서울에 와서 스스로 목을 매달 것인가. 백지영의 한계를 엿보는 심정이었다. 무엇보다도 자살한 거라면 자기 손에 총을 쥐고 있어야 하는 게 아닌가.

　모두가 다시금 도저히 풀기 어려운 수수께끼 앞에 섰을 때만큼이나 난감한 표정을 짓고 있었다.

　밀폐된 방에서의 살인, 면식범의 지근거리에서의 총격, 용의자들의 확고한 알리바이! 이 세 가지 수수께끼의 벽 앞에서 속수무책으로 두 손 바짝 들지 않을 사람이 과연 어디 있을까?

　무엇보다도 모사드의 암살자는 투명인간이거나 유령일 수밖에 없었다. 눈 깜짝할 사이에 아무 흔적도 남기지 않고 증발하지 않았는가. 눈앞이 캄캄하고 죽을 맛일게다.

　"그럴싸한 가설은 이젠 없나요?"

　유 국장의 메아리 없는 넋두리.

　'또 다른 시나리오도 있다고요. 신통방통한.'

　여느 때 같으면 뱉었을 나의 대사. 나는 결코 무리들 앞에 나서 입을 벙긋 놀리지도 않았다.

　시간은 어느새 자정을 넘기려 했다. 그사이 국과수 요원들도 다녀갔다.

　"정밀검사를 해야 사용된 총기의 종류를 비롯해서 모든 걸 정확하게 말할 수 있지만……."

하는 전제를 달고 말하긴 했으나 그들이 우선 적으로 확인해준 것은 두 가지였는데, 수거된 탄피를 살펴본 바로는 사용된 총기는 PPK가 맞을 거라고 했고, 사거리는 근사가 틀림없을 거라고 했다. 슈나이더 박사가 지적한 대로 지근거리에서의 총격이다. 정밀하게 검사를 할 것도 없이 어김없는 타살, 아니 암살이다. 냉엄한 현실 앞에 모두는 얼어붙을 수밖에 없었다.

초침 돌아가는 소리와 함께 모두의 심장박동 소리도 높아가기만 했다. 사건 해결의 기미는 보이지 않았고 덩달아 불길한 소식만이 연이어 날아왔다.

"AFP통신이 전 세계에 오마르 하산의 암살을 타전했어요. 서울에서의 암살 소식을."

새로운 뉴스를 전하는 박찬우의 목소리는 지친 듯 가라앉아 있었다. 그런데 그는 하필이면 나를 쳐다보며 말하는 것이었다. 하긴 언제부터인가 우린 파트너라고 할 수도 있었다. 자장면도 함께 먹고.

"거 참, 한번 빠르네요."

나는 나와는 아무 관계가 없는 소식을 들었을 때만큼이나 무심한 어조로 대꾸했다. 나는 얼마간 뻔뻔스러워졌다고 할 수 있었는데, 나는 결코 세 번째 구두장이로 나서려 하지 않았다.

"이 소식은 불이 섶을 사르며 번지듯 번지고 있어요. CNN방송도 방금 전에 이 소식을 긴급 뉴스로 보도했고요."

"그들이 이 뉴스를 놓칠 수는 없을 테죠. CNN이 김일성의 사망 소식도 맨 먼저 전했죠, 아마."

나는 박찬우의 말에 오직 장단이나 맞출 뿐이다.

"문제는……."

"문제는요?"

"CNN방송을 본 팔레스타인 과격단체 지도자들이 성명을 발표했다는 사실이오."

"어떤?"

"범인을 체포해서 내놓지 않으면 한국 비밀 정보기관의 음모로 간주하겠다는 것이오. 오마르 하산의 암살을."

"그들이 그래요?"

"우리 국정원이 오마르 하산을 서울로 유인해서 모사드에게 암살의 무대를 제공한 것이 이번 암살극의 본질이라고 하는군."

"그게 사실인가요?"

"천만에. 얼토당토 않은 얘기요."

"그래 그뿐이에요?"

"그들은 우리한테 보복 테러를 감행한다고 했소. 레바논 주재 한국대사관을 폭탄 차량으로 폭파할 거라나. 그리고……."

"대한항공도 격추시키고요?"

"잘 아시는군. 그들의 성명을 한번 원문 그대로 읽어드릴까?"

"네, 어디."

"우린 전 세계에 있는 한국인과 한국 대사관 그리고 한국 항공사의 안전을 보장할 수가 없다!"

"누구 명의로요?"

"하마스의 최고 지도자의 이름으로. 그는 지금 이스라엘과 성전을 펼치고 있어요. 미사일을 쏘아 올리면서. 또 하나의 과격 단체인 헤즈볼라에서도 성명을 발표했다는 말도 있고."

"하나의 단순한 엄포일 수도 있겠죠, 뭐."

"천만에. 착각하지 말아요."

"당신들 진심으로 걱정하는 건가요? 엄살 아닌."

"그렇소. 결코 엄살 떠는 게 아니오. 내가 지금 부들부들 떠는 게 보이지 않아요? 경련을 일으키는 것이."

나는 박찬우의 과장된 제스처는 무시했으나 그의 말들은 진솔하게 들렸다.

"그럼 뭐예요? 이건 NIS가 꾸민 시나리오는 아니란 말인가요?"

"아니올시다. 절대로. 이런 어리석은 짓을. 사람들은 이상하게도 무슨 일이 터지면 우리 짓이 아니면 미 CIA의 짓으로 보더군. 특히 잘난 체하는 사람들일수록. 정보통인 체하는 사람들이. 우리라고 해서 바보들만 모여 있는 게 아니오."

"하긴 국정원이라고 해도 바보들만 모여 있지는 않으시겠죠. 똑똑한 사람들 한둘은 있을 테죠."

"우리가 팔레스타인 과격단체를 적으로 돌릴 이유가 뭐 있겠소? 무슨 득을 볼 일이 있다고. 하필이면 서울에 불러들여 이런 어리석은 짓을."

"하긴요."

"이건 어디까지나 모사드의 상투적인 암살극이오. 그들은 첩보영화에서나 봄직한 암살작전을 수시로 펼쳐왔다고요. 지난 2007년부터 5년 사이에 암살한 이란 핵물리학자만 해도 다섯 명이나 돼요. 대표적인 사례가 2012년 이란의 저명한 핵과학자 모스타파 아마드 로산에 대한 차량폭파 암살극일 게요. 그 사람들 '키돈'이란 암살 전문팀을 두고 자신들을 공격한 인물들에 대해서는 국제사회의 비난을 감수하는 한이 있어도 끝까지 추적해서 암살한다는 원칙을 고수하고 있어요."

"어머, 뭐 아는 게 많네."

내가 칭찬했다. 그러나 그는 빙긋도 하지 않으며 말을 이었다.

"게다가 팔레스타인 주요인물이나 그들을 지원하는 인물들이 어느 날 변사체로 발견되는 일은 어제 오늘의 일이 아니오. 지난달에도 말레이시아에서 로켓 전문가이자 팔레스타인 무장 정파인 하마스의 간부가 암살되었어요. 이런 사례를 들자면 끝이 없어요. 말하자면 그들은 잠재적 위협의 싹을 사전에 제거하는 전략을 철저하게 고수하고 있어요. 오늘 밤 우리 눈앞에 펼쳐진 상황도 그 일환이라고 생각하면 틀림이 없을게요 우린 지금 감당하기 어려운 강적과 맞닥뜨리고 있어요."

박찬우는 나를 설득시키려 애쓰고 있었고, 또한 중동 전문가답게 그쪽 정세에 밝다. 프로다운 그의 일면을 엿보는 심정이었는데, 나도 무얼 좀 안다고 떠벌이지만 그에 비할 바가 아니다.

"그리고 오마르 하산의 제1부인이 범인 검거에 현상금을 걸었어요. 그것도 30만 불이라는 유례없는 거금을 말이오."

잠시 숨을 고른 다음 박찬우가 연이어 던진 뜻밖의 말에 나는 적이 놀랐다.

"30만 불이라고요? 그 여자, 배포가 한번 크네요."

"아시겠소? 우리 입장이 지금 여간 난처한 게 아니오. 모사드가 성명이라도 발표해주면 또 몰라도. '이건 우리가 한 일이다'라고, 아시겠어요? 우린 지금 국제적인 소용돌이에 휘말려 있어요. 어떻게 해서든지 이게 우리 NIS의 음모가 아니라는 걸 밝혀야 해요. 최 경위, 우릴 좀 도와주지 않겠소. 이렇게 손을 놓고 있지 말고."

국정원이 처한 입장이 지금 말이 아니라는 사실은 분명했다. 어떻게 보면 절체절명의 상황에 놓여 있다고 할 수가 있다. 지금 길고 어두운 터널에 갇혀 있는 처지로, 어떻게 해서든지 입구를 찾아야 한다. 그러니 나 같은 송사리한테까지 손을 내미는 것이 아니겠는가.

"하지만 그건 내가 할 일이 아니라 댁들이 할 일이 아녜요. 잘난 댁들이."

국정원이 언제 나를 제대로 대우했던가? 기껏 자장면이나 대접하고. 고까운 것이다.

"그리고요, 나서야 한다면 잘난 저 여자가 나서야 하는 게 아니냐고요. 있잖아요, 이 살인 파티의 여주인공."

나는 턱으로 다크 서클이 한결 짙어진 백지영을 가리켰다. 모든 책임은 백지영에게 있는 것이다. 실타래처럼 엉킨 수수께끼를 푸는 일도, 범인을 검거하는 일도. 그런데 그녀는 지금은 긴 레이스에 지친 선수처럼 기진맥진한 모습이었다. 멍 때리고 앉아 있는 채로 더 이상 한 걸음도 더 못 나가는 백지영. 그 사실에 나는 희열을 맛보았다. 그것은 일종의 악마적인 기쁨 같은 것이었다. 쌤통이지 뭐니! 밤낮 남의 여물통이나 엎고, 파투 놓기 일쑤더니, 너도 한번 당해보라고.

사건은 미궁에 빠지고, 시곗바늘은 새벽 2시를 향해 치닫고 있었고, 하이에나들은 바로 코앞까지 몰려왔다고 했다. 그런데 운명의 화살은 어느새 나를 향해 날아오려 하고 있었다.

"청와대 외교안보수석이 보내온 전갈입니다."

박찬우가 메모지를 손에 들고 다시금 우리 모두의 앞에 나타났다.

"잘 들으세요. 모두 철수하라는 지십니다. 관할 경찰서 요원들만 제외하고는……."

"뭐라고요? 우리들만 남으라니, 그 무슨 싹수없는……."

대뜸 알레르기 반응을 일으킨 사람은 우리 강력팀의 서 경사였다.

"특히 국정원 요원들은 지금 당장 철수하라는 전갈입니다. 신원을 노출시키는 것도 안 될뿐더러, 국정원의 공작이라는 아무 흔적도 남기지 말라는 지십니다. 시경 경호팀도 즉시 철수하고요. 우리 정부와는 아무 관련도 없다는 것을 보여야 한답니다. 다만 관할서는 살인 사건이 발생했으니 출동했을 뿐이라고요. 이 사실을 명심하라네요."

박찬우가 전달한 메시지 내용은 분명했다. 지네들은 쏙 빠지고 앞으로 모든 멍에는 나더러 지라는 것이다. 언제나 그러하긴 하지만 속죄양으로 최선실이 합당하리라.

"놀고 있네. 이 무슨 넉살이람."

서 경사가 연이어 보인 반응. 그의 얼굴에 조롱의 빛이 가득했다.

바야흐로 나는 내가 이 살인 무대에 극적으로 등장할 적절한 타이밍이라는 생각이 들었다. 나는 뒷자리에서 성큼 앞으로 나섰다. 그리고 국정원의 해외정보국장 앞에 우뚝 섰다.

"국장님, 어서 철수하세요."

나의 첫마디.

"국장님의 신원을 노출시킬 특별한 이유라도 있습니까? 국정원의 비밀공작을 온 세상에 까발릴 이유라도. 청와대 지시가 없어도 철수해야 할 시점입니다. 뒷감당은 내가 하죠. 그게 순리예요."

나는 모든 십자가를 기꺼이 지려 했다. 아마도 예상 밖이었을 것이다. 내가 말했어도 유 국장은 주춤했는데, 쪽박을 차고 꽁무니를 빼는 것 같아서이리라.

"국익을 위해섭니다. 죽을 쑤는 것도 한두 번이지, 또다시 국정원의 민낯을 드러내 나라 망신시킬 일이 있습니까? 산통을 깰 일이라도. 냉큼 철수하시라니까요."

내가 질타해서야 비로소 그는 철수를 준비하는 것이었다. 나중에야 삼수갑산에 갈지언정, 지금의 나의 모양새는 그지없이 좋았을 것이었다.

그런데 박찬우 소령이 앞으로 나섰다.

"우린 소라야만큼은 지켜야 합니다. 두 번째 표적인 소라야마저 희생시킬 수는 없어요. 나만이라도 이곳에 남아 있겠습니다."

박찬우의 군인다운 기백이 보기가 좋았다. 그가 덧붙였다.

"여자 한 사람을 못 지킨대서야 말이 됩니까."

그러자 아메드 아야시를 비롯한 블랙캣츠팀이 우르르 앞으로 나서는 것이었다.

"우리 커맨더는 우리가 지킵니다. 목숨을 걸고. 우리가 누굽니까? 이슬람 해방을 위해 투쟁하는 역전의 전사들이에요. 우린 피로 맺어진 우리만을 믿습니다."

그들은 소라야를 에워싸다시피 했다. 그들은 소라야의 눈짓 하나에 언제든지 도약할 태세를 나타내 보였는데, 그들의 불퇴전의 용기가 가상했다.

하지만 나는 속으로 우물거렸다. 오마르 하산도 지키지 못한 주제에 나서긴 어디서 나서? 깜냥도 되지 못하면서 큰 소리는……

나는 천천히 박찬우를 향해 섰다.

"너무 염려 마요. 이 사람들이 목숨을 걸고 지킨다잖아요. 그러니 박 소령도 돌아가세요. 타이밍을 놓치지 말고. 어서요."

내 말에 박찬우는 더는 고집을 피우지 않고 뒤돌아서는 것이었다.

나는 이윽고 얼빠진 모습으로 앉아 있는 백지영 경위 앞에 섰다.

"어서 돌아가요. 여긴 종로서 관할이고, 내가 할 일이에요. 알다시피 이건 살인 사건이고, 난 살인 전문이기도 하죠."

백지영도 엉거주춤했는데, 아, 그래요, 하고 등을 돌리기가 무엇한 것이다. 명색이 오늘 밤의 경호경비 작전을 진두지휘할 지휘관으로 선발되지 않았던가. 근데 위기 대처 능력이라곤 없다.

"국내외 기자들이 몰려오고 있어요. 알죠? 먹이를 찾은 하이에나들처럼. 시경이 무엇 때문에 일개 무기상인을 경호경비하느냐고 물으면 답변할 말이 있어야 말이죠. 뭐라 하겠어요?"

"하지만······."

"왜요? 청장님 얼굴에 먹칠이라도 할 일이 있어요? 아버님 얼굴에. 그것도 치명적인······ 남세스러워요."

내 말이 떨어지자 백지영도 그 알량한 자존심을 죽이곤 비로소 등을 돌렸다.

"최선실, 고마워. 그리고 미안해."

그녀가 떠나면서 던진 말. 아마 진심일 것이다.

쌤통이지 뭐니! 이것아! 난 명성을 위해 목숨을 걸진 않아. 이것이 너와 나의 차이라고. 으스대기나 하더니 헛발질이나 하고, 함량 미달 주제에 대박을 노리다가 쪽박을 차고 맥 빠져 걸음을 옮기는 백지영의 꼬락서니를 바라보며 나는 속으로 우물거렸다. 아마 죽을 맛일 게다.

국정원도, 시경도 자취를 감추자 우리만 남게 되었다. 종로서 강력1팀만이.

"이건 최악이네. 모두가 자기 살길을 찾아 떠나는 판국에 우물쭈물하다가 덤터기 쓸 줄 알았다고요. 웬 날벼락이람."

서 경사가 씨근덕거렸다. 내가 승산 없는 싸움에서 내 무덤을 파고 있다고 생각하는 것이다. 나는 그런 그를 다독였다.

"큰 천둥이 친 후엔 소나기가 내리는 법이라고 했지만, 피하는 방법이 다 있으니 너무 염려 마요. 왜냐? 우리 팀도 만만치 않거든요. 뚝심과 승부사 기질이 있잖아요. 9회 말, 결정적 순간에 한 방을 날린다고요. 그리고 이걸 알아야 해요. 어중이떠중이 다 쫓아버렸으니, 현상금을 우리가 몽땅 독차지하게 되었다는 사실을. 현상금이 얼마인지 알죠. 무려 30만 불이에요. 30만 불! 누가 뭐래도 호박이 넝쿨째 굴러들어오는 거고, 완전 대박이라고요."

"나, 참, 어이가 없군. 보아하니 섣불리 김칫국부터 마시는군. 이거 장난 아니라고요. 우린 한 치 앞도 예측할 수 없는 안개 낀 절벽 앞에 서 있다고요."

서 경사는 아무리 강조해도 지나치지 않다는 듯이 말했다.

"걱정 붙들어 매시라니까요. 싸움박질도 해본 사람이나 한다고요. 내 방식대로 할 테니까, 날 믿으세요. 내 나름대로 필살기가 있으니 긴장 풀라고요."

내 방식은 '개미처럼 본능에 따라 행동하라!'이긴 한데, 그 신뢰도는 나도 잘은 모른다.

"그렇다면 진즉 나서야지. 줄곧 뒤켠에 서서 입을 꼭 다물고 멍 때리고 있었담."

"내가 나서면 모두가 까무러친다고요. 조신하게 있어야죠. 허구, 그걸 알아요? 타이밍도 치밀하게 계산해야 한다는 것을."

"워낙에 머리 회전이 빠르고 빅매치에 강한 것을 알지만 이건 도무지 모를 소리네. 돌발 변수라도 있기 전에야."

서 경사의 불신의 늪은 더욱 깊어만 갈 뿐이다.

6

이윽고 나는 소라야와 마주 섰다. 어쩌다가 블랙버드라는 닉네임을 선사받고, 종로 청진동 뒷골목에서나 활개 치는 최선실이, 블랙캣츠라는 닉네임을 지닌 테러리스트 그룹을 이끌고 국제적인 무대에서 활약하는 이슬람 여전사 소라야 안사리와 이렇듯 마주 설 줄이야! 게다가 사막의 장미에다가 모가디슈의 영웅으로 국제적인 명성을 떨치는 여전사가 아니던가. 참으로 상상하기 어려운 만남이다.

나는 일순 진실의 순간, 진실의 문 앞에 서 있다는 강한 느낌에 사로잡혔다.

"소라야! 이젠 우리 두 사람만이 남았네."

"그러네."

"우리가 원 팀이 되어 흔들림 없이 완전 끝장내자고요."

"그러지, 뭐."

"소라야, 사람들이 당신을 세컨드 타깃일 수 있다고 말하거든. 그러니 당신을 보호하기 위해서도 진범을 찾아내 작살 내는 길밖에 없다고 나는 생각해. 최선의 방어수단은 공격이라고 했거든."

"그렇다고 볼 수가 있지."

"그래서 하는 말인데, 진범을 찾아내는 데 우리 온 힘을 쏟자고. 우리의 적수는 여간내기가 아냐. 매우 용감하고 과단성이 있는 데다가, 천재적인 인물이라고 보거든."

"흐음, 그래서……."

"그러니 우리도 새로운 판을 짜서, 최대한 머릴 굴려보자고. 게다가 난 항상 좋은 패를 손에 쥐고 있거든."

"그렇다면 어서 공개하시지. 서론이 길어."

"그럼 이제부터 본론에 들어가지. 소라야! 나는 벌써 누가 오마르 하산의 심장에 방아쇠를 당겼는지 알고 있다고 자부해. 그가 어떻게 했는지도 알아. 매우 예술적인 솜씨라고 할 수 있지. 그리고 그걸 입증할 수도 있어. 어때? 암살자의 얼굴을 보고 싶지 않아? 당신들의 상관을 암살한 자의 얼굴을. 그러자면 소라야, 당신이 나를 도와줘야 해."

"아암. 도와야지. 하지만 어떻게 우리 앞에 굳게 닫힌 비밀의 문을 연다는 게지? 무슨 수로? 당신에게 마법사와도 같은 유별난 재주라도 있다면 또 모를까, 그게 가능할까?"

"희망의 끈을 놓지 말자고. 우리가 누구야? 비록 엄청 지혜로운 최강의 적수와 맞서고 있지만⋯⋯."

"흐음⋯⋯."

우리 사이에 비록 사무적이긴 하나 우호적인 대화가 오고 갔다. 내가 진상을 밝히려는 데도 소라야의 반응은 무덤덤했다. 아니 회의적이라고나 할까. 그래서일까, 찬탄의 빛도 냉소의 빛도 없었다. 그러나 그녀가 데리고 온 경호원들은 놀라움과 불신의 빛을 동시에 나타내고 있었다.

"신이 손수 내린 형벌이 아니라면, 그리고 악마의 조화도 아니라면, 오늘 밤 이곳에 집결한 사람들 가운데 암살자가 잠복하고 있다고 보는데, 소라야의 생각은 어때? 따지고 보면 엄청 많이 몰려왔거든."

나는 말을 이었다.

"그렇다고 봐야겠지. 우리 모두가 용의자라고."

그녀의 표정은 긍정적이긴 했으나, 지친 듯 가라앉아 있다.

"우선적으로 말이야, 오마르의 침실에 침입해서 총을 쏘는 게 도저히 불가능한 외곽 지역 사람들과 그룹부터 하나씩 지워나가자고. 말하자면 이 살인 무대의 조역에 엑스트라들을. 내 말은 용의자의 범위를 좁혀보자는 얘긴데, 옛날부터 명탐정들이 하는 방식이지. 어때?"

"좋겠지."

"첫 번째로 억류된 신지혜 씨를 눈앞의 굴레에서 해방시켜주고 싶군. 내가 검사한 바로는 총기는커녕 청산가리 캡슐도 감추고 있지 않았으니까. 게다가 모든 사람이 지켜보는 가운데 이 방에서 나서려던 참이었지."

구석진 곳에 몸을 숨기듯 앉아 있는 신지혜는 코트까지 걸치고 있는데도 오들오들 떨고 있었다. 죽음의 무대에 마지막으로 등장한 미모의 여인! 억류할 법도 했었다.

"좋아요, 지혜 씨. 돌아가세요."

소라야가 선뜻 동의했다. 신지혜는 자리에서 일어나 모두에게 고개를 깊숙이 숙이고는 돌아서는 것이었다. 혹여나 모든 화근은 자신에게 있는 게 아니냐는 표정이어서 측은지심이 이는 순간이었다.

"잠깐만요."

신지혜가 걸음을 옮기려다 말고 돌아섰다. 그녀가 도어 저편에서 엿본 진실의 일단을 밝히려 한다는 것을 본능적으로 직감했다.

"오마르 하산은 나를 지중해로 초청한다고 했어요. 지중해 요트 여행에요. 아름다운 에게해도 구경시켜주고."

신지혜가 뱉은 말은 일순 나를 실망시켰으나, 그녀가 두 번째로 던진 말은 나를 대뜸 긴장시켰다.

"이 말이 도움이 되는지 모르겠지만, 하산은 오늘 밤 탈출할 거라고 했어요. 모사드의 암살자의 손길이 기다리는 이곳에서요."

"뭐라고? 오늘 밤 이곳에서 탈출한다고?"

"네에……. 탈출한다고……."

"그게 참말이야?"

"네, 참말이에요."

"알았어요. 지혜 씨, 이젠 가보세요."

오마르 하산이 오늘 밤에 탈출을 시도하고 있었다니……. 그렇다면 그도 모사드의 손길이 다가오는 것을 감지하고 겁내고 있었다는 이야기다. 나로서는 쓸모 있는 정보였다. 이것을 토대로 한다면 나의 추리는 더욱 빛을 볼 것이다. 신지혜는 이윽고 우리 시야에서 사라졌다.

나는 다시금 소라야를 향해 섰다. 그리고 그녀에게 말을 이었다.

"두 번째로 오마르 하산의 전속 요리사를 비롯해서, 비서진에다가, 그의 측근 수행원들을 제외하고 싶군. 주치의인 닥터 슈나이더를 제외하곤 그들의 코빼기도 보지 못했으니까. 그들은 그들의 방에서 잠을 청하거나 텔레비전을 보느라 총성도 듣지 못했을걸. 두 번째로 불가능한 사람들이라고 할 수 있지. 어때? 동의해?"

"기꺼이."

소라야가 처음으로 빙긋했다.

"세 번째로 외곽 경비를 섰던 경호경비 요원들도 제외해야겠지. 국정원과 시경의 아무 쓸모도 없는 못난이들. 그래서 철수시켰지만. 그들은 이 부속실에조차 한 발짝도 들여놓지 못했지. 그리고 내가 데리고 온 종로서 경호경비원들도."

"아암, 그들 세 번째 그룹도 제치자고."

소라야가 순순히 동의했다. 외곽지대의 오마르의 수행원들처럼 그들 모두도 비밀의 관문 밖에서 어정대던 외곽지대의 인물일 뿐이다. 동의 못 할 이유가 없다.

"불가능을 하나씩 제거하다 보니 용의선상에서 많이 좁혀졌네. 자, 이제 누가 남지?"

내가 물었으나, 소라야는 얼른 대꾸를 아니 했다.

"해답을 알 텐데. 이미."

여전히 대꾸가 없다.

"내가 대신 대꾸할까. 당신이 사우디에서부터 데리고 온 경호원들만이 남는다고. 블랙캣츠라는 닉네임을 지닌 이슬람 전사들만이. 그들만이 외곽지대 아닌 부속실에 진을 치고 있었다고."

"흐음."

"이런 말 들어보셨겠지. '불가능성을 하나씩 지워가면, 마지막으로 남는 것이 아무리 불가능해 보여도 그게 진실임에 틀림없다'라는. 포의 말이라고. 내가 자주 인용해서 고리타분하다고 핀잔을 듣지만 이게 해답이 아닐까?"

"으음."

"자, 이젠 에둘러 말하지 않겠어. 내 말은 바로 저 블랙캣츠팀 가운데 암살범이 존재한다는 얘기라고. 지금 저들 경호원들 말고 누가 또 남아 있지?"

나는 소라야 옆에 시립하듯 서 있는 그녀의 경호원들을 나의 둘째손가락으로 똑바로 가리키며 직설적으로 말했다. 그들은 하나같이 블랙 슈트를 걸치고 있다.

"예수님도 '나와 함께 먹는 자가 나를 팔리라' 했었다고. 오마르를 팔아먹은 자도 오마르 하산이 데리고 다니는 저 경호원들 가운데 있다는 말씀이지. 시저도 친아들처럼 여겼던 브루투스가 칼을 뽑아들고 다가

서자 '브루투스, 너마저도(Brutus you too)'라고 했고. '항상 내 안에 적이 있다!' 이거, 오랜 역사의 패턴이라고 할 수 있지."

소라야는 아직은 경청할 뿐이다.

"내가 장담하지. 당신의 경호원 모두가 월터 PPK로 무장하고 있을 걸. 특히 저 친구는 전자키도 지니고 있다고."

나의 둘째손가락이 지적한 사람은 바로 아메드 아야시였다.

"어쭈! 이 여자 기똥찬 소릴 하네. 아니 우리가 못 먹을 걸 먹었나? 상관 가슴에 방아쇠를 당기게. 약발 먹힐 소릴 해야지."

대뜸 민감한 반응을 보인 사람은 물론 내가 지목한 아메드 아야시다. 소라야가 경호책이라고 한다면 그는 수석 경호원이라고 할 수 있는 인물이다. 단단히 무장했을 뿐만 아니라 경호원들 가운데 유일하게 특실을 따고 들어갈 수 있는 열쇠도 지닌 요주의 인물이다. 전형적인 단구(短軀)의 몸매. 비록 그 체구는 작았지만, 들짐승과도 같은 음험한 눈빛에 날렵한 몸짓. 마치 들고양이와도 같은 민첩성과 잔인성을 지녔을 것이었다. 전형적인 위험을 즐기는 타입의 인물! 그가 그들 대열에서 한 발짝 나섰다.

"이거, 왜 이래? 함부로 생사람 때려잡을 요량인가 본데, 엿장수 마음대로 안 될걸. 잊었나 본데, 우린 수틀리면 반드시 앙갚음한다고. 비록 더러운 일에 종사한다지만 우린 이런 모욕에 그다지 익숙지가 않아. 그러니 밤길 조심하라고!"

아메드는 이젠 누런 이빨을 드러내 보이며 으르렁거리기조차 했다. 꼭 제 발 저린 사람처럼 보이는 과민반응.

"그쪽이나 조심하시지. 같잖게 협박이나 하고."

"경고하는 거라고. 당신 지금 크게 실수하는 거야. 겁도 없이 잠자는 사자의 콧수염을 건드리고 있잖아."

"당신 말에 겁먹어야 할까?"

"그래야 할걸. 당신이 영리하다면."

"참말이지 인상이 별로네. 살인자 타입은 따로 없다지만, 한눈에 알 아보겠더라고."

나는 야실거렸다. 혈압을 먼저 높이는 사람이 지는 게임이다.

"보긴 제대로 봤네. 이래 봬도 소싯적에 팬암기 폭파 사건에도 참여했었다고. 그 당시 아마 270명이 폭사했었지. 그 뒤로도 수많은 투쟁에 참여했었다고. 테러라고 해도 좋고. 사람들이 어느새 나한테 '베이루트의 도살자'라는 닉네임을 선사하더라고. 이래 봬도 그 방면엔 도가 트인 사람이라고. 그러니 나하곤 맞장 뜨려는 생각일랑 말라고."

"그러니 뭐야, 당신, 이슬람 해방을 빙자한 소시오패스 아냐? 반사회적 인격 장애자! 묻지 마 살인도 서슴지 않는 망가진 인간들."

"비슷하지."

"어쩐지, 당신, 도무지 마음에 안 들어. 허풍에 주접이나 떨고 수준이 완전 바닥이군. 딱 보니까 영락없는 구제불능의 허접스러운 개차반이네."

"그쪽 걱정이나 하셔. 언젠가는 오늘 밤의 빚, 꼭 갚아줄 테니까. 내가 어떻게 할 것 같아? 앞으로 크게 후회할걸. 무턱대고 주제넘게 영웅 행세를 하는 게 아니라고."

"후회? 누군가는 후회하겠지. 하지만 난 아냐."

"번지수를 잘못 찾고 있다고. 나랑은 잽도 안 되는 주제에, 허튼 수작일랑 말라고. 수틀리면 당장 뒤엎는다고. 게다가 살짝 맛이 간 주제에, 잘난 척하긴."

"뜬금없이 맛이 가다니, 처음 듣는 얘긴걸."

"앞으로 자주 듣게 될걸."

"정말 밉상이네. 키는 짜리몽땅해갖곤."

"어라."

"왜, 떫으셔?"

"아 참, 그쪽은 가슴은 빵빵하고 엉덩이는 펑퍼짐하네. 엄청 잘빠졌는걸. 그러니 뭐야, 스칼렛 요한슨이 울고 갈 글래머가 우리 눈앞에 있네."

칭찬이라기보다는 역설적이고, 조롱이다.

"오메! 재수 없네."

지금은 씨근덕거리는 사람은 바로 나였고, 야실거리는 사람은 아메드였다. 그는 오늘 밤의 암살 사건을 슬퍼하기는커녕 즐기는 사람의 모습이었다. 그가 말을 이었다.

"나를 제사 지내고 싶어 안달인가 본데, 오늘 밤의 암살범으로."

"천만에. 제 딴엔 센스 있다고 자부할 테지만 어림도 없지. 잘 들어요. 이건 머리 좋은, 이를테면 명탐정 셜록 홈즈의 영원한 적수인 모리아티 교수 같은 천재들이나 할 수 있는 이른바 살인 예술이라고요. 위안이 될는지 모르지만, 당신은 그 정도로 영특한 인물이 아냐. 당신은 단지 일회용 소모품일 뿐이지. 그러니 어쭙잖게 유난 떨지 말고 신경 끄셔. 같잖게 깜냥도 안 되는 게 헛소리나 하고, 완전 착각에 빠져 있군."

나의 연이은 핀잔.

"어렵쇼, 이걸 좋아해야 하나? 슬퍼해야 하나?"

아메드는 아리송한 표정을 지었다.

"당신 정말 짜증 나는 거 알아?"

"알지. 자주 듣는 대사거든."

"자, 이제 객쩍은 얘기는 그만하고. 우리 얘기를 마무리하지."

소라야가 미간을 잔뜩 모으며 말했다. 그녀는 나와의 대화를 이으려 했다.

"어련하시겠나. 저 친구 얘긴 재미 하나 없고 지루했거든. 빨리 끝내자고."

나는 금세 화답했다.

"루테넌트 최! 당신은 결론적으로 오마르의 측근 경호원 가운데 암살범이 있을 거라고 했어. 역사적인 패턴이라고 들먹이면서. 그지?"

"그랬었지. 게다가 월터 PPK를 지닌 사람들, 당신들 말고는 아무도 없을걸. 그러니 저 수상한 신사들 가운데 범인이 있다고 말할 수밖에."

"이봐, 최선실, 우린 부속실에 있을 때 총성이 울리는 걸 들었어. 당신과 함께. 아니라고 할 텐가? 우린, 나뿐만 아니라 누구도 저 방에 들어가 방아쇠를 당길 수가 없었다고."

그건 맞다. 소라야라고 한들 방아쇠를 당기는 것은 불가능하다. 하물며 아메드를 비롯한 졸개들에 있어 서랴. 밀실 밖에 나와 함께 있었으니까.

"그럼에도 불구하고 우리 가운데 누군가가 특실의 문을 따고 들어가 총을 쏘았다는 얘기 아냐? 이른바 '밀실의 살인'을 달성했다는 얘기."

소라야가 차분하게 말을 이었다.

"그렇다고 할 수 있지."

"유일한 해답은 생뚱맞게도 우리 가운데 투명인간에 원더우먼이라도 있었다는 얘긴데, 어떻게 그런 발상을 다 하지? 누가 뭐래도 우리 알리바이는 확고부동해."

"그렇게 보일 뿐이지. 그 환상을 내가 무너트리겠어."

"당신이 그럴 수 있다면⋯⋯."

"이 수수께끼를 풀자면 우린 위대한 선배들한테서 지혜와 교훈을 빌려야 해. 장담하건대, 모사드도 그렇게 했을걸. 그들이 어떤 방책을 사용했을 것 같아?"

"그게 어떤 방법인데?"

"내 말을 들어봐요. 수수께끼란 기묘하고 기발할수록 그 해답은 단순하고 싱거울 수가 있다고 했어. 스핑크스의 수수께끼처럼."

"나도 알아. 그래서⋯⋯."

소라야가 채근했으나 나는 즉답을 회피하고 잠시 방 안을 서성였다. 나는 내 생각을 머릿속에서 정리하려 했다. 그런 나를 모두는 의심스러운 눈초리로 지켜보고 있었다.

"소라야, 우리 하나의 가설을 세워보자고. 오마르 하산이 처음엔 거짓 암살극을 꾸몄을 거라는 가설!"

나는 이윽고 사뭇 극적으로 나의 대사를 뱉었다.

"그게 무슨 말이야?"

소라야의 첫 반응은 불신의 빛이었다..

"오마르는 앰뷸런스에 실려 탈출하려고 했던 거라고. 모사드의 암살자가 침입한 이 호텔에서. 알아듣겠어? 처음엔 가짜 죽음이었던 거야. 가짜 총성에. 위장된 죽음!"

"아니, 그럼 처음엔 연극이었단 말이야?"

"그렇다고 나는 믿어. 그래야 해답이 나오거든."

"아무려나."

"내 말의 뜻을 잘 이해하지 못하나 본데, 그건 어김없는 하나의 쇼였어. 하나의 위장극! 가슴에서 피를 흘린 것도, 큰대자로 쓰러진 것도, 총성을 크게 울린 것도. 우린 그것도 모르고 총성에 놀라 허겁지겁 뛰어 들어갔었다고. 오마르 하산은 단지 총에 맞아 죽은 체했을 뿐인데……."

"설마."

소라야는 끝내 믿을 수 없어 하는 표정이었다. 소라야뿐만 아니라 그녀의 경호원들도 못 미더워했다. 막상 당시의 극도로 혼란스러운 상황에선 하나의 위장극으로 보기엔 너무나도 절박했고 그래서 진실에 가까워 보였었다.

"얼마나 감쪽같으면, 소라야, 당신마저 죽은 줄 알고 부둥켜안고 울었겠어. 하지만 그건 사전에 치밀하게 계획된 연극이고. 마술사 뺨치게 잘 꾸며진 하나의 쇼였어."

"아니. 그게 그냥 단순한 쇼라니……."

"처음엔 암살당한 것처럼 보이려고 했을 뿐이야. 당신들마저 속여서. 이래서 적을 속이자면 동지부터 속여야 한다는 말이 생기게 되었는지도 모르지."

"글쎄, 무엇 때문에?"

"말했잖아. 이곳에서 탈출하려 했다고."

"신지혜가 증언했던 것처럼?"

"그렇다니까. 소라야, 당신도 알다시피 우린 영락없이 앰뷸런스를 불러야 했어. 누구나 오마르 하산이 총에 맞았다고 믿었거든. 그럼 어떻게 되었을까? 암살자가 기다리는 이 호텔에서 벗어날 수가 있을 거 아냐? 감쪽같이…… 이게 오마르 하산의 계산이었다고."

"물론 병원 아닌 공항으로?"

"그렇지. 자가용 비행기가 기다리는 공항으로. 시가 600억 원을 호가한다는 보잉 737이 기다리는. 병원엔 뭐 하러 가겠어? 진짜로 총에 맞은 것도 아닌데."

"하지만 루테넌트 최, 오마르 하산은 당신의 말과는 달리 지금 우리 눈앞에 총에 맞아 죽어 있어. 당신은 앰뷸런스를 불렀어야 한다고 하지만 우린 리무진을 불러야 해. 장의차를. 이건 어떻게 설명해야 하지?"

소라야가 묻는 말에 모두가 고개를 주억거려보였다. 아메드도 여느 경호원들도. 호텔에서 탈출하기 위해, 가짜 암살극을 연출했을 거라는 가설은 이해할 수는 있었으나, 눈앞의 상황은 가짜가 아닌 진짜 죽음인 것이다.

"누군가가 나중에 그 어수선한 틈을 타서 진짜로 살해했던 거라고. 물론 오마르 하산의 탈출 계획을 사전에 아는 사람의 짓이지. 바로 그 사람이 모사드에 포섭된 암살자라고 할 수 있다고."

"그러니 뭐야, 루테넌트 최의 말은, 모두가 오마르 하산이 죽었다며 난리법석을 떠는 와중에, 누군가가 잽싸게 그 양반에게 다가가서, 이번엔 진짜로 사살했다는 말인가?"

무리를 대신해서 나의 말에 장단을 맞춘 사람은 뜻밖에도 아메드 아야시였다. 그는 누구보다도 눈앞의 수수께끼의 실상이 궁금한 듯했다.

"이그잭틀리! 바로 그래요."

"하지만 총성은 한 번밖에 울리지 않았는걸. 그런데 당신의 말은 두 번의 사격이 있었다는 얘긴데, 위장된 총성에 진짜 총성에. 이건 어떻게 설명해야 하지?"

"두 번째 사격은 사이렌서를 달고 쏘았을걸. 소음기를. 그래서 두 번째 총성은 모두에게 들리지 않았던 것이지. 두말하면 잔소리지만."

"흐음, 그럴 수도 있겠지."

아메드는 나의 말에 일리가 있다고 보는지 수긍하는 낯빛을 짓고 있다. 알고 보니 멍청하지만은 않다.

"그러니 뭐야, 최 경위의 추리대로라면 오마르 하산은 나중에야 죽었다고 볼 수밖에 없겠군. 두 번째 사격에 의해서. 첫 번째 사격은 가짜였으니까."

"그래요. 그리고 두 번째 사격은 누구에게나 가능했어요."

이제 나의 상대는 아메드였다.

"그렇다면……."

"자, 이젠 여러분의 알리바이는 완벽하게 무너지는 거 아니겠어? 그땐 모두에게 자유롭게 출입할 기회가 주어졌으니까. 누구나 총을 쏠 기회도. 아메드, 당신에게도, 물론 나에게도."

"과연, 훌륭하셔!"

아메드는 그로서는 드물게 찬탄의 소리를 냈다. 그는 이젠 누구에게나 암살의 기회가 있다는 엄연한 사실에 말문을 잃은 듯이 보였다. 그 소란스러운 틈에 오마르 하산에게 접근하기란 식은 죽 먹기보다 쉬운 일이었고, 죽은 체하고 눈을 감고 누워 있는 사람에게 방아쇠를 당기는 일은 더욱 쉬운 일이다.

"아시겠어요? 범인은 첫 번째 사격으로 오마르 하산이 죽은 걸로 믿게 하려 했어요. 사실 아무도 두 번째 사격은 눈치채지 못했으니까. 그래서 누구에게나 알리바이가 있는 걸로 보였었지. 하지만 그게 아니었어."

나는 말을 이었다. 아직도 멍청한 표정을 짓고 있는 무리를 향해서.

"흐음, 하도 기발해서 좀처럼 믿기 어렵지만, '위음(僞音)의 트릭'이란 거군. 위장된 소리의 트릭!"

아메드가 나의 말에 매우 적절한 주석을 달았다.

"제법인걸. 당신, 다시 봐야겠어. 아무 데나 집적대는 허접한 사내인 줄 알았더니……."

그도 아마 어지간한 미스터리 마니아가 아니지 싶다. 그렇지 않고서야 눈앞의 트릭을 재빨리 간파할 수는 없을 것이다. 사람이 젬병인 줄 알았는데, 그래서 무분별한 얼간이인 줄 알았는데, 바야흐로 아메드에 대한 선입견을 바꾸어야 할 시점이었다.

"아암, 바로 이게 위음의 트릭이라는 거죠. 말하자면 꾸며낸 거짓 총소리. 가짜 총소리라는 얘기. 비록 한때 유행했던 낡은 트릭이지만 누구나 현혹될 수밖에."

나의 말에 이제 아무도 항변하는 사람이 없었다. 사람들은 첫 번째 총성이 한갓 가짜 총소리라는 것을 깨닫지 못하고 감쪽같이 속았던 것이다. 그리고 두 번째 총성은 소음기를 달았기에 듣지 못했던 것이고 말이다. 오마르 하산을 저세상으로 보내는 데 사용된 총은 월터 PPK 권총으로, 소음기를 달려고 하면 특수한 총열을 사용해야 한다. 살인자의 준비가 용의주도하다.

"좋아요, 루테넌트 최! 살인 방책에 대해서도 알았겠다, 이젠 살인자가 누구인지 밝혀야 할 것 같아. 모사드가 파견한 암살자를. 물론 그 암살자가 우리 가운데 있다는 말씀이실 테고."

아메드 아야시가 경호원들을 대표해서 다그쳤다.

"그래요. 당신들 동지 가운데 모사드의 앞잡이로 활동하는 사람이 있어요. 정체를 감춘 암살자가. 당신들은 당신들의 적과 동침해왔다고 할 수 있어요."

"글쎄, 그가 누구냐니까?"

"당신도 알 테지만 그 소란스러운 와중에 누구보다도 오마르 하산에게 바싹 접근했던 사람이 있어. 그게 누구였죠?"

나는 바로 해답을 제시하려 하지 않았고, 아메드의 입을 통해 진상을 밝히려 했다. 그들 동지 속에 숨어 있는 배신자의 정체를.

"그 사람이 혹시."

아메드는 히죽이 웃으며 입을 떼었다. 그는 이 결정적인 순간에 그가 생각한 범인의 정체를 밝힘으로써 갈채를 받는 기회를 놓치지 않으려 했다.

"슈나이더 박사가 아닐까? 슈나이더 박사는 주치의이고, 누구보다 먼저 오마르 하산을 진맥했었으니까."

아메드가 아니어도 누구나 차가운 메스를 휘두르는 것을 직업으로 하는 슈나이더 박사를 머릿속에 그리고 있을지도 몰랐다. 암살자의 초상으로 그만큼 적격인 인물도 드물지 싶었다. 그는 치밀함과 냉혹함으로 무장한 전형적인 냉혈한으로 보였으니까.

"그 사람이 그럴 수는 없어요."

나는 한 마디로 부정했다.

"왜죠?"

"그건 그 사람이 홀로 접근할 기회가 없었기에 하는 말이에요."

"그랬었나?"

"그 사람은 소라야가 호출해서야 침실에 발길을 들여놓았다고요. 그리고 우리가 1차 수색을 끝내고 다시 침실에 몰려왔을 적에 여러 사람이 지켜보는 가운데 진찰을 했고요. 당신도 잘 알잖아요."

그렇다. 그가 홀로 움직인 적은 없다. 모두와 함께 움직였고, 진맥을 끝내자 미련 없이 손을 털고 돌아선 처지였다. 그 메마른 동작에 사람들이 얼마나 눈살을 찌푸렸던가.

"그렇다면 해답이 없네."

"왜, 해답이 없겠어요. 이제 보니 당신의 상상력에도 한계가 있군."

나는 아메드를 더는 상대할 가치가 없다고 보곤 천천히 소라야를 향해 돌아섰다. 이들의 우두머리에게로.

"슈나이더 박사보다 먼저 오마르 하산의 죽음을 확인했던 사람이 있었지. 부둥켜안고 울었던 사람이. 그게 누구일까?"

"……."

"모두가 범인을 찾아 특실을 떠난 뒤에도. 한 사람만은 남아 있었던 시기가 있었다고. 극히 짧은 시간이었지만 유일하게 기회를 지닌 사람이. 그게 누구일까?"

"……."

"소라야는 누구보다도 잘 알 거야."

나는 천천히, 그리고 차분한 목소리로 말했다. 아니 속삭였다는 것이 옳을 것이다. 그러나 나의 말은 하나의 폭음처럼 들렸을 것이다. 특히 소라야 안사리에게는.

"아니, 그게 무슨 말이야?"

소라야한테서 대뜸 민감한 반응이 나타났다. 그리고 놀라움도. 그것은 뜻하지 않은 데서 복병과 조우했을 때만큼이나 민감한 반응이었다.

"무슨 말이냐고? 개떡같이 말했어도 찰떡같이 알아들어야지."

"그건 또 무슨 말이야? 사람 감질나게 하지 말고 알아듣게 말해."

"아직도 감이 오지 않는가 본데, 나는 소라야더러 범인이라고 말하고 있어. 모사드가 선택해서 잠입시킨 암살자라고. 자, 이젠 알아듣겠지."

소라야는 내가 불쑥 던진 말에 일순 말문을 잃고 있었고, 방 안에는 언제 어떻게 터질지 알 수 없는 지뢰밭에라도 발을 들여놓았을 때만큼이나 긴장감이 팽배했다. 그리고 잠시 숨죽인 고요가 실내를 지배했다.

분명히 말해서 이건 나와 블랙캣츠팀과의 대결이다. 아니 그 팀을 이끌고 있는 리더와 대결하는 것이다. 이제 그걸 명시적으로 밝혔다고 할 수 있다.

"당신, 미쳤어? 나랑 농담하려는 거야?"

다음 순간 소라야의 목소리가 폭발하듯 했다. 그것은 모두가 기다리던 폭음이기도 했다.

"아니, 말짱해. 그리고 당신과 어울려 농담할 생각은 추호도 없어. 지금은."

나는 느릿한 목소리로 대꾸했다.

"내가 팔레스타인 최후의 여전사라는 사실을 알아? 뜨거운 사자의 심장을 지닌 이슬람 혁명전사라는 사실을."

"알아! 국제적으로 명성을 떨친 모가디슈의 영웅이라는 것도. 블랙캣츠로 널리 알려진 최정예 테러리스트 그룹의 커맨더라는 사실도."

어김없이 소라야 안사리는 국제적으로 널리 알려진 전설적인 여성 테러리스트다. 아랍 전통의 검은 차도르 차림에 스콜피언 기관단총을 손에 들고 텔아비브 공항을 비롯해서 숱한 표적을 강습하는 일이 어디 한두 번이던가. 소라야는 어떻게 보면 지금 팔레스타인 피압박민족의 해방을 위해 전 세계를 대상으로 외로운 투쟁을 하고 있는 뭇 남성의 우상과도 같은 여성인 것이다. 팔레스타인의 잔 다르크!

"그리고 내가 모사드의 암살 대상이라는 것도?"

소라야가 재우쳐 물었다.

"알지. 오마르가 모사드의 퍼스트 타깃이라면 당신은 세컨드 타깃이라는 것도."

나는 재빨리 반응했다.

"안다고? 아는데, 그런 멍청한 소릴 해? 그들은 나를 제거하려고 지금 안달하고 있다고."

"그런 모사드가 언제부터인가 당신과 손잡기로 마음을 바꾸었다면 어쩌지? 또다시 내가 멍청한 소릴 했나?"

"그럼 아냐?"

"소라야, 내 말 들어봐. 이건 오마르의 탈출 계획을 사전에 알고 있었던 사람만이 가능한 범죄라고. 그 사람이 당신마저 속이고 탈출 계획을 짤까? 경호책인 당신마저 속이고. 당신은 지금 전혀 눈치채지 못한 것처럼 행동하고 있어. 이거 말이 돼?"

"아니……."

"어리석게도 오마르 하산은 암살자와 손을 잡고 자신의 탈출 계획을 세웠던 거라고. 이 얼마나 우스운 얘기인지."

"……."

"당신, 오마르 하산의 탈출 계획을 끝내 몰랐다고 시치밀 뗄 참이야? 그럼 염치가 없지."

"……."

"그리고 소라야, 당신만이 홀로 방에 남아 있었던 시기가 있었어."

"최 경위, 내 말을 좀 들어보라고."

"아니, 내 말부터 들어! 잡음 넣지 말고. 우린 아주 짧은 시간 동안이었지만, 이 방을 비웠었어. 범인의 흔적을 찾아 헤매느라고 복도에 비상계단을 헤매고 다녔었지. 그사이, 소라야, 당신은 어디에 있었지? 내 말은 당신만이 아무도 지니지 못한 유일한 기회를 지녔다는 얘기야. 방아쇠를 당길 기회를."

잠시 나의 시야 저편에, 자리에서 일어나, 한 발짝 두 발짝, 그리고 다섯 발짝 뒤로 물러나, 총에 소음기를 달고, 탄창에 공포탄 대신에 실탄을 장전하고, 오마르 하산의 심장을 겨냥해서 한순간의 망설임도 없이 방아쇠를 당기는 소라야의 비정하지만 아름다운 영상이 영화의 한 장면처럼 스쳐 지나갔다. 절대적인 신뢰를 배반한 여자의 처연한 행동을 어떻게 설명해야 할까.

"누가 그 말을 믿지? 물어보겠는데, 내가 무엇 때문에, 뭐가 모자라서 이슬람을 배반한다는 거지? 나의 민족, 나의 조국을."

소라야는 이만저만 황당한 게 아니라는 태도를 견지했다. 그녀가 배반해야만 했던 참다운 동기를 설명하지 못한다면 비록 합리적일지라도 나의 이론은 무너질 수밖에 없었다.

"난 몰라! 난 모르지. 당신이 왜 조국을 배반하기로 마음먹었는지는."

나는 소라야를 향해 두 팔을 벌려 보이며 말했다.

"모른다고? 그런데 잘난 척하며 웬 아우성이냐고? 끔찍하잖아."

소라야는 어처구니 없어했다.

"그래, 난 알 수가 없어. 내가 어떻게 알 수가 있겠어? 여기 서울에 앉아서는. 하지만 머리를 굴려볼 수는 있어."

"뭐라고?"

"능히 추측할 수가 있다는 얘기야. 당신이 어떻게 해서 동지를 팔게 되었는지를 말이야."

"흐음, 그래?"

"간단하게 얘기하지. 소라야, 당신에게 하나의 약점이 있어."

"누구에게나 약점은 있기 마련이지."

소라야는 시큰둥하니 반응했다.

"소라야, 당신에겐 엄청 사랑하는 연인이 있다고 듣고 있어. 그 애인 이름이 아니스 나카세라고 했던가."

나는 내 말을 이었다.

"그래, 그래서?"

"지금 이스라엘 교도소에 있다더군. 사형선고를 받고, 그 집행을 기다리는 중이라던가. 무기징역으로 감형될 거라는 말도 있고."

"그래서 어쨌다는 거야?"

"평생을 교도소에서 보내거나 잘못하면 총살대 앞에 선다는 얘기지."

"아니, 그걸 모르는 사람이 있나? 여기에."

"얼마나 잘생긴 사내지? 당신이 목숨을 걸게."

"지금 무슨 말을 하려는 게야?"

"내가 무슨 말을 하려는지 모르겠어? 소라야, 당신은 당신이 목숨보다도 사랑하는 사람을 살리기 위해 이슬람을 배반하기로 마음을 먹었다는 얘기야. 당신의 조국을."

"아니, 그 무슨. 생뚱맞은 소릴."

"소라야, 이스라엘이 손을 내밀던가? 모사드가 말이야. 당신 애인의 목숨을 살려준다며. 오마르 하산의 심장에 방아쇠를 당기기만 한다면 말이야."

"내가 왜 조국의 적과 손을 잡아? 꿈도 꾸지 마! 그 말, 누가 믿지? 어림 반푼어치도 없는 얘기야."

"사랑 때문에 조국을 배반해야 하다니! 소라야, 난 당신이 사랑하는 사람을 위해 목숨을 건 사실을 비난할 생각은 추호도 없어. 그럴 자격도 없고. 아니, 같은 여자의 입장에서 난 당신의 용기가 부러워. 나한테 그런 애인이 없다는 게 안타깝지만 말이야."

"최 경위, 갑자기 줄거리가 이상해지는 거 아냐? 난 마음에 안 들어. 이건 싸구려 신파야!"

"그래, 좋아. 하지만 당신의 동료들도 그렇게 생각할까? 한갓 신파 같은 얘기라고?"

나는 소라야 주변에 몰려 있는 그녀의 경호원들을 턱으로 가리키며 말했다. 아니 이슬람의 도살자들을. 수석 경호원이라 할 아메드 아야시는 마치 굶주린 사자와도 같은 모습으로 언제 어떻게 도약할지 알 수 없는 불안스러운 자세를 취하고 있었는데, 그가 어느 쪽으로 도약할지는 아직은 알 수가 없었다.

"소라야, 당신은 사랑하는 사람을 살릴 수 있는 절호의 찬스를 포착했던 거라고. 이 이상 바랄 수 없는 결정적인 찬스를. 제2의 찬스 따윈 계산에도 넣지 않았을걸."

"난 아냐! 알라신에게 맹세하고 난 아니라고!"

소라야는 머리를 흔들며 울부짖듯 했다.

"내가 당신이 한 짓이란 걸 입증할 수 있다면? 그게 내가 할 일이거든. 내 비즈니스!"

나는 바야흐로 내가 지닌 최후의 카드를 내밀 타이밍을 포착했다는 생각이 들었다.

"소라야, 내가 아무 근거도 없이 이렇게 나설 줄 알았어? 아무 증거도 없이."

"어련하시려고. 하지만 그런 것이 있다면 내놓으셔야지. 성가시게 뚜껑 열리는 소리나 하지 말고. 날 절대로 무너뜨릴 수 없을걸."

"당신, 날 만난 건 재수가 없다고 봐야겠지. 그런데 당신은 어리석기까지 하군."

"이거 나 원 혼란스럽군. 나더러 어리석다니……."

"어리석지 않으면?"

"여러 말 할 것 없다니까."

"소라야, 이걸 알아야 해. 당신이 살인에 권총을 사용했다는 사실을 말이야. 어떤 살인 행위보다 증명하기 쉬운 살인 무기를. 이건 당신의 실수지 내 실수는 아냐. 내 말 알아들어?"

"으음."

나는 싱긋 미소 지었고 소라야는 무서운 신음 소리를 토했다. 누구든지 총기로 사람을 살상했을 때는 여러 흔적을 남긴다. 첫째로 사거리를 측정할 수가 있는데, 어떤 위치에서 방아쇠를 당겼는지 알 수가 있다. 오마르 하산의 경우는 5미터 내외의 지근거리에서의 사격. 따라서 내부자의 소행임이 밝혀졌다. 둘째로 총을 쏘았을 때는 손이나 옷소매에 화약의 흔적이나 초연의 자국이 남게 마련이어서, 살인자를 쉽사리 식별해낼 수가 있다. 더구나 오늘날 고도로 발달한 과학수사 기술은 그 흔적을 식은 죽 먹기보다 쉽게 찾아낸다. 이른바 사수감별법(射手鑑別法)이다. 소라야도 그 사실을 알고 있을 것이었다.

"소라야, 아주 쉽고도 간단해. 당신의 재킷을 벗어 나한테 넘겨주겠어?"

나는 소라야가 걸친 재킷을 새삼스레 살피며 말했다. 그녀는 초저녁부터 걸치고 있던 재킷을 아직도 걸치고 있었다. 검은색의 심플한 디자인의 재킷. 그녀가 방아쇠를 당긴 것이 틀림없다면 그 재킷의 옷소매에 필연적으로 화약의 흔적이 남아 있을 것이다. 그녀가 허물어지는 것은 이제 시간문제였다.

"소라야, 뭘 해? 재킷을 달라는데."

내가 채근해도 소라야는 침묵을 고수하기만 했다.

"나한테 못 줄 것도 없잖아? 당신이 결백하다면 말이야. 자, 어서 옷을 벗어!"

"……."

"재킷을 벗어 나한테 넘기라는 데도. 내 말 못 알아들었어? 팬티를 벗으라는 것도 아니잖아?"

"……."

내가 아무리 다그쳐도 소라야는 침묵의 늪에서 헤어나지 못했다. 그녀는 영원히 그렇게 서 있을 듯이 보였다. 그녀의 동공은 흐릿하기만 했는데, 이 순간 그녀가 무엇을 헤아리며, 무엇을 궁리하는지 알 수가 없었다. 다만 내 앞에서 발가벗겨지고 있다는 분명한 사실만을 인식하고 있을 것이다.

"소라야, 뭘 기다리는 거야? 분명히 말해서, 이곳엔 당신의 수호천사는 없어."

나는 차갑게 말을 이었다. 바야흐로 벼랑 끝에 서 있는 여인에게.

"하나 질문해도 될까? 누가 먼저 손을 내밀었지? 모사드야? 아니면 당신?"

"……."

"당신 자신에 대한 처형도, 당신 애인의 사형 집행도 면제되고, 일거양득이라고 할 수 있지. 어쩌면 중개인이라도 있었나?"

"……."

내가 다그쳤으나 소라야한테서 아무 대꾸도 들을 수가 없었다.

그때 베이루트의 도살자, 아메드 아야시가 성큼 한 발 앞으로 나섰다. 그리고 소라야를 향해 말하는 것이었다.

"소라야, 당신이 결백하다면 옷을 넘겨주라고! 저 빌어먹을 여자에게 말이야. 못 할 것도 없잖아?"

아메드까지 나서 권했으나, 소라야는 꿈쩍 안 했다.

"언제까지 저 여자의 장단에 놀아나야 하지? 언제까지 저 거지 같은 여자의 모욕을 참을 거냐고! 난 저 여자가 유난 떨며 징징거리는 게 싫다고!"

"사돈 남 말 하시네. 누가 입방정을 떨며 징징거렸는데."

아메드는 나의 핀잔을 들은 척도 안 했다.

"아니면 저 여자가 말하는 것처럼 당신이 오마르 하산을 쏘았나? 나카세를 살리기 위해서. 그렇다면 그렇다고 하라고, 떳떳하게. 소라야, 나는 당신을 이해해. 나카세는 나의 절친한 친구이기도 하니까."

소라야는 여전히 석고상처럼 서 있다.

"그래서 정식으로 심판을 받든지. 비록 총살대 앞에 선다고 해도. 우린 퇴장할 땐 엄살하지 말고 품위 있게 퇴장해야 해. 훌륭한 혁명전사답게."

아메드 아야시는 소라야에게 다가가 그녀를 감싸 안듯이 했다. 역시 피는 물보다 진하다고 해야 할까. 이젠 소라야는 손을 들어야 했다. 그의 동지들조차도 그녀를 암살자로 단정하고 있는 것이다.

"오, 이럴 수가! 이건 아냐!"

소라야가 일순 모래성 무너지듯 무너지는 것이었다.

"그래, 날 총살대 앞에 세워줘. 제발 부탁이야."

모가디슈의 영웅, 소라야 안사리가 마지막으로 오늘 밤 무대에서 내뱉은 대사였다. 마침내 멀고 먼 노정에서 그녀 자신을 지탱하는 것을 포기하는 순간이었다. 그녀의 말들이 나의 귀에 아프게 와닿고 있었다.

나, 최선실이, 아니 블랙버드가 데스매치와도 같은 게임에서 블랙캣츠에 승리하는 순간이었다. 그것도 벼랑 끝 경쟁에서 마지막 역전 샷으로 신바람 나게.

나는 나와 소라야 사이에 펼쳐진 상황을 요약해서 우리 요원들에게 설명해주었다.

"얼쑤, 좋고! 우리 팀장, 끝내주는군. 이젠 국제적인 스포트라이트를 받는걸."

서 경사가 탄성까지 곁들여 자못 감회 어린 말투로 말했는데, 그는 언제나처럼 나를 돋보이게 하려는 추임새를 넣는 걸 잊지 않고 있다.

"그나저나 어떻게 소라야가 범인이라는 것을 점칠 수가 있었지? 우린 낌새도 채지 못했는데. 모사드의 두 번째 암살 대상이 모사드가 선발한 암살자라니! 꿈엔들 상상할 수가 있을까."

"모사드는 슬기롭게도 소라야를 제거하는 번거로움 대신에 포섭해서 활용하는 방법을 선택했던 거죠. 적과의 동침이라는 말도 있잖아요. 원수지간인 오나라와 월나라가 손잡고 한 배를 탔다는 오월동주(吳越同舟)라는 고사도 있고요."

"아무려나 팀장에겐 우리에겐 없는 남다른 재간이 있네."

"그냥 그저 내 육감이 소라야가 암살자라고 일깨우는 거 있지요. 그래서 그 알량한 육감대로 움직였을 뿐이에요. 낸들 특별한 재간이 있는 거 아니에요."

나도 언제나처럼 음전한 자세를 잃지 않으려 했다.

"비정하게도 그 여자, 어제까진 충성을 맹세했던 상관의 심장에 서슴 없이 배반의 방아쇠를 당겼어요. 그게 비록 역사의 패턴이라고 해도."

"그 여자에겐 다른 선택의 길이 없었겠지요."

"흠, 그럴 수도."

잠시 후, 나는 몰려온 국내외 기자들 앞에 섰다. 그들에게 중동의 무 기상인이 그 자신의 경호 책임자에 의해 암살되었음을 밝혔다. 우린 다 만 언제나처럼 신고를 받고 달려온 관할서 강력계 형사들로 처신했는 데, 다행스럽게도 그들은 국정원도 시경도 거론하지 않았다. 물론 나 도 입을 꽁꽁 다물었다. 그들은 나한테만 초점을 맞추었는데 어김없이 오늘도 나 홀로 각광을 받았다.

"드라마보다 더 드라마틱한걸."

어느 외신 기자의 촌평.

이튿날, 청와대에서 나를 치하하는 말씀이 있었다는 전갈도 있었고, 국정원에선 나에게 표창장을 준다고 했다.

"만약 똑똑한 최선실 아니면 어쩔 뻔했나! 내가 실수했군. 흙 속에 묻 힌 진주를 알아봤어야 했는데."

누구보다도 유덕훈 국장이 호들갑스럽다 할 정도로 나를 극구 칭송 했다는데, 가히 폭풍칭찬 수준이라나. 심지어 국정원에서 함께 일하자 는 제의도 했다.

"어때요? 최선실의 화려한 변신! 지금이 굿 찬스요."

"노 땡큐! 흥미로운 제안이지만 생각 없네요."

나는 정중히 사양했다.

유 국장은 두둑하니 금일봉도 전달하는 것이었다. 그걸 우리 모두가 나눈 건 물론이다. 나로서는 책임을 다하지 못한 지휘관으로서 핀잔이나 들을 줄 알았는데, 모두가 나의 노고를 인정해주는 게 아닌가. 나는 다만 지뢰 원을 벗어난 사람처럼 길게 안도의 한숨을 내쉴 뿐이었다.

그래, 맞아. 위기는 좋은 기회가 될 수도 있어.

7

그렇게 며칠이나 숨 가쁘게 지나갔을까.

다시 찾아온 주말의 오후. 퇴근 무렵에 스마트폰의 벨이 울려 받아보니 국정원의 박찬우 소령한테서 걸려온 전화였다. 예전엔 전혀 예상하지 못한 전화였다. 일순 박찬우의 남다른 실루엣이 흐릿한 시야 저편에 떠올랐다. 원시적인 순수함과 현대적인 감각을 아울러 갖춘 박찬우의 남다른 실루엣이 말이다.

"여보세요."

나는 조바심마저 느끼며 전화를 받았다.

"박찬웁니다."

박찬우의 목소리는 언제나처럼 씩씩했다. 그가 여전히 원기가 왕성하다는 것을 알 수가 있었다.

"나 참. 잊을 만하니까 찾네요?"

나는 대뜸 시빗조로 말했다.

"저녁에 나하고 커피 한잔 안 하시겠어요? 오랜만에."

"커피요? 오랜만에? 하지만……."

오랜만이라니. 며칠 전에 대면하지 않았던가. 그리고 커피를 나눈 기억도 없다. 그냥 습관적으로 뱉는 대사일 것이다.

"하지만…… 뭐죠?"

"NIS 사람들도 해 질 녘에 여자와 커피 한잔 나눌 낭만을 지니셨던가?"

"그야 숙녀분 나름 아니겠어요."

"내가 그리웠나요?"

"어쩌면…… 거긴 언제나 최고였어요."

나는 차마 입에 침이나 바르고 거짓말하라는 말은 입에 올리지 못했다.

"좋아요. 어디로 가죠?"

나는 순순히 사내의 뜻에 따르려 했다.

"어때요? 롯데호텔의 '더 라운지', 거기서 가까울 텐데. 오후 6시께에."

"그러죠. 그럼 이따 뵈어요."

나는 통화를 끝내며 들뜨기 시작했다. 가슴 두근거리는 사내와의 만남이 기다리고 있지 아니한가.

"우리 팔레스타인으로 가요!"

오후 6시, 더 라운지에서 마주 앉기가 바쁘게 박찬우가 던진 말이었다. 그는 여전히 늠름했고, 당차 보였다. 남자답고 화통하다. 그리고 조급했다. 우린 아직도 차를 주문하지 않은 상태였다.

"팔레스타인이라고요?"

나는 앵무새처럼 되뇌었다. 요즘 일진이 어떻게 된 건지 도무지 영문을 모를 소리만을 듣는 나날이다. 팔레스타인이라니!

"팔레스타인 난민단체에서 최 경위를 초청했어요. 팔레스타인의 대표적 정파 하마스의 이름으로. 고향에 돌아간 아메드 아야시가 뒤에서 조종하긴 했지만."

"세상에, 무엇 때문에, 나한테요?

"그쪽에서 잘 아실 텐데."

"내가 무얼 알아요?"

"나는 당신이 지난 화요일에 무슨 짓을 했는지 다 알고 있어요."

박찬우가 영화 제목과도 같은 대사를 씨부렁거렸다.

"내가 뭘 했는데?"

"이런 말을 들어보셨던가? '장미의 향기는 그 장미를 건네주는 사람의 손에 언제나 머물러 있다.' 쿠바의 여배우 아다 베시르의 말이오."

아마도 나의 선행을 칭송하려고 건네는 말일 게다. 나는 며칠 전에 오마르 하산의 유족들이 제시한 현상금 30만 불을 송금받았었는데, 그 돈을 아메드 아야시를 통해 이스라엘 폭격으로 고통 받고 있는 팔레스타인 난민촌에 고스란히 돌려보냈었다. 부상당한 어린아이들의 고사리 같은 손에 쥐여주라고.

"그 알토란 같은 돈을 돌려보내다니. 좀 모자란 사람이라고 해야 할지, 천사 같은 사람이라고 해야 할지……."

"그냥 뭐 그래야 하니까. 알다시피 누구든지. 나로서도……."

나는 우물거렸다.

"거금 30만 불이오. 일생에 몇 번이나 만져볼까?"

"그거야, 어디 내 호주머니 쌈짓돈인가요. 상금을 준다기에 받긴 했지만 금세 되돌려준 것뿐이죠. 무슨 뾰족한 명분이라도 있어야죠. 사람이 죽었는데."

"근데 그 사람들이 뜻밖의 큰돈을 전달받고 보니, 고마움의 표시로 최 경위한테 훈장을 준다고 하네."

"웬걸, 훈장까지나."

"암튼 훈장을 준다고 하니 가서 받으셔야지."

박찬우가 대수롭지 않게 말했다.

"싫어요."

나는 대뜸 거부반응부터 나타냈다. 그것은 일종의 본능적인 거부반응이었다.

"왜요? 훈장을 준다는데."

박찬우는 이해할 수 없다는 낯빛을 지었다.

"싫다니까요. 훈장을 준다는 게 싫은 게 아니라……."

"그럼 뭐요?"

"팔레스타인으로 가는 게 싫어요. 꿈도 꾸지 마요."

"왜요? 거기가 얼마나 아름다운 곳인데요? 팔레스타인을 중심으로 한 중동지역이. 제2의 파리라는 말을 듣는 베이루트에, 제2의 로마라고 하는 비블로스에, 전설적인 고대도시 페트라도 구경할 수가 있어요."

"신문에 보니 요즈음은 이스라엘과 하루도 전화가 끊이지 않고 포연이 가시지 않고 있더라고요. 팔레스타인은요. 한쪽은 미사일을 쏘아대고, 한쪽은 공중폭격을 감행하고요."

"가자 지구 얘긴가 본데, 지금은 휴전 상태예요. 게다가 우리가 가려는 데는 팔레스타인의 수도 라말라요."

박찬우는 나를 설득하려 했다. 그러고 보니 그런 그에게는 남다른 의도랄까, 계산이 숨겨져 있음이 틀림없었다.

"암튼 싫어요. 파리라면 또 몰라도……."

"그럼, 뭐요, 파리라면 같이 가겠소? 1등석으로 모시죠. 마카다미아도 시식하고……."

박찬우는 뜻밖에도 나의 새로운 제의를 순순히 받아들이려 했다.

"미라보 다리도 함께 걷고. '미라보 다리 아래 센 강이 흐르고, 우리 사랑도 흘러내린다' 알죠? 시인 기욤 아폴리네르."

그가 덧붙인 말.

아무래도 그는 나를 해외로 끌고 가기 위해 몇 개의 방안을 준비한 것 같았다. 제1단계로는 모두가 열광하는 파리로, 제2단계로는 음산한 팔레스타인의 라말라로. 이들의 작업 걸 때 쓰는 방식일 게다.

"우리, 돌아올 때는 다마스커스에도 들러요. 만약 이 세상에 에덴동산 같은 낙원이 있다면 바로 다마스커스라고 했다네. 12세기의 여행가 이븐 쥬바일의 말이라던가. 어때요?"

나는 내친김에 덧붙였다.

"이 세상에 지옥이 있다면 지금의 다마스커스일 거요. 이 세상의 낙원을 단숨에 지옥으로 바꾸어놓은 시리아 내전! UN 사무총장의 말씀인데, 무려 40만 명이 지옥 같은 세상에 살고 있다고 하네. 이미 6천 명 가까운 사상자가 발생하고."

"어머, 끔찍하네."

"베이루트를 답사하는 건 어때요? 제2의 파리라는……."

"글쎄요."

나의 맥 빠진 대꾸. 우리 사이에 잠시 침묵이 흘렀다.

"이봐요, 박 형! 당신들 속셈이 뭐예요? 닫힌 참다운 속셈이."

나는 다시금 화제를 본 궤도로 수정했다.

"속셈이라니?"

박찬우가 우물거렸다.

"당신들 속셈을 밝히기 전엔 난 따라가지 않겠어요. 파리든, 제2의 파리라는 베이루트든……. 하물며 팔레스타인은요."

"좋아요. 우리 속셈을 밝히리다."

박찬우는 잠시 망설임을 보이더니 말을 이었다. 자기들의 속셈을 밝히지 않는 것이 애당초의 시나리오인 듯했다.

"진작 그렇게 나오셔야지요."

나는 회심의 미소를 띠며 말했다.

"팔레스타인으로 가려는 속셈은 우리와 팔레스타인 무장정파 사이에 파이프라인을 건설하는 일이오. 바로 그쪽에 훈장을 준다는 하마스하고요."

"아무래도 내가 조금은 도움이 되나 보네요."

"그래요. 최 경위가 우릴 하마스로 접근할 수 있는 길 안내원이 될 수가 있어요. 거긴 아메드 아야시도 잘 아는 처지요."

"알아요, 그 도살자."

"그 친구가 최 경위가 오길 기다리고 있어요. 그것도 목이 빠지게. 그친구, 그쪽이 30만 불을 돌려보낸 걸 얼마나 대견스러워한다고. 훈장을 받게끔 주선한 것도 바로 그 친구요. 모든 가교 역할을 아메드가 해줄 거요. 우리로선 절호의 찬스요."

박찬우는 힘주어 말했다.

"한 가지 분명한 것은 내가 팔레스타인으로 가야 한다는 거군요."

"그래요."

"나는 팔레스타인에 가서 훈장을 받고, 그쪽은 하마스와 파이프라인을 건설하고요."

"그렇다고 할 수 있어요. 어때요? 나하고 같이 갈 거죠?"

박찬우는 고장 난 전축처럼 마냥 그의 대사를 되풀이할 것만 같았다.

"말하자면 나더러 징검다리 역할을 해달라는 건데, 이걸 어쩌나?"

나는 선뜻 박찬우가 기대하는 답변을 주지 못했다. 찜찜한 것이다. 팔레스타인이 어디 보통 험한 동네던가. 가자 지구에선 지금 한참 전투가 벌어지고 있다.

"차를 시키는 걸 깜박했군."

박찬우는 새삼스레 깨달은 것 같은 표정을 지으며 차를 주문하는 것이었다. 그는 아무래도 나를 설득하려는 데 지구전을 펴야겠다는 생각을 하는 것 같았다.

나는 감미롭고 환상적인 캐러멜 마키아토를, 박찬우는 아메리카노를 주문해서는 한동안 홀짝거렸다.

"아, 참, 내 정신 좀 봐. 잊을 뻔했잖아."

박찬우는 갑자기 생각이 난 듯 그의 손가방에서 곱게 포장한 케이스 하나를 끄집어내는 것이었다.

"누가 이걸 최 경위한테 전달하라고 하네. 그러니 난 오늘 이를테면 행복 전도사라고 할 수 있어요. 이게 막상 오늘 저녁의 첫 번째 내 임무요."

그는 책 크기만 한 케이스를 나한테 전하는 것이었다. 노란 끈으로 곱게 묶은 케이스는 검푸른색.

"이거 뭐죠?"

나는 얼른 받아 쥐며 물었다.

"선물."

"선물? 누가 주는?"

"먼저 열어나 봐요."

"그러죠, 뭐."

그래서 나는 끈을 풀고 케이스를 열어보았다. 목걸이였다. 다이아몬드가 하나 달랑 달린 심플한 목걸이. 그런데 다이아가 엄청 크고 찬연히 빛난다. 그러니 이건 진짜다.

"오메! 근사하다. 완전 마음에 드네. 엄청 비쌀 텐데, 이걸 누가 나한테?"

나는 떨리는 목소리로 물었다. 몇 캐럿이나 될까? 그리고 값은? 나는 복권에라도 당첨된 기분이었다.

"나탈리아 코르사코프라는 여자요."

"나탈리아 코르사코프?"

"있잖아요, 오마르 하산의 제1부인!"

"참, 별일이네."

그건 정녕 뜻밖이었다. 오마르 하산의 제1부인이 나한테 선물을 보내다니. 그것도 고가의 다이아몬드 목걸이를. 어떤 점에선 나는 그녀의 남편을 보호하지 못했던 것이다. 임페리얼호텔의 로열스위트룸에서 무참히 죽게 하지 않았던가.

"이건 뭐예요, 남편을 저세상으로 보내준 것에 대한 감사의 표시인가요? 늘 죽어주었으면 하고 바라던 남편을요?"

나는 박찬우를 빤히 쳐다보며 물었다.

"그 무슨."

"그거 아세요? 여자들에겐 남편이 죽었다는 소식만큼 기쁜 소식도 달리 없다는 사실을요."

"그런가?"

"여자가 막대한 유산을 상속했을 거 아녜요? 제1부인이라는 여자가 말예요. 러시아 배우 출신이라는 미모의 그 여자가. 하루아침에."

"허허, 이야기가 그렇게 되나?"

"아니에요?"

"말인즉 남편을 죽인 범인을 검거한 것에 대한 개인적인 감사의 표시라고 했어요. 현상금은 되돌아왔고 해서."

"말이야 그렇게 할 테지요."

"최선실 씨는 그 뭡니까, 매사를 비딱하게 보는 습성이 있으시군."

"그게 우리의 제2의 천성 아녜요."

"하하, 그런가."

"내 말 좀 들어봐요."

나는 숨을 가다 듬고는말을 이었다.

"있잖아요, 제1부인이라는 그 여자, 언제부터인가 남편의 죽음을 소망해왔어요. 아마도 돈 때문일 테지만. 권태 때문일 수도 있고. 그래서 꾸준히 남편의 죽음을 설계해왔어요. 그래서 마침내 모사드를 끌어들이기로 했고요. 그리고 소라야도 끌어들였어요. 잘 알다시피 모사드는 오마르 하산의 죽음을 소망해왔고, 소라야도 동기와 기회를 지녔고요. 사랑하는 남자가 이스라엘 교도소에 갇혀 있었거든요. 내 말은요, 제1부인이라는 여자에겐 찬스가 찾아왔고, 그 여잔 그 찬스를 유감없이 최대한 활용했을 거라는 얘기예요. 그 여자가 모사드와 소라야의 중개인 역할을 했던 것이지요. 이른바 죽음의 중개인! 그 뒤론 자기는 쭉 빠지고요. 결과는 어떻게 되었지요? 그 여잔 소망을 이루었어요. 남편을 저승으로 보내려는 소망을. 지금은 단지 시저의 아내처럼 슬피 우는 여인의 역할이나 하고요. 이건 말예요, 이브는 찬스를, 아담은 위기를 맞은 전형적인 케이스라고 할 수 있어요."

나는 신명이 나서 일사천리로 내 생각을 쏟아냈다. 박찬우가 믿거나 말거나.

"흠, 그럴싸하군. 그게 진상일지도."

박찬우의 반응이 별로 신통치가 않다. 흥미로워할 뿐 감탄하는 빛이 없다.

"그냥 그럴싸하다고요? 우린 소라야만 주목했지, 원천적인 죽음의 설계자라고 할 '어나더 레이디'가 또 있다는 사실엔 눈을 감고 있다고요. 이건 말예요, 제1부인이라는 여자가 막대한 부를 축적한 남편을 저세상으로 보내기 위해 설계한 암살극이라고요. 엄청난 재산을 손에 넣기 위한. 그리고 모사드에 봉사하는 기회도 얻고요. 아니 조국 이스라엘에. 그 여자, 러시아계 유대인이라면서요? 꿩 먹고 알 먹고. 이것이야말로 베일 저편에 감추어진 진상 아닐까요? 아시겠어요? 모사드도 소라야도 단지 그 여자의 살인병기라고 할까, 용병에 불과했다고요. 이건 천재만이 달성할 수 있는 완전범죄라고요, 완전범죄! 어떤 여인인지 한번 만나보고 싶네."

"난, 그쪽이야말로 천재라는 생각이 드는걸. 멀리에서 찾을 것도 없이."

"에이, 설마. 공치사일 테지만."

"언제나 라스트 신에선 홀로 박수갈채를 받으시더군. 백지영조차 뒤로 밀려나고. 운세 탓인가? 아니면 재능 탓인가?"

"난, 내 운세를 믿어요. 언제나 내 편이라는 것을."

"그런가? 자, 그럼 운세가 좋은 분하고 저녁이나 먹으러 가야겠네. 재수 좋은 일이 생길지도 모르니까."

"저녁? 좋지요. 그러고 보니 배고프네."

나는 죽음의 상인의 미망인, 나탈리아 코르사코프가 보내준 다이아 몬드 목걸이를 챙기며 말했다. 이젠 모조 다이아몬드 큐빅을 목에 걸어도 기죽지 않을 것이다. 진짜가 버젓이 있는 데에야.

박찬우는 차도 사고 잇달아 저녁도 사는 게 아닌가. 아마도 저녁을 살 계획은 애당초 없었지 싶었다. 나는 오랜만에 필이 꽂히는 잘생긴 사내와 함께 차도 나누고, 모처럼 '페닌슐라'에서 즐거운 저녁도 들게 되었다. 자장면집 아닌 이탈리안 레스토랑에서. 대접해야 할 사람이 백지영이 아니라 최선실이라는 사실을 깨달은 것이다. 고즈넉한 분위기의 바 '윈저'에서, 영화 〈7년 만의 외출〉에서던가, 남자가 마릴린 먼로를 꼬이기 위해 준비하던 라흐마니노프 피아노 협주곡 2번을 들으며 칵테일 글라스도 기울이고. 아무려나 이만하면 럭셔리 라이프가 아니고 뭐겠는가!

나를 팔레스타인으로 끌고 가려는 그의 노력이 가상하다. 천재라고까지 치켜세우며 아양까지 떨지 않는가.

"저기요, 팔레스타인으로 가는 거 한번 생각해볼게요."

나는 밤 10시께에 박찬우와 작별하며 말했는데, 마침내 그가 원하던 언질을 주었다고 할 수가 있었다. 장차 국제무대에서도 활약해봄 직하지 않은가. 매력적인 남자와 함께. 〈앨리어스〉의 시드니와 본처럼.

그런데 어쩐지 나탈리아 코르사코프라는 제1부인을 그냥 내버려두는 게 개운치가 않다. 지금쯤 회심의 미소를 흘리며 홀로 샴페인을 터트리고 있을지 알 수 없는 일 아닌가. 죽음의 설계자이자 모든 연결고리의 핵심인 이 여인을. 그사이 우릴 데리고 실컷 놀았을 여인을. 잘못하면 영원히 놓치게 된다. 이스라엘 출신인 내털리 포트먼만큼이나 아름답기로 소문난 '또 다른 숙녀'를.

그래도 눈을 감아? 엄청 비싼 목걸이를 선물하지 않았는가. 이 세상에 누가 나한테 이런 선물을 한담.

그나저나 나탈리아는 하얀 눈처럼 결백한 걸까?

블랙버드 추락하다

1

오후 3시 50분. 은행 마감 10분 전. 시청 건너편 국제빌딩에 위치한 시티뱅크. 나는 정문 도어를 밀치고 아슬아슬하게 은행 창구로 접근할 수가 있었다. 젊은 아가씨 한 사람도 늦을세라 나와 함께 들어섰다. 손님들은 이미 썰물처럼 빠져나갔고 은행 직원들은 마무리 작업을 서두르고 있었으며, 은행 경비원도 문 닫을 채비를 하고 있었다. 은행은 지하 1층에 자리 잡고 있었고, 시청 지하철역과 연계되어 있었다.

"최선실 경위님, 오랜만에 오셨네요."

대기 손님이 없어서 번호표를 뽑자마자 안면이 있는 1번 창구의 여직원이 밝게 웃음 지으며 나를 반겼다. 나도 싱긋 미소 지으며 그녀의 창구로 다가갔다. 피뜩 살펴보니 나와 함께 들어선 젊은 여자는 7번 창구로 걸음을 옮기고 있었는데, 우리 두 사람 말고는 아무도 없었다.

"어서 와요, 레베카!"

7번 창구를 찾은 여자의 이름이 레베카인 듯했다. 미국에서 온 교포이거나, 멋 부린 무교동 카페 아가씨의 닉네임일 게다. 아니면 독실한 가톨릭 신자의 영세명이던가. 그녀가 나의 눈길을 끌었다. 그녀의 청순함과, 그녀의 미모가. 청바지에 꽃무늬 운동화 차림. 그리고 아침 저녁으로 쌀쌀한 겨울 문턱에 접어드는 계절에 어울리는 네이비블루의 코트가 상큼하다. 붉게 물들인 머리는 포니테일 스타일로 아무렇게나 묶었는데, 매우 아름답고 매우 세련되고 멋있어 보인다. 무엇보다도 싱그러운 젊음을 지녔는데, 스물둘, 아니면 셋 정도. 나는 처음엔 요즘 한창 뜨는 아이돌 가수라도 나타난 줄 알았다.

오후 4시 정각! 은행 문이 닫히기 시작했는데 젊은 사나이가 슬라이딩하듯 잼싸게 들어섰다. 계면쩍게 웃음 짓고 있었는데. 순진무구한 웃음이었다. 그 인상도 밝았고, 용모 또한 준수했다. 오렌지 색상의 두툼한 체크무늬 셔츠를 이너셔츠와 청바지로 코디해서인지, 활달하고 경쾌한 캐주얼 룩 차림새다. 거기에 트래킹 운동화를 신고 있는데 색상이 화려하다. 큼직한 배낭도 하나 들쳐메고 있었는데, 그것은 카키색. 그가 눌러 쓴 캡은 유독 빨간색이다.

그는 4번 창구로 다가가고 있었다.

"어서 오세요. 무얼 도와드릴까요?"

잘생긴 사나이가 다가서자, 4번 창구의 여직원은 빨간 캡의 사내를 반겼다.

"아암, 도와줄 게 있지."

사내가 준비한 듯싶은 첫 번째 대사. 말투가 어쩐지 메마르다. 그의 얼굴에선 웃음기가 어느새 말끔히 가셔 있었다. 나는 그때만 해도 우리 앞에 저승 차사가 모습을 나타낸 것을 알지 못했다.

"나, 정광이야! 내 이름은 잘 기억하고 있을 테지?"

사나이가 서슴없이 자신의 정체를 밝혔다.

정광! 은행원이라면, 그리고 강력계 형사라면 그 이름을 잘 기억할 것이었다. 미술학도가 피카소를 기억하듯이. 나는 정광이라는 이름을 듣는 순간 소스라치게 놀랐다. 정광! 일류 배우 뺨치게 잘생긴 사나이! 요즈음 매스컴을 화려하게 장식하고 있다. 그런데 그의 직업은 은행털이다. 그는 이미 온 세상에 잔혹하기로 소문난 은행강도범으로 알려져 있는데, 지금까지 다섯 개의 은행을 털었고, 그 과정에서 여섯 명의 목숨을 앗았다. 총기를 난사하는 것을 한순간도 망설이지 않는 흉포한 인물! 그는 얼굴을 가리기 위해 마스크를 쓰지 않았으며, CCTV도 의식하지 않았다. 준수한 용모 뒤에 속 깊은 잔인성을 잠재우고 있을 것이었다. 그리고 일종의 스타 의식도 드러내고 있었는데, 스물대여섯 살 정도는 되었을 게다. 아직은 젊다.

"나, 정광이라고! 날 모르시나?"

창구 직원이 어안이 벙벙해서일까, 얼른 대꾸를 못 하자 사내가 다시금 그의 대사를 되풀이했다.

"긴 말은 않겠어. 자, 여기 배낭에 돈을 가득 채우라고. 5만 원권 지폐로. 5분 내로 채우지 않으면 누군가가 이승을 하직하게 될 거라고. 그건 내가 보장하지. 서둘러!"

정광은 그가 짊어진 배낭을 내려놓으며 명령했다. 아니 질타했다. 그 목소리는 점차 높아갔으며, 그 모습 또한 험상궂어갔다. 그는 창구 직원의 가슴에 조용히 45구경 군용 권총을 들이대고 있었다.

"뭘 꾸물대! 죽고 싶어?"

소문난 은행강도범이 으르렁거렸다.

"허튼수작할 생각일랑 말라고. 누구든지 경거망동하는 날이면, 오늘이 제삿날이야. 내 기록을 갱신하고 싶다면 마음대로 하라고. 무슨 말인지 알아들어?"

이미 여러 사람을 저승으로 보낸 사나이가 친절하게도 충고를 하는 것을 잊지 않았다.

"알았어요, 알았다고요."

창구 직원이 패닉 상태에 빠지지 않은 것이 그나마 얼마나 다행인지 몰랐다. 그녀는 재빨리 5만 원권 지폐를 배낭 속에 채웠다. 다른 은행원들도 거들었다. 정광의 권위를 인정한 발 빠른 행동이었다.

그런데 한 사람만큼은 그 권위를 인정하지 않았다. 바로 은행 경비원이다. 오수철이라는 이름의 명패를 단 경비원은 젊고 패기에 차 보였는데, 군 복무를 끝내고 제대한 지 얼마 되지 않아 보였다. 그가 도약했다. 허리춤에서 실탄이 장전된 권총인지, 아니면 가스총인지 끄집어내고 있었다. 내가 보기엔 그건 무모의 극치였다. 아니면 오산의 극치다. 정광이 누군가! 아니나 다를까, 정광이 잽싸게 돌아서며 자신을 향해 돌진하려는 경비원을 향해 한순간도 망설이지 않고 가차 없이 방아쇠를 당기는 것이 아닌가. 동물적인 감각! 놀라웠다. 날랜 표범처럼 기민성과 잔인성을 지녔다고 할 수 있다. 총성은 좁은 공간에 엄청 크게 메아리쳤다. 총알은 소리보다 네 배나 빠르다고 했는데, 젊은 경비원은 한 걸음도 내딛지 못하고, 애석하게도 가슴팍에서 피를 흘리며 그 자리에 쓰러졌다.

"내가 뭐랬어? 경거망동하지 말라고 안 했어? 까불지 말라고."

정광이 씨근덕거리며 외쳤다.

아무도 뭐라 하지 않았다. 찬물 끼얹었을 때처럼 일순 정적이 감돌았으며, 누구의 얼굴에도 두려움이, 그것도 세찬 두려움만이 가로지를 뿐이다. 천하의 최선실! 나도 오금을 펴지 못했다. 이렇듯 바로 눈앞에서 사람이 살상되는 것을 보는 것은 난생처음이어서 공포심만이 나를 지배할 뿐이다. 다리도 달달 떨렸다. 지금까지 제대로 적수다운 적수를 만난 일이 없었던 것이다. 누구보다도 내가 완전 패닉 상태. 그나저나 세상엔 저주받을 인생들이 한둘이 아닐 텐데, 하필이면 용기가 죄일 뿐인 또래의 가슴에 총탄을 퍼붓다니! 표적을 잘못 선택한 정광이 미웠다. 물론 그 잔혹성도.

"누구 없어? 또 나설 사람 있음 어서 나서보라고. 나도 스케줄이 바쁜 사람이거든. 이래 봬도 별이 세 개야."

정광이 떠벌렸다. 그에게는 거칠 것이 없어 보였다.

경찰관으로서의 나는 이 상황에서 어떻게 처신해야 할까? 도약할 것인가, 아니면 납작 엎드려야 할 것인가?

겁에 질려 1번 창구 바닥에 숄더백을 움켜쥔 채 웅크려 앉아 숨을 죽이고 있는 내 처지가 오직 처량하고 한심스러울 뿐이다. 명색이 법 질서를 지켜야 하는 경찰이 아닌가. 참말이지 기분이 엿 같았다.

륙색에 돈다발을 가득 챙긴 정광은 이제 퇴장하려 했다. 그러면서 나를 빤히 쳐다보는 것이 아닌가. 나의 정체를 아는 것일까? 나는 전율이 머리끝에서 발끝으로 흐르는 것을 절감해야 했다. 그의 눈길이 서서히 7번 창구의 여인, 레베카에게로 옮겨지고 있었다. 그녀도 나처럼 겁에 질려 바닥에 웅크리고 앉아 있다. 그는 잠시 나와 레베카를 번갈아 쳐다보더니, 7번 창구로 걸음을 옮겼다. 그의 의도는 분명했다. 인질을 선택하고 있는 것이다. 함께 움직일 인질을. 이왕이면 보다 젊고, 보다 아름다운 인질을.

나는 일순 안도의 한숨을 내쉬었다. 그런데 황당하게도 이 절박한 순간에서조차 선택받지 못한 사실로 해서 자존심에 상처를 입는 느낌을 받았다.

"일어나."

정광이 레베카의 머리채를 휘어잡으며 명령했다. 그의 총구는 이미 그녀의 미간을 겨냥하고 있었다.

"제발, 쏘지 마요. 쏘지 마! 무엇이든지 시키는 대로 할게요."

단지 아름답다는 이유로, 재수 없게 걸려든 아가씨, 레베카가 대뜸 애원했다. 그 목소리엔 세찬 두려움이 묻어나 있었고, 조금만 더 밀어붙이면 패닉 상태에 빠질 게 분명했다.

"일어나라고 했잖아!"

그건 달래는 목소리였으나 레베카의 공포심을 잠재우진 못했을 것이다. 레베카는 순순히 남자의 지시를 따랐다.

"그래, 좋았어. 시키는 대로 하면 별일 없을 거야. 이걸 알아야 해. 첫 번째 사격엔 망설임이 따르지만 두 번째 사격엔 망설임은 없어. 내 말, 알아듣겠지?"

"알았어요. 알아들었다고요."

"그래, 이름이 뭐지?"

정광이 물었다.

"제 이름은 레베카 리라고 해요. 잠시 미국 뉴욕에서 살았어요. 서울에서의 이름은 이금순."

레베카는 순순히 대꾸했다.

"으음, 좋아. 그냥 손쉽게 레베카라고 부르지. 자, 그럼 레베카, 앞장서라고."

그래서 레베카는 앞장서고 정광이 뒤따랐다. 총구는 어느새 레베카의 등짝에 박혀 있다.

두 사람이 문을 향해 다섯 발짝은 떼었을까?

느닷없이 무장한 경찰이 그 늠름한 모습을 드러냈다. 두 사람이었다. 그런데 허약하기로 소문난 동네 파출소 경찰 아저씨들이 아니고. 놀랍게도 SWAT으로 알려진 시경의 강력범죄 특수기동대의 대원들이다. 베레모를 눌러 썼고, 9밀리 반자동 권총으로 무장하고 있다. 강력한 화력이 필요한 경우에는 배럿 M82를 사용한다고 했던가. 바로 강단과 기개를 드러낸 경찰 특전사 요원들이라고 할 수 있다. 두 사람은 정확히 정광의 미간을 겨냥하고 있었다. 그 폼이 좋았고 그 결의가 좋았다.

얼마나 믿음직한가! 아마도 은행 직원이 북새통에 비상연락 벨을 누른 듯했다. 아니면 장광의 동선(動線)을 알고 추적하고 있었던가.

"정광! 오늘 너 잘 만났다. 당장 두 손 들고 무기를 버려! 순순히 말 듣지 않으면 묵사발 만들 테다."

선임자로 보이는 대원이 대뜸 호통쳤다. 그 목소리가 쩌렁쩌렁했다. 정광이 오늘에서야 비로소 임자를 제대로 만난 것이다. SWAT이 어떤 기관인가. 강력한 화기로 무장한 고도로 훈련된 정예요원들이다. 나는 오늘에서야 정광의 종말을 보게 되는 것일까. 일순 언제 끊길지 알 수 없는 피아노 줄처럼 팽팽한 긴장감이 실내를 지배했다.

그런데 정광은 꿈쩍도 아니했다. 꿈쩍하기는커녕 겁 없이 대뜸 총구를 특공대원들을 향해 겨냥하는 것이 아닌가. 죽기로 작정하기 전에야 이럴 수는 없다. 나는 다시금 무모의 극치를 눈앞에서 보고 있다는 느낌이 들었다. 그 순간 특공대원들은 정광을 인정사정없이 사살해야 했으나 눈앞에 아름다운 인질이 가로막고 있다. 그들이 일순 주춤했다. 치명적인 실수! 정광은 그 기회를 놓치지 않고 그의 길을 가로막는 특공대원에게 방아쇠를 당기고 있었다. 놀랍고 무자비한 결단력.

총성은 또다시 크게 울렸고, 앞장섰던 특공대원은 그 자리에서 천천히 쓰러졌다. 명패에 새겨진 그의 이름은 박무열! 계급은 경사였다. 믿을 수 없는 상황 앞에서 일순 극도의 혼란이 우리 모두를 감쌌다. 그 혼란을 틈타, 정광은 인질과 함께 잽싸게 은행을 빠져나가고 있었다. 현명하고 과단성 있는 행동! 거칠게 없어 보였다.

잠시 움츠렸던 또 한 명의 특공대원이 용감하게도 정광의 뒤를 바짝 쫓고 있었다. 가슴에 달린 명찰에 장두희라고 적혀 있다. 계급은 경장. 쓰러진 선임자 박무열 경사보다 젊고 보다 건장하다.

나도 성큼 일어났다. 언제까지 웅크리고 있을 수만은 없었다. 멍청하니 구경할 수만은 더더욱 없었다. 살아도 죽어도 대시해야 했다. 마땅히 추격의 대열에 한몫 끼어야 할 것이었다. 명색이 경찰이다. 그것도 간부의 한 사람이다. 의당 앞장서야 할 것이다. 나는 줄곧 가슴속에 품고 있던 숄더백에서 경찰용 38구경 리볼버 권총을 끄집어내 손에 들며 외쳤다.

"나하고 같이 가요! 나도 경찰이에요. 종로서의 최선실."

SWAT의 젊은 대원, 장두희가 무기를 집어 든 나를 흘긋 뒤돌아보긴 했으나, 달리는 것을 멈추지 않았다. 그의 얼굴에 피어나는 것은 오직 형제와도 같은 동료를 잃은 분노의 빛이었다. 그리고 불퇴전의 결의의 빛이었다. 그는 마치 〈다이하드〉의 존 매클레인 형사처럼 민첩했다.

어느새 우리 모두는 은행과 연결된 시청 지하철역 구내로 돌진하고 있었다. 맨 앞에 빨간 캡을 눌러쓴 정광과 인질. 그리고 그를 쫓는 SWAT의 장두희 경장. 그리고 늦을세라 뒤쫓는 나, 최선실.

정광의 의도는 분명했다. 지하철역 구내 승객 속에 파묻혀, 열차를 이용해 탈출하려는 것이다. 시청역이 얼마나 붐비는 역인가. 일단 승객들 속에 몸을 숨기면 찾아낼 방도가 없을 것이다. 그리고 저녁 러시아워가 서서히 다가서고 있다. 치밀하게 계산된 행동. 매우 영리하다.

그런데 오늘은 정광에게 운이 따르지 않는 듯했다. 플랫폼에 진입해보니, 다행스럽게도 방금 상하행선 열차가 플랫폼의 승객 모두를 싹쓸이하다시피 해서는 저 멀리 사라지고 있었다. 스크린 도어가 굳게 닫힌 플랫폼에는 다음 열차를 기다리는 사람이 얼마 되지 않아, 매우 한산했다. 그런 탓으로 정광이 도주하는 모습이 한눈에 들어왔다. 그리고 오늘따라 하필이면 빨간 캡을 눌러쓰고 나타난 것일까? 아무리 그의 트레이드마크라고 해도. 네이비블루 코트의 인질 모습과 함께 표적은 너무나 뚜렷했다. 그들은 지금 반대 방향으로 필사적으로 질주하고 있었다. 이를테면 움직이는 표적이다.

그런데 장두희는 플랫폼에 서성이는 사람들이 늘기 시작해서일까, 두 남녀를 승강장 끝자락까지 몰고 가려 했다. 쫓는 자와 쫓기는 자의 간격은 점차 좁혀져갔다. 나는 정장 차림에 굽이 있는 구두를, 비록 낮은 것이지만, 신은 탓으로 마음 내키는 대로 달릴 수가 없어, 어느새 그들과는 거리가 멀어져갔다. 그리고 어느 순간 그들은 나의 시야에서 벗어나기 시작했다.

얼마나 달렸을까. 발이 아픈 걸 참고 내 나름대로 억수로 무지 달렸다. 나의 시야 저편에 승강장 끝자락이 어렴풋이 눈에 들어왔다. 바로 그때 두 발의 총성이 동시에 울렸다. 아니 약간의 간격을 두고. 마침내 두 젊은이가 총격을 교환한 것이다. 그들은 한참 젊었고, 또한 한참 꿈이 많을 시절이었다. 어느 학교 운동장에서 공을 차며 함께 뛰어놀았을 수도 있고, 어느 병영에서 군복무를 함께 했을 수도 있다. 군가도 함께 부르고, 짬밥도 함께 먹고.

그런데 방금 상대방의 심장을 겨냥해 한순간의 망설임도 없이 두 사람 모두가 방아쇠를 당겼을 것이었다. 입장이 다르다는 이유로. 한 사람은 경찰특공대원, 또 한 사람은 무장강도범.

나는 이윽고 두 젊은이가 총격전을 펼친 곳에 당도했다. 현장을 바라보며 나는 소스라치게 놀랐다.

"아뿔사!"

장두희가 허우적거리며 쓰러지고 있는 게 아닌가. 또다시 눈앞에 펼쳐지는 봉변. 나는 반사적으로 10미터 전방에 있을 정광을 살폈다. 38구경 리볼버를 쥔 손을 쭉 뻗으며. 이젠 나와 정광의 마지막 대결만이 남은 것이다. 이건 피할 수 없는 나의 숙명이라는 생각을 하며, 일순 입술을 짓씹었다. 그런데 정광은 이미 콘크리트 바닥에 나뒹굴어져 있고 미동조차 않는다. 그러니 눈앞의 사태는 명확했다. 두 젊은이가 서부활극에서처럼 순식간에 서로 상대방의 심장을 겨냥해 방아쇠를 당긴 것이다. 그리고 그 결과가 눈앞에 펼쳐져 있다. 정광은 즉사. 필경 장두희의 선제공격으로 그는 현장에서 사살된 것이다. 그러나 장두희도 총상을 입어 바야흐로 사선을 넘나드는 순간. 나는 모진 한숨을 내쉬며 뻗은 손을 일단 내려놓았다.

그러곤 재빨리 무릎을 꿇고, 방금 쓰러진 장두희의 맥박을 얼른 살펴보았다. 맥박이 아직 뛰고 있다.

"오, 하나님!"

잘하면 살릴 수가 있을 것이다. 기쁨이 여울처럼 솟구치는 순간이었다. 나는 휴대폰을 끄집어내 고래고래 소리 질렀다. 119 긴급 구조대원들을 부른 것이다.

그러고는 인질로 끌려온 불쌍한 여인, 레베카를 향해 발걸음을 떼었다. 그녀를 따듯하게 감싸주어야 했다. 보아하니, 아름다운 인질 레베카는 시신 옆에 무너져 앉은 채 엉엉 울고 있다. 오열이라기보다는 통곡이라고 해야 할까. 운다는 것은 살아 있다는 징표다. 얼마나 다행인지 몰랐다. 모진 경험을 했으리라. 얼마나 참담한 일인가.

"레베카, 걱정 마요. 나, 경찰이에요. 종로 경찰서의 최선실 경위. 자, 이제 나하고 집으로 가요."

한 발짝, 두 발짝, 그리고 세 발짝을 떼었을까. 순간 뭔가가 섬광처럼 나의 뇌리를 스치는 것이 있었다. 아니 경고음이, 비상벨이 울려왔다. 그것은 숲속에서 느닷없이 날랜 표범과 조우했을 때와도 같은 절박한 위기의식이었다. 일순 공포가, 아니 전율이 등줄기를 타고 흘러 내렸다. 나는 대뜸 도약해야 했으나 발걸음을 뗄 수가 없었다.

"레베카! 안 돼!"

나는 충동적으로 외쳤다. 아니, 절규했다는 것이 옳을 것이었다. 그러고는 경황 없이 줄곧 손에 들고 있던 나의 38구경 리볼버의 총구를 레베카를 향해 겨냥했고 가차 없이 방아쇠를 당겼다. 한 발, 두 발 그리고 세 발을.

'너의 본능을 믿어라! 죽이지 않으면 네가 죽는다!'

그건 가히 본능적이고 충동적인 행동이었다. 내가 이런 행동을 할 수 있다니! 믿으려야 믿을 수 없는 돌발적인 행동이었다. 어떻게 인질을 살상할 수 있다는 말인가? 레베카가 꼬꾸라지는 것을 나는 똑똑히 볼 수가 있었다. 바야흐로 젊디젊고 청순하기 이를 데 없는 한 여인이 나로 해서 목숨을 잃는 순간이었다.

이건 악몽이야, 악몽!

2

사건이 발생한 지 이틀 후. 오후 5시.

나는 시경 감사 담당관실의 초대를 받았다. 내부 감찰조사를 받기 위해서다. 안내된 곳은 신문실. 콘크리트 구조의 네모난 밀폐 공간. 탁자 하나와 두 개의 의자가 덩그러니 놓여 있는 삭막한 공간이었다. 그러니 나는 오늘은 영락없이 한낱 피조사자로 소환된 것이다. 피의자용 접이식 철제 의자에 궁둥이를 붙이고 앉아 있는데, 사람을 불러놓고는 오래 기다리게 하고 있다. 사람의 진을 빼는 상투적인 수법이다.

잠시 후, 도어를 거칠게 밀치며 빈티지 패션의 젊은 여자가 들어섰다. 키가 크고, 눈빛은 서늘했으며 콧날은 우뚝 서 있다. 그리고 얼굴은 길다. 개성 있는 마스크.

"나, 감사관실의 마세령 경위야. 알아둬."

감사관실의 여자는 철제 의자를 끌어다 마주 앉으며 자기 소개를 했다. 그녀의 말투는 무덤덤했고, 그 표정 또한 무심했다. 정감이라곤 하나 없고, 대뜸 반말이다. 나와는 비슷한 나이 또래. 비딱한 품새에 까칠하고 도도하다. 나와는 상관없는 타인의 운명을 다루는 전형적인 모습, 바로 그것이었다.

나는 자리에서 일어나 경의를 표하거나 하지 않았다. 다만 '그래서?' 하는 표정을 지었을 뿐이다.

"잘 들어. 나, 백지영과는 절친한 친구 사이야. 동기생이거든. 말하자면 경찰대학 출신이지. 너희들 밑바닥 출신들과는 처지가 달라. 달라도 한참 달라……."

나는 그녀의 말에서 몇 가지 정보를 수집할 수가 있었다. 백지영과 친구 사이이기에, 나에 대한 정보를 속속들이 알 테고, 나에겐 호감을 지니지 않으리란 점이다. 아마 적의마저 지니고 있을 것이다. 그리고 계급은 경위라고 한다. 촌것하고는 다른 처지라는 것도 서슴지 않고 일깨우고 있다. 나를 완벽하게 골로 보낼 수 있다는 자신감이 있을 때나 취할 수 있는 태도다.

"근데, 백지영과는 못 말리는 라이벌이라지? 누구랑 맞장뜨려면 상대를 잘 골라야지. 코피 터지지 않으려면. 발버둥쳐봐야 황새와 뱁새의 게임 아닌가. 그사이 별로 실력도 없으면서 나댄 것, 기억하라고. 내 말은 주제 파악을 하라는 얘기지."

마세령은 거침이라곤 없다. 그리고 매우 고답적이다.

"왜, 내 말이 뚫어? 말이 없으시게."

마세령이 이죽거렸다. 칼자루를 쥔 자의 우월의식이 말끔히 드러나 있다.

"마세령 씨, 백지영과 동기생이라면 그 여자의 가방이나 들고 뒤꽁무니나 졸졸 따라 다녔겠네. 차석이라도 했나? 수석은 백지영이 차지했으니까. 쫄때기가 어디서 큰소리쳐?"

나도 이죽거렸다. 물론 반말로. 차분한 자세는 잃지 않았다. 핏대를 올리는 사람이 지는 게임이다.

"어라, 제법 세게 나오시네. 여기가 어디라고."

"그래서? 이봐요, 마세령 씨! 당신, 사람 잘못 건드리고 있어. 당신들 귀하신 몸들께선 빈티지 미디엄 샤넬 백 속에 에스티로더 화장품에 에스카다 선글라스나 챙기고 다닐 테지만, 난 달라! 늘 리볼버를 챙겨. 알아들어? 38구경 리볼버 M36 소형 권총을. 그사이 내가 몇 번이나 총구 앞에 섰는지 알기나 해? 당신들은 온실에서 자랐겠지만, 난 들판에

서 자랐어. 잊으셨나 본데, 난 잡초 같은 인생이라고. 무서울 게 뭐 있겠어. 왜 이러셔?"

"흐음, 제법이군. 소문대로야. 최선실 멋져!"

마세령의 뜻하지 않은 칭찬이다. 나는 일순 그녀의 도발에 놀아났다는 느낌이 들었다. 이 여자가 한 수 위다.

"인상보다 사람 좋아 보이네."

나도 한결 옥타브를 낮추며 한마디 첨가했다.

"내 인상이 어때서?"

"어떻긴. 짭새 티가 물씬 나지, 뭘."

"누군?"

우리 사이에 펼쳐진 신경전이랄까 탐색전은 막을 내리고 본론에 접어들었다.

"자, 이제 우리 일에나 매달리자고. 별로 유쾌한 일은 아니지만……."

마세령은 사무적으로 말을 이었다. 그녀는 탁자 위에 노트북과 녹음기를 올려놓으며 잠시 나를 빤히 쳐다보는 것이었다. 그 모습은 '네 잘못을 네가 잘 알렸다?' 하는 모습이었다.

"이봐, 최선실! 우리 말 트고 지내자고."

그녀의 말투는 메마르긴 했으나 이젠 이죽거림은 없다.

"그러지, 뭐."

나 역시 기계적으로 반응했다. 벌써 말을 튼 처지다.

"최 경위! 무엇 때문에 이곳에 불려 왔는지 알고 있을 테지?"

"알지."

"최 경위가 무장한 은행강도범을 용감하게 추격한 것은 가상한 일이었어. 나도 알아. 부상한 우리 경찰특공대원의 목숨을 살린 것도. 하지만 은행강도의 인질이 되어 질질 끌려간 여인에게까지 무차별 총격을 가해 사망에 이르게 했다고. 그 불쌍하고 가련한 아가씨에게까지. 과연 그 실책을 용납할 수 있을까? 어떻게 생각해?"

마세령이 물었으나 나는 입을 굳게 닫았다.

"그 여자 인질에게, 아이러니하다고 할까, 최 경위보다 더 젊고, 더 미모를 타고났다고 하던데, 전생에 무슨 악연이 있었는지 모르지만, 세 발씩이나 총격을 가해 죽음에 이르게 했더군. 최 경위더러 매스컴이 뭐라 하는지 알아? 어제까지 열렬히 찬미하던 매스컴이."

나도 매스컴의 반응을 잘 안다. 특히 일반 대중의 반응을. 그 격한 분노의 표출을. 게다가 언제부터인가 나의 몰락을 목마르게 기다리는 악의적인 족속들이 존재한다. 겨냥할 표적의 약점을 포착했다 싶으면 가차 없이 저돌적으로 물어뜯으려는 족속들 말이다. 내가 아니꼬운 것이다. 그런데 이번엔 뚜렷한 명분이 있는 탓으로 선량한 일반 대중도 숱한 험담에 가세하고 있다.

'인질범과 인질조차 구별하지 못하는 골 빈 여자 경찰! 싹수도 싸가지도 없어. 이 여자, 당장 골로 보내야 해.'

이 정도는 약과다.

'인질에게 세 발이나 쏘다니, 미쳤잖아. 그 여자 혹시 약을 먹었나?'

어느새 약물 중독자에 미친년 취급도 서슴지 않는다.

'공명심에 늘 날뛰더라고. 언젠가 헛발질할 줄 알았다고. 이거 황당한 얘기 아니냐고! 초장에 고삐를 단단히 조였어야지.'

매스컴도 일반 대중의 비판도 날이 갈수록 신랄함을 더해갔다. 비난의 아우성도 높아갔다. 당장 파면시키라고 성화다. 어제까지는 오늘날의 젊은이의 우상에 영웅이라며 떠받들더니 오늘은 폄하하느라 야단이다. 폄하가 다 뭔가, 재벌집 딸 매도 수준이다. 그것도 경쟁적으로. 덩달아 경찰의 위신도 추락할 대로 추락했다. 그러니 어찌 높은 사람들의 혈압이 오르지 않겠는가.

'잘 나간다고 추켜세웠더니, 제 잘난 줄 알고 기고만장해서 날뛰더라고. 본색은 감출 수가 없는 법이지. 차제에 버르장머리 고쳐야 해. 뒷날을 위해서라도.'

경찰 내부의 반응이다.

'뭘 꾸물댑니까. 오늘 당장 파면시켜요. 사람마다 유효기간이 있기 마련인데, 그 여잔 말하자면 이젠 버려야 할 카드라고요. 들끓는 세상인심의 파장도 생각하셔야지. 최선실, 그 여잔 과대포장되어 있었어요. 늘 그렇지만 여자가 화근이에요.'

늘 시기 질투하던 동료 형사들의 매몰찬 반응이다. 특히 사내들이 더했다. 얼마나 고소해할까. 소갈머리없는 졸장부들 같으니라고, 내가 목숨 걸고 동료 경찰특공대원을 살린 것엔 입도 벙긋하지 않고 성공의 사다리를 걷어차기에 급급하다. 내부 총질이 더 무섭다더니, 기분은 거지 같고 엉망진창이다.

그런데 방송국마다 내 사진을 대문짝만큼 크게 내보내고 있었다. 의당 '일그러진 초상'을 고르기 마련이다. 신데렐라의 계모를 연상케 하는 사진들을. 세상 인심 봄 날씨보다 더 변덕스럽다.

'최선실, 그 여자, 인간도 아닙니다.'

적절히 압축된 나에 대한 평가. 아니 직격탄이다.

그리고 이제나저제나 하고 기다리던 폭음도 들렸다. 그것은 내가 노상 대열에서 이탈해 현상금 붙은 사건만을 쫓아 그사이 억수로 많은 현상금을 수중에 넣었다는 기사였다. 함께 움직인 형사들에게는 땡전 한 닢도 나누어주지 않았다고도 했다. 오늘의 사건과 하등 관련 없는 그 기사는 불붙은 집에 기름을 부은 꼴이 되었다. 나의 비정함도 미웠을 것이나 탐욕스러움도 혐오스러웠을 것이었다. 심지어 내가 동료 경찰이라는 게 수치스럽다고 말한 친구도 있었다나. 어제는 몰라도 오늘은 나. 최선실이 '비호감 1호'로 부각되고 있었다. 바야흐로 최선실에 대한 환상이 아작 깨지는 순간이라고 할 수 있다.

최선실의 운명에 조종이 울리고 있구나! 나는 뼈저리게 실감해야 했다.

그나저나 링 밖에서 내 인생에 태클을 걸려는 사람들이 이토록 많을 줄이야! 그저 놀라울 뿐이다. '인생에 영원한 것은 없다'라는 말이 새삼 실감 나는 순간이다.

누가 뭐라 비난해도, 그것이 들불처럼 번져도 나는 시종 침묵 모드로 일관했다. 뭐니 뭐니 해도 사람을 죽였다는 사실이 용서되지 않았던 것이다. 그것도 어린 생명을 살상한 것이다. 무슨 권능으로 내가 사람의 목숨을 앗을 수 있다는 말인가. 채찍을 맞아도 싸다.

그래서 오늘은 감사관실로 소환되고, 내일이면 징계위원회에 회부될 것이다. 파면은 따놓은 당상이다. 그걸로 끝나면 다행이다. 형사소추의 대상이 될 수도 있다.

절정을 달릴 때 몰락의 씨앗이 뿌려진다던가! 사람들은 바야흐로 소문난 여자 최선실의 추락을 보게 될 것이었다.

'너는 이젠 갔어!'

이 말만이 내 귓전을 스칠 뿐이었다.

"이봐, 최선실, 우릴 크게 실망시켰다고. 내 말 알아들어?"

마세령이 다시 말문을 열었다.

"자, 이제, 최 경위의 변명을 들어봐야겠지. 변명할 건더기라도 있다면…… 설사 비겁한 변명이라고 해도……."

마세령의 사무적인 말은 이어졌다.

"구차하게 변명할 말……."

나는 조용히 입을 떼었다.

"없어. 입이 열 개라도. 단지……."

"단지?"

"빠른 처분을 기다릴 뿐이야."

말하자면 이왕에 죽일 바엔 빨리 죽여달라는 앙탈이다. 사태를 엉망으로 만든 구원투수가 할 말이 뭐가 있겠는가.

"흐음."

잠시 침묵이 흘렀다. 침묵의 시간은 조금 길었다. 마세령은 나를 한동안 빤히 쳐다보기만 했다. 상복과도 같은 검은 투피스를 차려입은 나를. 장지에나 어울리는 모양새다, 아니면 압구정동 거리에 내놓아도 손색이 없을 일류 패셔니스타와도 같은 무조건 블랙의 시크한 차림새. 막상 나의 용모를 돋보이게 하는 옷차림이다. 나더러 탕웨이 아니면 장쯔이를 닮았다고 하는 사람들도 간혹 있었는데, 사람들은 아름다움에 오히려 가혹하다고 했었다.

"좋아. 사건 현장에 있었던 최 경위한테서 한 번 얘기를 들어보자고. 보고서를 통해서도, 매스컴을 통해서도 사건 내용은 시시콜콜 알고 있지만, 최 경위 입으로 한번 직접 들어보고 싶군. 실망스러운 대화가 되겠지만 어서 말해보라고. 자초지종을. 시간이 없어."

무슨 시간이 없는지, 마세령이 나를 채근했다. 아마도 그녀의 뇌리를 스치는 것은 오직 오늘 저녁 약속일 것이었다. 아무려나 절차상으로도 필요한 질문이었다. 그래서 나는 사건의 자초지종을 듣기를 원하는 그녀를 위해서 진술하기 시작했다.

"난, 엊그제, 사건이 발생한 날에 시청 앞 국제빌딩 지하 1층의 시티 뱅크에 들렀어. 내 단골 은행으로, 아프리카 마다가스카르에 송금할 일이 있어서……."

나는 주섬주섬 말하기 시작했다. 억양도 죽이고, 감정도 죽이고 담담하게.

"그때가 오후 4시 10분 전. 마감시간 직전이었어. 손님들은 이미 썰물처럼 빠져나간 상태였어. 마치 폭풍 전야의 고요함 같은 것이 감돌았고."

"이봐, 쓸데없는 수식어는 빼는 게 어때? 간결하게 팩트만 얘기하라고."

"그러지, 뭐. 그 당시 이미 은행 경비원이 문을 잠그려 움직이고 있었어. 살펴보니……."

"잠깐."

갑자기 마세령이 내 말을 중단시켰다.

"무엇 때문에 마다가스카르엔 송금을 한다는 게지?"

그녀가 던진 질문은 오늘의 주제와는 하등 상관이 없다. 단지 호기심 탓이리라.

"그곳 작은 마을에 파송된 선교사에게 내가 정기적으로 송금하고 있었어. 어린이를 위한 병원을 짓는 일에 조금이나마 보태고 있었다고."

"얼마나?"

"매달 오백 불 아니면 천 불씩. 더러 건너뛰기도 하지만……."

"말하자면 어쭙잖게도 좋은 일을 한다는 게지? 좋아, 진술을 계속하라고.”

아무리 좋은 일을 한다지만 사안이 사안인지라 빠져나갈 수는 없을 것이다. 나는 나의 진술을 이어나갔다.

“그 시각 은행 창구엔 두 사람의 손님만이 있었어. 1번 창구엔 내가, 7번 창구에 또 한 여인이. 모던 시크룩의 네이비블루 반코트에, 머리를 붉게 물들인 게 특색이라면 특색이었어. 잠시 뒤에 바로 나에게 피격당한 레베카였어. 본명은 이금순. 직업은 나이트클럽의 웨이트리스. 무교동의 세븐 팰리스라는 이름의 클럽에서 일하고 있었더군. 나이는 알고 보니 스물두 살. 풋풋한 젊음에 어여쁜 아가씨! 어렵사리 자랐지만 늘 명랑하고 자기 일에 열심이었다고 하네. 비록 고난의 길을 걸어왔었지만 어려운 사람들을 도우며 살았고. 행동거지가 그렇게 반듯할 수가 없었다고 하더라고. 알고 보니, 레베카는 적은 수입에 어려운 처지인데도 교도소 수감자 자녀들의 뒤를 돌보는 일을 해오고 있었다는 게야. 거리의 천사! 사람들이 레베카에게 던지는 찬사였어.”

“그런 아가씨를 인정사정 없이 사살했구먼.”

마세령의 가시 돋친 한마디. 나에겐 가슴 쓰라린 말이었으나 매우 적절한 타이밍에 매우 적절한 대사를 뱉었다고 할 수 있었다. 나는 일순 말문을 닫았다.

“그래서? 계속하지.”

마세령이 채근했다.

“오후 4시 정각! 은행이 문 닫을 시간. 한 사나이가 아슬아슬하게 슬라이딩하듯 은행에 들어왔어. 바로 정광이었어.”

나는 사건의 전말을 간결하게 설명했다. 마세령이 원하는 대로. 시경 특공대원과 함께 정강을 추적한 일이며, 인질로 잡힌 여인을 사살하고, 우리 기동대원을 살린 과정을.

"문제의 핵심은 말이야, 무엇 때문에 그 불쌍한 인질을 사살했어야 하는 거냐고. 묻겠는데, 무엇 때문이지?"

나의 말을 열심히 들어주던 마세령이 물었다. 기다리던 질문이었다. 회피할 수만 있다면 회피하고 싶었던 물음. 나는 금세 입을 떼지 못했다. 마세령이 참을성 있게 기다려주었다.

"나한테서 무얼 듣고 싶어?"

이윽고 내가 물었다.

"진실."

마세령은 짧게 대꾸했다.

"그 상황 속에서, 폭악한 인질범과 그를 추적하는 저격수 사이에서 펼쳐지는 피 튀기는 총격전 와중에 휩쓸리다 보니, 내가 일종의 패닉 상태에 빠졌는가 봐. 바로 그때 뭔가가 섬광처럼 번득이는 게 있었어. 아니 누군가가 일러주는 게 있었어. 아름다운 인질을 쏘아야 한다고. 레베카를 당장 사살해야 한다고. 위기는 신호를 보낸다고 했거든."

나는 이윽고 그녀가 원하는 진실을 주섬주섬 털어놓기 시작했다. 믿거나 말거나.

"누가? 누가 일러주었다고?"

마세령이 대뜸 코웃음 쳤다.

"글쎄, 잘 모르겠어."

"모르다니."

"글쎄, 잘 모르겠어. 뭐라 말해야 할지……."

"혹시 '샘의 아들'이라고 알아?"

마세령이 문득 물었다. 좀 엉뚱한 질문이다.

"알지. 샘의 아들에 대한 이야기는. 더구나 미스터리 마니아로 자처하는 처지라면."

"얼마나 알지?"

그녀가 다시 물었다.

"샘의 아들! 그 녀석의 이름은 데이비드 버커위치라고 했던가. 20대의 우체국 직원. 그 친구, 약 1년간에 걸쳐 카 데이트 중인 젊은 연인들만을 선택해서 권총으로 여섯 명의 목숨을 빼앗고, 여섯 명을 부상시켰어. 그러니 그 녀석도 사이코패스라고 할 수 있을 거야."

"흐음, 사이코패스라!"

"자기는 샘의 아들로 샘의 명령에 따라 행동했었다는 게야."

"그랬었지."

"일종의 정신분열증 탓으로 망상이나 환청의 반응으로 살인하는 친구들이 더러 있다더군. 그들은 언제나 '어떤 음성이 나더러 그 사람을 죽이라고 했다'라고 말을 한다는 게야. 자기가 하는 일은 하나님이 하시는 일이라나."

"흠, 제법 알고 있네. 미스터리 마니아답군. 그러니 뭐야, 최 경위도 일종의 패닉 상태에서 그 어떤 음성이 들렸다는 얘기 아냐? 그게 하나님의 음성이든지 아니면 샘의 음성이든지. 레베카를 사살하라고."

"어쩌면."

나는 오직 길게 탄식할 뿐이다.

"어이구, 철딱서니. 이 무슨 귀신 씻나락 까먹는 소린가. 꼭지 돌겠네. 지나가는 소도 웃을 얘기잖아."

마세령이 발끈하며 황당해했다.

"화내지 마! 더는 핑계 댈 방법이 없잖아."

"제길. 그런 헛소리를 나더러 믿으라고? 약발이 먹힐 소리를 해야지."

누가 뭐래도 나는 그 절박했던 순간에 일종의 패닉 상태에 빠져 있었고, 그 어떤 계시에 따라 맹목적으로 행동한 것은 틀림없지 싶다.

잠시 우리 사이에 침묵의 시간이 흘렀다. 마세령의 입가엔 비웃음이 피어 있었고, 나는 그런 그녀를 외면했다.

"내일이나 모레면 징계위원회가 소집될 거야. 기대하라고."

문득 마세령이 말했다.

"최선실, 내 말 잘 들어. 오늘처럼 신 내린 무당처럼 변죽이나 울리고 입방정을 떨었다간, 내가 보장하지, 경찰에서 옷을 벗게 된다는 사실을. 아직 감 못 잡았는가 본데, 완벽하게 아작낼 거라고."

"이미 각오하고 있어."

"이제 보니 바보잖아! 무얼 감추고 있어?"

마세령이 엔간히 뽈따구 나 있다.

"감추긴, 무얼? 다 끝난 일이야."

나는 매가리없이 대꾸했다.

"세상에, 돌아버리겠네. 코드가 맞아야지. 긴가민가 했는데, 뚜껑 열리는 소리나 하고, 정말 실망스럽네."

"내 말도 들어봐. 이번 사건으로 난 사람들의 믿음을 엄청 잃었거든. 그런 탓으로 지금 이 지경에 와서 내가 어떤 말을 해도, 설사 콩으로 메주를 쑨다 해도 누구도 곧이듣지 않아. 그 옛날 트로이의 멸망을 예언한 카산드라의 말을 믿지 않았던 거처럼. 카산드라 얘기는 알 테지."

"으음, 그리스 신화에 나오는 여자 예언자 카산드라에 대하여 얘기하려나 본데, 카산드라와 최선실을 단순 비교할 수는 없지."

"진정성을 잃었다는 점에서는 공통점이 있지."

"흐음, 진정성이라……."

"신뢰성이라고 해도 좋고."

"아무려나 내일 일은 내일 보자고."

마세령이 자리를 뜨면서 말했다.

"여러모로 고마워."

나도 자리에서 일어나며 말했다.

"고맙긴 뭐가 고마워?"

"신경 *써주었잖아!*"

이윽고 우린 악수도 하지 않고 헤어졌다.

이튿날, 심란하게도 구름은 낮게 가라앉아 있었고 찬바람이 도시를 휘젓고 있었다. 오후엔 눈이 내릴 거라고도 했다. 올해 첫눈이라나.

오후 2시, 나는 고등징계위원회에 출석해야 했고, 마세령이 예언한 대로 파면이 의결되었다. 경찰 옷을 벗게 된 것이다.

위기의 최선실!

징계위원장은 시경 차장이었고, 위원은 과장급 인사들이다. 마세령도 배석했고, 나는 말석에 자리했는데, 그들은 길게 심리할 것도 없어서인지 일사천리로 사태를 처리하려 했다. 사안이 명료해서다.

그래도 한두 마디쯤은 해야겠다는 자세여서, 상석에 자리 잡은 이병만이라는 이름의 차장이 모두를 대신해서 시큰둥하니 말문을 열었다.

"최선실 경위, 자넨 늘 문제를 몰고 다니는군."

차장의 첫마디. 나에 대한 인상이 몹시 나쁘다. 내 딴엔 경찰의 체통을 세우느라 헌신한 적이 한두 번이 아닌데, 모든 게 와르르 무너지는 것을 실감하는 순간이다. 그것도 경찰 내부의 높은 어른한테서 험담을 들어야 하다니. 나는 오직 말을 잃을 뿐이다.

"자네, 어젯밤 텔레비전을 봤나?"

차장의 뜬금없이 던지는 말. 그는 공연히 서류를 뒤적일 뿐 나를 쳐다보지 않았다. 나는 입을 닫은 채 그의 다음 말을 기다렸다.

"레베카의 어머니가 울고 있는 모습을. 앞날이 구만리 같은 어린 딸의 시신이 뉘인 관을 어루만지며 오열하는 모습을. 얼마나 눈에 밟히겠나. 세상에 이런 황망한 일이 또 어디 있을까."

그건 나에 대한 결정타였다. 보아하니 엄청 꼬장꼬장하다.

"네, 저도 보았습니다. 억장이 무너져 통곡하는 모습을요."

텔레비전은 생전의 티 없이 밝고 아름다운 레베카의 모습도 동영상으로 보여주고 있었다. 개울에서 물장구치며 동무들과 뛰노는 앳된 모습도. 청순하고 발랄하기 그지없었는데, 천사의 모습이 어디 따로 있을까, 싶다. 그런데 가슴 아프게도 나이 스물 둘에 총에 맞아 구천을 헤매는 처지가 된 것이다. 그것도 경찰이 쏜 총탄에 목숨을 잃었으니. 얼마나 한이 맺힐까. 텔레비전은 나의 동영상도 곁들여 보여주었는데, 앨프리드 히치콕 감독의 흑백영화 〈레베카〉에 등장하는 광기 넘치는 여성의 대명사라 할 덴버스 부인과 대비시키는 영상도 있었다. 세상은 바야흐로 '비호감 1호' 최선실 두드리기로 선회하고 있었다. 입 가진 사람 모두가 떼창하듯 매도했고, 악성 댓글도 뒤질세라 도배하다시피 했다. 나는 사이버 테러 대상으로도 안성맞춤의 표적이었다.

"자네가 레베카였다면?"

차장의 가시 돋친 물음은 이어졌다.

"우리 어머니가 우셨을 겁니다. 그것이 바라시는 답변이라면."

나는 간결하게 대꾸했다.

"자네 사격 솜씨가 알고 보니 제법이더군. 레베카의 심장에 사격의 달인 뺨치게 세 발 모두를 정확하게 명중시켰더라고. 아마 그 죽음에 고통은 없었을 게야. 정조준 사격! 자비심의 발로인가?"

차장은 한껏 비아냥거렸다. 나는 대꾸를 아니했다. 아니 할 말을 잃었다는 것이 옳을 것이었다.

"자네, 어제 사이코패스의 전형이라 할 '샘의 아들'을 들먹였다지?"

차장은 금세 화제를 바꾸었다.

"네, 차장님."

"누군가가 살인을 하라고 지시한다고 떠벌린 친구. 현대를 자기분열의 시대라고 하더군. 자네도 일종의 사이코패스 기질이 잠재하고 있었다는 말인가? 그래?"

"어쩌면 너 나 할 것 없이 얼마간은……."

"그럼 그걸로 어물쩍 책임을 모면하고 싶은가? 그 어떤 계시 같은 것이 있었다고. 황당하기까지 하군. 이제 보니 엉뚱한 꼼수로 발뺌에 올인하는데, 입으로 매를 버는군."

차장의 입가에 일순 차가운 웃음이 번졌다.

"책임을 모면할 생각은 추호도 없습니다."

"자네, 매스컴 플레이가 능하더군. 경찰특공대의 장두희 경장도 자네가 살렸나?"

차장은 화제를 바꾸었으나 느슨한 미소는 여전했다.

"아닙니다. 재빨리 달려온 119구조대와 서울대 병원의 전문 의료진이지요."

난 다만 현장에서 휴대폰을 끄집어 긴급 구조 요청을 하느라 고래고래 소리 질렀을 뿐이고, 그의 심장에서 흘러나오는 피를 지혈하느라 노력했을 뿐이다. 그것도 공치사라고 하면 할 말은 없다.

"자넨, 그 뭐야, 조직의 움직임엔 주파수를 맞추지 않고 자기도취에 빠져 고독한 이리처럼 솔로로 움직이면서 늘 문제를 몰고 다닌다지? 자네더러 염불에는 관심 없고 잿밥에만 관심 있는 현상금 사냥꾼이라더군. 공로는 홀로 차지하고, 책임은 하나도 지지 않고. 개인플레이가 능하다는 말씀이지. 직무수행능력은 F학점! 말하자면 복덩이 아닌 애물단지!"

차장은 작심한 듯 본안 심리와는 하등 상관없는 인신공격까지 곁들이고 있다. 그만큼 내가 상관들에게 인기가 없다는 증거다.

"그렇게 보셨다면……."

나는 우물거렸다. 누굴 나무랄 것인가.

"이봐, 최선실! 그날 은행엔 무엇 때문에 들렀다고 했었지?"

형사과장이 나서며 묻는 것이었다. 그러자 모두가 대뜸 이맛살을 찌푸렸다. 알고 있는 사실이다. 나는 이 방에서 유일하게 나한테 호의를 나타낸 사람이 있다는 사실에 가슴 뭉클함을 느꼈다. 어떤 점에선 직책상 나를 가장 앞장서서 나무랐어야 할 사람이다.

"마다가스카르에 송금할 일이 있어서요."

나는 다소곳하니 대꾸했다.

"지금까지 탄 현상금도 전액을 기부 하다시피 한 걸로 아는데. 그게 어디 한두 푼이라야 말이지. 유니세프에, 어린이심장재단에다가. 심지어 팔레스타인에도. 그곳에선 훈장을 준다고 했다며?"

"네."

나는 간결하게 대꾸했다.

"유니세프 친선대사 설도 있던데? 안젤리나 졸리처럼."

"안젤리나 졸리하고는 번지수가 다르지요."

"그리고 뭐야, 자네더러 얼굴 없는 천사라고 한다지?"

"글쎄요."

오늘 아침 신문에 내가 그사이 탐욕스럽게 모은 돈을 어려운 곳에 말끔하니 기증했다는 기사가 났다. 알고 보니 대한일보의 최린 기자가 취재해서 기사화했었다. 그러니 나를 매도하는 대열에 서지 않는 사람도 하나쯤은 있는 것이다. 그를 만나면 포옹이라도 해야 할 것이다.

그나저나 이런 선행으로 나의 매몰찬 행위가 용서되지는 않을 것이다. 아마도 지킬 박사와 하이드 같은 양면성이 있는 인물로 부각되기 십상이다.

"자, 오늘의 심리는 여기서 끝내지. 최선실은 돌이킬 수 없는 선을 이미 넘었어."

차장이 짜증스레 쐐기를 박듯 말했다. 그리고 그는 이내 사슬이라도 끊듯이 냉정하게 벼랑 끝에 선 여인에 대한 파면을 정식으로 선고하는 것이었다.

"최선실 경위는 오늘 날짜로 파직되었음을 고지한다!"

선고가 끝나자 그들은 서슴없이 퇴장하려 했다.

어찌 벌버둥치지 않겠는가. 나는 대뜸 자리에서 성큼 일어나 충동적으로 외치듯 말했다.

"따님이 이 자리에 섰다고 해도 이러실 겁니까? 제가 레베카를 쏠 수밖에 없었던 참다운 이유를 아시기나 하세요? 제가 처했던 상황을, 제가 짊어진 고뇌를 아시기나 하냐고요!"

내가 앙칼지게 뭐래도 속 좁은 오기 탓일까, 그들은 그들의 걸음을 결코 멈추지 않았다.

"안타깝지만 현실은 냉혹한 거라고. 그러니 입 다물어."

마세령이 꼰대들의 퇴장을 바라보며 나의 어깨를 토닥거려주었을 뿐이다.

그래, 맞아. 이것이 나한테 닥친 '일곱 번째 재앙'이라고 할 수 있을 거야.'

나는 서로 돌아와 마음을 추스르고는 짐을 챙기기 시작했다. 나, 앞으로 어디로 가리이까? 내일이라도 당장 보따리를 싸고 세계 곳곳을 탐험해야겠다는 생각이 얼핏 머릴 스쳤다. 세계 최초의 여류 탐험가 이사벨라 버드처럼 말이다. 그러니 이사벨라 버드는 나, 블랙버드의 워너비라고 할 수가 있다.

나는 우선 마다가스카르로 가기로 작정했다. 그곳으로 가서 내가 조금이나마 도와온 엄태원 선교사님을 만나 격려해야 할 것이다. 그리고 생고생하시는 사모님도 만나고. 그곳에 가면 약 1억 6,500만 년 전에 형성된 석회암 탑들이 즐비하니 서 있는 놀라운 경관도 볼 수가 있지 아니한가. 아마도 '신들의 정원'이었을 것이다. 그리고 오바마의 고향인 케냐에도. ICA라는 국제적인 봉사기관을 따라 두 나라엔 발길을 멈추었던 시기가 있다. 아마 그곳들을 시발점으로 해서 보헤미안처럼 자유분방하게 방랑하면서 세월을 보내면 될 것이었다. 어니스트 헤밍웨이의 『킬리만자로의 눈』으로 더욱 유명해진 탄지니아의 킬리만자로도 등반하고 말이다. 내가 원래 등반가가 아니던가.

이사벨라 버드가 탐험했다는 인도와 티베트도 가볼 것이다. 달라이 라마가 머무는 히말라야의 작은 티베트로 불리는 다람살라에 가서 흔적 없이 삶을 보낼 수도 있다. 경찰 생활보다 백 배 나을 것이고 보람이 있을 것이다. 비루하게 살 생각은 추호도 없지만, 정선에 사시는 엄마가 이 소식을 들으신다면 아마도 뒤집어질 것이었다. 하지만 이것이 나의 진정한 인생인가 보다.

서 경사가 어둡고 근심스러운 낯빛으로 다가왔다. 그는 내가 처한 지금의 상황을 누구보다도 잘 아는 처지로 뭔가 또 다른 뉴스를 전달하려 했다. 나는 가만히 서서 그가 전하려는 소식을 기다렸는데, 아마도 바람직하지 못한 메시지일 것이다. 그는 범도일 경위가 오늘 저녁에 시청 건너편 플라자호텔에서 약혼식을 올린다고 했다. 신부의 이름은 물론 나의 영원한 라이벌이라 할 백지영이었다. 봄이 오면 결혼식을 올릴 거라나. 비수처럼 꽂히는 소식!

아, 그렇구나. 선택받은 사람들은 그렇게 사는가 보다. 순풍에 돛 단 배처럼 항해하리라. 그런데 어쩐지 백지영은 완승을, 나는 완패를 맛보는 느낌이었다.

"범 경위를 흠모했던 걸로 아는데, 오래전부터. 마음속 깊이⋯⋯."

서 경사가 위로하려 했다.

"그런 일 없네요. 내가 어떻게 감히⋯⋯."

강한 부정은 강한 긍정과 통할 듯싶어 나는 말을 잇지 못했다.

"스쳐 가는 인연인 것을! 그냥 보내요. 법정 스님의 말씀이지."

서 경사는 나를 그의 넓은 가슴에 끌어안으며 말했다. 나는 일순 그의 가슴에 파묻히며 뭉클하고 뜨거운 것을 느꼈다.

그래, 어차피 떠날 사람, 가슴에 묻어두고 고이 보내주자. 그가 아끼는 여자에게로. 잠시 잠깐 스치는 인연이었을 텐데, 그것에 의미를 부여하다니. 콩깍지가 씌었는지 몰라도 가까이하기엔 너무 먼 당신이다.

헛된 소망! 내가 어리석고 불쌍하다. 정녕코 누굴 사랑하는 건 최악의 경험인 걸까.

"알죠? 실연에는 새로운 사랑을!"

서 경사의 마무리 멘트.

그나저나 나의 시몬은 어디에 있는 걸까? 나의 로미오는?

나는 얼마 후 서 경사 품에서 벗어났고, 곧이어 서를 뒤로했다. 실직에 이은 실연! 누구에게나 닥쳐올 수 있는 도미노 현상일까? 사람이 추락할 때는 이렇듯 철두철미 추락하는 걸까? 바야흐로 블랙버드가 '이카루스의 날개'에서처럼 날개가 불타 에게해에 추락하는 순간이 아니고 뭐겠는가!

차라리 이제는 깨끗이 잊으련다! 나는 모든 꿈을 접고 한동안 홀로 배회했다. 기상대가 예보한 대로 첫눈이 시름없이 내리는 거리를. 이 모두가 내가 쌓아가며 짊어질 카르마인걸.'

군중의 흐름 속에 지친 몸을 감추고. 어디 벤치라도 있으면 잠시 잠깐 쉬고 싶었다. 벤치는 찾았으나, 벤치엔 싸라기눈이 쌓이고 있었다.

그리고 얼마나 시간이 흘렀을까. 문득 한강 다리 위를 서성이는 나를 발견했다. 나는 한편으로 놀라고 한편으로 값싼 감상에 젖어 허우적대는 나를 차갑게 웃었다. 내가 지금 정신적 외상이라는 트라우마에 시달리고 있나 본데, 누구에겐들 트라우마가 없을까.

비록 영화의 라스트 신이지만 나는 비비안 리처럼 워털루 브리지를 서성이지 않는 것을 다행으로 생각하며 조용히 발걸음을 돌렸다.

녹초가 되다시피 해서 집으로 돌아온 나는 홀로 있을 때면 창가에서 즐겨 들었던 안드레아 보첼리와 사라 브라이트만이 함께 부른 노래 〈안녕이라 말해야 할 시간(Time To Say Good Bye)〉을 크게 틀었다. 현재 세계 여러 나라 사람들이 가장 좋아한다는 노래. 내 심경과 비슷해서일까, 오늘따라 한결 심금을 울리고 있다.

그러곤 대형 거울 앞에 섰다. 이내 나의 민낯이 고스란히 드러났다. 좌절되고 방황하는 오늘의 피폐한 얼굴 모습이. 나는 거울 속의 여인에게 일순 싱긋 미소 지었다. 오랜만에 옛 동무를 만났을 때처럼.

'수선 떨지 마. 자칫 희망을 품으면 미칠 수 있다고 했어. 네 분수를 알아야지. 상처 없는 매끈한 인생 어디 있다든가. 허구, 그걸 알아? 뭐니뭐니해도 살아 있는 편이 좋다는 것을. 언제쯤이면 철들 거니?

나의 정체성이 되살아나며 한줄기 눈물이 주르륵 흘러내렸다. 지금은 냉엄하고 가혹한 이른바 진실의 문 앞에 홀로 서 있는 것이다. 앞을 봐도 뒤를 봐도 누구 티슈 한 장 건네주는 사람 하나 없다. 정말이지 세상 인심이 야속하다.

아무튼 이 지랄도 막을 내릴 때가 된 걸까?

오만 가지 생각이 머릴 스쳤지만 나는 모든 것을 타라로 가서 생각하기로 하자던, 그리고 내일은 또 내일의 태양이 뜰 테니까, 라고 하며 새로운 소망을 지니던 스칼렛 오하라처럼 내일을 기약하리라. 나 자신을 다독일 수밖에 없었다.

그래, 이렇게 정신 줄을 놓고 쉽사리 무너질 수는 없어. 비록 두메산골에서 겁 없이 뛰쳐나온 촌것이라고 해도. 과거는 과거에 두고 오는 것이 좋다고 하지 않았던가.

그런데 나는 케냐로 가는 길을 포기할 수밖에 없게 되었다.

"총격전에 참여한 사람을 파면시키다니, 이거 말이 되나? 앞으로 누가 총탄이 빗발치는 현장에서 무장한 범인을 쫓게 된단 말이오. 복지부동이나 할 게 아니냐고. 이런 결정을 하다니, 정신 나간 게 아니오."

불같이 역정을 낸 사람은 서울의 치안을 책임진 서울지방경찰청장이라고 했다.

"진득하니 키울 생각은 않고 모질게 내칠 생각만 하다니, 이런 풍조는 고쳐야 해."

청장은 나의 직속상관 중에서도 우두머리로 백지영의 아버지이기도 하다. 근데 딸이 나와는 앙숙이라고 하는 사실을 알지 못하는 듯했다.

"이봐, 최선실."

득달같이 전화를 한 사람은 감사관실의 못 말리는 마세령이었다.

"파면은 면했지만, 제주도로 유배됐어. 완전히 면죄부를 준 건 아니라는 얘기지. 귀양 가게 됐으니까. 꼰대들이 그냥 선선히 물러날 성싶어? 게다가 세론이 부글부글하다 보니 밀어붙이더라고. 어쩌겠어? 제주도에 가서 좀 쉬어. 아무나 가는 덴가?"

"어머, 그래?"

나의 인생 항로가 케냐에서 제주로 유턴한 것이다. 그러니 사람이란 한 치 앞을 보지 못하는 것일까. 아무려나 운명에 순종해야 할 것이다. 세상만사 인연 따라 사는 것이 안락(安樂)의 대법(大法)이라든가.

"근데, 아이러니하게도 이번에 백지영이 자기 아버지한테 여러모로 힘을 썼다는 걸 기억해둬. 최선실, 그대의 라이벌 백지영한테 빚진 거야. 걔, 알고 보면 엄청 쿨하다고."

"고맙네."

속이 좁아터진 탓인지, 하나도 고맙지가 않았다. 쿨하다니 교만한 승자가 베푸는 빵부스러기다.

"근데, 생각 밖으로 최 경위를 도우려는 사람들이 있더라고. 범 경위 있잖아, 그쪽의 옛 상사. 강 건너 불구경하듯 하지 않고 사방으로 힘쓰더라고. 혹시 그 사람 짝사랑하나? 하지만 임자가 있는 몸이라고. 알지? 잘 나가시는 백지영이라는. 공연히 그 사이를 비집고 들어갈 생각일랑 말라고. 꿈도 꾸지 마. 충고하는데, 냉수 먹고 속 차려. 상처를 입지 않으려면."

"공연한 소릴."

또다시 듣는 소리. 이젠 넌덜머리가 날 지경이다.

"그리고 누구랑 비교하려는 생각도 말고. 비교 의식은 교만과 절망을 준댔어. 내 말 알아듣지?"

"아암."

"그리고, 서울엔 금세 돌아오지 못할 거야. 꼰대들이 근성이 좀 있거든. 곤조가. 그러니 버벅대지도 말고, 악착 떨지도 말고. 세월이 약이라는 생각으로 조신하게 있어. 조용히 내일을 기다리면서. 인생엔 비록 지름길은 없다지만, 두 번째 기회가 있다니까, 인생 2막을 준비하라고. 그땐 다시금 불사조처럼 비상할 테니까. 최선실이 누구야? 결코 포기하지 마! 끝까지."

그렇다. 지금 포기한다면 여태 고생한 보람이 없다. 7전 8기의 삶이라고 하지 않았던가. 널뛰듯 하는 인심에도, 등 뒤에서 칼을 꽂으려는 사람들에 대해서도 더는 신경 쓰지 말자. 무엇보다도 비루하게, 치사하게 살지 말자. 뭐니뭐니 해도 최선실이 꽃길만 걸을 수는 없잖아. 가시밭길도 걸어야 할 것이다.

"알았어."

나는 순순히 대꾸했다.

"내가 뭐 도울 일은 없을까? 원하는 것이 있으면 말해봐."

"없어. 이미 충분한 서비스를 받았거든. 진심으로 말하는데, 여러모로 고마워."

3

　며칠 후, 원웨이 티켓을 손에 들고 북적대는 공항 터미널을 벗어나 홀로 제주 항로의 비행기에 오르며 나는 언제나 솔로라는 생각을 지우지 못했고, 어제까지 둥지를 틀었던 행성에서 최선실이, 아니 블랙버드가 머나먼 소행성으로 영원히 추방되고 있다는 느낌에 사로잡혔다.

　'아일 비 백!'

　누구처럼 다짐한들 어쩌랴. 허망감만 증폭될 뿐이다.

　나는 제주 서부두 바닷가 마을에 임시로 숙소를 마련했는데, '늘 질주하기만 하던 당신, 엎어진 김에 잠시 쉬었다 가게'라는 말과 함께 대기발령을 받은 처지여서 부두 방파제에 올라 파도치는 망망한 바다를 넋을 놓고 바라보는 하루하루를 보내야 했다. 속절없이 보내는 하루하루가 지루했다. 얼마나 이 지루함이 이어질까?

　영국의 윈스턴 처칠 수상이 이 세상에 마지막으로 남긴 말이 "모든 게 지루했어!"라고 했다던가. 2차 세계대전을 승리로 이끌며 드라마틱한 일생을 보낸 사람이 그런 말을 했었다니, 예전엔 도무지 믿어지지 않았었다. 인생이란 막상 그런 걸까?

　그래, 인생이란 게 뭐 별거던가. 서산대사도 '세상살이 다 거기서 거기외다'라고 하지 않았던가.

　고려말 공민왕의 스승 나옹선사의 시라던가.

　청산은 나를 보고 말없이 살라 하고

창공은 나를 보고 티 없이 살라 하네

그러니 너무 가슴앓이하며 아등바등 살지 말고 흘러가는 대로 대충 살기로 하자. 누구나 삶에서 한번은 아웃사이더라고 했거늘 퍼펙트 라이프가 어디 있을까. 어제의 영광도 잊기로 하자.

그렇게 며칠이나 지났을까. 닷새는 되었을 게다. 나는 숙소에서 밤 9시경에. 텔레비전을 켜놓고는 뉴스 화면을 뚫어져라 주시하고 있었다. 경찰특공대의 장두희가 기자회견을 한다는 YTN의 예고방송이 있었다.

"시티뱅크에서 박무열 선배를 쏜 사람은 물론 정광입니다. 하지만 플랫폼에서 나를 쏜 사람은 정광이 아닙니다."

용케도 살아남은, 의식도 회복하고 몸도 추스른 SWAT의 장두희 경장은 병석에서 일어나 당시의 상황을 주섬주섬 말하는 것이었다. 마이크를 들이댄 텔레비전 기자한테. 아마도 YTN과의 독점 인터뷰인 듯했다. 그런데 그는 뜻밖의 사실을 털어놓으려 했다.

"이걸 아셔야 해요. 정광은 나의 선제적인 충격에 의해 사살되었다는 사실을요. 맥박은 뛰지 않고, 숨은 거두고. 죽은 몸이라는 얘깁니다. 아무래도 여러 해 체계적으로 고도의 훈련을 쌓은 나의 능력이 뛰어났던 거지요. 그러니 말씀이에요, 그 친군 나한테 총을 쏘려야 쏠 수가 없었습니다."

"아, 네……."

"믿을 수 없는 얘기지만 나를 쏜 사람은 아름다운 인질이었습니다. 그 이름이, 레베카라고 했던가요?"

장두희의 말은 이어졌는데, 레베카가 그를 겨냥해 방아쇠를 당겼다는 아무도 예상하지 못할 그의 말은 사뭇 극적이었다.

"그 자리엔 레베카 말고는 아무도 없었습니다. 살아 숨 쉬면서 총을 쏠 수 있는 사람은요. 방아쇠를 당길 수 있는 사람은……."

불신의 파장을 예상해서일까, 장두희는 힘주어 말했다.

"나는 울부짖는 레베카를 달래려 다가갔습니다. 얼마나 모진 경험을 했겠습니까. 나는 그렇게 생각했어요. 그래서 레베카를 보듬고 집으로 데려다주려 했었지요. 그런데 레베카가 정광의 권총을 집어 들더군요. 그때만 해도 나한테 건네주려 하려니 생각했어요. 털끝만치도 의심하지 않았어요. 어떻게 그 상황에서 레베카를 의심하겠습니까?"

장두희는 말을 이었다.

"근데, 놀랍게도 나를 향해 총구를 겨냥하는 게 아닙니까. 난 내 눈을 의심했습니다. 어떻게 이럴 수가! 난 믿을 수 없는 광경 앞에 돌부처처럼 멍청하니 서 있기만 했습니다. 레베카는 한순간의 망설임도 없이 방아쇠를 당기는 거 있지요. 쇳덩어리가 날아와 내 가슴을 쳐부순다는 충동을 느끼며 나는 천천히 쓰러졌습니다. 그 순간 내 머릿속을 휘젓는 상념은 오직 하나였습니다."

장두희는 다분히 마이크를 의식하는 듯했고, 그의 이야기에도 드라마틱하게 각색하는 재치를 드러내 보였다. 일종의 무용담이다. 건강도 많이 회복한 듯했다.

"뭐죠? 머릴 스친 상념이요?"

어리벙벙한 모습으로 듣기만 하던 기자가 채근했다. 여기자로 매우 지적인 인상을 드러내고 있었는데 뛰어난 미모마저 갖추고 있다. 걸친 옷도 화려하다. 제발, 좀 검소하게 차려입으라고. 탤런트도 아니면서. 가난할수록 부자 티를 드러낸다잖아. 삼성가의 딸들이 언제 요란스레 치장하던가. 나는 속으로 우물거렸는데, 공연한 시비다.

"내 뒤를 최선실 경위가 바싹 따라오고 있었습니다."

장두희가 말을 이었는데, 내 이름을 거론해서 나는 바싹 긴장했다.

"아시죠? 종로서 강력계 강력1팀장 최선실 경위!"

"네, 알아요. 워낙 유명하고, 화제를 몰고 다니죠."

이 여자, 좋은 뜻으로 말하는 건지 나쁜 뜻인지 알 수 없다.

"내 말은 최 경위도 내 전철을 밟을 거라는 상념이었습니다. 그게 나를 못 견디게 하더군요. 무슨 말인지 아시겠습니까?"

"알아요. 최 경위도 어김없이 레베카의 총 세례를 받을 거라는 생각 아닙니까?"

"암요."

"최선실 경위가 남다르게 선하다는 것을 우리 모두가 알죠. 사마리아 사람만큼이나. 오늘 조간신문에도 났지만 어려운 이웃을 도우려는 그 자세도요. 아마도 레베카를 보듬으려 했을 테지요. 하지만 돌아오는 건……."

뜻하지 않은 여기자의 과찬이다.

"레베카의 총탄이지요. 두 번째 표적이 될 수밖에 없는 운명. 그 생각이 나를 못 견디게 했어요. 짧은 순간이었지만요."

"다행스럽게도."

"다행스럽게도 최 경위가 레베카를 먼저 사살했어요. 그건 완벽한 선제사격이었고, 정당방위였어요. 그리고 무엇보다도 자신의 목숨마저 던진 치안 활동이었고요."

"아, 네."

"만약 최 경위가 죽고 레베카가 살았다면, 난 이 세상에 살아남지 못했을 겁니다. 왜냐고요? 아직도 숨이 붙어 있는 나를 발견하게 되면 레베카가 취할 다음 행동은 분명하죠. 확인사살! 생존한 증인을 제거하려면 의당 취할 행동이지요. 하마터면……."

"어머, 확인사살이라고요?"

"최선실 경위는 나의 생명의 은인입니다. 최 경위는 엄연히 총구 앞에 섰고, 동료 경찰의 목숨을 완벽하게 살렸어요. 암요."

"그 자신도 살고요."

"과연 무엇이 나와 최 경위가 다른 점일까요? 운세일까요? 영특함일까요?"

"아마, 둘 다일 테지요."

여기자의 빈틈없는 대꾸다. 나는 갑자기 YTN의 여기자가 마음에 들었다. 그 이름이 이서현이라고 했다. 만나면 저녁이라도 한번 사야 할 것이다.

"장 경장님, 오늘의 가장 핵심적인 질문이라고 할 수 있는데, 레베카는 무엇 때문에 경찰을 향해 총을 쏘았을까요? 그것도 자신을 구조하기 위해 필사적으로 달려온 경찰특공대원에게. 하도 아귀가 맞지 않는 얘기라서 믿으려야 믿을 수 없는 거 있지요."

이서현 기자가 잔뜩 미간을 모으고 있다.

"누군 믿을 수 있고요?"

장두희도 덩달아 이맛살을 찌푸렸다.

"그 여자가 회까닥 꼭지가 돌았나? 무얼 착각했던가. 너무 수수께끼인 거 있지요."

"레베카가 총을 쏠 수밖에 없는 유일한 해답은 그 여자가 정광의 공범이었기 때문입니다. 자명한 얘기죠."

장두희가 이서현이 지닌 수수께끼에 대한 명확한 해답을 제시했다.

"에이, 설마."

"레베카는 인질범에 의해 재수 없게 끌려간 인질이 아니었어요. 공동정범! 쉽게 말해 한패였다는 얘기죠. 그 상황에서 누가 나를 쏘았겠습니까? 죽은 사람일까요? 아니면 살아 있는 사람일까요? 단순 명쾌한 얘기 아닙니까?"

"세상에!"

"관할 종로서에서 지금 두루 조사하고 있어요. 서림이라는 강력계 담당 형사한테서 들은 얘긴데요."

"네, 서 경사요. 노련하죠."

"서 경사의 말로는, 두 사람은 춘천에서 어린 시절을 함께 보냈다고 하네요. 학교도 함께 다니고, 레베카의 본명은 아시죠? 이금순이고요. 아무튼 레베카 라고 하는 이름으로 찬미되길 늘 소망했답니다. 에드거 앨런 포의 낭만적인 시, 「애너벨 리」가 찬미된 것처럼요. 내 말은 두 사람은 어릴 적부터 잘 아는 사이라는 얘깁니다. 아름다운 소양강 강변에서 함께 뛰어놀고요."

"그러니 뭐예요, '소양강 처녀'네요. 레베카는……."

"아, 네……."

"알고 보니 고향이 같았다는 얘기네요."

"그날 은행에서 생전 처음 만난 사이가 아니었던 거죠. 성장하면서 서로가 서로를 보호하는 사이! 7일 전에 무교동의 세븐 팰리스라는 나이트클럽에서 재회하고요. 그곳의 웨이터와 웨이트리스로. 두 사람의 공통점은 밭 한 뙈기 없는 매우 가난하고 열악한 환경에서 성장했다는 점에, 치유 불능의 반사회적 기질을 타고났다는 점이라고 합니다. 특히 정광은 소년원에 여러 교도소를 전전했고요."

"그리고 두 사람은 무척 사랑하는 사이고요. 목숨을 걸 만큼. 스마트폰엔 그들의 사랑의 밀어로 가득했을 테고요."

"아마도요. 범죄 모의 내용도."

일순 필름이 끊긴 것과도 같은 정적의 시간이 흘렀다. 잠시 가슴이 먹먹해지는 느낌도 밀려왔다. 절박한 인생에, 뜨거운 사랑!

"레베카가 걸친 반코트의 소매에서 실탄을 발사한 뒤에 생기는 초연 반응을 찾았다고 합니다. 무슨 말인지 아시겠습니까? 레베카가 그날 총을 발사했다는 결정적 증거라는 얘기지요. 바로 제 심장을 겨냥해서요."

"그러니 뭐예요, 결론적으로 말해서 두 사람이 사전에 치밀하게 공모한 은행털이었다는 얘기군요. 인질범과 인질로 가장한……."

"그렇습니다. 미국의 전설적인 남녀 한 쌍의 은행강도, 보니와 클라이드처럼요."

"보니와 클라이드?"

"1930년대 대공황 시기에 미국을 떠들썩하게 했던 2인조 은행강도라고 합니다. 헤아릴 수 없을 정도로 강도 행각을 일삼았고, 많은 사람을 살해했고요."

"네……."

"아서 펜 감독이 그 실화를 바탕으로 해서 영화를 만들었어요. 20세기 갱스터 무비의 기념비적인 작품으로 알려진 〈보니와 클라이드〉! 130여 발의 총탄이 소나기처럼 퍼부어지는 그 라스트 신은 압권이었고요. 보니 파커의 역할을 맡은 페이 더너웨이와 클라이드 배로 역의 워런 비티를 하루아침에 스타덤에 올린 명작! 보니와 클라이드는 영웅

시되고요."

"어쩜."

"알고 보니 범죄자 커플이 적지 않았어요. 마사 벡과 레이먼드 페르난데스 커플에, 역사상 가장 엽기적인 10대 커플로 알려진 카릴 퍼게이트와 찰스 스타크웨더. 아이러니하게도 악명이 높았던 탓인지 모두 영화화되고요. 그러니 우리도 정광과 레베카를 영웅시해야 할까요? 보니와 클라이드를 오마주했다고 볼 수 있는……."

뭐라 대꾸할 것인가. 이렇다 저렇다 할 말이 없을 것이다.

"지금까지 여섯 사람의 목숨을 앗았습니다. 아니 이번에 기록을 갱신했군요. 두 사람을 보태 모두 여덟 사람이에요. 부상자는 빼고요."

"어떻게 사람이 그럴 수가……."

"난, 그들이 돈이 목적이라기보다는 스릴을 즐기기 위해서 이 세상을 누볐다고 보거든요. 오락으로서의 살인! 들어보셨어요?"

"아뇨."

"결론적으로 말해 레베카는 순진한 소양강 처녀가 아니었어요. 뭐라고 해야 할까, 이른바 죽음의 숙녀, 레이디 데스(Lady Death)였어요."

"아, 네……."

YTN의 이서현 기자는 가볍게 고개를 끄덕였고, 이젠 인터뷰를 마무리하려 했다.

"장 경장님, 마지막으로 묻겠는데요. 어떻게 최선실 경위는 레베카가 총을 쏘리라는 것을 알고 선제공격을 했을까요? 슬기로워서일까요? 변명은 또 왜 않는 거죠? 마음씨가 고와서일까요?"

"좋은 질문을 하셨어요. 하지만 그건 직접 최 경위한테 물어보시죠. 베일 속에 감추어진 진상이 말끔하게 밝혀질 겁니다."

나는 그 당시, 플랫폼에서 정광과 장두희가 발사한 두 발의 총성을 거의 동시에 들었다고 했지만, 한 템포 숨을 돌릴 만한 약간의 시간차가 있었다. 10초 정도의 시차라고나 할까. 10초면 우사인 볼트가 백 미터를 달리고도 남는 시간이다. 살펴보니 정광은 이미 죽어 널브러져 있었다. 그 순간 느낀 감정은 허망하다는 것밖에 없었다. 이렇듯 젊디젊은 나이에 인생을 종칠 바엔 무엇 때문에 태어난 것일까. 그리고 무엇 때문에 아등바등 살려 했을까.

그나저나 정광이 이미 죽은 몸이라면, 그렇다면 누가 10초 뒤에 그를 대신해서 장두희에게 총을 쏘았을까? 그 대답은 오직 하나. 그건 살아 있는 사람만이 가능하다. 바로 레베카만이 가능한 것이다. 나는 그 사실을 깨닫는 순간 소스라치게 놀랐다. 나는 대뜸 레베카를 겨냥했다. 그녀도 어느새 나를 겨냥하고 있었다. 단순히 겨냥한다기보다는 눈을 부릅뜨고 정조준하고 있다는 게 옳을 것이었다. 나는 그 모습을 똑똑히 볼 수가 있었다. 전율이, 그것도 전류에 감전되었을 때만큼이나 강한 전율이 등줄기를 타고 흘렀다.

'최선실, 너 죽을래? 죽이지 않으면 네가 죽는다!'

오직 이 말만이, 콜로세움의 검투사들이 마지막 순간에 즐겨 사용하는 이 대사만이 하나의 계시처럼 내 머릿속을 회오리쳤다.

나는 지체 없이 충동적으로 방아쇠를 연거푸 당겼다. 우리들의, 산 자와 죽은 자의 운명을 가른 것은 찰나였다. 나는 조상 덕인지는 몰라도 살았고, 레베카는 죽었다. 일종의 데스매치! 목숨을 건 결투의 순간은 지나갔지만 다음 순간 나를 엄습한 것은 회한이었다. 그것도 회한의 극치였다. 그리고 악몽의 극치였다. 내가 레베카를 사살하다니! 그토록 젊을 수가 없었는데, 그토록 아름다울 수가 없었는데, 나한테 무슨 권능이 있다고. 차라리 내가 죽는 게 좋았을 것이다. 사람들도 마음속 한편에선 그것을 원하고 있을 게다. 난 미운 오리새끼가 아니던가. 그 나저나 이 무슨 전생의 업보인가! 레베카의 어머니가 오늘도 통곡하고 있을 거 아닌가. 그런데 무슨 변명의 말을 한다는 것인가. 설사 변명을 한대도 얼마나 믿어줄 건가.

"그러니 말씀예요, 레베카는 동전의 양면처럼 두 개의 얼굴을 지니고 있었던 겁니다. 천사와 사탄이라는."

장두희가 말을 이었다.

"두 개의 얼굴이라!"

이서현 기자는 길게 탄식했다.

"단지 남자를 잘못 만난 건 아닐까요? 여자의 숙명이죠."

이 기자가 레베카를 변호하려 했다.

"어쩌면요. 여성은 사랑 때문에 말려든다는 말도 있으니까요."

장두희는 굳이 부정하려 하지 않았다.

"오늘 인터뷰, 고마웠어요. 몸조리 잘하시고요."

YTN의 이서현 기자는 자리에서 일어나려 했다.

"이 기자님, 마지막으로 한마디만 더 하겠습니다. 괜찮죠?"

장두희도 자리에서 일어나며 말을 이었다.

"하시죠."

"근데, 이거 뭡니까? 매스컴은 오늘도 최선실 경위에게 돌을 집어 들고 있습니다. 경찰의 어르신네들은 한순간의 망설임도 없이 파면시키려 했고요. 끝내는 제주도로 유배시키지 않았습니까. 단지 그 자리에서 총에 맞아 죽지 않았다는 이유로. 이런 말을 하기 싫지만, 말은 바른대로 해서 자기 딸이 그 자리에 서 있었다고 해도 그러실 겁니까?

돌을 던질 거냐고! 직사하게 고생이나 하고 변변히 호강한 일도 없는데…… 아시겠어요, 최선실 경위야말로 가장 프로다운 경찰입니다."

장두희가 갑자기 혈압을 높였다.

"파면을 시키라고요? 훈장을 주어도 시원치 않을 텐데. 심지어 사이코패스라고요? 이거 웬 성화예요? 비정하고 소갈머리 없는 사람들!"

누가 팬덤 없는 최선실을 위해 이토록 변명해줄 사람이 있을까? 나는 일순 가슴이 먹먹해지며, 눈물겨움을 느꼈다. 오늘 내가 족쇄에서 벗어나 기사회생할 수 있는 것은 오롯이 장두희 덕이다. 그가 옆에 있었으면 꼭 안아주었을 것이었다. 알고 보니 나를 두둔해주는 사람도 더러는 있었던 것이다. 경찰의 높은 어르신에다가 말단 경찰관에…… 알고 보면 세상인심 야박하지만은 않다. 이래서 사람들은 살아가는 보람을 느끼는 것일 게다.

"할 말을 잃네요. 철딱서니 없게도 어제까지만 해도 돌팔매질하는 데 앞장서다니. 그사이 얼마나 속상했을까."

이서현 기자의 떨떠름한 넋두리.

"나부터가 여태도록 무슨 잘못을 하는지 모르며 살고 있는걸요."

장두희도 길게 탄식했다.

"아마도 내일 아침 눈을 뜨면, 복귀 명령이 최 경위를 기다리고 있을걸요. 유배지에서 서울의 옛 둥지로. 이건 우리들의 실수인걸요. 어게인 최선실! 어느 누가 마다하겠습니까."

이서현 기자의 마무리 멘트.

나는 텔레비전을 끄고 얼마 동안 멍청하니 앉아 있었다. 비록 내일부터 사람들은 나한테 돌을 던지지는 않을 테지만 고개는 절레절레 내저을 것이다. 스물두 살, 레베카의 죽음! 정당방위라는 미명으로 살아 숨

쉬는 사람의 심장에 방아쇠를 당기다니. 달리 구원의 길은 없었을까? 설사 누가 나를 용서한대도 나로서는 나 자신을 용서할 수가 없었다. 일순 물리칠 수 없는 자괴감과 고적감이 다시금 밀려왔다. 누구 말동무도 없고 전화할 데도 없다. 정선에서 뛰쳐나온 촌년의 숙명. 불 꺼진 창 너머 서부두 방파제로 아련히 밀려오는 파도 소리가, 해조음(海潮音)이라고 했던가, 한결 심란하다. 어머니에 대한 그리움은 또 얼마나 사무치는가.

날이 저물면
낙타는 모래벌판에 무릎을 꿇는다.
종일 지고 다닌 무거운 짐을 내리게 하여
휴식을 얻을 수 있기 때문이다.
나의 영혼아, 해가 지고 날이 저물 때
너도 무릎을 꿇으려무나.

누구의 시일까?
강원도 정선 촌구석에서 동행하는 사람 하나 없이 평생을 사시는 엄마가 해가 질 무렵이면 어김없이 밀려오는 시름을 달래기 위해 흥얼리던 구절이 오늘따라 내 가슴에 사무치게 와닿는다.

나는 며칠 전에 휴지통에 버렸던 '리보트릴'이라는 이름의 수면제 병을 다시 찾아 잠시의 망설임 끝에 핑크빛 고운 색깔의 정제 한 알을 끄집어내 입속에 털어 넣었다. 그러곤 일찌감치 침대 속에 파묻혔다. 트라우마의 포로가 되어 속절없이 수면제와 함께하는 세월. 언제까지 이 짓을 되풀이할 것인가. 그리고 몇 알이면 이승을 하직할 수 있을까.

나는 얼핏 나야말로 칼 위에서 춤추는 자로다, 라는 생각이 머리를 스쳤다. 그리고 서서히 잠 속에 빠져들었다. 그러나 밤새도록 차가운 안개비 내리는 아스라한 빈 들녘을 맨발에 변변히 걸친 것도 없이 홀로 뚜벅뚜벅 걸어가는 꿈에 시달려야 했다.

　밤새 뒤척이느니 차라리 베토벤의 나인 심포니 〈합창〉이나 크게 틀고 이 밤을 하얗게 지새울 것을.

　그리고 이튿날 아침.
　나는 컨트롤 타워로부터 '블랙버드는 옛 행성으로 즉시 귀환하라'는 지령을 받았다.

(끝)

이런 추리 작법도 있습니다

영국의 소설가 서머싯 몸은 『어센든(Ashenden)』이라는 제목의 스파이 소설을 쓰기도 했는데, 추리소설은 끝내는 멸망할 것이라고 예언했습니다. 여러 이유가 있었을 테지만, 그는 특히 추리소설의 타락을 개탄했습니다. 그러나 그의 예언과는 달리 추리소설은 미국과 서구사회에서 여전히 그 성장세를 유지하고 있습니다. 특히 이웃나라 일본의 발전상은 놀랍기만 하고요.

그런데 유독 우리나라에선 추리소설 시장이 쇠퇴 일로를 걷고 있습니다. 그 사연도 많을 테지만, 일반 대중의 구매 욕구를 자극할 만한 좋은 품질의 작품이 생산되지 않아서라고 생각합니다. 그래서 내 나름대로 개선 방안을 제시해보려고 합니다. 뭐 뾰족한 방안도 아닙니다. 10가지 방법을 추려보았습니다.

1. 추리소설을 거꾸로 쓴다

무릇 위대한 작가들은 예외 없이 추리소설의 룰을 겸손하게 지키려 했습니다. 그게 좋은 추리소설을 생산하는 첫 번째 비법이기도 하지요. 예컨대, 결말의 의외성이라는 계율! 다 잘 아는 얘기지만 라스트 신의 충격적인 엔딩이야말로 추리소설의 생명입니다. 그래서 저명한 추리 작가 딕슨 카는 결말부터 먼저 쓰기를 권하기도 합니다. 라스트 신을 성공적으로 그릴 수 있으면 그 소설은 성공이 보장되는 추리 작품입니다.

2. 아이디어는 머리에서 나오는 게 아니라 책에서 나온다

에드워드 D. 호크! 수많은 기발한 추리 단편을 펴낸 작가지요.
"당신은 어떻게 그토록 특출한 아이디어를 발굴할 수 있습니까?"
이렇게 물은 기자를 지하 서고로 안내했다고 합니다. 그리고 산적해 있는 책들을 가리키며 말했다네요.
"이곳이 나의 아이디어의 보고요."
그러니 아이디어를 머리에서 쥐어짜내려 하지 말고 여러 책에서 찾으세요. 에드워드 D. 호크가 해답입니다.

3. 외국의 미스터리 매거진을 정기구독하라

오래전에 앙드레 김의 의상실을 노크한 일이 있었지요. 그곳에서 내가 발견한 것은 산적한 외국 패션 잡지들이었습니다. 물론 『보그』 최신호도 있었지요. 그의 성공 비결을 엿보는 심정이었습니다.

추리소설의 최신 경향을 알고 싶다면, 최신 아이디어를 접하고 싶다면 외국의 미스터리 매거진을 정기구독하세요. 글로벌 시대인데, 우물 안의 개구리처럼 지낼 수는 없지 않습니까. 진부함에서 벗어나 세련되어야 합니다. 우리가 삼류인 것은 일류를 알지 못하기 때문입니다. 외국의 미스터리 매거진엔 놀라울 정도로 풍부한 최신 정보가 담겨 있습니다. 장담하건대, 외국어 하나라도 마스터한 사람이 최종 승자가 될 것입니다.

4. 나만의 독특한 색채를 지니는 것이 성공의 지름길(선택의 문제 1)

추리소설에도 여러 장르가 있습니다. 잘 아시다시피 딕슨 카는 평생 난해한 수수께끼로 가득 찬 본격 추리소설을 고집했습니다. 그를 일컬어 밀실파의 교조(敎祖)라고 하지요. '악몽의 시인'이라는 닉네임을 지닌 윌리엄 아이리시는 서스펜스 소설의 대표 주자지요. 법정소설 하면 단연 존 그리셤이지요. 스파이 소설 작가라면 누구의 이름이 떠오릅니까? 메디컬 스릴러라면? 하이테크 스릴러라면? 사회파 추리소설 하면 의당 일본의 마쓰모토 세이초의 이름이 떠오릅니다. 사회파 거두라는 수식어와 함께.

그대의 이름 앞엔 어떤 수식어가 따르길 바라고 있습니까?

여러 장르를 기웃거리지 말고 자기만의 독특한 컬러를 지니고 한 우물을 파야 합니다.

위에 열거한 사람들은 누구의 추종도 불허하는 성공의 길을 질주했습니다. 따라서 그대가 선택해야 할 장르에 대해서 고민해봐야 합니다. 과연 어떤 타입이 내 취향에 맞는가? 독자는 과연 어떤 장르를 선호하는가?

5. 추리성을 철두철미 추구할 것인가? 아니면 문학성도 곁들일 것인가?
(선택의 문제 2)

말하자면 제임스 본드를 창조한 이언 플레밍을 따를 것인가, 조지 스마일리를 창조한 존 르 카레를 추종할 것인가? 영화화되길 원한다면, 그래서 돈을 원한다면 전자를, 명성을 소원한다면 후자를 선택해야겠지요.

과연 한 마리의 토끼를 쫓을 것인가? 두 마리의 토끼를 쫓을 것인가? 이것이 우리들의 당면 문제입니다.

아마도 미국의 스미스대학 영어학부장이자 컬럼비아대학 교수이기도 했던 마조리 니콜슨의 말에서 해답을 찾을 수가 있을 겁니다.

"추리소설을 읽는 것은 인생으로부터의 도피가 아니라 문학으로부터의 도피이다."

6. 누가 그대의 라이벌인가?

그대가 만일 서스펜스 소설을 쓰고 싶다면 라이벌은 단연 '악몽의 시인'으로 불리는 윌리엄 아이리시지요. 그대가 법정 드라마를 쓰고자 한다면 의당 존 그리섬이고요. 그대가 스파이 모험소설을 쓰고 싶다면 누가 그대의 라이벌이겠습니까?

그대 라이벌들의 책은 반드시 훑어봐야 합니다. 그들을 뛰어넘어야 하니까요.

다음은 내가 도전해야 할, 어떤 점에선 본받아야 할 라이벌들과 그들의 대표 작품입니다.

1. 딕슨 카, 『세 개의 관』
2. 개빈 라이얼, 『심야 플러스 1』
3. 스탠리 엘린, 『특별요리』
4. 마이클 르윈, 『사라진 여자』
5. 조이스 포터, 『절단』
6. 브라이언 프리맨틀, 『찰리 머핀』
7. 피터 러브시, 『가짜 경감 듀』
8. 존 르 카레, 『추운 나라에서 돌아온 스파이』
9. 트레바니안, 『시부미』
10. 알리스테어 맥클린, 『여왕 폐하의 율리시즈호』

일류가 되고 싶은 욕망이 있다면, 라이벌을 선정해서, 선망과 질투의 마음을 안고 다가가세요. 어떤 장점에 특화되어 있는지 알 수 있는 지름길입니다.

7. 우린 우리 수준을 잘 모른다

무슨 말인지 아시죠? 한국 추리 작가의 가장 큰 문제라고 생각합니다. 내 딴엔 고급스러운 미스터리 살롱을 차렸는데 손님이 없습니다. 아마도 낮은 레벨의 와인을 준비했을 겁니다. 어떤 포도주가 고급 와인인지 그 수준을 나 자신이 잘 알지 못해서가 아닐까요. 곁들이는 치즈의 종류와 그 풍미도 알아야지요. 손님의 수준은 하루하루 높아지고 있습니다.

모두가 잘 아는 에피소드이지만 미국 추리소설의 수준을 하루아침에 성년의 위치로 끌어올렸다는 반 다인은 병실에 있을 때 200권의 추리소설을 독파하고 추리소설을 쓰기 시작했다고 합니다. 따라서 우린 해답을 반 다인에게서 찾을 수가 있습니다. 적어도 200권의 추리소설을 읽어야겠지요. 우리 수준을 높이는 유일한 방편입니다. 가슴에 손을 대고 생각해보기 바랍니다. 나는 몇 권의 추리작품을 읽고 추리 작가로 데뷔하려고 했는지를. 이걸 명심해야 합니다. 독자보다 적은 독서량으로 독자를 감동시키려는 작가는 독자로부터 비난의 편지를 받게 된다는 사실을.

8. 톰 클랜시가 해답이다

톰 클랜시를 아시죠? 하이테크 군사 스릴러의 원조. 그의 첫 작품 『레드 옥토버를 쫓으라』의 판매 부수는 230만 부! 일약 베스트셀러 작가의 대열에 진입했는데, 당시 레이건 대통령이 '이것은 완벽한 스토리'라며 극찬했습니다. 그의 소설들은 군사적 주제에 관해 전례가 없을 정도로 해박한 지식을 담고 있다는 평을 받았는데, CIA와 FBI에서 수시로 강의하고 펜타곤도 출입증 없이 드나들었다지 뭡니까. 그런데 놀랍게도 그의 전력은 볼티모어 출신의 일개 보험대리업자! 그런 그가 어떻게 미국의 첨단 군사전략가로 대우받을 수 있었을까요?

알고 보니 오랜 기간 이 분야의 자료를 꾸준히 수집했다는 것이지요. 그의 첫 작품도 신문기사 귀퉁이에서 얻은 아이디어. 막상 비밀 정보기관의 정보 95%가 러시아 신문 『프라우다』를 비롯한 공개정보라고 합니다. 자기가 쓰고자 하는 분야에 대해 완벽하게 자료를 수집하는 사람만이 최종 승자가 될 수 있다는 증표라고 할 수 있습니다.

9. 여건이 허락한다면 합작을 시도하라

미국 최고의 추리 작가 엘러리 퀸을 잘 아시죠? 엘러리 퀸! 사촌 형제지간인 프레드릭 다네이와 맨플렛 리의 합동 펜네임입니다. 『Y의 비극』을 비롯한 숱한 명작을 생산했습니다.

영화 〈디아볼릭〉을 보셨는지요. 원작인 『악마 같은 여자』는 피에르 부알로와 토마 나르스작의 합동 작품입니다. 그들은 프랑스의 대표적인 서스펜스 작가로 독자에게 신선하고도 강렬한 충격을 던져주었습니다.

『웃는 경관』! 스웨덴의 추리 작가 부부의 합동 작품입니다. 스웨덴에서의 반응은 처음엔 신통하지 않았지만, 미국의 MWA상을 수상하고 나서는 폭발적인 인기를 누렸습니다. 페르 발뢰와 마이 셰발 부처의 이름은 온 세계에 널리 알려지게 되고요.

최근에 클린턴 대통령이 추리소설을 펴내서 크게 화제가 되었지요. 2018년에 출간했는데 소설 제목은 『대통령이 사라졌다』로, 저명한 추리 작가 제임스 패터슨과 합작한 것입니다. 일약 베스트셀러가 된 것은 물론이고요. 그런데 덩달아 힐러리 클린턴도 2021년 10월 12일에 남편을 따라 추리소설을 발간했다네요. 책 제목은 『테러의 나라』. 합작이고요.

아 참, 루스벨트 대통령도 반 다인을 비롯한 네 명의 추리 작가의 도움을 받아서 『대통령의 미스터리』라는 추리소설을 출간했었고요. 원래 미스터리 애호가로 소문이 나 있었는데, '추리소설은 세상에서 가장 흥미진진하고 품격 있는 소설'이라고 말하곤 했답니다.

별로 내키지는 않지만 AI와 합작하는 것도 한 방법이겠지요.

합작의 방식에 대해서는 다들 비밀에 부치고 있지만, 성공의 확률이 높습니다.

천재라는 말을 듣는 하버드 의대의 오승은 박사도 말했습니다.

"아무리 똑똑한 천재라도 남과 더불어 하는 사람은 못 이긴다."

10. 기발하게 재구성하라

크게 성공한 외국의 걸작 추리소설을 모으세요. 그 속엔 반드시 엄청나게 기발한 아이디어에 충격적인 트릭이 숨어 있습니다. 내가 하고자 하는 말은 이겁니다. 철저한 해체 작업 과정을 통해 그들의 매력적인 장점과 성공 요인을 찾아내 그것을 발판으로 도약하라는 것입니다. 재창조라고 해도 좋고요. 아마 추리소설의 걸작이 나올 겁니다. 크리스티도 알고 보면 오리지널한 트릭이라기보다는 트릭의 베리에이션(변주, 변형)으로 즐거움을 제공하려 했다는 말이 있습니다. 쉽게 말해 일종의 모방에 비틀기지요. 이렇게 말하는 저라고 해도 별다를 바가 없지만요. 아무튼 모든 추리소설에 셜록 홈즈의 50%가 포함되어 있다는 말은 그리 틀린 말은 아닙니다.

볼테르의 짧고 명쾌한 명언입니다.

"독창성이란 사려 깊은 모방일 뿐이다."

파블로 피카소의 시니컬한 말입니다.

"유능한 예술가는 모방하고 위대한 예술가는 훔친다!"

누가 말했던가요?

"하늘 아래 새로운 것은 없다. 다만 있는 것을 기발하게 재구성하라!"

결론적으로 말합니다.

반 다인처럼 200권의 추리소설을 읽었으면 합니다. 내가 우려하는 것은 하이레벨의 추리소설을 섭렵하지 않고 하이레벨의 추리 작가라는 칭송을 기대하는 천재들입니다. 다시 말하는데, 삼류를 벗어나기 위해선 일류를 알아야 합니다. 기발하지 않다. 서스펜스가 없다. 따라서 지루하다. 언제까지 이런 말을 들어야 하겠습니까.

중언부언했습니다만, 나의 이야기의 처음도 마지막도 일류 작품을 두루 섭렵하라는 얘기라고 할 수 있습니다. 그 바쁜 일정을 소화하는 대통령들도 재미로도 읽는 것을. 물론 우리네 대통령들은 빼고요.

내 충고가 마음에 드신다면 어쩌면 그대가 한국 추리문학을 일류로 끌어올리는 선구자가 될 것입니다. 우리네 추리소설 시장도 덩달아 활성화될 거고요.

아마도 말하긴 쉬울 거라고 하실지도 모르지만요.

누가
세바스찬을
쏘았는가